HEYNE <

PHILIPPE AMAR

Victor, Lily und der Weg nach Hause

ROMAN

Aus dem Französischen
von Bernd Stratthaus

WILHELM HEYNE VERLAG
MÜNCHEN

Die Originalausgabe LE PETIT ROI DU MONDE
erschien erstmals 2019 bei Éditions Plon, Paris.

MIX
Papier aus verantwortungsvollen Quellen
FSC® C083411
FSC www.fsc.org

Penguin Random House Verlagsgruppe FSC® N001967

Deutsche Erstausgabe 05/2021

Redaktion: Loel Zwecker
Printed in the Czech Republic
Umschlaggestaltung: Hafen Werbeagentur gsk GmbH,
unter Verwendung von iStockphoto
(Shelby King, Olga Zakharova, robuart)
Satz: Schaber Datentechnik, Austria
Druck und Bindung: CPI books GmbH, Leck

ISBN: 978-3-453-42583-5

www.heyne.de

Für meinen Sohn Alexandre,
meine Mutter Rachel,
meinen Vater Maurice
und für alle Kinder auf dieser Welt,
die auch davon träumen,
einen Vater und eine Mutter zu haben.

Erster Teil

Der Mensch kann weder leben noch sich entwickeln, wenn niemand seinen Eindruck bei ihm hinterlässt.

Boris Cyrulnik

Kapitel 1

Eine durchdringende Feuchtigkeit, kaum fünf Grad, der scharfe Geruch von regennasser Erde. Ein schwerer Himmel, auf dem sich bedrohliche Kumuluswolken aufgetürmt hatten, eine tiefe Ruhe. Nur eisige Windböen unterbrachen die Stille, die auf dem ausgedehnten Friedhof im Pariser Norden lastete, dem Cimetière de Pantin. Sie umwehten Maïa und Victor, die auf dem Kies von einem Bein aufs andere traten. Schon seit über zwanzig Minuten starrten sie schweigend den Grabstein an. Eingemummelt in seine Daunenjacke, presste sich der Junge gegen die junge Frau. Sie legte den Arm um ihn, vor allem um ihn vor der Kälte zu schützen, doch das war nicht der einzige Grund. Sie drückte seine Wange, ohne es zu merken, etwas zu fest gegen ihre Seite. Ihr Arm wurde allmählich taub, als Victor unter dem Druck nachgab. Die Mütze über beide Ohren gezogen, den Schal um seinen abgewinkelten Hals gewickelt, die Hände in den Taschen vergraben, ähnelte er langsam einer verrenkten Gliederpuppe. Besorgt wartete Maïa auf seine Reaktion und machte sich schon auf das Schlimmste gefasst. Doch Victor blieb vollkommen ruhig und ließ den Grabstein dabei keine Sekunde aus den Augen.

JULIEN ROSSIGNOL
20. Mai 1990 – 2. Dezember 2017

Von dem Goldnugget, das unter dem Namen in den Marmor eingelassen war, war er wie hypnotisiert. Zuerst hatte er sich gewundert, so etwas Wertvolles hier vorzufinden, dann aber nach und nach vergessen, dass es sich um eine Grabstätte handelte. Der Glanz des Goldes hatte einen wohltuenden, beruhigenden Effekt auf ihn, denn er schien eher auf das Leben als auf den Tod zu verweisen. Der Junge begann selbst zu strahlen und befreite sich von dem ganzen Schmerz, der sich in ihm aufgestaut hatte. Dann zog er zweimal an Maïas Ärmel, denn sie hatte sich gerade abgewandt, um sich die tränenfeuchten Augen abzuwischen.

»Heute treffe ich zum ersten Mal meinen Papa«, erklärte er seelenruhig.

Sie lächelte und strich Victor sanft über die Wange. Da er beinahe glücklich wirkte, war auch ihre Traurigkeit wie weggeblasen.

Victor rechnete im Kopf.

2018 minus 1990 … Ich bin jetzt zwölf, er war also sechzehn, als ich geboren worden bin.

Maïa hatte ihm das mehrfach erklärt. Als seine Erzieherin wollte sie ihm keine falschen Vorstellungen von seiner Geburt machen, sondern mit seiner Vergangenheit so offen wie möglich umgehen. Er sollte in diesem Wissen aufwachsen. Doch auch wenn Victor klar war, dass sein Vater ziemlich jung Vater geworden war, hatte er insgeheim immer daran gezweifelt. Zwangsläufig. Sechzehn! Dass er mit siebenundzwanzig Jahren gestorben war, bewies für Victor nur, dass sein Vater auch auf dieser letzten Etappe sein ganzes Leben lang allen anderen immer einen Schritt voraus gewesen war.

Sie verließen den Abschnitt und betraten eine lange, von entlaubten Kastanien gesäumte Allee. Die Bäume wirkten wie Skelette, die Allee war menschenleer.

»Hier ist es ja wirklich ausgestorben!«, bemerkte Victor, und sofort wurde ihm bewusst, wie deplatziert diese Bemerkung war.

»Stimmt, man hört kein Sterbenswörtchen«, legte Maïa nach und lachte nervös in dem Versuch, die Stimmung aufzulockern.

Maïa hatte die Handschuhe zum Fahren nicht ausgezogen und sogar noch die Ohrenklappen ihrer mit weißem Fleece gefütterten Mütze heruntergeschlagen. Den Regler für die Heizung hatte sie voll aufgedreht, obwohl sie wusste, dass aus dem Gebläse kaum ein laues Lüftchen kommen würde. Am Steuer ihres alten roten VW Polo starrte sie auf die Straße, war mit den Gedanken aber woanders.

Heute treffe ich zum ersten Mal meinen Papa …

Sie war von dieser spontanen Bemerkung erschüttert, denn sie hatte geglaubt, dass Victor ganz selbstverständlich den Tod seines Vaters von sich weisen und versuchen würde, sich durch diese Leugnung zu schützen. Das Lächeln auf seinem Gesicht hatte sie jedoch beruhigt. Sie kannte ihren »Stummel« gut, er gehörte nicht zu der Sorte Mensch, die sich selbst bemitleidet. Ganz im Gegenteil, er verstand es, auch aus den schmerzhaftesten Situationen das Beste zu machen, er war ganz einfach ein Optimist. Trotzdem fragte Maïa sich, wie Victors Leben wohl verlaufen wäre, wenn er seinen Papa gekannt hätte.

»Ist das ein echtes Nugget gewesen?«, fragte er nun, während sie auf Höhe der Porte de Pantin auf den Boulevard périphérique fuhren.

»Ich glaube nicht«, erwiderte Maïa. »Das wird die Grabräuber aber wohl nicht daran hindern, ein Auge darauf zu werfen.«

Er sah sie an und wartete, dass sie weitersprach. Aus dem Augenwinkel hatte sie bemerkt, dass der kleine Naseweis mit ihrer Antwort nicht zufrieden war.

»Der … der Friedhofsverweser hat mich gewarnt, dass wir überrascht sein könnten«, stammelte sie und hoffte, dass ihm das als Erklärung genügen würde.

Doch die Antwort war immer noch nicht ausreichend. Victor erwartete mehr, und sie versuchte, seine nächste Frage vorwegzunehmen.

»›Friedhofsverweser‹ nennt man den stellvertretenden Verwalter eines Friedhofs.«

»Die Toten verwesen doch von ganz allein«, scherzte er.

Ohne den Blick von der Straße zu wenden, gab Maïa ihm einen Klaps auf den Oberschenkel.

»Na, ehrlich, sag mal! Schämst du dich nicht!«, schimpfte sie, ohne es auch nur eine Spur ernst zu meinen, und konnte ein Lächeln nicht unterdrücken.

Sie liebte seinen schwarzen Humor, ihrer war genauso. Es war der Humor der verletzten Kinder, die gelernt hatten, alles herunterzuspielen, indem sie darüber lachten.

Was ich eigentlich wissen möchte, ist, wessen Idee es war, dieses Nugget dort anzubringen.

»Und frag mich nicht, wer das Nugget dort eingelassen hat, darüber weiß ich auch nicht mehr als du.«

Der Verweser hatte ihr verraten, dass der Vater des Verstorbenen damit seinen verlorenen Sohn ehren wollte. Das hatte sie Victor nicht verraten. Aber der ließ sich – scharfsinnig wie immer – nicht von seinem Gedankengang abbringen.

»Mein Vater hatte bestimmt Familie«, rief er, und seine großen Augen füllten sich mit einem hoffnungsvollen Glitzern. »Und die hat das Nugget anbringen lassen!«

An einer Ampel bei der Porte de Saint-Ouen, wandte Maïa sich dem Jungen zu. Zärtlich strich sie ihm die lange blonde Stirnlocke zur Seite, die ihm immer wieder ins Gesicht fiel, selbst wenn er eine Wollmütze trug.

»Ich hab dir doch schon gesagt, dass in deiner Akte nichts stand. Nicht mehr über deine leibliche Mutter und auch nicht über deinen Vater als das, was du sowieso schon weißt. Ich will dir keine falschen Hoffnungen machen, Stummel.«

Sie bedauerte, ihn erneut anlügen zu müssen.

Da hupte es hinter ihnen, als die Ampel auf Grün sprang.

Der alte Polo rumpelte über das Pflaster und schlängelte sich den Montmartre hinauf. Am Ende der Rue Gabrielle, kurz vor der Treppe, die sie mit der Rue Chappe verband, hielt Maïa an. Victor streckte ihr die Faust zum Gruß hin, und sie erwiderte die Geste, indem sie mit ihrer Faust seine berührte. Seit er letzten September in die sechste Klasse gekommen war, war es ihm peinlich, wenn sie ihn in der Öffentlichkeit küsste. Auch »Stummel« durfte sie ihn nicht mehr nennen. Die zweite Vorschrift ignorierte sie geflissentlich.

»Hey, Vic!«

»Hey, Dave!«

Als er die Autotür zuschlug, begrüßte er David, der auf der Straße mit José Fußball spielte, dem Sohn der Hausmeisterin. Beide trotzten der Kälte, die ihnen die Wangen gerötet hatte: Sie hatten ihre Daunenjacken ausgezogen, um mit ihnen die Pfosten imaginärer Tore zu markieren. Victor war zwar ein paar Monate älter als sie, allerdings nicht ganz so groß. Alle drei wohnten im selben Mehrfamilienhaus.

Maïa wendete, warf einen letzten Blick in den Rückspiegel, dann entfernte sich der Polo wieder und fuhr langsam die Rue Drevet hinunter.

»Also, wie ist es mit deinem Vater gelaufen?«, fragte David.

»Na ja, er ist halt tot.«

»Machst du Witze? Du hast doch gesagt, dass du dich mit ihm triffst!«

»Na, hab ich doch auch. Auf dem Friedhof.«

José holte den Ball, der ein paar Meter die Treppe hinuntergekullert war, und gesellte sich wieder zu ihnen.

»Sein Vater ist tot!«, erklärte ihm David, immer noch fassungslos.

»Du machst Witze!«

Victor bestätigte ihm die traurige Neuigkeit mit einem Kopfschütteln.

»Er hat in Kanada einen Unfall mit dem Lkw gehabt. In den Rocky Mountains.«

Es war Anfang Januar passiert. Julien Rossignols Körper war vor ein paar Wochen nach Hause überführt worden, und Victor hatte darauf bestanden, sein Grab zu besuchen. So lange hatte er schon davon geträumt, seinen Vater zu treffen, dass es ihm ziemlich egal war, ob er tot war oder nicht: Die Hauptsache für dieses Kind zweier Gespenster war, seine Gegenwart zu spüren, egal ob unter der Erde oder im Himmel.

»Soll ich euch die Geschichte erzählen?«

»Na klar, schieß los!«, rief José begeistert.

Sie setzten sich in den Garten der Arènes-de-Montmartre, der hundert Meter hügelaufwärts lag. Victors Handy klingelte, während sie die Treppe zur Rue Chappe hinaufstiegen – es war Annie. Er drückte den Anruf weg und stellte auf Vibration, um nicht gestört zu werden. Als er sich – eingerahmt von seinen beiden Freunden – schließlich auf eine Bank gesetzt hatte, erzählte er die Geschichte zugleich so wahrheitsgetreu und so ausgeschmückt wie möglich. Er bemühte sich, deutlich zu sprechen, schlug einen Ton wie ein Schauspieler an, der eine Fernsehdoku kommentiert.

»Draußen ist es fünfundvierzig Grad unter null, mein Vater hat die Heizung bis zum Anschlag aufgedreht, die elektrischen Schaltkreise sind dabei zu überhitzen. Auf einmal sieht er Rauch unter der Motorhaube hervorquellen, er tritt heftig auf die Bremse und kommt am Rand eines Abgrunds zum Stehen. Dann zieht er Parka und Handschuhe über und springt aus dem Lastwagen.«

Victor sprang ebenfalls auf, um die Bewegung seines Vaters nachzuahmen, und wandte sich dabei seinen beiden Zuschauern zu – ein richtiger dramaturgischer Spannungsaufbau, begleitet von großen Gesten, die der Erzählung Wirklichkeitstreue verliehen.

»Als er die Motorhaube aufmacht, schlagen ihm Flammen entgegen! Er steigt wieder in die Fahrerkabine, schnappt sich den Feuerlöscher, um den Brand zu ersticken. In diesem Moment … taucht ein Bär aus dem Wald auf …«

Entsetzt schlug José sich die Hände vors Gesicht.

»Von hinten pirscht er sich an meinen Vater heran …«

»Hat er ihn denn nicht kommen hören?«, warf David ein.

Genervt schüttelte Victor den Kopf und fuhr fort: »Der Bär brüllt, er ist nur noch drei Meter entfernt …«

»Bei einem Bären sagt man nicht ›brüllen‹, sondern ›brummen‹«, unterbrach ihn David.

»Ich sage aber ›brüllen‹, das klingt echter.«

»Ich hätte ja ’nen Herzinfarkt gekriegt!«, bemerkte José und tat so, als würde er in Ohnmacht fallen.

»Mein Vater dreht sich aber nicht um, als er die Bestie hört. Er weiß, dass man sich einem Bären niemals zuwenden darf. Nie! Sonst fühlt er sich angegriffen!«

David und José schienen der gleichen Meinung zu sein.

»Also steigt er langsam wieder ins Fahrerhäuschen, schnappt sich sein Gewehr und da … beim Aussteigen rutscht er auf einer vereisten, schneebedeckten Stelle aus!«

»Es hat geschneit?«, fragte David nach.

»Ist doch klar«, erwiderte José. »Minus fünfundvierzig Grad im Winter, da ist es nicht wie an der Algarve.«

»Du musst auch immer alles mit Portugal vergleichen«, warf David ein.

»Wenigstens gibt's bei uns keine Bären!«

Ermüdet durch die ständigen Unterbrechungen, lieferte Victor zusätzliche Details, um alle weiteren Missverständnisse auszuräumen.

»Es hat nicht geschneit, sonst hätte der Schnee ja das Feuer gelöscht! Aber die Straße war vereist … Also ist mein Vater ausgerutscht … und da hat er das Gewehr losgelassen, das wie auf Kufen Richtung Abgrund geschlittert ist. Er wirft sich also hinterher, um es noch zu packen, streckt den Arm aus … und erwischt es gerade noch, bevor es in den Abgrund fällt …«

In diesem Moment lag Victor auf einer anderen Bank auf dem Bauch. Sein Oberkörper ragte halb über die Sitzfläche, den Arm hatte er ausgestreckt. José starrte ihn mit offenem Mund an, bevor Victor sich wieder aufrichtete, um den Fortgang der Ereignisse zu schildern.

»Er steht wieder auf, und da, auf der einen Seite gähnt die Schlucht, auf der anderen …«

»Der Bär!«, riefen José und David wie aus einem Mund.

»Der immer lauter brüllt. Dann bewegt er den Kopf so …« Victor ahmte die Vor-und-zurück-Bewegung des Tieres nach und brummte dabei so, dass er sich beinahe den Kiefer ausgerenkt hätte. »Und dann drückte er den Abzug.«

»Hat er danebengeschossen?«, fragte José ängstlich.

Victor ließ sich schwer wieder zwischen seine Freunde plumpsen, die wie gebannt an seinen Lippen hingen.

»Er hat in die Luft geschossen«, erklärte er resigniert. »Er wollte ihn nicht töten, sondern ihm nur Angst machen. Allerdings hatte er nur zwei Patronen. Und der Bär bekam keine Angst. Im Gegenteil, er regte sich nur noch mehr auf. Also stürzte er sich auf ihn.«

Victor beugte sich abrupt vor.

José und David legten ihm jeweils einen tröstenden Arm um die Schultern.

»Aber das ist doch kein Lkw-Unfall! Sondern ein Bärenunfall!«, rief José.

David warf ihm einen tadelnden Blick zu.

»Was denn, ist doch wahr!«, beharrte José halblaut.

Da vibrierte Victors Handy erneut – schon wieder Annie. Diesmal beeilte er sich, mit seinen Freunden nach Hause aufzubrechen. Sie nahmen mehrere Stufen auf einmal und rannten dann bis zu ihrem Wohnblock.

Der Eingang lag an der Rue Chappe, ein paar Meter unterhalb der Kreuzung zur Rue Gabrielle. Ein ziemlich altmodisches Gebäude, in dem es nur Mietwohnungen gab und dessen Fassade wahrscheinlich einmal weiß gewesen war, bevor es von einem gewissenlosen Vermieter übernommen worden war, der sich nicht darum kümmerte. Klapprige, abgewetzte hölzerne Fensterläden vor den Fenstern, von denen einige mit Blumenkästen voller zinnoberroter Geranien geschmückt waren, verliehen dem heruntergekommenen Gebäude einen malerischen Touch. Im Hausflur trennten sich die Wege der drei Jungen. José ging in die Hausmeisterwohnung seiner Eltern im Erdgeschoss. David wohnte im ersten Stock – er hatte seine Hausausgaben noch nicht gemacht und übersprang bei jedem Schritt mehrere Stufen der gebohnerten schmalen Treppe, um die draußen vertrödelte Zeit wieder aufzuholen. Victor wohnte im fünften Stock direkt unterm Dach. Er nahm den Fahrstuhl, der an diesem Tag ausnahmsweise mal nicht ausgefallen war.

Als er den Schlüssel ins Schloss steckte, öffnete sich die Tür ganz von allein. Annie stand dahinter, die Hand auf dem Türknauf. Die grauen Haare, die sie sich zu einem ordentlichen Knoten aufgebunden hatte, verliehen ihr das Aussehen einer bretonischen Großmutter – wie auf den Bildern auf alten Keksdosen.

Während sie mit ihm schimpfte, nahm sie Victor Mütze und Schal ab und wollte ihm schon aus seiner dicken Daunenjacke helfen. Doch der Junge protestierte und zog sich selbst aus.

»Du hättest ruhig anrufen können, ich hab mir Sorgen gemacht! Wenigstens ans Handy hättest du gehen können! Dafür sind Handys doch da!«, erklärte sie verärgert.

Dann sah sie ihn genauer an. Seine Augen glitzerten.

»Weinst du?«

»Aber nein, Annie, das ist nur die Kälte. Die treibt einem halt die Tränen in die Augen …«

Das nahm sie ihm nur halb ab, und Victor bemerkte es.

»Ehrlich, Annie. Davon muss man weinen!«, wiederholte er lächelnd.

Sie machte sich Sorgen, dass der Besuch auf dem Friedhof schwer für ihn gewesen war. Als er sich nun umständlich zu entschuldigen und herumzustammeln begann, dass alles in Ordnung sei, er sich nur mit David und José verquatscht habe, weil er ihnen erzählen wollte, wie sein Vater gestorben war, unterbrach sie ihn und drückte ihn an ihre Brust. Es war ihre übliche Art, Zuneigung zu zeigen, und jedes Mal war es Victor unangenehm, mit der Nase zwischen ihre enormen Brüste gepresst zu werden. Dabei gab ihm Annies üppiger Körper ein Gefühl der Sicherheit. Das war nicht immer so gewesen. Als er vor acht Jahren neu zu ihr in Pflege gekommen war, war keine Nacht vergangen, ohne dass er davon träumte, dass sie ihm die Brust gab. Dann war er jedes Mal schweißgebadet hochgeschreckt, hatte sich den Mund voller Abscheu abgewischt und am nächsten Morgen sein Müsli lieber ohne Milch gegessen …

»Du erstickst mich, Annie!«

Sie lockerte die Umarmung, umfasste Victors Gesicht mit den Händen und beugte sich zu ihm hinab.

»Bist du sicher, dass es dir gut geht, mein Großer?«

»Ja, alles okay. Wir haben doch schon drüber gesprochen. Ist ja nicht so, als wäre ich bei ihm aufgewachsen.«

Dann drehte er sich um und wollte in sein Zimmer gehen. Doch da er Annies besorgten Blick in seinem Rücken spürte, blieb er abrupt stehen und ging zu ihr zurück.

»Annie, alles ist in Ordnung, das schwöre ich dir! Denk doch mal dran, wie es war, als ich mit der Schule das Grab des Unbekannten Soldaten besucht hab. Unser Geschichtslehrer hat uns erklärt, dass er nur ein Symbol ist … Na, und heute hab ich eben das Grab des unbekannten Vaters besucht.«

Gerührt strich Annie ihm über den Kopf. »Komm mal mit.«

Sanft zog sie ihn an der Hand ins Wohnzimmer und setzte sich aufs Sofa. Seit er kein Kind mehr war, nahm sie ihn nicht mehr auf den Schoß. Es war zum einen eine

Frage des Schamgefühls, aber vor allem eine des Gewichts. Sie klopfte neben sich aufs alte blausamtene Polster. Das Sofa war eins von der Sorte, die es nur noch in Trödelläden gibt und die häufig ein zweites Leben in irgendeinem Café führen. Dieses hier hatte sämtliche Kinder kommen und gehen sehen, die Annie Lebien in fünfundzwanzig Jahren in ihre Obhut genommen hatte.

Sie drehte sich ein wenig zur Seite und sah Victor direkt an. »Du kannst jetzt adoptiert werden, weißt du …«

Er nickte freudig und setzte seine unschuldigste Miene auf, als wäre er in einem Schaufenster ausgestellt, damit jemand ihn sich aussuchte.

»Dann gehöre ich jetzt bald richtig zur Familie?«

Wer will einen solchen kleinen Engel denn nicht bei sich haben!, dachte Annie so laut, dass Victor es tatsächlich zu hören glaubte.

Sie zögerte, doch sie musste ihm jetzt die Wahrheit sagen.

Sie ergriff seine Hand. »Leider kannst du nicht bei mir bleiben, mein Kleiner.«

Victors Miene verdüsterte sich schlagartig.

»Ich bin viel zu alt«, fuhr Annie fort und unterdrückte ein Schluchzen. »Schau dir doch nur meine Haare an.«

Victor schüttelte energisch den Kopf. »Das hat doch nichts zu bedeuten. Nicht alle grauhaarigen Frauen sind alt!«

»Aber ich bin eben doch eine alte Frau, mein Kleiner. Ich habe euch alle geliebt, und ihr seid mir ans Herz gewachsen, ich habe euch, so gut es mir möglich war, aufgezogen, aber inzwischen bin ich erschöpft, mein Großer.«

»Mein Kleiner«, »mein Großer« – sie sollte sich mal entscheiden!

»Das sagst du schon, seit ich hier wohne. Aber du hast dich gar nicht verändert! Sogar Josés Mutter sagt, dass du jünger aussiehst.«

Annie lächelte gerührt. »Du brauchst eine richtige Familie. Keine Tante, auch keine Oma und am allerwenigsten eine Mumie.«

»Aber du bist doch meine Familie!«, rief Victor und riss seine Hand heftig aus der von Annie. »Du, Christopher und Fleur!«

Sie hatte ihn zusammen mit ihren eigenen Kindern aufgezogen. Christopher war inzwischen dreißig und nach Brighton in England gezogen. Fleur war achtundzwanzig und selbst Mutter eines zweijährigen Mädchens. Sie lebten mit Fleurs Freund in der Normandie.

Victor hatte sich noch mehr Argumente zurechtgelegt. »Du darfst mich adoptieren, mit dem Gesetz kenne ich mich aus!«

Tatsächlich konnte er es sogar auswendig. Maïa hatte es ihm mehrfach erklärt: Da er von einer anonymen Mutter zur Welt gebracht worden und sein Vater inzwischen gestorben war, stand eine Adoption an. Er konnte auf richtige Eltern hoffen – und Annie konnte sich auf diese Position bewerben.

Wirst du eines Tages meine Mama sein?

Diese Frage stellte er ihr in regelmäßigen Abständen. Er hatte damit angefangen, als Fleur schwanger geworden war. Annie hatte sich damals mit der Erklärung begnügt, dass sein Vater ihn vielleicht eines Tages zu sich holen werde. Doch für Victor war das kein Widerspruch.

»Du bist super! Alle Kinder im Viertel würden gerne bei dir leben!«

»Wirklich?«

»Na klar, sogar die, die gar keine Waisen sind!«

»Mögen die denn alle einbalsamierte Omas?«

Er antwortete mit einem nachdrücklichen Kopfnicken.

Die Kinder anderer Leute aufzunehmen war tatsächlich Annies Berufung. Sie setzte zu dem sonnigen Lächeln an, das ihr Markenzeichen war, doch es verkeilte sich irgendwo auf ihren Lippen. Ihr warmer, lebendiger Blick trübte sich. Daher schwieg Victor und wandte sich kurz von ihr ab, damit es ihr nicht unangenehm war. Er fürchtete sich davor, sie einknicken zu sehen, denn in all den Jahren war sie immer diejenige gewesen, die ihm Kraft gegeben hatte. Indem sie ihn geliebt hatte, hatte sie ihn zu lieben gelehrt.

»Bitte, Annie!«, bettelte er schließlich.

Wieder sah er sie an und wartete auf eine Antwort.

Dann habe ich auch endlich einen richtigen Namen!

Einen richtigen Namen.

VICTOR ADRIEN LAURENT: Diese drei Vornamen waren ihm von dem Standesbeamten gegeben worden, der seine Geburtsurkunde ausgestellt hatte. Der dritte Vorname diente als Familienname. So lautete die Vorschrift für anonym geborene Kinder. »Vertrauliche Geburt« hieß das in der blumigen Verwaltungssprache.

Wenn ich endlich einen richtigen Namen habe, bin ich der König der Welt!

Er hatte immer davon geträumt, eine Familiengeschichte zu haben.

Von heute an heißt du Victor Lebien!

Diesen Satz wollte er unbedingt hören … Er hoffte, dass Annie ihre Meinung noch ändern würde. Doch an diesem Abend blieb sie ihm die Antwort schuldig.

Kapitel 2

Es war halb neun, als Romain, ein Kellner in beigefarbener Livree und schwarzer Hose, sich vor die Durchreiche aus Edelstahl stellte und rief: »Eine Zitronentarte für zwei! Und Madame fragt, ob die Tarte auch hausgemacht ist, Chef!«, fügte er feixend an Lily gewandt hinzu.

Ob die Tarte hausgemacht ist?

Was für eine unangebrachte Frage, wenn man im Restaurant des Royal Eiffel dinierte, einem Fünf-Sterne-Hotel an der Avenue George-V in Paris. Auch wenn Lily sich mittlerweile an diese Art von Äußerung gewöhnt hatte, war es an diesem Abend doch besser, sie nicht allzu sehr zu reizen. Es war ein langer Tag gewesen: eine Hochzeitstorte für die Verlobungsfeier der Enkelin eines Senators, ein Büfett mit zweihundertfünfzig Petits Fours für das Mahl des erfolgreichsten Nachrichtensenders, fünfunddreißig Desserts für den Zimmerservice, noch einmal so viele für das Sternerestaurant sowie zwei Kuchen in Form von Dollarzeichen, um einen chinesischen Milliardär zufriedenzustellen, der seine dritte Milliarde im Familienkreis feiern wollte. Im November, Dezember und Januar ging es immer am hektischsten zu. Die Zeit um den Jahreswechsel bot das perfekte Alibi, um sich ein »kleines Vergnügen« zu erlauben.

Lily begann ihre Arbeit jeden Morgen um acht und legte die Schürze nur selten vor Mitternacht ab. Jérôme Divan, der Chefkonditor des Hotels, hatte sie rasch zu seiner Stellvertreterin befördert, als er ihre Wissbegierde und ihren überragenden Ehrgeiz bemerkt hatte.

Nun lag er seit einigen Tagen mit einer Grippe im Bett, und für Lily war es Ehrensache, dafür zu sorgen, dass die Abläufe in der Küche durch seine Abwesenheit nicht in Unordnung gerieten.

»Einfachheit ist die höchste Stufe der Vollendung.«

Dieses Motto Leonardo da Vincis war an einer Wand der Patisserieküche angebracht, niemand konnte es übersehen, und nur wenige wichen davon ab. Lily überwachte das bei den Lehrlingen höchstpersönlich, die in dieser Höhle des Löwen ankamen, in der die Ahnungslosen und die Amateure nichts zu suchen hatten. Unwillkürlich hatte sie es sich selbst seit dem Tag zu eigen gemacht, als sie mit vier Jahren ihre ersten Tartes gebacken hatte.

Nie bekam sie genug von der Kreation neuer Desserts. Sie wurden stets in letzter Minute angerichtet. So beendete Prudence, Bäckerin und Patissière, gerade hingebungsvoll die Verzierung des Brandteigs eines Paris-Brest, das mit einer Creme auf Basis von hausgemachtem Nugat gefüllt war, um sich dann umgehend der Herstellung eines Millefeuilles zu widmen, dessen luftiger und karamellisierter Blätterteig, sobald er ein wenig abgekühlt war, mit einer schaumigen Bourbon-Vanillecreme gefüllt und mit Puderzucker bestäubt wurde.

Lily nahm den Teller mit dem Paris-Brest und drehte ihn ein paarmal auf Augenhöhe um die eigene Achse, um es von allen Seiten zu begutachten. Das Ergebnis war zum Anbeißen. Beim Anblick der zarten, leicht gerösteten Mandelblättchen, des Schleiers aus Puderzucker mit Vanille, der weichen Wellen aus seidiger Creme, die mit den kleinen braunen Splittern des Haselnusskrokants besprenkelt waren, lief einem das Wasser im Mund zusammen. Beim ersten Bissen würde eine Symphonie aus Aromen an den Geschmacksknospen explodieren. Ohne ihn aus den Augen zu lassen, wandte sich Lily an den jungen Auszubildenden.

»Welche Eigenschaften muss ein gutes Gebäck besitzen, Damien?«

Dieser stammelte nervös vor sich hin und fragte sich, welche Antwort seine Chefin wohl von ihm erwartete.

Da er sich zu keiner entschließen konnte, beantwortete sie die Frage schließlich selbst.

»Gutes Aussehen, ausgewogene Konsistenz, klar unterscheidbare Aromen und Gefühl.«

»Gefühl?«

»Du musst es lesen lernen! Schau es dir gut an. Dieses Paris-Brest redet mit mir. Es sagt: ›Issss mich‹ … Vergiss das nie, Damien. Zuallererst braucht man Gefühl auf dem Teller.«

Der junge Mann begnügte sich mit einem Nicken und einem höflichen Lächeln, das er mit einem schüchternen »Ja, Chef« garnierte.

Da nahm Lily ihr Messer und schnitt zwei Stücke von dem Schokoladen-Pistazien-Marmorkuchen ab, der auf der Arbeitsfläche aus Edelstahl abkühlte. Sofort bemerkte sie, dass er nicht dicht genug war. Eins der Stücke hielt sie Damien hin.

»Konzentrier dich auf die Aromen, auf die Struktur«, empfahl sie ihm und legte sich dann vorsichtig ein Stück auf die Zunge.

Sie schloss die Augen. Der junge Lehrling tat es ihr gleich. Er kaute und nahm die Feuchtigkeit des Teigs auf, schloss und öffnete abwechselnd die Augen und wirkte dabei ein wenig verloren.

Dann öffnete Lily die Augen wieder.

»Wie lautet dein Urteil?«

Damien zögerte. Schließlich stammelte er, dass der Kuchen zu lange im Ofen gewesen sei, entschuldigte sich dafür, dass er nicht auf die Uhr geachtet habe, doch das war offenbar nicht das, was Lily störte.

Also wandte sie sich direkt an den für den Teig zuständigen Konditor: »Sébastien, der Marmorkuchenteig braucht viel mehr Charakter!«

»Ja, Chef!«

Damien hatte noch nie einen Konditor gehört, der einen Kuchen als »charaktervoll« bezeichnet hatte, und konnte nicht fassen, dass Sébastien sofort in der Lage war, diese Metapher zu übersetzen: Für Lily bedeutete »viel mehr Charakter« mehr Dichte, mehr Widerstand beim Kauen, damit die feinen Sinneseindrücke von der Konsistenz Zeit genug hatten, sich auf dem Gaumen zu entfalten. Diesen Wonneschauer wollte sie erzeugen.

Dann beugte sich die Chefin über die Liste der Gebäcke, die am folgenden Tag zur *Tea Time* auf dem Wagen liegen sollten, und wandte sich wieder an Sébastien.

»Wir sollten einen Zitronenkuchen und Honig-Madeleines hinzufügen, die haben wir letzte Woche ausgelassen.«

»Ja, Chef.«

»Damien, morgen bist du für die *Tea Time* zuständig!«

Das war eine Herausforderung. Der Wagen mit den Süßspeisen musste ansprechend genug gestaltet sein, um auf den ersten Blick Appetit zu machen und die Leckermäuler von der Tür in den Speisesaal zu locken.

»Mach uns glücklich!«, fügte sie noch hinzu.

In der Küchenmannschaft waren alle für Lilys Poesie empfänglich. Bis auf Damien.

»Mach dir keine Sorgen, das wird schon mit der Zeit«, flüsterte Prudence ihm zu.

Lily wartete schon ungeduldig darauf, dass die sizilianische Zitronentarte angerichtet wurde. Sie würde sie selbst in den Speisesaal bringen. In dieser Art Restaurant war es nicht üblich, dass die Chefpatissière sich persönlich am Service beteiligte, und da Lily für ihre knallharte Art bekannt war, machte ihr Team sich aufs Schlimmste gefasst.

Kapitel 3

Beim Abendessen hüllte Victor sich in demonstratives Schweigen. Dann zog er sich in sein Zimmer zurück, legte sich aufs Bett und verbrachte eine gute Stunde damit, einen Spielzeug-Lkw über seinen Bauch rollen zu lassen. Den Truck hatte Victors Vater ihm aus Kanada geschickt, eine Miniatur des Wagens, den er selbst jeden Tag gefahren hatte. Nachdem er Frankreich verlassen hatte, hatte er ihm regelmäßig eine Postkarte geschickt. Sie hingen zusammen mit den Konzertplakaten von David Garrett und Hilary Hahn, seinen liebsten Violinisten, an den Wänden des Zimmers: Die Wolkenkratzer von Montreal, die Altstadt von Quebec, der zugefrorene Sankt-Lorenz-Strom und die Wale von Tadoussac hingen neben den Niagarafällen, von geflammtem Ahorn gesäumten Seen, den Rocky Mountains und den legendären Nordlichtern von Yellowknife. Einige von ihnen hatte Victor umgedreht, um ihre kleinen Schätze zu enthüllen: Links neben der abgestempelten kanadischen Briefmarke erzählte sein Vater in kleinen Buchstaben von unglaublichen Abenteuern im hohen Norden oder auf den zugefrorenen Seen, die er mit seinem Lkw überquert hatte. Seine gesamte Kindheit über hatten diese Ereignisse Victors Fantasie angefacht.

Einen Vater, den er nie kennengelernt hatte, hatte er zum Helden stilisiert, der am anderen Ende der Welt sein Glück suchte und jeden seiner Berichte mit zwei kurzen

Sätzen beendete, die schnell zu Victors Leitsätzen geworden waren: »Jedem sein eigener Himmel« und »Wir haben alle unseren eigenen Himmel, Kleiner, wir müssen nur hinsehen.«

An diesem Abend sagte sich Victor, dass sein Vater vielleicht ein bisschen länger gelebt hätte, wenn er seinen eigenen Himmel besser hätte lesen können.

Der Mond leuchtete hell. Auf dem Rücken liegend, blickte Victor verträumt durch das Dachfenster. Plötzlich schoss er von seinem Bett hoch, zog sich seine Daunenjacke an, holte seine Geige aus ihrem Koffer, stieg auf einen Hocker und kletterte aufs Dach. Vom Montmartre aus war die Aussicht atemberaubend, Paris lag ihm zu Füßen. Er lehnte sich gegen einen Schornstein, legte den Hals sorgsam gegen den Kinnhalter der Geige, schwang seinen Bogen und strich sanft über die Saiten.

Er spielte für die Sterne.

Er hatte einmal gehört, dass sie uns, kurz bevor sie sterben, noch einmal in ihr Licht tauchen, also stellte er sich vor, dass der schönste von ihnen, der etwas heller als die anderen strahlte, sein Vater war. Victor war davon überzeugt, dass er dort oben weiter an ihn dachte.

Wenn er doch nur da wäre …

Diesen Gedanken hatte er so oft gehabt. Trotzdem hatte Victor ihm seine Abwesenheit verziehen, die Inkonsequenz, die er bei seiner Geburt unter Beweis gestellt hatte, die offenkundige Unreife, die ihn davon abgehalten hatte, seine Vaterschaft anzuerkennen.

Aber wenn er doch nur da gewesen wäre. Wer weiß, vielleicht hätte er ihm dann von seiner Mutter erzählt.

Mit geschlossenen Augen war Victor nun eins mit seiner Geige, beseelt, zu Hause, aufrecht. Die Noten der *Nocturne no. 20* von Chopin erhoben sich in die Nacht, frei hallten sie von den Zinkdächern der Stadt wider, bildeten eine ansteckende Melodie. Diese Nocturne, die nur selten auf der Geige gespielt wurde, hatte er selbst ausgewählt und hundert Mal mit Monsieur Leriche wiederholt, seinem Lehrer am Konservatorium Gustave-Charpentier im 18. Arrondissement. Er liebte das Gefühl, das von ihr ausging, und neigte dazu, mit ihr die Nacht zu feiern, die Dunkelheit, die seiner Fantasie Raum gab, indem sie die scharfen Umrisse der Realität verwischte: der Realität eines Lebens ohne Eltern.

»Seinen eigenen Himmel« hatte er zu betrachten und zu lesen gelernt. Er hörte auf die Sterne wie auf sein Herz. Wenn er wollte, dass sie ihm einen Wunsch erfüllten, vertraute er sich ihnen an. Häufig erhörten sie ihn, und er zeigte sich für ihr Wohlwollen zaghaft lächelnd erkenntlich, voller Ehrfurcht vor ihrer Unendlichkeit.

An diesem Abend bat er sie um die Erfüllung seines innigsten Wunsches.

Kapitel 4

Unter den entsetzten Blicken der Kellner tauchte Lily im Speisesaal auf. Sie erkundigte sich stumm mit einem Blick beim Oberkellner, der mit einer diskreten Kopfbewegung auf das junge Paar deutete, das die Bestellung aufgegeben hatte: ein sportlicher Mann in Jeans und Rollkragenpullover, begleitet von einer elegant gekleideten dunkelhaarigen Frau. Sie trug ein spindelförmiges hübsches Markenkleid, das ihrer Figur nicht schmeichelte. Zwei Turteltauben, die demonstrativ aufmerksam miteinander umgingen. Sie streifte die Hand ihres Liebsten, er streichelte seiner Angebeteten über die Wange, sie lehnten sich zueinander hin, um sich zu küssen, und missachteten dabei die Hindernisse, die der mit weißem Damasttuch gedeckte Tisch und die anderen Gäste darstellten, denen gegenüber sie keinerlei Schamgefühl zeigten.

Lily näherte sich lächelnd.

»Guten Abend«, begrüßte sie sie freundlich.

Sie erntete von beiden ein Lächeln mit einem Anflug gezwungener Höflichkeit, doch sobald sie begriffen, dass sie von der Chefpatissière höchstpersönlich bedient wurden, lösten sie sich umgehend voneinander und überboten sich mit ungelenker Affektiertheit.

Lily stellte den Nachtisch mitten auf den Tisch.

»Sizilianische Zitronentarte!«

»Sie ist doch hausgemacht?«, fragte die junge Frau ein weiteres Mal. »Einmal nämlich …«

Lily gab ihr keine Gelegenheit, ihren Satz zu beenden, sondern lehnte sich nach vorn, um ihr ins Ohr zu flüstern.

»Meine Tarte ist mit Sicherheit mehr hausgemacht als Ihre Brüste, Ihre Nase, Ihre Wangenknochen, Ihre Lippen und …«

Sie hielt in ihrer Aufzählung inne und rückte unmerklich von ihr ab, um sie zu mustern. »Nein, ich denke, ich habe nichts vergessen …«, schloss sie in normaler Lautstärke.

Da ihr Kavalier verblüfft wirkte, beeilte Lily sich, ihn zu beruhigen: »Ich habe Madame nur unsere kulinarischen Geheimnisse verraten. Ich wünsche Ihnen guten Appetit.«

Dann machte sie kehrt und ging wieder Richtung Küche, wobei sie unterwegs herzlich einige der Gäste grüßte. Sie war nicht auf den Mund gefallen, nutzte die Schärfe ihrer Zunge aber üblicherweise mit Umsicht. Niemals zuvor hatte sie auf diese Weise mit einem Hotelgast gesprochen. Vielleicht hätte sie sich auch zurückgehalten, wenn sie nicht gespürt hätte, dass es ihrer Gesprächspartnerin ziemlich peinlich gewesen wäre, sich wegen ihrer Worte bei der Direktion zu beschweren. Und sollte sie es am Ende doch tun, würde der Küchenchef seine schützende Hand über Lily halten. Humor und Solidarität gewannen im riesigen Tanker, den das Hotelgewerbe darstellte, stets die Oberhand über sämtliche hausinternen Intrigen.

Bevor sie an diesem Abend nach Hause ging, kontrollierte Lily die gesamte Produktion und die Liste mit den bestellten Zutaten – sie hatte den Ruf, auch die Königin der Zahlen zu sein. Um Mitternacht legte sie schließlich ihre Schürze ab. Draußen regnete es. Sie mummelte sich in ihren Parka, bedeckte mit einem großen Schal ihren Hals und ihr Haar und eilte durch den Dienstboteneingang hinaus. Beinahe alles außer ihren Augen war verhüllt, so stürzte sie sich in den kalten, feuchten Winter. Laut Wettervorhersage sollte es bald schneien. Lily mochte Schnee lieber als Regen. Er war romantischer.

Kurz vor ein Uhr morgens verließ sie die Metrostation Saint-Paul. Sie wohnte in einem Altbau in der Rue Vieille-du-Temple, kurz vor der Kreuzung mit der Rue des Rosiers. Direkt gegenüber schlief im Eingang eines leer stehenden Geschäfts auf einer alten Matratze, die er auf der Straße gefunden hatte, Zoran. Sie kauerte sich neben ihn hin und versuchte, ihn leise zu wecken. Vergeblich. Sie zögerte, den Notdienst zu verständigen, denn meistens weigerte er sich mitzugehen. Er hasste es, wie ein Obdachloser behandelt zu werden; er war zwanzig Jahre alt und besaß noch die Würde der Jugend.

Der junge Mann schlief tief und stieß dann und wann ein leises Schnarchen aus. In seinem Atem roch sie Alkohol. Bestimmt hatte er getrunken, um sich aufzuwärmen – wer hätte das nicht? Zoran war aus Serbien in der Hoffnung hierhergekommen, als Musiker arbeiten zu können. Während er auf Arbeit wartete, lebte er auf der Straße und hütete die Klarinette in seinem Schlafsack wie seinen Augapfel. Lily legte eine Tüte mit Gebäck aus dem Hotel neben ihn. Das machte sie beinahe jeden Abend. Als Dankeschön spielte er manchmal unter ihrem Fenster etwas, wenn sie zu Hause war. Durch ihn hatte sie »Bella Ciao« kennengelernt, das er seinem neugierigen Publikum in Dauerschleife darbot. Sie hatte sich in diese Hymne der antifaschistischen italienischen Partisanen aus dem Zweiten Weltkrieg verliebt. Sie gab ihr Kraft und die Energie weiterzukämpfen, wenn die Vergangenheit drohte, sie einzuholen.

Nachdem Lily mit neunzehn das heimische Nest in der Bourgogne verlassen hatte, um nach Paris zu gehen, hatte sie eine Einzimmerwohnung in Les Lilas gemietet, einer kleinen Gemeinde auf dem Hügel von Belleville im Speckgürtel der Hauptstadt. Oft musste sie an diese Wohnung denken, die sie willkommen geheißen hatte, als sie noch so verletzlich gewesen war. Sie gehörte den Eltern von Damien, dem Lehrling aus dem Hotel. Sie waren gute Freunde ihres Vaters gewesen, arbeiteten in der Gastronomie an der Côte-d'Or und hatten sie freundlicherweise über mehr als fünfzehn Jahre beherbergt. Als Zeichen ihrer Dankbarkeit versuchte Lily, aus Damien einen guten Konditor zu machen. Doch leider fingen seine Augen eben nicht an zu glänzen, wenn sie mit ihm über Kuchen sprach, daher war diese Lehre eher eine Sisyphusarbeit als eine Ausbildung.

Vor zwei Jahren hatte Lily dann den Boulevard périphérique überquert und sich mithilfe eines Kredits ihre Traumwohnung im Marais geleistet. Als sie nun die schiefe alte Treppe zu ihr hinaufstieg, rechnete sie durch, wie viele – oder besser: wie wenig – Stunden Schlaf sie heute abbekommen würde: duschen, abschminken, sich hinlegen und so unbeschwert wie möglich einschlafen – vor zwei Uhr morgens würde das nichts werden. Sie überlegte, sich nicht abzuschminken, um Zeit zu sparen. Ihr Aussehen war ihr nie sonderlich wichtig gewesen. Doch sie respektierte die alte Lebensweisheit ihrer Großmutter, die selbst Patissière gewesen war: »Vergiss nie«, hatte sie ihr ohne Unterlass eingebläut, »dass du ebenso begehrenswert sein musst wie die Kuchen, die du backst!« Lily bemühte sich deshalb jeden Tag darum, diese positive Botschaft weiterzutragen. Jedes Mal, wenn sie Make-up auflegte, dachte sie an ihre Großmutter.

Die Augen fielen ihr zu, sie hatte nicht mal mehr die Energie, das Buch aufzuschlagen, das auf ihrem Nachttisch lag. Von der Arbeit vollständig in Beschlag genommen, war Romain Garys *Frühes Versprechen* seit einigen Monaten zu einem Lektüreversprechen geworden, das Lily einfach nicht einhalten konnte. Inzwischen hätte sie sogar die ersten Seiten noch einmal lesen müssen, um den Faden der Geschichte wiederaufzunehmen. Gerade wollte sie die Nachttischlampe ausschalten, als ihr Blick an ihrem Tablet hängen blieb. Um sich selbst nicht in Versuchung zu führen, hatte sie es ein bisschen weiter weg auf ihre Kommode gelegt. Sie zögerte, stand dann aber doch noch einmal auf, schnappte es sich und setzte sich mit ihren Kissen im Rücken aufrecht ins Bett. Nur ein paar Minuten.

Mit ihrem Benutzernamen »Lily des Lilas« meldete sie sich auf einem Datingportal an.

Sechs Monate und ein Dutzend Dates nach ihrer Registrierung, war sie noch immer auf der Suche nach ihrem Seelenverwandten. Manchmal fühlte sie sich wie eine Nonne aus Schokolade im Schaufenster einer Patisserie. Den Blicken und den Begierden der Passanten ausgeliefert. Als einziger Schutz diente die Scheibe, die zwischen beiden stand. Auch wenn Online-Dating mittlerweile eher wie ein Spiel wirkte, fühlte sie sich nicht weniger verletzlich. Die Männer waren ungeduldig, sie ins Bett zu kriegen. Sex beim ersten Date oder warten, bis man sich verliebte – das ewige Dilemma. Sollte sie sich selbst ein bisschen pushen? Vielleicht. Sich die Möglichkeit geben, die eigenen Erwartungen zu erfüllen?

Sie hatte bei drei Gelegenheiten schon mit dem Feuer gespielt. Es ging darum, dem Produkt eine Chance zu geben, wie sie es gerne nannte, doch die üblichen Muster hatten sie jedes Mal eingeholt und zu unerreichbaren Liebschaften hingezogen. Trotz alledem blieb Lily am Ball. Es war nicht nur die durch ihre Arbeitszeiten erzwungene Enthaltsamkeit, die ihr gar keine andere Wahl ließ, sie hatte sich außerdem inzwischen an diese Art der Beziehungsanbahnung gewöhnt. Es war praktisch, vom Bett aus zu flirten, im Schlafanzug, ungeschminkt, eine Tasse Milch mit Honig in Reichweite. Sie konnte schamlos gähnen, eine Zeitschrift durchblättern und gleichzeitig mit gespreizten Zehen ihren Nagellack trocknen lassen. Es war praktisch, zu schreiben statt zu reden, ohne Umschweife zur Sache zu kommen und zu sagen, was sie dachte, ohne sich zu sehr um Höflichkeitsfloskeln zu scheren. Es war praktisch, sich entscheiden zu können, ob man antworten wollte oder nicht, und sich haarsträubende Geschichten auszudenken, um eine Nervensäge wieder loszuwerden.

Sie war inzwischen zu einem Profi darin geworden und fragte sich oft, warum gerade diese Art des Datings ihr so gut gefiel. Ging es um Verführung? Um Liebesfantasien? Darum, ihren unveränderten Durst nach neuen Bekanntschaften zu stillen? Der Gefühlsmarkt bot eine unendliche Fülle an Singles, und Lily fragte sich, ob sie eines Tages aufhören könnte, auf neue Profile zu klicken, nur um zu sehen, ob noch etwas Besseres im Angebot war. Wenn sie ehrlich war, war es schon zu einer Sucht geworden. Auf ihren Posteingang zu klicken gab ihr dasselbe Gefühl wie einem Pokerspieler, der entdeckte, welche Karten er auf der Hand hatte. Eine unerträgliche Spannung, die süchtig machte. Die langsam anschwellende Nervosität, die Angst, enttäuscht zu werden, und zugleich eine bebende Hoffnung, das Gefühl, dass sich hinter jedem Klick derjenige verbergen könnte, der sie aus ihrer sentimentalen Schwermut befreite.

»Naturblond und dennoch spritzig«, wie sie niemals müde wurde zu betonen, ein Stufenschnitt, honigfarbene Augen – ihr Profil gehörte zu den meistbesuchten der Dating-App. Sie hatte nichts von einer Femme fatale oder einer Verführerin, aber ihr Profilfoto erregte Aufmerksamkeit. Ihr Blick verriet, dass sie großzügig und leidenschaftlich war. Sie war stolz auf ihre Rundungen und zeigte das auch. Ihre anderen Fotos waren spontan entstanden und aktuell, sie hatte sich entschlossen, es potenziellen Verehrern so leicht wie möglich zu machen und so zu beweisen, dass sie nicht schummelte: Lily vor dem Eiffelturm; Lily, die die Kinder des Robert-Debré-Krankenhauses mit ihren Kuchen verwöhnte; Lily am Strand, aber nicht im Badeanzug; in der Bretagne beim Muschelsammeln; Lily beim Ausblasen ihrer Geburtstagskerzen, eine hübsche »37« gut sichtbar mitten auf dem Kuchen.

Zehn neue Nachrichten hatten sich zu den fünfundvierzig gesellt, die zu lesen sie noch nicht die Zeit gefunden hatte. Seit Langem ging sie nicht mehr chronologisch vor, sondern machte sich einen Spaß daraus, sie in willkürlicher Reihenfolge zu öffnen, als würde sie sie aus einem großen Hut ziehen. Sie klickte eine von ihnen an, deren Betreff keinerlei Deutungsspielraum zuließ: *»Sofort bezugsfähig.«*

Amüsiert erwartete sie, dass der Verfasser wenigstens ein bisschen Humor zeigte: »Guten Tag, Lily. Ich hinterlasse Ihnen hier meine Handynummer, ich mag Nachrichtenverkehr nicht, der sich unendlich hinzieht. 06 …«

Der sich hinzieht? Wir haben doch noch nicht mal angefangen!

Sie löschte diese Nachricht und ein Dutzend weitere, die genauso langweilig klangen. Dann überflog sie die neuen männlichen Profile, wobei sie wie üblich schnell einschlief …

Ein kurzer Alarmton bohrte sich in ihre Trommelfelle: eine neue Mail. Lily gähnte ausgiebig und öffnete sie.

SOCIÉTÉ
DES MEILLEURS OUVRIERS
DE FRANCE

Endlich!

Die Zulassung zum Finale des »Meilleur Ouvrier de France«-Wettbewerbs. In vier Monaten würde sie um den MOF-Titel kämpfen dürfen: »Beste Handwerksmeisterin Frankreichs« in der Kategorie »Backwaren und Patisserie«. Ihr großes Ziel. Beim Finale hatte sie die Wahl zwischen vier Mottos: »Ostern«, »Geburtstag«, »Hochzeit« oder allgemein »Lust am Essen«.

Die gute Nachricht gab ihr einen riesigen Adrenalinschub. Seit dem Beginn ihrer Karriere hatte sie auf diesen Titel hingearbeitet. Lily wollte die erste Frau sein, die den Titel als beste Patissière Frankreichs trug. Sie lächelte in sich hinein. Zugleich trübte sich ihr Blick beim Gedanken an ihre Großmutter und ihren Vater ein wenig.

Ihre gesamte Zeit würde sie von jetzt an ausschließlich mit der Vorbereitung auf den Wettbewerb und ihrer Arbeit als stellvertretende Chefköchin im Royal Eiffel verbringen. Das bedeutete, dass sie keine einzige Minute mehr für sich selbst haben würde. Sie loggte sich beim Datingportal aus und gab sich selbst das Versprechen, es nicht mehr zu öffnen, bis ihre Prüfungen beendet wären. Dann schaltete sie das Licht aus und versuchte die restliche Nacht lang einzuschlafen. Eigentlich war Lily in dieser Beziehung nicht leicht aus der Ruhe zu bringen, aber beim Gedanken an die schiere Menge an Arbeit, die ihr bevorstand, wurde ihr doch etwas schwindelig.

Kapitel 5

Als er um sieben Uhr morgens die Augen aufschlug, spürte Victor eine Last auf der Brust: die Rückkehr in die Realität, die wie durch Zauberei im Schlaf verschwunden war. Zu dieser Jahreszeit sah er um die Uhrzeit noch schwarze Nacht durchs Dachfenster.

War sein Wunsch erhört worden? Er rechnete heute mit Annies Antwort, wollte ihr aber noch bis zum Abend Bedenkzeit geben, statt sie direkt nach dem Aufstehen zu belagern. Denn er musste um jeden Preis vermeiden, dass sie merkte, wie viel Angst er hatte. Er würde sie fragen, wenn er aus dem Konservatorium zurückkam, gleich nachdem er ihr Vivaldis *Concerto op. 3 Nr. 6 in a-Moll* vorgespielt hatte, für das sie eine Schwäche hatte. Damit würde er sie überraschen. Sobald sie ihn spielen hörte, hätte er sie für seine Sache gewonnen. Annie war früher selbst Violinistin gewesen, hatte sogar Solistin werden wollen. Doch das Leben hatte sie gezwungen, einen anderen Weg einzuschlagen. Sie sagte immer, dass die Geige in der Lage sei, die Musik der Seele hörbar zu machen. Als Victor im Alter von fünf Jahren den Klang dieses Instruments entdeckt hatte, hatte er begriffen, dass dieses Stück lackiertes Holz tatsächlich eine Verbindung zu seinen eigenen Gefühlen herstellen konnte. Bald hatte sich sein Talent gezeigt, doch er war noch zu jung fürs Konservatorium gewesen, also hatte Annie ihm die Grundlagen des Instruments und der Notenlehre selbst beigebracht. Und seit er spielen konnte, legte er die Geige kaum mehr aus der Hand.

Er zog sich an, ohne zu duschen, er hatte sich am Vorabend erst gewaschen. Im Winter hasste er es, morgens mit Wasser in Berührung zu kommen, das war ihm zu kalt, denn wegen der alten, schlecht isolierten Fenster zog es im Badezimmer wie Hechtsuppe. Er zog ein paarmal seine Mundwinkel hoch, um gute Laune zu simulieren, dann verließ er sein Zimmer.

»Guten Morgen, Annie«, rief er fröhlich wie jeden Morgen, ohne zu wissen, wo genau in der Wohnung Annie sich aufhielt. Doch heute war seine Fröhlichkeit aufgesetzt.

Er durchquerte den schmalen Flur, von dem die anderen Zimmer abgingen. Alles war still. Normalerweise verbreiteten *Die Zauberflöte* oder *Schwanensee* eine Lebensfreude in ihrem Zuhause, die Annie gern beim ersten Strahl der Morgensonne um sich hatte. Sie stand deutlich früher auf als er und ging deutlich später zu Bett. Er hatte sie noch nie im Morgenmantel zu Gesicht bekommen. Sowohl morgens als auch abends war das Badezimmer stets sauber, alles war trocken und aufgeräumt, als hätte sie es den ganzen Tag nicht benutzt. Victor hatte sie nicht ein Mal beim Zähneputzen gesehen und fragte sich langsam, ob man vielleicht nur Kinder dazu zwang.

Kurz blieb er vor der Küche stehen. Annie war nicht allein, er hörte sie hinter der geschlossenen Tür flüstern, doch durch die Milchglasscheibe konnte er nichts erkennen. Er setzte wieder seine gute Laune auf und trat ein.

»Guten Morgen, Annie«, rief er noch einmal.

»Guten Tag, mein Kleiner!«

»Guten Morgen, Victor!«, rief auch Maïa, die zusammen mit Annie an dem alten schweren Eichentisch saß.

Maïa?

Auch wenn er überrascht war, sie hier zu sehen, tat Victor, als freute er sich. Er streckte ihr wie üblich die Faust entgegen, hielt Annie jedoch die Wange hin – sie genoss die Vorzüge des Alters. Er ahnte, dass die Anwesenheit seiner Erzieherin nichts Gutes bedeutete. Sie besuchte sie für gewöhnlich nie so früh, außerdem hatte sie ihn mit seinem Vornamen angeredet, obwohl sie ihn »Stummel« nannte, seit sie ihn mit vier Jahren zum ersten Mal im Arm gehalten hatte.

Er setzte sich auf seinen Platz, das Frühstück wartete bereits auf ihn: die Schachtel mit den Cornflakes und ein Glas Orangensaft. Immer noch ohne Milch. Seit den verstörenden Träumen war er unfähig, auch nur einen Tropfen davon zu trinken.

Während Victor aß, warfen die beiden Frauen sich auffordernde Blicke zu. Victor kaute seine Cornflakes, ohne vom Tisch aufzusehen. Dieser Tisch war von den Spuren aller Mahlzeiten gezeichnet, die Annie hier mit ihren eigenen und ihren Pflegekindern geteilt hatte: Messerspuren, die sich mit der Zeit zu schwarzen Furchen vertieft hatten, Weinflecken, Kaffeeflecken, unzerstörbare Herzen aus blauer Tinte und Brandränder von zu heißen Töpfen direkt auf der Tischplatte. Ein Familienleben, das in die Holzfasern eingebrannt war. In Annies Küche hatten sich viele kleine Dramen angebahnt und abgespielt. Hier wurde gegessen, über die Welt nachgedacht, geschmollt, es wurden Hausaufgaben erledigt, und vor allem wurde viel gelacht.

»Victor, ich habe Maïa hergebeten, weil ich mir große Sorgen mache, mein Großer.«

Geht das schon wieder los? »Mein Kleiner«, »mein Großer«!

»Als Minderjähriger, der unter der Obhut des Staates steht, und als künftige Waise müssen wir deine Situation neu bewerten«, erklärte Maïa nun betont gelassen.

Victor hob ungerührt den Kopf. »Das weiß ich doch«, erwiderte er und starrte dann wieder in seine Schüssel.

Er hatte sich geschworen, das Thema Adoption nicht erneut zur Sprache zu bringen, und versuchte jetzt, möglichst keine Regung zu zeigen, außer dass er die Cornflakes nun mit Lichtgeschwindigkeit in sich hineinschaufelte. Diese Ruhe vor dem Sturm war unerträglich. Er wusste ja bereits, was kommen würde. Sein Schicksal war besiegelt.

Er hob den Kopf. »Warum willst du mich denn nicht adoptieren, Annie?«

Tränen standen ihm in den Augen; sein Mund war voller Frühstücksflocken, die er nun nicht einmal mehr kaute.

Damit erwischte er Annie und Maïa kalt. Bis jetzt hatte er jeder Widrigkeit die Stirn geboten. Dass er nun so verzweifelt reagierte, ließ sie versteinert und hilflos zurück.

Schließlich regte sich Annie. »Ich bin zu alt und viel zu erschöpft, mein Kleiner. Wirklich! Ich habe nie geglaubt, dass ich dir das eines Tages sagen müsste«, erklärte sie und legte ihre Hand auf Victors.

»Ich finde dich nicht alt!«, beharrte er und hielt dabei weder die Verzweiflung in seiner Stimme noch die Maisflocken zurück, die ihm noch immer am Gaumen klebten.

»Weißt du, in ihrem Alter könnte Annie deine Großmutter sein«, legte Maïa mit einer Ernsthaftigkeit nach, die ihr dabei half, ihre Rolle als Erzieherin beizubehalten.

»Das ist nicht schlimm, ich wäre doch ein super Enkel! Oder etwa nicht?«, rief Victor an Annie gewandt, damit sie seine Worte bestätigte.

Ganz gerührt wusste Annie nicht, ob sie lachen oder weinen sollte, und konnte schließlich ihre Tränen nicht mehr zurückhalten. Sie presste beherrscht die Lippen aufeinander und schlug die Hand davor, um ihre Trauer herunterzuschlucken. Victor hatte sie noch nie in diesem Zustand gesehen, außer einmal, als sie bei der Geburt von Fleurs Tochter vor Freude geweint hatte.

»Warum willst du mich denn nicht haben? Was habe ich denn Böses gemacht?«, fragte er schließlich.

Er fiel zurück in die Selbstbeschuldigungen eines Jungen, der überzeugt ist, dass seine leibliche Mutter ihn verlassen hat, weil er sie nicht verdient. Das kam bei Kindern in staatlicher Obhut oft vor. Maïa kannte es zur Genüge. Also ergriff sie das Wort.

»Annie hat gesundheitliche Probleme, Victor, darum kann sie sich nicht länger um dich kümmern. Du bist ihr letztes Pflegekind. Das ist absolut nicht deine Schuld, Stummel.«

Diese hübsche wie floskelhafte Formulierung, mit der Maïa ihm die Schuldgefühle nehmen wollte, wurde ihm bereits unzählige Male aufgetischt – normalerweise von denen, die niemals das Gefühl der Einsamkeit erleben mussten, niemals so verlassen worden waren. Victor hatte gelernt, sich damit abzufinden, doch tief in seinem Inneren gab es immer noch fruchtbaren Boden für die Angst, dass sein Leben niemandem etwas bedeutete.

Annie wischte sich die Tränen mit dem Handrücken weg und versuchte sich an einem Lächeln, dessen Geheimnis nur sie kannte. Dann zog sie Victor an der Hand mit sich.

»Komm mal her.«

Sie nahm ihn auf den Schoß.

»Aber ich bin doch zu schwer, Annie!«, sträubte er sich.

Doch sie hielt ihn fest und tupfte seine feuchten Augen mit einem Zipfel ihrer Schürze ab, die angenehm nach Weichspüler roch.

»Ich weiß nicht, wie lange wir noch etwas voneinander haben, also bleib hier.«

»Wirst du sterben?«

Annie schüttelte energisch den Kopf, um ihn zu beruhigen. »Aber nein! Was redest du denn da? Ich lass dich doch nicht so einfach allein!«

Und doch …

Nachdem er von seiner Mutter nach der Geburt und mit vier Jahren noch einmal von seiner ersten Pflegefamilie verlassen worden war, hatte Victor nicht geglaubt, dass sich das alles ein drittes Mal wiederholen könnte.

»Hast du Krebs?«, fragte er abgeklärt.

»Annie hat Herzprobleme«, mischte Maïa sich ein.

»Was ist das für eine Krankheit?«

»Mein Herz ist faul geworden. Es nennt sich Herzinsuffizienz«, führte Annie aus.

»Das ist doch nicht schlimm!«, atmete Victor erleichtert auf. »Ich kümmere mich um dich, Annie! Auch wenn deine Pumpe nicht mehr schnell genug schlägt, meine schlägt für zwei!«

Das brachte die beiden Frauen zum Lächeln.

»›Meine Pumpe‹? Woher kennst du denn den Ausdruck?«, staunte Annie.

»Von Momo.«

Seit Annie ihn mit Georges Brassens bekannt gemacht hatte, einem altmodischen französischen Dichter und Sänger, war Victor auf der Pirsch nach immer absurderen Ausdrücken. Die schnappte er meistens im Café bei Maurice auf, den alle nur Momo nannten. Dort spielte er immer Tischfußball und hörte den Alten dabei zu, wie sie ihre Kneipenweisheiten mit einem Glas in der Hand zum Besten gaben. Und er hatte eine Vorliebe für die abwegigsten von ihnen.

Annie lächelte weiter und streichelte ihm über die Wange.

»Weißt du, wegen meiner ... Pumpe ziehe ich zu Fleur in die Normandie. Darum kann ich mich nicht weiter um dich kümmern«, erklärte sie ihm.

»Dann seh ich dich also nie mehr wieder?«

»Du kommst uns doch in den Ferien besuchen!«

Fleur lebte auf einem großen Bauernhof, den sie in eine Art Landgasthof umgebaut hatte. Victor hatte dort schon mehrere Ferienaufenthalte verbracht.

Und wenn Fleur mich adoptiert?

Kurz kam Victor dieser Gedanke. Doch er wusste sofort, dass Annies Tochter als Kandidatin nicht infrage kam. Mit Pflegegeschwistern aufzuwachsen, die eigenen Eltern mit Fremden teilen zu müssen, war etwas, das sie nur schwer ertragen hatte. Auch wenn sie Victor inzwischen als kleinen Bruder betrachtete, würde sie ihn nicht als ihren Sohn annehmen. Und Christopher war viel zu unreif, um an die Adoption eines Kindes auch nur zu denken.

»Du wirst noch eine ganze Weile bei Annie bleiben, weißt du«, warf Maïa nun ein. »Die Formalitäten bei Adoptionen dauern immer ziemlich lang.«

Obwohl er es versuchte, konnte Victor sich nun nicht mehr zurückhalten. Er schniefte und wischte sich die Tränen abwechselnd mit dem linken und rechten Handrücken ab. Eine überwältigende Verwirrung ergriff ihn – er riss sich aus Annies Umarmung los und sprang auf, stieß im Eifer des Gefechts eine Teetasse um, bevor er unter lautem Knallen der Küchentür verschwand. Dann hörten die beiden Frauen, wie auch die Wohnungstür schwer ins Schloss fiel.

Kapitel 6

Als Maïas Handy klingelte, saß sie gerade am Steuer. Es war inzwischen halb neun. Das Display zeigte Annies Nummer an. Maïa war gerade erst aufgebrochen, nachdem sie Annie noch eine Weile Gesellschaft geleistet hatte, um sie aufzumuntern. Sie hielt auf der Höhe der Metrostation Abbesses an und hob ab. Victor war nicht in der Schule aufgetaucht. Als die Schulsekretärin angerufen hatte, hatte Annie behauptet, er sei krank, um Problemen aus dem Weg zu gehen. Doch nach dem Gespräch beim Frühstück war sie außer sich vor Sorge.

»Ich hoffe, er ist nicht ausgerissen!«

»Nein, das würde er nicht tun. Ich seh mich mal im Viertel um, machen Sie sich keine Sorgen, er ist sicher nicht weit.«

Sie fand noch ein paar beruhigende Worte und nahm dann einen weiteren Anruf entgegen.

»Ja … Guten Tag, Madame … Heute Morgen? … In Ordnung … Ja, ich komme zu Ihnen.«

Sie legte auf und staunte, dass die Leiterin der Adoptionsstelle von Paris sie ohne Vorwarnung einbestellte. Auch wenn das Timing nicht ideal war, musste sie dem Ruf Folge leisten. Doch vorher musste sie noch etwas überprüfen. Sie fuhr über den Boulevard de Clichy einmal um den Block und wieder auf die Rue Lepic, parkte ihren Polo in einer Ladezone und schaltete vorsichtshalber die Warnblinkanlage ein. Sie betrat direkt gegenüber das *La Désobéissance*. Das berühmteste Café des Viertels trug einen Namen, der wie geschaffen für einen Ausreißer war. Momo, der Besitzer, sollte stets ein Auge auf Victor haben, wenn er bei ihm Tischfußball spielte. Doch heute hatte er ihn noch nicht gesehen. Er vermutete, dass Victor sich eher nicht bei ihm verstecken würde, weil er über die Anweisung, auf ihn aufzupassen, sehr wohl Bescheid wusste. Maïa sah auf die Uhr. Sie musste dringend zur Adoptionsstelle, und Momo versprach ihr, sofort seine Spürhunde nach Victor auszuschicken.

Der Cafébesitzer kannte das gesamte Viertel wie seine Westentasche und hatte seine Augen und Ohren überall. Kein Ereignis und kein Gerücht entgingen ihm. Er war selbst ein Kind des Viertels, war hier geboren und aufgewachsen und hatte beim Tod seiner Eltern das *La Désobéissance* geerbt. Im Viertel verschafften ihm seine weißen Haare Respekt, sein wahres Alter verschwieg er aus Eitelkeit. Nur ein paar Damen, die mit ihm die Schulbank gedrückt hatten, tratschten manchmal sein Geheimnis weiter. Momo tat dann gerne betont desinteressiert, wurde aber nicht müde, sie jedes Mal zu verbessern und zu betonen, dass er zu der Zeit, von der sie sprachen, die Schule dauerhaft geschwänzt habe und sie ihn daher verwechseln müssten.

»Mach dir keine Sorgen, der kleine Victor ist bekannt wie ein bunter Hund, die Grenze des Arrondissements kann er nicht unbemerkt überqueren.«

Beinahe wäre es Momo gelungen, Maïa zu beruhigen, aber sie wusste, dass er ein Traumtänzer und Schönredner war. Leider hatte sie keine andere Wahl, als ihm die Sache zu überlassen. Da sie ihre Pelzmütze nicht abnahm, er aber in Hemdsärmeln dastand, hielt er es für eine gute Idee, ihr einen Glühwein anzubieten. Sie lehnte ab, »im Dienst« trank sie keinen Alkohol, erinnerte sie ihn lächelnd. Als sie das Café verließ, hatten zwei Polizistinnen bereits begonnen, ihren Polo mit Aufklebern mit der Aufschrift »Dieses Fahrzeug wird abgeschleppt« zu verschönern. Momo kannte diese beiden Beamtinnen noch nicht. Er versuchte zu diskutieren, begriff aber rasch, dass das Patrouillieren auf der Straße bei dieser Eiseskälte ihre Geduld erschöpft hatte. Also schlug er ihnen vor, sich im Café bei einem Glühwein aufzuwärmen. Damit hatte er ins Schwarze getroffen: Sie zerrissen die Strafzettel und folgten ihm nach drinnen.

Maïa stieg wieder ins Auto und fuhr zur Adoptionsstelle des Jugendamts. Vor dem Gebäude rief sie Annie noch einmal an.

»Alles in Ordnung, Annie, ich habe ihn gefunden ... bei Momo ... Ja, ihm geht's gut ... Er ist einfach ziemlich niedergeschlagen! Ich verbringe ein bisschen Zeit mit ihm, und ab zwei geht er dann wieder in den Unterricht.«

»Ach, Gott sei Dank! Geben Sie ihn mir doch kurz.«

»Er ... er ist gerade auf der Toilette ... Ich grüße ihn aber von Ihnen, Annie ... Nein, ich schimpfe nicht mit ihm ... Na ja, vielleicht ein bisschen ... Ja, bis später.«

Maïa log aus Sorge um Annies Gesundheit. Von nun an betrachtete sie sie als eine Kranke, deren Herz während all der Jahre, in denen sie für die vielen bedürftigen Kinder gesorgt hatte, auf eine harte Probe gestellt worden war. Es war also besser, ihr unnötige Aufregung zu ersparen.

Und wenn sie ihn nun nicht mehr wiederfanden?

Es war das erste Mal, dass Victor nicht zum Unterricht erschienen war.

Wenn ihm bloß nichts zugestoßen ist!

Irène Lafage, die Leiterin der Adoptionsstelle, war groß gewachsen, Anfang fünfzig, trug ein graues Kostüm und hatte blondes schulterlanges Haar mit einigen aschblonden Strähnen. Ihre Füße steckten in flachen Schuhen, damit ihre Gesprächspartnerinnen sich nicht eingeschüchtert fühlten, ihre Brille verlieh ihr wiederum ein strenges Aussehen.

»Guten Tag, Maïa. Es war mir wichtig, mich über den Stand der Dinge in Bezug auf Victor Laurent zu informieren«, erklärte sie gleich beim Händeschütteln. »Uns wird von ganz oben nahegelegt, die Adoptionsformalitäten unserer Schützlinge zu beschleunigen. Die europäischen Statistiken sprechen nicht gerade für uns.«

»Es wird auch Zeit«, erwiderte Maïa, die noch immer fassungslos darüber war, wie langsam die bürokratischen Mühlen bei diesen Prozessen mahlten.

»Ich hoffe, wir haben diesmal mehr Glück. Es ist ja klar, dass die Verpflanzung nicht jedes Mal gelingt.«

Maïa verabscheute diese Formulierung, doch jedes Mal, wenn sie selbst mit solchen dramatischen Situationen konfrontiert wurde, musste sie zugeben, dass die Formulierung zumindest inhaltlich durchaus passte. Erst kürzlich war die Adoption eines zwölfjährigen Mädchens, das sie betreute, geplatzt. Maïa wusste nur zu gut, dass eine ganze Welt zwischen formeller Adoption und Eingewöhnung lag und dass Letzteres, selbst wenn Ersteres geschafft war, bei Weitem nicht immer gelang. Manche erst spät adoptierten Kinder liefen Gefahr, sich gar nicht mehr in ihrer neuen Familie zu akklimatisieren.

»Unsere Psychologin muss ich Ihnen ja nicht mehr vorstellen«, sagte nun die Leiterin.

Maïa war erleichtert, als sie sah, dass Liliane Rémy mit Victors Adoption betraut worden war.

»Immer noch genauso hübsch«, sagte diese nun, während sie Maïa von Kopf bis Fuß musterte. »Der Schwarm aller Pflegekinder! Du hast sicher schon einen Fanklub.«

»Wenn es einen gibt, weiß ich nichts davon.«

Liliane Rémy war immer freundlich, sie hätte auch als Schwester Rémy durchgehen können. Sie war stets ungeschminkt, hatte einen durchscheinenden Teint, einen strahlenden, mitfühlenden Blick, tiefgründig und beschützend. Zu ihrem zerzausten rot gelockten Kurzhaarschnitt trug sie heute eine Jeans, rosa Turnschuhe und einen grob gestrickten Wollpulli. Sie war ein fünfundvierzigjähriges Mädchen, auf deren Gesicht die Zeit keinerlei Spuren hinterlassen hatte. Maïa suchte häufig ihren Rat, wenn sie es mit schwierigen Fällen zu tun hatte, sie kannte Liliane als vertrauenswürdig und professionell, vor allem aber als liebenswürdig.

Hinter ihrem Schreibtisch blätterte die Leiterin in Victors dicker Akte.

»Also, wie geht es ihm?«

»Sehr gut, sehr gut!«, erwiderte Maïa mit leichtem Unbehagen. »Na ja, so gut es einem Waisenkind eben gehen kann. Seien Sie mir nicht böse, aber ich tue mich noch immer schwer mit der Behauptung, einem Pflegekind fehle überhaupt nichts.«

Da sie Maïas offenherziges Wesen kannte, musste Liliane innerlich lächeln.

»Möchte er denn adoptiert werden?«, fragte sie dann. »Du hast ihm doch sicher erklärt, wie das vonstattengeht.«

»Ja, natürlich, er ist über alles im Bilde.«

Sie konnte nicht für Victor sprechen, musste aber dennoch in seinem Interesse handeln und deshalb vermeiden, dass er den Rest seiner Kindheit zwischen verschiedenen Pflegefamilien und Kinderheimen hin- und hergeschoben wurde, nachdem Annie und er einander über acht Jahre ans Herz gewachsen waren.

»Ja, er möchte adoptiert werden«, erklärte sie also.

Irène Lafage fragte nach, ob Annie ihren Hut in den Ring werfen wolle, und unterstrich, dass ihr Antrag völlig nachvollziehbar wäre. Ein wenig verstimmt erläuterte Maïa ihr, dass Annie es in der Vergangenheit zwei Mal versucht habe, dass die zuständigen Behörden jedoch beide Male den Antrag abgelehnt hätten. Heute war Annie der Meinung, Victor solle bei Eltern aufwachsen, die nicht ebenso gut seine Großeltern sein könnten. Was einen Blutsverwandten anging, den man hätte fragen können, waren dem Amt die Hände gebunden, denn Julien Rossignol hatte sich dagegen ausgesprochen, seine Familie über die Existenz seines Sohnes zu informieren.

Maïa hatte ihre Tasche offen gelassen, um ab und zu einen heimlichen Blick auf ihr Handy zu werfen. Während sie gute Miene machte, starb sie fast vor Sorge um Victor. Seine Zukunft zu diskutieren, obwohl er so urplötzlich verschwunden war, verursachte ihr furchtbare Gewissensbisse. Mit ihrem Entschluss, die Polizei nicht über sein Verschwinden zu informieren, hatte sie sich gesetzeswidrig verhalten.

»Wie hat er den Tod seines Vaters denn aufgenommen?«, fragte Liliane.

»Er wollte unbedingt zu seinem Grab gehen. Er hat sich tatsächlich gefreut, seinen Vater endlich zu ›treffen‹.«

Mit dieser Bemerkung löste Maïa eine Welle aus Mitgefühl aus. Hinter ihren Brillengläsern wirkte die Leiterin nun wesentlich weniger streng.

»Hatte Victor denn den Wunsch, eines Tages bei seinem Vater zu leben?«, hakte sie nach.

»Nein, ich glaube nicht. Er hat sich einfach das heldenhafte Bild eines Vaters zusammengezimmert, zu mir aber niemals etwas in der Art gesagt. Julien Rossignol hat sich ihm gegenüber als eine Art Abenteurer dargestellt, als Goldgräber. Victor gibt gerne mit ihm an: Er behauptet, sein Vater sei von einem Bären gefressen worden, obwohl er mit seinem Truck in einen zugefrorenen See eingebrochen ist. Jung wie er war, hätte sich Julien eher als großer Bruder oder Pate geeignet. Aber, nein, eine darüber hinausgehende Bindung hat Victor nicht entwickelt, nur eine Art bewundernde Freundschaft.«

Irène Lafage bedauerte, dass Julien Rossignol seinen Sohn nicht offiziell anerkannt hatte, denn in diesem Fall hätte Victor wenigstens den Namen seines Vaters tragen können. Sie suchte den Brief heraus, den seine leibliche Mutter geschrieben hatte, und überflog ihn rasch, darin gab sie ihre Identität allerdings nicht preis. Er ähnelte ohnehin eher einem Infoblatt als einer persönlichen Nachricht. Es war ein schlecht geschriebenes Gestammel voller Rechtschreibfehler, das nur zu dem Zweck verfasst worden war, Julien mitzuteilen, dass seine Exfreundin anonym ein Kind zur Welt gebracht hatte. Zu diesem Zeitpunkt hatten sie sich bereits wieder voneinander getrennt, und es vereinfachte die Sache auch nicht, dass sie ihn erst einige Wochen nach der Niederkunft darüber informiert hatte. Sie hatte sich darauf beschränkt, die Geburtszeit sowie die Adresse der Geburtsstation anzugeben, damit er ihn dort abholen konnte, falls er das wünschte. Der Brief endete mit »Verzeih mir« und war noch nicht einmal unterschrieben. Es war so gut wie unmöglich, die Mutter mithilfe dieser Nachricht zu identifizieren. Auch Julien Rossignol hatte diesen Wunsch nach Anonymität respektiert und ihren Namen niemals preisgegeben.

»Wie lange bist du jetzt denn schon seine Betreuerin?«, fragte Liliane.

»Seit er bei Madame Lebien in Pflege ist. Er war damals knapp vier Jahre alt«, erwiderte Maïa gerührter, als sie das wollte.

Besorgt warf sie einen weiteren Blick auf ihr Handy. Jetzt merkte die Leiterin, dass Maïa etwas beunruhigte: »Gibt es ein Problem, Maïa?«

»Äh, nein, nein, alles gut. Aber unter meinen Sprösslingen gibt es ein paar Verrückte, die man besser im Auge behält«, erklärte sie mit einem gezwungenen Lächeln.

Irène Lafage wollte wissen, wie Maïa von Julien Rossignols Ableben erfahren hatte, und so schilderte die Erzieherin ihr, wie sie auf eigene Faust Nachforschungen angestellt hatte, als Victor kein Lebenszeichen mehr von seinem Vater erhalten hatte. Jedes Jahr hatte er ihm ein Weihnachtsgeschenk geschickt, doch diesmal blieb es aus. Es kamen auch keine Anrufe und Postkarten mehr. Diese Stille war ihr verdächtig erschienen. Durch die französische Botschaft in Kanada hatte sie von seinem Tod erfahren.

»Hat er ihn denn oft angerufen?«, fragte Liliane.

»Sehr unregelmäßig. Eine Zeit lang vielleicht einmal pro Monat, dann zwei oder drei Monate gar nicht. Das änderte sich ständig.«

Außerdem hatte Julien Rossignol sich stets Mühe gegeben, keine Spuren zu hinterlassen, wenn er mit seinem Sohn telefonierte. Die Anrufe kamen immer von unterdrückten Rufnummern. Victor beklagte sich darüber, denn er hätte ihn zu gern selbst einmal angerufen.

»Er hat jede Form von Routine vermieden«, vermutete Liliane. »Er weigerte sich einfach, eine väterliche Beziehung zu seinem Sohn aufzubauen.«

»Warum dann überhaupt diese Verbindung aufrechterhalten?«, erwiderte Maïa verärgert.

»Aus Schuldgefühl. Das ist ein ganz klassisches Verhalten. Besitzt Victor denn ein Foto von seinem Vater?«, fragte Liliane nach.

»Nein. Obwohl er ihm ständig eins versprochen hat.«

»Das rührt von derselben Furcht her: die Furcht, einen festen Platz im Leben seines Sohnes einzunehmen und das nicht mehr rückgängig machen zu können.«

»Er hat sich immer um Unsichtbarkeit bemüht, selbst in den sozialen Netzwerken.«

»Ich kann mir vorstellen, welche Qualen dieses Kind durchlebt haben muss, wenn es mit seinem Vater gesprochen hat, ohne zu wissen, wie er aussieht«, warf Irène Lafage ein.

»Er kannte die Stimme, ohne ein Bild dazu zu haben, den Rest hat er sublimiert.«

Liliane nickte. Sie wusste genau, dass anonym geborene Kinder dazu neigten, ihre leiblichen Eltern zu idealisieren.

»Hat Victor ihm denn irgendwelche Fragen zu seiner Mutter gestellt?«, fuhr die Psychologin fort.

»Ja, einmal. Er hat seinen Vater angefleht, ihm von ihr zu erzählen. Madame Lebien hat mir davon erzählt.«

Nun hingen Liliane und die Leiterin an Maïas Lippen.

»Julien Rossignol meinte nur, sie sei schön gewesen und wäre sicher eine wunderbare Mutter geworden, wenn sie nur ein paar Jahre älter gewesen wäre. Ihm war wichtig, dass Victor keinen Groll gegen sie hegte, und er hat ihm geschworen, ihm eines Tages ihren Namen zu verraten.«

Madame Lafage seufzte erschöpft und stützte sich dann schwer mit verschränkten Armen auf ihren Schreibtisch.

Solche Dramen frustrierten sie. Nüchtern betrachtet war die Wahrscheinlichkeit, dass Julien Rossignol eines Tages seinen Sohn anerkannt hätte, gleich null. Und auch wenn sie sich weigerte, das Verhalten der leiblichen Eltern zu verurteilen – damit hätte sie es sich zu leicht gemacht –, regte es sie doch auf, dass die Behörden aus Rücksicht auf eine Blutsverwandtschaft, die keine wirkliche Perspektive bot, Victor das Recht auf eine frühere Adoption verweigert hatten – und damit auch das Recht auf eine richtige Familie.

Vor zwölf Jahren hatten die offiziellen Stellen Mitleid mit Julien Rossignol gezeigt, der kaum sechzehn Jahre alt gewesen war, als ein Kind unerwartet sein Leben auf den Kopf gestellt hatte. Angesichts der Jugend und der Aufrichtigkeit des Vaters hatten die Behörden dem elterlichen Band Vorrang eingeräumt und entschieden, Julien zu unterstützen, bis er eine Entscheidung gefällt haben würde.

Mehrfach hatte er in der Folge versprochen, die Vaterschaft anzuerkennen, die Einwilligung allerdings jedes Mal wieder zurückgezogen. Trotz alledem hatten Victor und sein Vater sich an dieses geisterhafte Verhältnis gewöhnt.

Maïa empörte sich über diese Entscheidung aus einer anderen Zeit: »Ich bin nie davon ausgegangen, dass Monsieur Rossignol irgendwann die Vaterschaft für sein Kind anerkennt.«

Sie fand es unanständig, die Zukunft eines Kindes so aufs Spiel zu setzen.

»Wir sind doch keine Algorithmen, sondern menschliche Wesen! Und sie ebenfalls!«, rief sie. Auf der einen Seite gab es engagierte potenzielle Adoptiveltern, auf der anderen großartige Kinder, doch die lernten einander nie kennen, weil man lieber auf eine plötzliche moralische Regung bei den leiblichen Eltern setzte, die durch Abwesenheit glänzten. Was für eine Verschwendung!

Maïas Handy vibrierte – eine SMS. Sie entschuldigte sich und gab vor, auf eine dringende Nachricht zu warten.

Momo hatte ihr geschrieben.

Er hatte Victor gefunden.

Kapitel 7

Maïa fuhr schnell. Der Wirt hatte sich damit begnügt, ihr eine Adresse zu schicken: »Victor, Rue de Douai 6.« Knapp und klar. Seine Quellen galten als zuverlässig. Sie hatte versucht, ihn anzurufen, als sie die Adoptionsstelle verließ, aber er ging nicht an sein Handy. Oft ließ er es neben der Kasse auf dem Tresen liegen. Bekanntermaßen war er eine Plaudertasche, aber er hasste es, Zeit mit Telefonieren zu verschwenden. Lieber verbrachte er sie beim Schwatz über Gott und die Welt mit seinen Kunden an der Bar.

Der Polo bog in die Rue de Douai ein, ein paar Hundert Meter vor der Place Blanche und dem Moulin Rouge. Maïa fuhr jetzt Schrittgeschwindigkeit und stoppte abrupt auf Höhe eines Geschäfts, vor dem sich eine Traube aus Schaulustigen gebildet hatte, die hineinstarrten. Am Ziel angelangt, hörte Maïa, wie sich ein Krankenwagen näherte. Sie machte Platz und sah gleich darauf noch ein Feuerwehrauto im Rückspiegel. Gott sei Dank fuhr es vorbei. Erleichtert parkte sie vor einer Einfahrt und stieg eilig aus.

Angesichts des Menschenauflaufs, der trotz der Polarkälte immer größer wurde, rechnete sie bereits mit dem Schlimmsten.

»Entschuldigung! … ENTSCHULDIGUNG!«

Unter Einsatz ihrer Ellbogen kämpfte sie sich nach vorn und presste die Nase gegen das Schaufenster. Es war ein Musikwarengeschäft. Bis hierhin ergab alles Sinn, es bestand eine offensichtliche Verbindung zu Victor, Momos Quellen hatten sich nicht getäuscht. Von außen konnte Maïa nicht sehen, was sich im Inneren abspielte, denn dort standen noch einmal so viele Menschen wie draußen. Eine weitere Anstrengung war nötig, um sich schließlich zur Tür durchzukämpfen. Als sie sie aufdrückte, drang Musik auf die Straße. Sofort begriff sie, was hier los war.

Im Inneren des Geschäfts musste sie die Tür gewaltsam wieder zudrücken. Sie zog sich die Fellmütze vom Kopf und drängte sich dann weiter voran, bis sie in der ersten Reihe stand. Das Geschäft hatte sich in einen überfüllten Veranstaltungssaal verwandelt. Am hinteren Ende gaben drei Jungs ein kleines Konzert. Victor an der Geige, David an der Irish flute, und José gab den Rhythmus auf einer Bodhrán vor. Gerade spielten sie »Toss The Feathers«, ein bekanntes irisches Volkslied. Victor ging vollständig darin auf, wirbelte umher, legte alles, was er hatte, in sein Spiel. Seine Freunde taten es ihm gleich, jeder von ihnen versprühte eine unbändige Energie. Das Stück wollte gar nicht mehr enden, sie zogen die Soli in die Länge und nahmen die Melodie dann mit noch größerem Enthusiasmus wieder auf, rissen ihr Publikum mit, das immer begeisterter mitklatschte.

Maïa beobachtete sie selig. Für ein paar Minuten hatte sie sogar vergessen, dass sie hier war, um Victor in die Schule zurückzubringen. Nun stellte sich heraus, dass sie sich gleich um *drei* Schwänzer kümmern musste. In der Zwischenzeit ließ sie sich wie der Rest des Publikums nach Connemara versetzen. Alle staunten darüber, auf welchem Niveau die drei Kinder spielten, und flüsterten ihren Nebenleuten, die sie oft gar nicht kannten, bewundernde Bemerkungen ins Ohr. Es war eine verblüffende Gemeinschaftserfahrung.

»Die kleinen Kerle sind richtig gut«, sagte der Ladenbesitzer mit lauter Stimme, damit Maïa ihn verstehen konnte. »Sie sind reingekommen und wollten sich ein bisschen umsehen, ich hab sie schon auf der Straße gesehen. Die ganzen Instrumente bringen die Kinder aus dem Viertel zum Träumen! Ein paar von ihnen kommen her, um zu klauen, aber die drei hab ich vorher noch nie gesehen. Und dann schnappt sich einer von ihnen ohne Vorwarnung eine Geige … und das kommt dabei raus! Welcher gehört denn zu Ihnen?«

»Alle drei«, entgegnete Maïa mit einem Lächeln auf den Lippen.

»Alle drei?«, fragte er ungläubig und musterte sie lachend.

Wie alle anderen war auch Maïa begeistert. Sie hatte noch nie Gelegenheit gehabt, sie gemeinsam spielen zu sehen, sondern nur bei den Jahresabschlusskonzerten im Konservatorium zugehört – und die hatten mit dieser *Unplugged*-Vorstellung wenig zu tun. Das Talent tröstet die Seele, dessen war sie sich sicher; oft bedauerte sie, dass sie selbst keins besaß. »Na klar doch, du weißt, wie man mit mir fertigwird!«, widersprach Victor ihr oft, aber sie weigerte sich, Talent und Berufung miteinander gleichzusetzen.

Nun bemerkte Victor sie. Er presste sich ein kleines Lächeln ab. Sie erwiderte es. Auch José und David hatten ihre Anwesenheit inzwischen bemerkt. Sie tauschten schuldbewusste Blicke aus. Das fiel Maïa auf, und um die Stimmung nicht zu verderben, begann auch sie, in die Hände zu klatschen. Da gesellte sich ein vierter Bursche, den niemand erwartet hatte, zu dem Trio. Er schnappte sich ein Tamburin von der Auslage, stimmte mit ein, und wie aus einem Mund schallte ihm sein Name aus der Menge entgegen: »Momo! Momo! Momo!«

Er war der Prinz des Viertels!

Da er wie ein Profi auftrat, waren die Jungs entzückt über ihren Gaststar. Einige Minuten später beendeten sie das Stück und verbeugten sich vor ihrem begeistert applaudierenden Publikum. Sie hatten seit fast einer Stunde ohne Unterbrechung gespielt, und der Ladenbesitzer gab ihnen zu verstehen, dass es jetzt an der Zeit für ihn sei, seine Arbeit wiederaufzunehmen. »Ich habe richtige Kunden, die ich bedienen muss, Jungs!« Das Publikum seufzte unzufrieden und forderte die x-te Zugabe.

»Los, raus jetzt!«, rief er da. »Und schätzt euch glücklich, dass ihr für eure Plätze nicht bezahlen musstet!«

Während die Menge sich zerstreute, wagte keiner der drei Knirpse, sich Maïa zu nähern.

»Wie schade, das Beste hab ich verpasst!«, rief Momo enttäuscht. »Aber ich war gerade mitten in der Abrechnung.«

Momo war wirklich ein großes Kind, er ließ sich keine Gelegenheit zum Feiern entgehen. Alles diente ihm als Vorwand, die Korken knallen zu lassen.

»Aber sag mal, du kleine Geheimniskrämerin, davon hast du mir ja noch nie was erzählt! Die Knaben sind ja richtige Virtuosen! Wir sollten sie mal im Café auftreten lassen.«

»Ich muss dich doch nicht daran erinnern, dass sie noch minderjährig sind, Momo.«

»Also veranstalten wir eine Pyjama-Party! Mit Champagner!« Er lachte laut auf.

Die Musik war verstummt, die stille Ladenseele gewann wieder die Oberhand über die lärmende Menge der Schaulustigen. Das Blech und das Holz der Saiteninstrumente gaben sich von nun an damit zufrieden, bescheiden im Stillen vor sich hin zu glänzen. Momo war zum Rauchen nach draußen gegangen und hielt mit den Bewohnern des Viertels ein

Schwätzchen. Sie kannten ihn gut. Und sie mochten ihn, weil er die Menschen mochte.

Victor legte behutsam Bogen und Geige wieder an ihren Platz zurück. Das Glück, das er noch vor wenigen Minuten ausgestrahlt hatte, war an seinem Instrument haften geblieben und erlosch nun. Es war die berüchtigte Rückkehr in die Wirklichkeit, die er so sehr verabscheute und der er entweder durch die Musik oder durch Schlaf zu entkommen versuchte. Maïas Anblick nur wenige Meter von ihm entfernt erinnerte ihn daran, dass Annie sich furchtbare Sorgen gemacht haben musste.

Er war auf sich selbst böse. Auch weil ihm nun bewusst wurde, dass er José und David dazu gezwungen hatte, sich Ärger einzuhandeln, und dass Maïa wahrscheinlich ebenfalls außer sich vor Sorge gewesen war. Er kannte die Konsequenzen, die drohten, wenn ein Pflegekind gegen die Regeln verstieß. Er wusste, dass die Schule sowohl die Polizei als auch die Pflegefamilie verständigen musste und dass Annie Gefahr lief, sich aufzuregen, weil sie ihn hatte decken müssen. Dieses Verhalten passte eigentlich nicht zu ihm. Es war zwar nicht das erste Mal, dass er rebellierte, doch noch nie zuvor hatte er sich dabei so verantwortungslos verhalten und dermaßen unglückselig verheddert.

Mit schuldbewusster Miene ging er zu Maïa hinüber, die gerade versuchte, das Becken eines Schlagzeugs zum Klingen zu bringen, indem sie es mit dem Finger antippte.

»Siehst du, ich war gar nicht weit weg.«

Er warf Momo einen schelmischen Blick durch das Schaufenster zu. Er ahnte sehr wohl, dass der ihn zur Fahndung ausgerufen hatte. Voller Stolz auf den Kleinen lächelte Momo zurück und reckte zufrieden einen Siegerdaumen empor.

»Du kannst dich nicht darauf verlassen, lange unerkannt durch das Viertel zu spazieren«, bemerkte Maïa sanft und strich Victor die Strähne aus dem Gesicht.

»Wie geht's Annie?«, fragte er ängstlich.

»Es geht, ich hab sie beruhigt.«

»Und was ist mit der Schule?«

»Annie hat gesagt, du seist krank.«

»Es tut mir leid, Maïa.«

Dann zeigte sie auf José und David, die gerade zu ihnen kamen. »Und was ist mit ihnen?«

»Es ist meine Schuld. Ich hab sie angerufen und gesagt, dass ich nicht mehr zur Schule will. Sie wollten mich einfach nicht allein lassen. Also haben wir geschwänzt und …«

»Lass uns nicht mehr davon sprechen. Das war übrigens ein super Konzert, Jungs!«

Maïas Nachsicht überraschte die drei, doch gleichzeitig war sie ja nur für Victor verantwortlich. Sie nahm ihn noch einmal beiseite, während die anderen beiden ihre Instrumente wegräumten.

»Ich verstehe deine Enttäuschung wegen Annies Entscheidung, aber stell dir nur mal vor, wenn du auf der Polizeiwache gelandet wärst! Alles würde in deiner Akte stehen, und ausgerechnet in dem Moment, in dem sie deinen möglichen Eltern präsentiert werden soll. Das würde keinen guten Eindruck machen. Natürlich wünsche ich mir etwas ganz anderes für dich, aber es ist mir immer noch lieber, wenn du in ihren Augen eher Mitleid verdienst als eine Herausforderung bist.«

»Was soll das heißen, ›Herausforderung‹?«

»Eine Waise macht Angst und steht in unserer Gesellschaft leider unter Generalverdacht. Aber du verdienst nicht, dass man dir nicht traut, Victor. Ich werde dich nicht einfach bestrafen. Ich hätte an deiner Stelle wahrscheinlich nicht anders gehandelt. Aber mach so was nicht noch mal, sonst schalte ich das FBI ein!«

Er musste lächeln.

Bevor sie aufbrachen, dankten die Musiker noch dem Ladenbesitzer für seine Großzügigkeit. Er nahm ihnen das Versprechen ab, für eine Autogrammstunde wiederzukommen, sobald sie berühmt wären, was, davon war er überzeugt, eines Tages der Fall sein würde. Er brüstete sich damit, schon immer ein Näschen für so etwas gehabt zu haben. Seit dreißig Jahren beobachtete er nun den Aufstieg der besten Musiker Frankreichs, noch nie hatte er dabei auf eine Niete getippt.

Momo wartete draußen auf sie. Während die Leute um ihn herum in der klirrenden Kälte warm eingemummelt waren, präsentierte er sich in Hemd und marineblauem Mantel. Er rühmte sich, nicht leicht zu frieren. Da es schon bald Mittag war, lud er Maïa und die Kinder zum Mittagessen ins Café ein.

»Gute Idee, aber danach lade ich euch persönlich in der Schule ab!«, stellte Maïa klar. Die Jungs sollten gar nicht erst in Versuchung geraten, eine weitere Vorstellung zu geben.

»Ich geh schon mal vor!«, rief Momo. »Wir treffen uns oben im *La Désobéissance*!«

Rasch lief er davon. Maïa fand es verdächtig, dass er sich so eilig aus dem Staub machte.

»Wir auch, Madame?«, fragte José, erstaunt darüber, dass David und er offenbar ebenfalls eingeladen waren.

»Ihr auch«, bestätigte sie. »Ich nehme nicht an, dass man in der Kantine auf euch wartet … Ich hoffe doch, ihr habt ein gutes Alibi für die Schule.«

Sie hatten tatsächlich eins, wollten damit aber nicht herausrücken. Die Erzieherin ließ sich nichts vormachen, sie merkte genau, dass sie ihr ein »großes« Geheimnis vorenthielten. An Tagen wie diesen nimmt einfach alles ungewöhnliche Dimensionen an.

»Was für eine Ausrede habt ihr euch denn einfallen lassen?«

David und José drehten sich beide zu Momo um, der am Ende der Straße schon hügelaufwärts in Richtung Pigalle lief.

»Es ist Momo, Madame«, gestand David.

»Momo …«, wiederholte Maïa resigniert. Auf einmal verstand sie, warum er sich mit schnellen Schritten entfernte.

Sie holte ihn am unteren Ende der Rue Lepic ein.

Ihr Auto hatte sie dort stehen lassen, wo sie es geparkt hatte. Die Jungs hatten eine Abkürzung genommen und erwarteten die beiden am oberen Ende des Anstiegs direkt vorm *La Désobéissance*.

»Was hast du den Kindern nur für Flausen in den Kopf gesetzt, Momo?«

»Gar keine, ich hab ihnen nur ein bisschen geholfen.«

»Und darf ich fragen, wie?«

Momo wand sich wie ein Kind. Ein Meter neunzig neben einem kleinen Stöpsel wie Maïa, die an den Ohrenklappen ihrer Fellmütze zog, um sich aufzuwärmen. Wer würde hier wohl das letzte Wort haben? Nun war Momo seit dem Tag, als sie zum ersten Mal sein Café betreten hatte, in die junge Erzieherin verliebt und bislang noch jedes Mal vor ihr eingeknickt.

»Ich hab in der Schule angerufen«, gestand er nun.

»Du hast *was*?«

»Zuerst habe ich mich als Josés Vater ausgegeben, ich hab sogar einen portugiesischen Akzent nachgeahmt und …«

Er zögerte noch, ihr den Rest der Geschichte zu beichten, doch sie drängte ihn mit ihrem finstersten Blick dazu.

»Dann hab ich Mathilde noch gebeten, sich als Davids Mutter auszugeben.«

»Mathilde? Deine Kellnerin?«

Momo nickte schuldbewusst.

Mathilde war eine begnadete Stimmenimitatorin und arbeitete im *La Désobéissance*, während sie auf ihren Durchbruch wartete. Mit ihren fünfundzwanzig Jahren war sie schon mehrfach im *Point-Virgule* aufgetreten und bemühte sich jetzt um eine Show im *Palais des Glaces*.

»Und wer soll ihnen die Entschuldigungen schreiben?«, bohrte Maïa weiter, die darüber nicht wirklich lachen konnte.

»Na ich, wer sonst!« Momo tippte sich mit dem Daumen gegen die Brust.

Maïa verschränkte missbilligend die Arme.

»Es war doch höhere Gewalt!«, verteidigte Momo sich.

»Ich kenn dich, Momo, bei dir wird alles schnell mal ›höher‹!«

»Als ich in ihrem Alter war, hab ich die ganze Woche lang die Schule geschwänzt, nur zum Sport bin ich gegangen!«

»Du zum Sport? Dass ich nicht lache!«

Er hatte zwar die Statur eines Rugbyspielers und konnte so tun als ob, hatte aber tatsächlich in seinem ganzen Leben noch nie Sport getrieben.

»Was glaubst du denn, was passiert, wenn sie ihre Anwesenheitshefte ihren Eltern zeigen?«, rief Maïa verärgert. »Na … sag schon!«

»Pah … alles oder nichts!«

»Ach ja? Und du glaubst, dass ihnen nichts auffällt?«

»Wer nicht wagt, der nicht gewinnt!«

In einem dicken Pariser Akzent vorgetragen, hatte diese Redensart, die Momo ihr ständig unter die Nase rieb, einen verlockenden Klang. Und häufig musste sie zugeben, dass er nicht ganz unrecht hatte.

»Wäre es dir denn lieber gewesen, dass Victor mit seinen Kumpels die Biege macht? Ich finde es ziemlich toll, dass José und David sich solidarisch zeigen. Das sind halt echte Kumpels, meine kleine *Audrey*!«

»Hör auf, mich so zu nennen, bitte!«, erwiderte Maïa genervt.

Das nutzte Momo als Ablenkungsmanöver. Außer Atem blieb er mitten im Anstieg stehen.

»Ich werde alt!«

Er rang nach Luft und zündete sich dabei eine Zigarette an.

»Sag lieber, dass du vorhast, vorzeitig zu sterben, nur um dich bedauern lassen zu können. Das liebst du doch so.«

Er zuckte mit den Achseln.

»Also, was haben sie dir erzählt, um dich rumzukriegen?«, hakte Maïa nach.

»Sie haben mir erzählt, dass Victors Vater von einem Bären gefressen wurde und dass Annie ihn nicht adoptieren will.«

»Und damit haben sie dein großes Herz erweicht?«

»Na klar!« Momo musste sich bei dieser Zustimmung einfach mit beiden Händen auf die Schenkel schlagen. »Ich kenne den Jungen jetzt schon seit Jahren, es wird schwer für mich, wenn er nicht mehr im Viertel wohnt! Wer wird sich um ihn kümmern?«

»Da sprichst du tatsächlich mal den Kern des Problems an.«

»Wenn dir das hilft, könnte ich ihn doch adoptieren! Ich kann den kleinen Kerl gut leiden!«

Trotz ihres Ärgers rührte Maïa dieser Vorschlag.

»Es geht nicht nur darum, irgendwem zu helfen«, entgegnete sie. »Aber dein Angebot ist nett.«

»Du weißt doch, dass ich großzügig bin.«

»Wärst du denn wirklich bereit, dich in so ein Abenteuer zu stürzen?«, fuhr Maïa plötzlich ganz ernst fort.

Momo setzte eine zweifelnde Miene auf. »Warum denn nicht?«

»Na ja, bei deinem Lebenswandel kriegst du sowieso nie die Erlaubnis. Wenn du verheiratet wärst, ließe sich eventuell darüber nachdenken«, schlug sie halb aus Spaß vor.

»War das ein Antrag, meine kleine *Audrey*?«, fragte er und vollführte mitten auf der Straße eine Verbeugung.

»Immer noch nicht … Und hör auf, mich so zu nennen!«

Momo hatte ihr von Anfang an diesen Spitznamen verpasst. Wegen Audrey Hepburn. Sie hatte denselben Gang und sah ihr auch ein bisschen ähnlich. Kurzes, dunkles Haar, ein burschikoses, dabei äußerst charmantes Auftreten, hohe Wangenknochen, herzförmige Lippen ohne Lippenstift, strahlend weiße Zähne, dicke, dunkle Wimpern, große braune, mandelförmige Augen mit Lidstrich und lange Beine, die immer in Jeans steckten. Im Schnitt einmal monatlich hielt er um ihre Hand an. Beide machten Witze darüber, doch unter dem Deckmantel des Humors hegte Momo heimlich die Hoffnung, dass sie ihn eines Tages doch erhören würde. Sie liebte ihn zwar ebenfalls, aber nicht auf dieselbe Weise.

Vom oberen Ende der Straße aus hatten die drei Jungen die Szene verfolgt.

»Er gräbt sie schon an, seit er sie kennt!«, bemerkte Victor.

»Ja, aber auf altmodische Weise«, ergänzte José.

»Glaubt ihr, dass er uns verpfiffen hat?«, fragte David.

»Ist doch klar, wir sind in seiner Hood!«, antwortete Victor.
Momo drückte die Zigarette auf dem Boden aus.
»Ein bisschen Nikotin, und schon geht's wieder!«
Maïa lachte auf. Es war ihm gelungen, sie milde zu stimmen.
»Störst du dich immer noch an unserem Altersunterschied? Wenn es sonst nichts ist, dafür finden wir schon eine Lösung«, sagte er.
»Ich sehe beim besten Willen nicht, wie. Zeit lässt sich nicht kaufen, Momo. Weder in die eine Richtung noch in die andere. Deine Beziehungen nützen dir da nichts!«
»Es reicht doch, nicht mehr daran zu denken! Was man nicht weiß, verursacht einem auch kein Kopfzerbrechen, pflegte meine arme Mutter immer zu sagen. Vergiss mein Alter!«
Maïa lachte laut auf. »Ich könnte deine Tochter sein!«
»Dann würde ich zwei Fliegen mit einer Klappe schlagen!«
»Du bist fünfundfünfzig, ich zweiunddreißig.«
Mühsam schleppte er sich den letzten Rest des Anstiegs hoch. »Gerade hab ich sogar den Eindruck, noch ein bisschen älter zu sein«, räumte er keuchend ein.

Ein Mittagessen am Tisch des Wirts im *La Désobéissance* war ein Privileg, das man sich verdienen musste. Victor, José und David hielten sich sehr gerade. Sie waren überaus stolz, hier zu sitzen, weil alle Stammgäste stets einen verstohlenen Blick auf Momos Gäste warfen. Am Ende hatten ihre Eskapaden doch zu etwas Gutem geführt, etwas, das sie definitiv nicht erwartet hatten, als sie sich entschlossen auszubüxen.
»Und ich dachte immer, Geige ist ein Instrument für Mädchen! Aber nein! Nicht nur!«, rief Momo, als er seiner

Kellnerin Mathilde das Star-Terzett des heutigen Tages präsentierte.

Die Jungs hätten nie geglaubt, dass Momo einmal so viel Aufhebens um sie machen würde, er galt eher als ein ziemlicher Trampel. Jeden Donnerstag spielten sie hier Tischfußball, sie kannten ihn gut, aber sie fürchteten ihn auch. Sie wussten, dass man es sich mit ihm besser nicht verscherzte. Er flößte schon aufgrund seiner Körpergröße Respekt ein, und die weißen Haare, die sich seit einigen Jahren zusehends lichteten, verliehen ihm eine gewisse Autorität und eine Aura von Weisheit. Nie hätten sie sich getraut, etwas anderes als eine Limo zu bestellen – und im Moment war sogar noch Monatsbeginn, sie hatten gerade ihr Taschengeld bekommen –, aber heute hatten sie Anrecht auf die leckeren Hamburger mit knusprigen goldbraunen Pommes frites, bei deren Anblick ihnen schon so oft das Wasser im Mund zusammengelaufen war.

Momo wandte sich an die Kellnerin: »Mach uns doch eine Flasche Schampus auf, Liebes! Von dem guten!«

»Liebes« war die Anrede, mit der er das gesamte weibliche Geschlecht ansprach. Nur bei Maïa war es anders. Maïa war *Audrey*. Sie war einzigartig.

»Champagner kommt gar nicht infrage! Nicht in ihrem Alter!«, schritt Maïa nun ein.

Momo war unsicher. »Nicht in ihrem Alter, nicht in ihrem Alter! Na ja, dann trinken wir eben nicht, aber anstoßen können wir doch!«

Daraufhin brach er als Einziger in Gelächter aus. Die drei Jungs rangen sich ein Lächeln ab, um ihm einen Gefallen zu tun.

»Der ist doch gar nicht für sie, sondern für dich, meine kleine *Audrey*«, erklärte er Maïa beschwichtigend.

»Wer ist denn *Audrey*?«, fragte Victor nach.

Maïa war es zu peinlich, darauf zu antworten, doch Momo übernahm gern.

»Sie gleicht Audrey Hepburn aufs Haar. Aber ihr seid noch zu jung, um zu wissen, über wen ich da spreche. Sie ist die schönste Schauspielerin der Filmgeschichte, Kinder!«, erklärte er und bedachte Maïa mit einem verliebten Blick.

»Hört nicht auf ihn. Leider habe ich gar keine Ähnlichkeit mit Audrey Hepburn.«

»Sei nicht so bescheiden!« Mit selbstsicherem Ton wandte Momo sich an die Kinder. »Sie will mich nicht heiraten. Findet ihr das vielleicht normal?«

»Momo!«, bat sie ihn streng.

Die Jungen lächelten und konnten nur schwer ihre Verlegenheit verbergen.

Maïa sah auf die Uhr. »Wir haben nicht mehr viel Zeit, bald müssen wir los!«

»Na also! Ihr seid Zeugen, Kinder: Sie senkt den Daumen und wirft mich den Löwen zum Fraß vor!«

Die drei hatten einige Mühe, all die Anspielungen zu verstehen.

In diesem Moment betraten zwei Polizistinnen die Bar. Erkennbar hielten sie nach dem Wirt Ausschau. Mit einer Kopfbewegung machte Mathilde Momo auf sie aufmerksam. Der drehte sich um und rief ihnen zu: »Hey, Mädels!«

Er ging auf sie zu, schloss die ältere der beiden in die Arme und drückte ihr einen Kuss auf die Stirn.

»Sophie! Wie geht's dir, meine Kleine?«

Die Sophie, um die es hier ging, hatte ganz und gar nichts Kleines an sich: ein Meter achtzig auf neunzig Kilo, aber den Charme eines jungen Mädchens.

»Gehört dir der Wagen auf dem Gehweg?«

»Stört er?«

»Hast du etwa schon wieder ein neues Auto?«

»Und du, hast du etwa schon wieder eine neue Partnerin? Willst du uns nicht vorstellen?«

Sophie machte ihn mit Élise bekannt, der Momo ebenfalls einen Kuss auf die Stirn gab. Der Polizistin war das sichtbar peinlich.

»Keine Sorge, du bist zu jung für ihn!«, erklärte ihr Sophie. »Er nimmt keine unter fünfunddreißig.«

»Ja, aber auch nicht über vierzig! Du hast also immer noch Chancen, Liebes«, entgegnete Momo.

»Aber ich bin doch verheiratet, das weißt du ganz genau. Und sag mir jetzt nicht, dass du plötzlich auf Mollige stehst!«

»Du bist doch nicht mollig, Baby, du hast einfach nur ein paar ›extra‹ Pfunde. Und auch das müsste erst noch bewiesen werden!«

Momo machte Komplimente, wo er nur konnte. Er betrachtete es als Spiel und eine Art von Höflichkeit, die er nicht nur Frauen entgegenbrachte. Er hatte auch immer ein freundliches Wort für seine männlichen Stammgäste übrig, mit denen er großzügig seine Lebensfreude teilte. Von diesem unerschütterlichen Frohsinn, den er schon immer tief in seinem Inneren verspürt hatte, meinte er denen abgeben zu müssen, die nicht genug davon hatten. Also machte er Komplimente, ohne anzüglich zu werden, beglückwünschte, klatschte Beifall, belohnte und lebte vom Lächeln und der Freude, die er so erzeugte.

»Übrigens, meine Kleine«, wiederholte er an Sophie gewandt, »gestern wollten zwei von deinen Kolleginnen den Polo von Maïa hier abschleppen lassen.«

»Die sind neu, sie kennen noch nicht alle Regeln. Aber sie sind Singles und entsprechen deinen Kriterien«, erwiderte Sophie scherzhaft.

Momo trat hinter den Tresen und tat, als wäre er interessiert, um niemanden zu kränken. Dabei hatte er einzig und allein Augen für Maïa, der er nun dabei zusah, wie sie ihre Daunenjacke anzog.

»Kaffee, Mädels? Bei dieser Eiseskälte könnte ich euch auch einen Glühwein anbieten …«

»Nicht im Dienst!«, entgegneten die beiden Polizistinnen wie aus einem Mund.

Die haben also mehr Skrupel als die von gestern, die den Glühwein angenommen haben, dachte Momo. Das Geheimnis würde er für sich behalten.

Da Maïa nicht in der Nähe geparkt hatte und die Zeit drängte, mussten die Jungs allein zur Schule gehen. Sie würde ihnen vertrauen müssen. Alle vier blieben noch einmal vor der Bar stehen, bevor sie das Café verließen. Eine Flasche Champagner thronte auf dem Tresen.

»Und der Champagner?«, rief Momo Maïa enttäuscht hinterher.

Sie verdrehte die Augen. Auch heute würde er die Verlobung mit »seiner Audrey« nicht feiern können.

»Also, auf zur Schule, Kinder!«, gab er sich geschlagen.

Zum x-ten Mal bedankten die Jungs sich bei ihm.

»Wir sehen uns doch nach dem Unterricht? Zum Tischfußball?«, rief Momo ihnen noch hinterher.

Es war Donnerstag, Spieltag um die Meisterschaft, die Momo ins Leben gerufen hatte und die sich über das gesamte Schuljahr hinzog. Die Donnerstagsspiele waren ihm heilig.

»Nach diesem Schlamassel gibt es heute kein Tischfußball mehr!«, entschied Maïa.

Momo konnte es sich nicht verkneifen, sein Missfallen darüber in seinen Bart zu grummeln. Victor, José und David waren sein bestes Team! Doch die drei Komplizen kamen zu der Einsicht, dass diese Strafe mehr als milde war, und akzeptierten sie daher, ohne zu murren.

»Ich bin sicher, dass Momo euch nächste Woche ein paar Partien spendiert«, schloss Maïa.

»Die Gratispartien erspielen wir uns schon selbst!«, erwiderte Victor kichernd.

»Die Verlierer müssen immer zahlen«, bestätigte Momo. »Und das ist keine unrealistische Vorstellung, sondern Gewissheit!«

Sie gewannen jedes Spiel. Victor war im Sturm ein exzellenter Abstauber, der fast immer traf. In der Abwehr spielten David und José jeweils die Hälfte der Partie. Es gab immer eine Halbzeitpause, wenn die Hälfte der Bälle verbraucht war.

Die beiden Polizistinnen nickten der kleinen Gruppe zum Abschied zu, und Maïa ging als Letzte, nachdem sie dem überglücklichen Momo noch einen freundlichen Blick zugeworfen hatte.

Die Jungen brauchten etwas über eine halbe Stunde bis zur Schule und lagen nicht gut in der Zeit. Also gingen sie die Rue Lepic bis zur Place Dalida hinauf und rasten dann die Treppe zur Rue Girardon hinunter.

José war ganz außer Atem. »Wer adoptiert dich denn jetzt?«

»Keine Ahnung!«, erwiderte Victor.

»Warum fragst du denn nicht Maïa? Die ist doch total cool!«, fuhr José fort, während sie schnellen Schrittes durch die Rue Caulaincourt liefen.

»Du bringst alles durcheinander! Deine Mutter ist ja auch nicht deine Freundin«, widersprach ihm David.

»Außerdem ist sie meine Betreuerin! Sie würde nie zustimmen! Kannst du dir vorstellen, was los wäre, wenn alle Waisenkinder sie darum bitten würden?«

Damit wiederholte er einfach nur, was Maïa ihm erklärt hatte. Victor wusste genau, dass viele Kinder sie darum gebeten hatten. Manchmal hatten sie Schwierigkeiten, die Grenzen zu verstehen, die ihr ihre Arbeit auferlegte. Dann erklärte sie ihnen ganz freundlich, dass sie nur eine Zwischenstation auf dem Weg zu ihren Adoptiveltern war. Maïa wusste genau, wovon sie sprach. Und besser als sonst irgendwer konnte sie ihre Gefühle nachvollziehen. Oft wurden ehemalige Pflegekinder später selbst Betreuer, weil sie so dankbar für die Fürsorge waren, die ihnen zuteilgeworden war. Genau das war bei Maïa der Fall. Sie war in bescheidenen Verhältnissen bei ihrer Mutter aufgewachsen, die wegen Depressionen wiederholt stationär behandelt werden musste. Deshalb war sie zwischen fünfzehn und achtzehn Jahren immer wieder für einige Wochen oder Monate zu einer Pflegefamilie gekommen. Niemals hatte sie vergessen, wie heilsam diese drei Jahre für sie gewesen waren. Auch sie hatte von der Freundlichkeit einer Annie profitiert, ohne die alles ebenso gut hätte schlecht ausgehen können.

»Mach dir keine Sorgen, wir sind doch noch da!«, sagte nun José und legte Victor den Arm um die Schultern.

»Ich hab ’ne Idee!«, rief David. »Soll ich meine Mutter bitten, dich zu adoptieren?«

»Ist das nicht ein bisschen komisch?«, wandte José ein. »Victor ist in deine Schwester verknallt, da kann er doch nicht ihr Bruder werden!«

»Pff! Meine Schwester ist achtzehn! Alle stehen auf sie!«

»Ja, aber deine Mutter ist geschieden!«, legte José nach.

»Na und?«

»Na, um zu adoptieren, muss man *clean* sein!«

»›Clean‹? Sich scheiden lassen hat doch nichts mit Drogenhandel zu tun! Du sagst das ja nur, weil du eifersüchtig bist, wenn ich ihn adoptiere und nicht du!«

José zuckte mit den Schultern. »Ich kann meine Mutter ja auch mal fragen! Bei uns ist zwar nicht viel Platz, aber wir sind daran gewöhnt zusammenzurücken. Meine Eltern sagen immer, dass nur die Liebe zählt.«

Victor ließ sie weiter streiten, wessen Bruder er werden sollte. Tief im Inneren stürzte seine Welt gerade in sich zusammen. Zu gern wäre er schon erwachsen, um über sein eigenes Schicksal entscheiden zu können. Von seinem achtzehnten Geburtstag und somit seiner Freiheit trennten ihn zwar nur noch sechs kurze Jahre, doch das erschien ihm wie eine Ewigkeit. In der ganzen Zeit würden andere die Entscheidungen für ihn treffen.

»Wir lassen dich nicht hängen!«, versprach ihm José, als sie sich nun dem Collège in der Rue Boinod näherten.

»Genau, wir fragen unsere Familien!«, schwor David.

»Wir könnten doch beide eine Hälfte adoptieren! Dann wären wir alle Halbbrüder!«, scherzte José.

Auf einmal schien die Aussicht darauf, der Bruder eines seiner besten Freunde zu werden, Victor zu besänftigen und zauberte ihm wieder ein Lächeln auf die Lippen. Als Zeichen ihres unzerstörbaren Bundes legten alle drei ihre Fäuste aufeinander, bevor sie die Eingangstür ihrer Schule durchschritten.

Victor hatte es eilig, um Verzeihung zu bitten. Da das Tischfußballturnier abgesagt war, ging er bereits kurz nach fünf nach Hause. In der Wohnung roch es nach Pizza. Das war die Überraschung, die Annie immer dann für ihn bereithielt, wenn sie ihm eine besondere Freude machen wollte. Doch heute fand der Ausreißer, dass er so eine Behandlung nicht verdiente. Annie hingegen war der Ansicht, dass seine »Eskapade« nicht zwangsläufig eine Strafe nach sich ziehen sollte. Gerade jetzt, wo Victor besonders viel Trost brauchte, wollte sie ihm nicht den Rücken zukehren. Sie wusste, dass nichts mehr so sein würde wie früher. Auf dem Weg in sein neues Leben wollte sie ihn begleiten, ohne seine Hand loszulassen.

Als er das Wohnzimmer betrat, war er verblüfft, sie schlummernd vor dem laufenden Fernseher auf dem Sofa vorzufinden. Sie war immer sehr aktiv gewesen, hatte sich von früh bis spät auf Trab gehalten, keine Minute Langeweile aufkommen lassen, doch seit einigen Monaten setzte sie sich immer häufiger zwischendurch hin und nickte ein. Am Anfang kaum für eine halbe Stunde, dann für eine, schließlich für bis zu zwei Stunden. Es fiel ihr zunehmend schwer, gegen die Lethargie anzukämpfen, die ihre Medikamente auslösten. Am Ende hatte sie sich immer den Wecker gestellt, damit sie bei Victors Rückkehr wach war und frisch wirkte – nur an diesem Tag nicht. Er hatte sie ertappt. Zum ersten Mal hatte sie sich gestattet, die Pillendose auf dem Couchtisch stehen zu lassen. Sie nahm die Tabletten nun schon seit zwei Jahren, ohne irgendwem von ihrer Krankheit zu erzählen, denn sie hatte gedacht, sie würde bald überwunden sein.

Victor schaltete den Fernseher aus, holte seine Geige und begann zu spielen. Annie öffnete vorsichtig, fast verlegen die Augen. Er spielte einfach weiter.

»Ich bin eingenickt ... Entschuldige, mein Großer.« Peinlich berührt richtete sie mit beiden Händen ihre Frisur. Sie erkannte natürlich ihr Lieblingsconcerto von Vivaldi. Mit einem Lächeln dankte sie Victor, auch wenn ihr klar war, dass seine Vorstellung vor allem dazu diente, sein Verhalten vom Vormittag vergessen zu machen. Glücklich, gerührt und voller Bewunderung lauschte sie ihm. Ja, sogar an diesem Abend.

Durch ihn konnte sie wenigstens ein Stück weit ihren Traum verwirklichen. Kurz nachdem sie ihn bei sich aufgenommen hatte, hatte Victor ganz hinten in einem Schrank einen Geigenkoffer gefunden. Annie hatte ihn dort vor zwanzig Jahren verstaut. Sie hatte ihn vom Staub befreit und aufgewühlt vor Victors Augen geöffnet, der so etwas wie einen Schatz erwartete. In rotem Samtfutter lag die Geige wie ein schlafendes Juwel. Seit ihrer Scheidung hatte sie sie nicht mehr angerührt. Um ihre beiden minderjährigen Kinder allein aufziehen zu können, war sie Familienbetreuerin geworden. Ihren Traum hatte sie nie ganz aufgegeben, stets auf einen späteren Zeitpunkt verschoben. Leider war der nie mehr gekommen. Die Saiten des Instruments waren mittlerweile oxidiert; glücklicherweise hatte Annie noch Ersatz vorrätig. Gemeinsam bestrichen sie den Bogen mit Geigenharz und erweckten das Holz sanft zum Leben, indem sie es erneut zum Klingen brachten. Victor verliebte sich sofort in diesen Klang. Von da an hatte er Annie ununterbrochen angebettelt, ihm Geigenmusik vorzuspielen.

»Danke, mein Kleiner«, sagte Annie nun am Ende des Stücks, ohne jede weitere Gefühlsregung.

Normalerweise applaudierte sie ihm begeistert, freute sich über seine Fortschritte, doch an diesem Tag empfand sie eine verwirrende Mischung aus Schuld und Machtlosigkeit. Üblicherweise verbeugte Victor sich auch überschwänglich, doch diesmal blieb er stocksteif vor ihr stehen. Er war überzeugt, dass seine Vorstellung nicht ausreichte, um sein Verhalten wiedergutzumachen.

»Weißt du, Annie ...«, setzte er an.

Sie unterbrach ihn. »Das kannst du mir alles gleich erzählen, aber zuerst mach deine Hausaufgaben und geh unter die Dusche.«

Victor verzog sich in sein Zimmer.

Annie fürchtete, dass er sich gleich wieder in einem Wust von Rechtfertigungen verstricken würde, die schon deshalb unnötig waren, weil Maïa ihr bereits alles berichtet hatte.

Als er mit seinen Hausaufgaben fertig war, schloss Victor sich im Badezimmer ein. Eine heiße Dusche war nach einem solchen Tag genau das Richtige. Im Schlafanzug kam er aus dem Bad und trottete schuldbewusst zu Annie in die Küche.

»Gebt mir Vivaldi und eine Pizza ...« Sie hielt mitten im Satz inne und überließ es Victor, ihn zu beenden.

Dieser blickte sie zwar überrascht an, fügte dann aber, ohne zu zögern, hinzu: »... und ich bin zufrieden!« Das Lächeln auf seinen Lippen war sofort zurück. Er war stolz, sich an Annies legendären Satz zu erinnern.

Dieses Spiel hatte sie oft mit ihren jungen Pflegekindern gespielt. Wenn es irgendeine Krise gab und eine angespannte Atmosphäre herrschte, warf sie ihnen den Anfang eines Satzes hin, den sie oft benutzte und dessen Ende die Kinder dann erraten mussten. So ließen sich die überhitzten Gemüter abkühlen und vor allem die Gemeinschaft festigen, die zwischen ihnen bestand.

Heute Abend signalisierte sie auf diese Weise einen Waffenstillstand. Victor setzte sich an den Tisch. Beim Verschlingen eines Pizzastücks konnte er sich nicht zurückhalten, ihr ausführlich und begeistert von seinem Abenteuer zu erzählen. Annie wusste bereits grob Bescheid, unterbrach ihn dennoch nicht und ließ ihn die Ereignisse schildern, die in seiner Version zu einer Reihe von Heldentaten wurden. Nachdem er dann noch die guten Vorsätze seiner Freunde enthüllt hatte, kam er auf die verschiedenen Vorbehalte zu sprechen.

»Na ja, wenn David mich adoptiert, wär das zwar cool, aber ich mag halt auch seine Schwester.«

»Die ist doch schon achtzehn, du Schlingel!«, bemerkte Annie mit gespielter Entrüstung.

Er lachte, zuckte stolz auf sich selbst mit den Schultern und fuhr dann fort: »Vielleicht ist es deshalb besser bei José.«

»Glaubst du denn, dass seine Eltern in der kleinen Hausmeisterwohnung noch Platz für dich haben?«

Den Einwand wischte Victor mit einer Handbewegung weg.

»Es gibt noch ein Problem mit David. Seine Eltern sind geschieden. Sie haben geteiltes Sorgerecht, und gerade frage ich mich, was ich mache, wenn er zu seinem Vater zieht!«

»Du weißt schon, dass David Jude ist, Victor.«

»Ja, na und?«

»Du wirst wahrscheinlich die religiösen Bräuche seiner Familie übernehmen müssen.«

»Das macht doch nichts! Wenn es nötig ist, war meine Mutter eben Jüdin. Die Religion wird über die Linie der Mutter weitergegeben, David hat mir das alles schon erklärt. Das ist ja auch egal, das Wichtige sind die Menschen. Mit Rachid feiere ich doch auch jedes Jahr Fastenbrechen!

Um ehrlich zu sein, weiß ich ja gar nicht, welcher Religion ich angehöre.«

Rachid war das letzte Pflegekind gewesen, das Annie noch aufgenommen hatte, als sein Vater ausgezogen und seine Mutter plötzlich allein mit sechs Kindern gewesen war. Rachid hatte aber nur vorübergehend bei ihnen gelebt.

»Du bist in der Kirche getauft worden, bei deiner Erstkommunion«, erinnerte Annie Victor nun belustigt. »Du selbst wolltest das, das weißt du doch!«

»Das zählt nicht! Ich kann alles machen, ich bin ja niemand.«

Erschüttert blickte Annie in Victors türkisfarbene Augen. »Ach, du hast schöne Augen, weißt du das, mein Kleiner?« Sie strich ihm die Stirnlocke beiseite.

Victor kannte diesen Satz sehr gut. Annie hatte ihn mit dem Kino aus den Zeiten vor *Star Wars* und all den Superhelden vertraut gemacht. »Ach, wenn du wüsstest, was wir damals für schöne Filme hatten, nicht wie heute!« Ja, »früher war alles besser«. Victor wusste inzwischen, dass sich die Erwachsenen ab einem gewissen Alter mehr und mehr ihrer Vergangenheit zuwandten und ihre Kindheit und Jugend verherrlichten. Er hingegen befasste sich im Moment eher mit dem, was er noch nicht erlebt hatte, damit er später nichts bereuen musste.

Seine »schönen Augen« schlossen sich von selbst, während er seinen Schokojoghurt auslöffelte. All die Emotionen dieses Tages hatten ihn einiges an Kraft gekostet. Annie musste ihn nicht ins Bett schicken. Er stand vom Tisch auf und hielt ihr die Wange hin, während sie fertig abspülte. Einmal mehr erklärte sie ihm, dass man Küsse auch gab, nicht immer nur empfing. Dann drückte sie ihm einen auf die Stirn. Er ging satt ins Bett, sie hatte ihm verziehen.

Später am Abend rief Maïa noch einmal an, um sich bei Annie nach Neuigkeiten über ihren Stummel zu erkundigen. Sie telefonierte nur selten nach zehn Uhr abends, aber es war ihr lieber, wenn Victor schon im Bett lag. Wenn sie sich einem Kind verbunden fühlte, fiel es der Betreuerin manchmal schwer, sich zurückzunehmen und ihre Zöglinge ganz einer anderen Person zu überlassen. Bei Annie war das anders: Sie wusste, wie wichtig sie beide für Victor waren. Rivalitäten gab es nie. Annie versicherte, dass es Victor gut gehe, und nutzte die Gelegenheit, um über die Absichten von José und David zu sprechen. Beide begrüßten die Großzügigkeit der Jungen, fürchteten aber auch die Auswirkungen, die eine neuerliche Enttäuschung für Victor haben konnte, falls das Vorhaben am Ende doch scheiterte.

Victor war selig eingeschlafen. Dank Josés und Davids Angebot fühlte er sich wieder sicher. Er würde seine Freunde behalten können, auf derselben Schule bleiben und weiter Geige spielen. Davids und Josés Familien verbanden sich in seinen Träumen, sodass er im Morgengrauen nicht mehr wusste, welche von beiden ihn adoptiert hatte.

Kurz vor acht trat er im Schulhof ungeduldig von einem Fuß auf den anderen, während David und José gerade noch durchs Tor huschten, bevor es geschlossen wurde. Sie erklärten Victor, dass sie ihre Entschuldigungen aufeinander hatten abstimmen müssen. Sie hatten lieber gegenseitig die Unterschrift der jeweils anderen Mutter gefälscht, statt Momos Angebot in Anspruch zu nehmen.

»Also?«, fragte Victor ungeduldig. »Wer ist jetzt mein neuer Bruder?«

José und David warfen sich einen sichtlich verlegenen Blick zu.

»Sag du's ihm!«, fing José an.

»Du zuerst!«

Auf einmal fragte sich Victor, wie er sich entscheiden sollte, falls beide ihn adoptieren wollten. So eine dramatische Wahl hatte er nicht erwartet. In dem Moment scheuchte der Schulaufseher alle drei in ihre Klassenzimmer.

Kapitel 8

Kaum eine Woche nach Maïas Besuch im Büro von Irène Lafage traf sich Liliane Rémy, die Psychologin des Jugendamts, auf der Adoptionsstelle von Paris mit Victor.

Sie organisierte regelmäßig Treffen für Pflegekinder und mögliche Adoptiveltern. Sie fanden in einem kleinen Gemeinschaftsraum statt, der normalerweise dem Personal vorbehalten und ein bisschen wie eine Küche eingerichtet war, wodurch er gemütlicher und entspannter wirkte als ein Büro.

Victor und Liliane saßen am runden Tisch in der Mitte. Während sie ihm den Grund für das Treffen erklärte, starrte er nur den Dampf an, der aus der heißen Schokolade aufstieg, die sie vor ihn hingestellt hatte.

»Wie stellst du dir deine neue Familie denn vor?«

»Glauben Sie wirklich, dass es Leute gibt, die einen fremden Zwölfjährigen adoptieren wollen?«, entgegnete Victor trocken.

Er mochte die Psychologin schon nicht, bevor er sie überhaupt kennengelernt hatte. Für ihn repräsentierte sie Autorität, Zensur, alles, was ihn in ein neues Leben zwang und dabei vorgab, er würde die »besten Eltern bekommen, von denen er nur träumen konnte«.

»Ja, die gibt es, Victor«, erwiderte Liliane freundlich.

»Vielleicht die, die selbst keine Kinder bekommen können und so …«

»Nein, bei denen, die einen Kinderwunsch haben, verhält es sich ein bisschen anders«, korrigierte sie ihn.

Victor schmollte. Er glaubte an gar nichts mehr, seit José und David ihm vor ein paar Tagen mitgeteilt hatten, dass ihre jeweiligen Familien untröstlich waren, ihre Vorschläge leider ablehnen zu müssen. Seine beiden Freunde waren darüber ebenso unglücklich wie er. Die insgesamt »sehr persönlichen« und sicherlich nachvollziehbaren Gründe, die ihre Eltern ihnen dafür genannt hatten, genügten nicht, um seine Enttäuschung zu mildern.

Das ist ungerecht, aber daran bin ich ja gewöhnt.

Die Hoffnung, die ihm Kraft gegeben hatte, war seither erloschen, wie Sterne, die im Morgengrauen zu funkeln aufhören. Erneut hatte ihm die Wirklichkeit eine der kalten Duschen verpasst, die er so sehr verabscheute.

Liliane bemühte sich, die Unterhaltung nicht zu einem Verhör ausarten zu lassen, doch trotz aller guten Vorsätze konnte sie diese Klippe nicht umschiffen. Eine umfassende Bilanz war unerlässlich, um Eltern auszuwählen, die mit Victors Erwartungen übereinstimmten. Also fragte sie nach dem Stellenwert der Musik in seinem Leben. Sie wollte wissen, welche Priorität er dem Geigenstudium einräumte.

»Ich möchte später aufs *Conservatoire national de musique* in Paris gehen«, erwiderte er selbstbewusst.

Talent war alles, was er hatte, eine Gabe, die zu einem sechsten Sinn geworden war, eine Stütze, eine Art Lehrer in guter Laune. Seine Geige war sein Leben; die Musik war zugleich eine Zuflucht und eine Universalsprache, die ihm erlaubte auszudrücken, was er nicht in Worte fassen konnte.

»Hast du denn Lust, deine Leidenschaft mit einer neuen Familie zu teilen?«

Verärgert starrte er Liliane an. »Ich weiß, was Sie denken. Den Streich hat man mir schon ein paarmal gespielt.«

»Welchen ›Streich‹ denn, Victor?«

Er zuckte mit den Schultern. »Na, Ihre Fragen! Sie wissen, dass wir Pflegekinder uns online austauschen. Wir kennen Ihre Verrücktheiten. Sie wollen wissen, ob ich fähig bin, mich an irgendwen zu binden, stimmt's? Na klar bin ich dazu fähig, auch wenn ich anonym geboren wurde!«

Eine erwachsene Reaktion, urteilte Liliane. Sie war daran gewöhnt, dass die Pflegekinder, von denen sie gern sagte, dass sie eher wie Vertriebene waren, sich reifer verhielten als andere.

Victor setzte seine Tirade fort. »Sie wollen wissen, ob ich mir irgendwelche ›Vaterfiguren‹ gesucht habe, wie Sie es nennen? Tatsächlich! Mein Geigenlehrer, ein supercooler Typ, und Annies Sohn, doch der lebt jetzt in England. Und als ›Mutterfigur‹ hatte ich Annie und Maïa.«

Wenn Victor heute ein wenig Selbstwertgefühl hatte und es ihm gelungen war, sich selbst wieder aufzurichten, dann nur dank der Liebe, die sie ihm großzügig geschenkt hatten. Diese Liebe hatte ihm als Muster für seine eigene Fähigkeit, zu lieben und sich zu binden, gedient.

Er hatte auf die Fragen geantwortet, bevor Liliane sie hatte stellen können. Er wusste, dass sie immer auf die eine oder andere Art in solchen »Bewerbungsgesprächen« auftauchten, wie Pflegekinder sie untereinander nannten.

Liliane lächelte nachsichtig.

»Hast du dir deine Mutter auch vorzustellen versucht?«

»Nein«, antwortete Victor kühl und schwieg dann.

Er versuchte, seinen Geist wandern zu lassen. Sein Blick hatte gerade einige Postkarten gestreift, die durcheinander auf einer Tafel über der Spüle angeheftet waren – Urlaubsgrüße der Angestellten.

Hast du dir deine Mutter auch vorzustellen versucht … Victor dachte darüber nach. Diese Frage hatte ihn auf dem falschen Fuß erwischt.

Das Schweigen zog sich in die Länge, doch Liliane war geduldig. Sie wartete ruhig, bis Victor weitersprach.

»Ja, tatsächlich. Manchmal versuche ich, mir vorzustellen, wie sie heute ist. Aber ich schaffe es nicht.«

Nichts, keinen Anhaltspunkt hatte er jemals gehabt, der ihm dabei geholfen hätte, sich seine Mutter vorzustellen. Da er weizenblond war, fragte er sich immer mal wieder, welcher Elternteil ihm die Haarfarbe vererbt habe.

»Wie hast du dir deinen Vater vorgestellt?«

Darauf gab er eine Antwort, auf die die Psychologin nicht gefasst war.

»Meine Freunde sehen ihren Vätern alle ähnlich. Also schau ich in den Spiegel und stell mir mich selbst in alt vor, dann sehe ich meinen Vater.«

Liliane fand diese Idee genial.

Was seine Abstammung betraf, machte sie sich vor allem Sorgen, dass das Fehlen eines echten Familiennamens bei Victor ein Trauma ausgelöst haben könnte. Maïa hatte in seiner Akte festgehalten, wie wichtig es ihm war, einen zu tragen.

»Ich werde immer der Sohn von niemandem sein«, erklärte er resigniert, als Liliane ihn dazu befragte.

»Auch wenn du heute glaubst, niemandes Sohn zu sein, wirst du vielleicht irgendwann der Vater von jemandem …«

»Ich hab genug!«, rief Victor und sprang auf, sodass sein Stuhl geräuschvoll rückwärts rutschte.

Liliane zuckte zusammen. Sie bemerkte, dass Victor zur Tür sah, reagierte jedoch absichtlich nicht darauf. So ließ sie ihm die Freiheit, das Gespräch zu beenden, falls er das wünschte.

Stattdessen entschied er, sich wieder hinzusetzen, und stieß dabei einen langen Seufzer aus. Als er wieder das Wort ergriff, war sein Ton ruhig.

»Ich bin kein Geschenk, das weiß ich schon«, erklärte er mit hängendem Kopf.

»Für irgendwen wirst du es in Zukunft sein. Für jemanden, der noch nicht weiß, dass es dich gibt.«

»Ein vergiftetes Geschenk vielleicht!« Victor starrte zu Boden.

Dazu sagte Liliane nichts.

»Würdest du gern bei Eltern leben, die schon Kinder haben?«

»Ich wollte immer bei Annie bleiben, also hab ich nie richtig drüber nachgedacht.«

Dieses Nachdenken holte er jetzt einige Sekunden lang nach. Liliane ließ sie ihm, und Victors Blick blieb erneut an den Postkarten über der Spüle hängen.

»Nein, ich glaube nicht«, antwortete er schließlich und sah die Psychologin an. »Mir reichen meine Schulfreunde.«

»Vielleicht wirst du die Schule wechseln müssen, vielleicht sogar die Stadt, falls …«

»Nein, das will ich nicht!«

»Dein Glück liegt vielleicht in einer anderen Stadt oder an einer anderen Schule, wer weiß das schon …«

»Mein Glück? Was wissen Sie denn von meinem Glück? Wir träumen alle von etwas anderem!«, rief er. »Jedem sein eigener Himmel!«

»Das ist ein schöner Satz.«

»Der ist von meinem Vater.«

Liliane bemerkte, wie Victor sich auf seinem Stuhl verkrampfte, und bohrte nicht weiter nach.

»Du möchtest also Eltern für dich allein, das verstehe ich. Das schränkt uns nur ein bisschen ein, weißt du …«

Er unterbrach sie.

»Ich will gar keine Eltern, ich möchte eine Mutter …«

Erneut folgte Schweigen, das Liliane erneut aushielt. Sie wollte, dass Victor weitersprach, und das tat er schließlich auch.

»Eine Mutter fürs ganze Leben.«

»In diesem Fall bleibt uns nichts anderes übrig, als die ideale Mutter für dich zu finden. Und wenn alles gut geht, bekommst du den Vater gleich noch dazu.«

»Geben Sie sich keine Mühe, das klappt sowieso nicht.«

Selbst wenn sie davon träumten, von richtigen Eltern geliebt zu werden, fürchteten sich die Kinder in der Obhut des Staates vor der Adoption. Denn die Chance, in eine ideale Familie zu kommen, war so hoch wie die auf einen Lottogewinn.

»Ich verspreche dir, wir veranstalten ein Casting, das deinen Vorstellungen entspricht. Dafür müsstest du mir allerdings noch ein bisschen mehr erzählen …«

Er unterbrach sie erneut.

»Ich bin schon zwölf, ich hab nicht mehr das ganze Leben Zeit! Ich möchte, dass es auf Anhieb passt. Ich habe einen Freund, der drei Mal zu anderen Adoptiveltern gekommen ist, nie hat es geklappt. Jetzt ist er fünfzehn, und keiner will ihn mehr haben!«

Liliane wollte gerade etwas darauf erwidern, doch Victor erhob sich ruckartig.

»Darf ich jetzt gehen?«

Maïa hatte auf dem Gang gewartet.

»Warum hast du mich alleingelassen?«, fragte Victor sie nun, als sie im Aufzug standen.

»Ich hab dich nicht alleingelassen, ganz im Gegenteil. Liliane muss selbst merken, dass du ein selbstständiger Junge bist. Die Entscheidung über deine Adoption liegt allein bei dir. Ich kann ja schlecht für dich antworten, außerdem weiß ich genau, dass dir das auch nicht gefallen würde.«

Auf dem Parkplatz des Verwaltungsgebäudes stiegen sie in den Polo. Im Inneren des Wagens war es genauso kalt wie draußen. Maïa ließ den Motor an. Sie hoffte schon gar nicht mehr darauf, dass die Lüftung mehr als einen schwachen Abklatsch warmer Luft produzieren würde. Victor hatte sich so in seinen Schal gemummelt, dass nur noch seine Nasenspitze daraus hervorragte. Die Augen waren durch den oberen Teil der Kapuze seiner Daunenjacke verdeckt.

Der Polo rollte vom Parkplatz und auf den Boulevard périphérique an der Porte de Vincennes.

»Ich hab versucht, ihn wiederzufinden, weißt du?«, sagte Victor auf einmal.

»Wen denn?«

»Meinen Vater …«

Maïa hätte fast die Kontrolle über den Wagen verloren. Anhalten konnte sie hier nicht.

»Wann denn das?«

»Ist schon lang her. Ich war noch klein. Mit dem Namen hab ich's versucht. Ich habe alle Rossignols im Telefonbuch nachgeschlagen.«

»Und …?«

»Es gab einfach zu viele. Ich konnte nicht alle anrufen.«

»Dabei wusstest du doch, dass dein Papa in Kanada gelebt hat?«

»Ja, aber ich hab mir gedacht, dass er doch eine Familie in Frankreich haben muss. Und dass sie auch meine Familie ist.«

Maïa war sprachlos.

»Hast du sie denn schlussendlich gefunden?«, fragte sie schließlich.

Im Endeffekt hatte Victor keinen einzigen der Rossignols angerufen.

»Das war nicht mein eigener Himmel, Maïa«, erklärte er klarsichtig.

Er war sich durchaus bewusst, dass sein Schicksal etwas anderes für ihn bereithielt. Er war nicht wirklich unglücklich, nur neugierig.

»Eines Tages schau ich mir vielleicht einen anderen Himmel an.«

Maïa wusste sehr wohl, dass der Tag kommen würde, an dem er mehr wissen wollte. Dann wäre der Zeitpunkt gekommen, seine Suche zu beenden.

An der Porte de Clignancourt fuhr sie vom Boulevard périphérique wieder ab. An einer roten Ampel heftete Victor seinen Blick auf ein riesiges Werbeplakat für ein Online-Datingportal. In diesem Augenblick reifte in ihm eine neue Idee heran.

Wenn man da eine Frau finden kann, kann man doch bestimmt auch eine Mutter finden!

Ein paar Minuten später setzte Maïa Victor in der Rue Baudelique ab. Er ging ins Konservatorium, wartete, bis der Polo wieder abgefahren war, trat dann wieder auf die Straße und ging zur U-Bahn-Station Abbesses.

Zwanzig Minuten später betrat er das *La Désobéissance*. Es war kurz nach drei. Momo stand hinterm Tresen und prüfte die Einnahmen des Vormittags.

»Sieh einer an, da ist ja eins der Wunderkinder!«, begrüßte er ihn. »Falls du deine Komplizen suchst, die sind nicht hier. Dürft ihr denn heute spielen?«

In diesem Moment wurde Momo bewusst, dass gar nicht Donnerstag war.

»Ich bin deinetwegen hier«, erklärte ihm Victor.

»Meinetwegen?«

»Ja, ich will mit dir über was reden.«

Victor hatte eine ernste Miene aufgesetzt.

»Oh, oh, das scheint ja wirklich wichtig zu sein! Dann schieß mal los«, sagte Momo und tippte weiter auf seinem Taschenrechner herum.

Da Victor nichts sagte, hob Momo den Kopf. Der Junge sah hinüber zu Mathilde, die an der Bar saß und ihr Trinkgeld zählte.

»Von Mann zu Mann«, präzisierte Victor leise.

»Oh, na das ändert alles!«

Momo umrundete die Bar und zog Victor zu einem Tisch ein wenig abseits.

»Na, komm schon, Junge … hier können wir uns ›von Mann zu Mann‹ unterhalten.«

Victor setzte sich und erläuterte entschlossen: »Ich habe einen Plan, wie ich verhindern kann, dass ich irgendwelche Adoptiveltern aus dem Katalog kriege, aber dazu brauch ich deine Hilfe.«

Kapitel 9

Die Jungs starrten auf den Computerbildschirm.

»Du bist doch total irre!«

David glaubte offenbar nicht an Victors Idee.

José hingegen fand die Idee super, ja sogar »supergenial«, wie er ununterbrochen wiederholte, während er sich durch die weiblichen Profile klickte.

»Glaubst du wirklich, dass du auf einer Datingseite eine Mutter findest?«, fragte David irritiert.

Victor signalisierte ihm mit einer Handbewegung, leiser zu sprechen. »Psst! Wir haben Annie erzählt, wir lernen!«

Um zu vermeiden, dass sie hereinplatzte, hatte er behauptet, sie müssten sich auf eine Physikarbeit vorbereiten.

»Es ist doch eine Seite für Erwachsene, keine für Kinder, die eine Mutter suchen!«, bemerkte David, dem der Plan offenkundig vollkommen unrealistisch vorkam. »Außerdem kann man sich seine Mutter nicht einfach aussuchen. Wir haben sie uns ja auch nicht ausgesucht.«

»Ihr nicht, das ist ja normal«, entgegnete Victor. »Ihr wart nicht mal geboren, als eure Mutter schon eure Mutter war!«

José schwieg und betrachtete fasziniert die Profilfotos.

»Wenn man sich seine Frau aussuchen kann, warum dann nicht auch seine Mutter?«, argumentierte Victor.

»Weil … weil das nicht dieselbe Art von Liebe ist!«

Victor verzog das Gesicht.

José, der sich bisher rausgehalten hatte, setzte nun zum Frontalangriff auf David an.

»›Das ist nicht dieselbe Art von Liebe‹? Bei dir und deiner Mutter ist das manchmal echt grenzwertig, das hab ich schon miterlebt!« Den Bildschirm ließ er weiterhin nicht aus den Augen. »Die schlabbert dir manchmal die Birne ab, als wärst du ihr Kerl!«

Um seine Worte zu illustrieren, imitierte José die Stimme von Davids Mutter: »›Du bist der Allerschönste, mein Sohn! Du bist der Beste! Du wirst mal ein großer Cellist! Du machst später mal international Karriere! … Ein echter Rostropowitsch!‹«

Es ist viel einfacher, an sich selbst zu glauben, wenn das eigene Umfeld einem ein außergewöhnliches Talent bescheinigt. Daher hatte David nie daran gezweifelt, dass ihm tatsächlich eine triumphale Karriere bevorstand. Auch José profitierte vom Wohlwollen seiner Familie, obwohl seine Eltern Fado und Akkordeon der traditionellen irischen Musik vorzogen, die der Junge heiß und innig liebte, seit Victor ihn auf den Geschmack gebracht hatte. Er studierte Viola am Konservatorium, aber wie all die anderen kleinen Wunderknaben spielte er sämtliche Instrumente ein bisschen.

»Wie redest du denn über meine Mutter?«, fauchte David.

Die Stimmung drohte zu kippen. David stand auf und wollte sich gerade auf José stürzen, um ihm eine Abreibung zu verpassen, als Victor entschieden erklärte: »Dieselbe Liebe oder nicht, das ist mir scheißegal! Ich hab eh keinen Vergleich! So viel Glück habe ich nicht.«

Darauf wurde es schlagartig still. Peinlich berührt legten die Streithähne die Hände auf den Schreibtisch, als stellten sie vorsichtig ihr Instrument ab, um auf ihren nächsten Einsatz im Orchester zu warten. Victor schnappte sich die

Maus, hatte aber Schwierigkeiten weiterzumachen. Er konnte kaum verbergen, dass sich ihm die Kehle zuschnürte. Diese Formulierung hatte ihn kalt erwischt.

Das ist nicht dieselbe Art von Liebe!

Was wusste er denn schon von der Liebe zwischen einer Mutter und ihrem Kind? Selbst hatte er sie jedenfalls nie erlebt. Wenn die anderen von ihren Müttern sprachen, erwähnte er Annie. Wenn sie sagten, »alles Liebe zum Muttertag«, sagte er, »alles Liebe, Annie«. Wenn sie sich über ihre Eltern beschwerten, beschwerte er sich wieder über Annie, manchmal auch über »seine Betreuerin«. Wenn die Kinder geschiedener Eltern von »Patchworkfamilien« redeten, war sein Pendant »Pflegefamilien«. Seine Ferien verbrachte er nicht bei seinen Großeltern, er hatte keine Cousine, die er durchs Schlüsselloch angaffen, auch keinen Cousin, mit dem er im Fluss angeln konnte. Er klammerte sich an das, was die französische Verwaltung ihm zuerkannt hatte und was sich alles in allem auf eine Pflegemutter und eine Betreuerin beschränkte. Er war sich bewusst, dass er es noch gut erwischt hatte, und hätte sich auch niemals undankbar gezeigt, doch noch heute träumte er sein Leben eher und hatte dabei das Gefühl, es nicht verwirklichen zu können. Er fühlte sich wie ein Seiltänzer, der nur mit Mühe das Gleichgewicht auf dem Faden seines Schicksals hielt. Seit acht Jahren half Annie ihm nun dabei, den Abgrund zwischen zwei Leben zu überqueren, zwischen seiner Geburt und seiner Wiedergeburt. Doch Letztere, das hatte er inzwischen verstanden, musste er selbst in die Wege leiten.

Das ist nicht dieselbe Art von Liebe.

Für ihn klang das genauso, als hätte David ihn wegen eines Mangels aus der Gruppe ausgeschlossen.

Das ist nicht dieselbe Art von Liebe.

Diese Worte waren von einer spontanen und unwiderlegbaren Logik, und sie waren sehr weit entfernt vom Mitgefühl, das die Menschen Victor normalerweise entgegenbrachten. Kinderworte, unschuldig, hart. Er hatte seinen Status schon vor langer Zeit durch Selbstironie verarbeitet. »Anonym geboren«, »als Geheimnis geboren«, es war für ihn zu einem Markenzeichen geworden, zu einer eigenen Identität. Mit solchen Zuschreibungen jonglierte er sonst geschickt, doch gerade hatten sie sich in Kategorisierungen verwandelt, die schwer zu ertragen waren und ihn an sein Anderssein erinnerten.

Das ist nicht dieselbe Art von Liebe!

Was für eine merkwürdige Idee, so darüber zu reden! Er hatte noch nie gehört, dass man Liebe in Kategorien einteilte.

»Also, entweder ihr helft mir jetzt, eine richtige Mutter zu finden, oder ich mach es eben allein!«

Eine richtige Mutter. Um so zu sein wie die anderen. Eine richtige Mutter fürs Leben, keine »Madame«, die man dafür bezahlte, diese Rolle zu spielen. Selbst Annie Lebien, die die perfekte Besetzung dafür gewesen wäre, hatte nie vorgehabt, die Rolle einer Ersatzmutter zu übernehmen. Die Kinder, die in ihre Obhut kamen, liebten sie genau deshalb, weil sie es verstand, Annie zu bleiben. Sie machten sich da keine Illusionen, nichts würde jemals die Liebe einer »richtigen Mutter« ersetzen können, sei es auch eine, die alle Fehler der Welt auf sich vereinigte. Victor musste oft an Fanny denken, ein achtjähriges Mädchen, das von seiner alkoholkranken Mutter misshandelt worden war. Die Kleine war total abgemagert, als sie zu Annie kam. Die Woche über aß sie nur wie ein Spatz, doch die Aussicht auf ein Wochenende mit ihrer Mutter regte sofort ihren Appetit an. Trotz allem hätte Victor alles dafür gegeben, mit ihr zu tauschen, wenn sie freitags nach Hause ging. Fanny kannte wenigstens ihre Geschichte.

»Wie willst du's denn mit dem Vater machen?«, fragte José nun ganz pragmatisch.

»Den suche ich mit ihr zusammen aus.«

David schlug die Hände überm Kopf zusammen.

»Ihr würdet es genauso machen, wenn ihr an meiner Stelle wärt!«, erklärte Victor.

Für ein paar Sekunden stellten David und José sich vor, wie es wäre, wenn sie sich ihre Mütter hätten aussuchen können. Nachdem sie ein paar Witze darüber gemacht hatten, gaben sie schließlich zu, dass diejenigen, die sie hatten, ihnen eigentlich ganz gut passten.

Es war schon halb neun, als Annie anklopfte. Sie respektierte stets Victors Privatsphäre und trat nie ein, ohne sich anzukündigen. Er hatte von innen abgeschlossen. Nun öffnete er die Tür, versperrte ihr aber den Zugang, um Annies neugierige Blicke abzuwehren. José beeilte sich, das Fenster mit der Datingseite zu minimieren.

»Ach, ich weiß schon, dass ihr hier irgendwelche komischen Dinge ausheckt«, sagte sie und streckte den Kopf zur Tür herein.

David und José setzten ihre Unschuldsmienen auf. Doch bei diesem Manöver hatten sie nicht Victors Geschick, es wirkte zu übertrieben, um aufrichtig zu sein.

»Wir machen unsere Hausaufgaben, Annie«, antwortete Victor.

»Sagt mir doch lieber gleich, dass ihr schon wieder Computerspiele spielt!«

»Nein, Annie, ich schwöre dir, wir spielen nicht!«

Alle drei gingen in die sechste Klasse des Collège Marie-Curie am Fuß des Montmartre. Sie waren in einer Klasse mit erweitertem Stundenplan eingeschrieben und erhielten daher neben dem regulären Unterricht noch eine besondere künstlerische Ausbildung: Sechs Stunden pro Woche gingen sie aufs Konservatorium Gustave-Charpentier. Dazu kam noch das Üben zu Hause, sodass ihnen nicht mehr viel Freizeit blieb.

»Na gut, eine halbe Stunde noch, dann geht's aber ins Bett. Bis dahin werdet ihr wirklich genug gelernt haben«, erklärte Annie mit einem Lächeln, das verriet, dass sie sich nicht für dumm verkaufen ließ. »Und für die Zwischenzeit habe ich euch noch ein paar Madeleines gebacken.«

Victor hatte das bereits geahnt. Wenn sie buk, duftete es im ganzen Haus: Vanillearomen, der Duft hausgemachten Gebäcks mit guter Butter, der Teig, der am Rand schon ein bisschen knusprig wurde, hatten den drei Jungen das Wasser im Mund zusammenlaufen lassen. Die »kleinen gefalteten Muscheln« waren noch lauwarm. Wie aus einem Munde bedankten sich David und José zufrieden. Annies Madeleines waren noch besser als die des Moulin Vert, der berühmtesten Bäckerei des Viertels.

»Danke, Annie«, sagte auch Victor und nahm den Teller entgegen, nachdem er die Tür, die er bereits fast zugeschoben hatte, wieder einen Spaltbreit geöffnet hatte.

Er wollte die Tür schon wieder schließen, als Annie den Fuß dazwischenstellte.

»Eine halbe Stunde! Und schließ bitte nicht ab!«

»Versprochen.«

Dann drückte er die Tür sanft zu.

Zu dritt machten sie sich über die Madeleines her, ohne dabei ihr hochgestecktes Ziel aus den Augen zu verlieren.

Ihnen blieb nur wenig Zeit, um Victors Registrierung auf der Website abzuschließen. Annie hatte eine Stoppuhr im Kopf, sie würden nicht eine Minute länger kriegen.

»Wie sollen wir dich denn nennen?«, fragte José.

Victor dachte nach. Die Wahl des Usernamens war wichtig.

»›Victor‹, das ist am einfachsten.«

Doch als er es mit seinem Vornamen versuchte, wurde nur der Vorschlag »Victor 2586« als frei angezeigt. Und irgendein zusätzlicher Victor wollte er nicht sein.

»›Bahamas‹«, schlug José vor.

»Warum denn ›Bahamas‹?«

»Meine Mutter träumt davon, dass mein Vater mit ihr auf die Bahamas fliegt. Ich weiß nicht mal, wo das ist!«

Um keine Zeit zu verlieren, stellte Victor die Namensfrage erst einmal zurück.

»Fangen wir mit dem Profilfoto an!«, schlug er vor.

Dann gab er »elegante Männer« in die Suchmaschine ein. Daraufhin erschienen so viele völlig verschiedene Fotos, dass sie sich nicht entscheiden konnten.

»Wie alt?«, fragte José, um die Vorschläge zu filtern.

»Na, so alt wie ein Vater«, erwiderte Victor ganz selbstverständlich.

Sein eigener war mit achtundzwanzig gestorben, die von José und David waren vierzig beziehungsweise zweiundvierzig; er entschied sich für vierzig. Entsprechend verfeinerte er die Suche und klickte auf das auffällige Schwarz-Weiß-Foto eines Mannes im Smoking, der im Halbprofil posierte.

»Der da?«, schlug Victor unsicher vor. »Der ist doch elegant, oder?«

David las die Bildunterschrift: »›Vincent Cassel.‹ Wer ist das?«

José googelte ihn rasch. Vincent Cassel war ein berühmter französischer Schauspieler, den trotz seines internationalen Ruhms keiner von ihnen kannte, denn er hatte weder in *Star Wars* noch in einem Superheldenfilm mitgespielt und schon gar nicht in *Harry Potter*.

»Der ist sowieso zu alt«, entschied Victor. »Der könnte ja schon Großvater sein.«

Frustriert und voller Furcht, einen schrecklichen Fehler zu begehen, indem sie einen »sehr bekannten Unbekannten« aussuchten, zogen sie in Erwägung, als Profilbild einen idyllischen Strand zu verwenden, dann einen See, den Mont Blanc, schließlich sogar einen Bären.

Unversehens begann Victor zu strahlen. »Was ist, wenn wir ein Foto von deinem Vater nehmen?«, schlug er José vor.

»Von meinem Vater? Bist du verrückt?«

»Er sieht gut aus.«

»Das stimmt, er ist cool!«, legte David nach.

José fühlte sich zwar geschmeichelt, war aber nicht überzeugt.

»Warum nehmen wir nicht deinen?«, entgegnete er.

»Weil meiner tatsächlich Single ist. Und es würde mich nicht wundern, wenn er sich auf dieser Seite schon angemeldet hätte!«, erwiderte David.

Miguel, Josés Vater, war tatsächlich ein ziemlich schöner Mann. Groß und sportlich. Er hatte etwas von Ronaldo, dem Fußballer, allerdings in blond. Die Frauen in der Nachbarschaft schwärmten in den höchsten Tönen von ihm. Doch er war seiner Frau Christina treu, die ihm, wie er gerne sagte, mit ihrem Wesen ein unverwüstliches Lächeln auf die Lippen gezaubert hatte. Mit gerade mal zwanzig Jahren war sie Hausmeisterin geworden und ging diesem Beruf jetzt schon seit fünfzehn Jahren nach.

»Und wenn meine Mutter davon Wind bekommt?«, rief José.

»Deine Mutter treibt sich doch nicht auf Datingseiten rum!«, rief Victor.

»Das weiß ich auch, aber falls irgendwer ihn wiedererkennt?«

»Dein Vater ist ja nicht Vincent Cassel!«, spottete David.

José zuckte halb gekränkt mit den Schultern, erklärte sich aber dennoch bereit, ein Foto seines Vaters für das Profil zur Verfügung zu stellen. Mit Miguels Foto wirkte das Profil schon ziemlich echt. Jetzt mussten nur noch all die Rubriken ausgefüllt werden. Bei dieser Aufgabe gingen sie spontan und nicht der Reihe nach vor, je nachdem, was ihnen gerade einfiel. Sie begannen mit dem Beruf.

Victor zögerte.

»Was bringt Frauen denn zum Träumen?«, fragte David.

»Fußballer!«, rief José und lieferte sofort weitere Vorschläge: Schauspieler, Koch, Feuerwehrmann, Politiker und, schließlich, Milliardär.

»Ich will doch nicht, dass sie mich nur wegen der Knete liebt.«

Also beschloss Victor, den Mann so zu erfinden, wie er selbst einmal werden wollte. Da seine zukünftige Mutter seine Leidenschaften teilen sollte, tippte er »Musiker«. José versuchte zwar, es noch in »berühmter Musiker« zu ändern, doch Victor lehnte das zum Verdruss seines Freundes ab.

Alter, Körpergröße, Sternzeichen, Körperbau … Ihnen blieb nur noch eine Viertelstunde, um alles fertig zu machen.

»›Kinder‹: keine«, sagte Victor laut.

»Mein Vater sagt, dass ihm ein Mann, der mit vierzig noch keine Kinder hat, verdächtig vorkommt«, erklärte David.

Victor warf ihm einen finsteren Blick zu und tippte zugleich ein »Nein« auf die Frage »Kinder gewünscht?« ein.

»Wenn ich mit Ja antworte, wird sie das noch auf irgendwelche Gedanken bringen, und ich will nicht, dass sie noch andere Kinder möchte.«

»Aber gerade wenn sie welche will, heißt das doch, dass sie auch dich haben will«, gab José, wie immer scharfsinnig, zu bedenken.

»Da hast du auch wieder recht«, räumte Victor ein.

Also tippte er »Ja«.

Dann kamen die Sprachen dran, die er beherrschte.

»Französisch, Englisch, Spanisch ...«

»Portugiesisch!«, rief José. »Das ist die Sprache mit den meisten Sprechern ...«

»Wo das denn?«, unterbrach ihn Victor.

»In Portugal!«, antwortete er und musste lachen.

Bei »Religion« gab Victor »gläubig« an, gleichzeitig aber »nicht religiös«.

»Stimmt auch!«, rechtfertigte er sich vor seinen Freunden. »Ich feiere die jüdischen Feste mit David, die katholischen mit José und die muslimischen mit Rachid!«

»Und glauben tust du an nichts?«, fragte David neugierig.

»An meinen Himmel und an mich«, erklärte Victor.

Damit war die Diskussion beendet. Bei »Familienstand« kreuzte er »geschieden« an.

»Und wenn sie dir Fragen über deine Ex stellt?«, fragte David.

»Dann erzähl ich ihr von Josés Mutter!«

Victor und David lachten laut auf, während José ihnen den Mittelfinger zeigte.

In der Zeile »Tabak« entschied er sich für »Nichtraucher, erträgt keinen Zigarettenrauch«.

»Ich will keine Raucherin als Mutter, das stinkt.«

Bei diesem Punkt waren sie alle drei einer Meinung.

Dann kamen seine Eigenschaften und Vorlieben dran. Hier konnte er aus einer Liste auswählen.

»›Kreativ‹? Aber mein Vater ist wirklich nicht kreativ«, gab José zu bedenken.

»Es geht ja auch nicht um deinen Vater, sondern um mich!«, konterte Victor.

Die ganze Aufgabe wurde langsam etwas schizophren für die beiden Jungs. Der eine verwechselte das Profil mit seinem Vater, der andere hielt sich selbst für den Mann auf dem Foto.

Victor fuhr mit seiner Selbstbeschreibung fort, indem er ein paar Adjektive anklickte: »großzügig«, »leidenschaftlich«, »gelassen«.

»Was soll ›gelassen‹ denn heißen?«, fragte David. »Meine Mutter sagt immer, mein Vater soll ein bisschen gelassener sein.«

»Das bedeutet ›cool und nicht nervtötend‹«, erklärte José.

»Dann hat sie also recht«, kommentierte David.

In der Kategorie »Sport« erhielten »Fußball« und »Snowboard« den Zuschlag.

»Bist du denn schon mal Snowboard gefahren?«, fragte José.

»Nein, Wintersport können wir uns nicht leisten. Aber ich würde gern.« Victor lächelte sehnsüchtig.

»Ich hab das auch noch nicht gemacht. In unserer Familie mögen wir keine Kälte«, ergänzte José.

Dann fragte David Victor, warum er nicht »Extremsport« angekreuzt habe, wo er doch immer schon davon geträumt habe, Fallschirm zu springen oder mit einem Wingsuit zu fliegen, um so den Sternen näher zu kommen.

»Ich will nicht, dass sie mich zum Bungeespringen einlädt«, erklärte er ohne nachzudenken.

Stattdessen fügte er noch »Schwimmen« und »Segeln« hinzu.

»Du kannst doch gar nicht schwimmen!«, rief José.

»Na und? Dann rettet sie mich eben! Dafür ist eine Mutter doch da, oder?«

José und David blieben skeptisch.

»Ich tu am Samstag mal so, als würde ich ertrinken«, schlug José vor. »Wir gehen mit meiner Mutter ins Schwimmbad. Ich brauch gerade ein bisschen Liebe!«

»Gesegelt bist du auch noch nie?«, fragte David weiter.

»Nein, würd ich aber auch gern. Mit meiner Mutter geh ich dann auf Weltreise.«

»Ich komm mit«, sagte José.

»Ich auch!«, rief David.

»Könnt ihr mir nicht mal ein bisschen Freiraum lassen!«, erwiderte Victor augenzwinkernd. »Wenn ich einmal mit meiner Mutter aufs Meer fahre!«

Als es dann um Hobbys ging, begann Victor mit einer grundsätzlichen Frage.

»Hobbys heißt doch, ›was man macht, wenn man nichts macht‹, oder?«

David und José nickten.

Victor kreuzte die Dinge an, die ihn seiner Meinung nach am besten dastehen ließen, und vergaß geflissentlich, dass er gern Videospiele spielte: »ehrenamtliche Tätigkeit« ließ ihn großzügig erscheinen; »Ausstellungen und Theater« bewiesen, dass er kultiviert war; »Kochen«, weil Maïa ständig betonte, wie sehr sie Männer mochte, die kochen konnten; und schließlich »Persönlichkeitsentwicklung«.

»Was ist das denn?«, fragte José.

»So was wie Yoga«, erwiderte David und schien sich ziemlich sicher zu sein. Victor bestätigte das, bevor er zum Punkt »Lieblingsbücher« überging. Dafür schrieb er einfach die ersten zehn Titel der Bestsellerliste ab. Keiner der Jungs hatte eine fundierte Meinung zu diesem Thema, außer dass sie Victor Hugo und Joseph Joffos *Ein Sack voll Murmeln* kannten, der dieses Schuljahr auf der Leseliste stand.

Dann kam der Augenblick, in dem Victor seine Lieblingsfilme aufzählen sollte. Auch hier wussten alle drei nicht, was sich Erwachsene so im Kino ansahen. Sie selbst schauten nur Serien oder Filme mit Superhelden.

»Alte Filme aus den Achtzigern!«, schlug David vor. »Meine Mutter liebt die!«

Für die Jungs waren die Achtziger schon graue Vorzeit, in der Filme noch in Schwarz-Weiß gedreht worden waren. Auch hier begnügte Victor sich damit, ein paar der Filme aufzuzählen, die als die besten der letzten zwanzig Jahre galten.

Er sah auf die Uhr. Nur noch eine knappe Minute blieb ihm für seine »liebsten Urlaubsziele«. Er entschied sich für den Mont Saint-Michel, weil der auf Annies alten, blechernen Keksdosen drauf war, und für das Skigebiet Val Cenis.

»Val was?«, fragte José.

»Das ist in den Bergen. Wegen dem Snowboard«, erklärte Victor.

Val Cenis … Einmal hatte er im Internet nach einem »günstigen« Skigebiet gesucht, in das Annie ihn mitnehmen könnte. David und José wiesen darauf hin, dass niemand dieses Kaff kannte.

»Genau deshalb! Ist doch originell!«

Dann ergänzte er seine kurze Liste noch um »Kanada«, in Gedenken an seinen Vater.

»Eines Tages räche ich ihn.«

David und José verstanden das so, dass er den Bären töten wollte, der für den Tod seines Vaters verantwortlich war. Aber Victor meinte damit sein Schicksal.

Da klopfte Annie dreimal an die Tür. Im Theater wurde dadurch der Beginn der Vorstellung signalisiert, an diesem Abend bedeutete es das Ende der Unterhaltung für die drei Freunde. Die halbe Stunde war um.

José und David trollten sich in ihre jeweiligen Wohnungen im ersten Stock und im Erdgeschoss. Victor legte sich gleich ins Bett, sein Tablet hatte er dabei auf den Knien. Darauf hatte er zum Teil selbst gespart, den Großteil des Preises hatte Annie beigesteuert. Er drehte die Helligkeit so weit wie möglich herunter, damit kein durch den Türspalt dringender Lichtschein ihn verriet. Dann stellte er die Startseite seines Profils fertig und besiegelte die Anmeldung mit der Kreditkartennummer, die Momo ihm vor ein paar Stunden zur Verfügung gestellt hatte.

Sein Profil war nun online.

Er schaltete das Tablet aus und starrte das Dachfenster an, seinen Lieblingsbildschirm – niemals ließ er die Jalousie herunter. Die Nacht war hell, der Mond hinter der Scheibe beinahe voll. Die Sterne waren seine vertrauten Begleiter. Er dankte ihnen für ihre unermüdliche Inspiration.

Kapitel 10

Sechs Uhr morgens. Noch immer war Winterzeit in Paris. Es war dunkel. Noch fror es nicht, doch die Temperaturen waren seit gestern weiter gefallen, bis auf ein einziges kleines Grad über null. Die milchigen Wolken würden nicht mehr lange auf sich warten lassen und den Bauch der Stadt mit einem weißen Mantel zudecken.

Lily verschwand an der Station Saint-Paul im Metroschacht. An diesem Morgen hatte die kalte Luft ihre Lunge angegriffen, sie fühlte sich an wie von innen vereist.

Als sie den Bahnsteig betrat, vibrierte ihr Handy. Das Datingportal zeigte ihr neue Nachrichten an. Sie blieb ihrem Entschluss treu und löschte die Benachrichtigungen sofort, dann stieg sie in den Zug, der gerade eingefahren war. Um diese Uhrzeit gab es sogar noch Sitzplätze. Sie zog das Notizheft aus ihrer Handtasche, das sie überallhin begleitete. Dort fanden sich die Zeichnungen ihrer neuesten Kreationen. Im Zeichenunterricht hatte sie gelernt, die traditionellen Formen zu verfeinern. Ihre Eclairs sahen aus wie futuristische Motorräder im Profil, ihre Religieuses ähnelten R2-D2, dem Roboter aus *Star Wars*, und ihr Markenzeichen, das Paris-Brest, einer vulkanischen Bergkette, aus der die Nougatlava strömte. Doch bis jetzt waren diese Skizzen noch nie zu Kuchen geworden.

Ein paar Minuten später stieg Lily an der Haltestelle George-V aus und ging dann zu Fuß bis zum Hotel. Sie hatte sich in einen langen Daunenmantel gemummelt, der ihr bis unter die Knie reichte und den sie nur bei Minusgraden anzog. Seit dem Tag, an dem ihr Herz in tausend Teile zersprungen war und sie hilflos zurückgelassen hatte, war sie kälteempfindlich.

Die Angestellten des Royal Eiffel eilten zum Hintereingang. Von seiner Grippe genesen, hatte auch Chefkoch Jérôme seine Rückkehr angekündigt, daher stand die ganze Mannschaft heute früher auf der Matte.

Lily betrat den Umkleideraum für das Personal, zog sich die Schürze über und machte sich dann auf den Weg zur Patisserieküche. Der Duft der Croissants und Pains au chocolat, die im Ofen goldbraun wurden, kitzelte sie verlockend in der Nase. Es war schwer, ihnen zu widerstehen. Sie zögerte ein paar Sekunden, dachte an ihre drei überflüssigen Kilos, konnte sich dann aber doch nicht zurückhalten, ein noch warmes Croissant vom Blech zu nehmen. Als der Profi, der sie war, hielt sie es an ihr Ohr und drückte es leicht zusammen: Es »sang«, genau wie vorgesehen. Als es ihr auf der Zunge zerging, schmeckte sie einen Hauch von gesalzener Butter, das Vergnügen entsprach ganz den Erwartungen. Sie beglückwünschte sich selbst. Die Hotelgäste erwartete ein Festmahl.

Dann überprüfte sie die Arbeit von Damien, dem jungen Lehrling. Unter den wachsamen Blicken Sébastiens, des für den Teig verantwortlichen Bäckers, machte er sich an die Herstellung der zweiten Ladung Croissants an diesem Morgen. Das Hotel musste sie den ganzen Tag über bereithalten, manche Gäste legten die Frühstückszeiten ziemlich großzügig aus, andere verlangten sie sogar zum Kaffee zwischendurch.

»Pass auf die Schichten auf. Eine Schicht Teig, eine Schicht Butter. Sie müssen gleichmäßig sein«, erklärte sie.

»Ja, Chef«, antwortete er und mühte sich mit dem Glattstreichen der Butter ab.

»Wie viele Runden hast du gemacht?«

»Das ist die erste, Chef.«

»Vergiss nicht, dass man bei einem Croissant vier Runden drehen muss.«

Sie schnappte sich den Teigklumpen, gab ihm die perfekte Faltung und steckte ihn in das Walzwerk. Einmal hin und her. Dann nahm der Lehrling den ausgerollten Teig wieder und brauchte mehrere Anläufe, um die zweite Runde zu vollenden.

Dass sie jeden seiner Handgriffe beobachtete, machte Damien nervös, trotzdem war er froh über die Bemerkungen. Er saugte sie auf, lauschte selbst auf die Kommas, wie er es oft im Scherz ausdrückte. Doch sobald es darum ging, das Gehörte in die Tat umzusetzen, hatte er noch immer Schwierigkeiten.

Voller Zuneigung zwickte Lily ihm in die Wange.

»Ich weiß, dass du ein guter Konditor werden kannst«, sagte sie. »Wie weit bist du denn jetzt mit der Berufsschule?«

»Ich muss noch ein Jahr absolvieren, Chef.«

»Geht es deinen Eltern denn gut?«

»Na ja, Sie wissen ja …«

Sie wusste. Natürlich wusste sie Bescheid. Sie hatten sich nie vom Tod ihres ältesten Sohnes Nicolas erholt. Als sie an jenem Tag ein Kind verloren hatten, hatte Lily den Mann verloren, den sie liebte. Seither lebte sie mit dem Geist der Liebe ihres Lebens direkt vor ihren Augen, so ähnlich sah Damien seinem großen Bruder. Nicolas wäre heute genauso alt wie sie gewesen, siebenunddreißig. Vor achtzehn Jahren hatte die Straße ihn ihr zusammen mit ihrem Vater entrissen. Ein Autounfall hatte auf einen einzigen Schlag zwei Menschenleben ausgelöscht, als wären es nur Kreidezeichnungen auf einer Schiefertafel gewesen. An jenem Tag hatte sie begriffen, dass das Leben genauso vergänglich war wie die Kuchen, die sie herstellte. Nur der Nachgeschmack dessen, was wir erlebt haben, verlässt uns nie mehr.

Viertel vor acht am Morgen, Richtung Collège Marie-Curie, knapp zwanzig Minuten zu Fuß von der Rue Gabrielle:

Victor, David und José stürmten die Treppe an der Rue Chappe hinauf, an den Arènes-de-Montmartre entlang und bis zur Basilika Sacré-Cœur. Dann rasten sie ein paar Hundert Meter weiter die Treppe an der Passage Cottin hinunter.

»Also? Welchen Usernamen nehmen wir?«, fragte José ungeduldig.

Da Victor mit seinem Atem haushalten musste, antwortete er nicht. Um acht Uhr begann der Unterricht, und wie jeden Morgen waren sie zu spät. Den Weg im Laufschritt zurücklegen oder zehn Minuten früher aufstehen – sie hatten sich für die erste Variante entschieden. In einem Affenzahn rannten sie die Stufen hinunter, ohne sie anzusehen. Sie wussten genau, wo sie abgenutzt waren, und daher auch, wohin sie ihre Füße setzen konnten, ohne auszurutschen. Dabei hielten sie sich kaum am schmiedeeisernen Geländer fest. Als sie schließlich auf die Rue Labat purzelten, winkten sie dem Müllmann freundlich zu, der jeden Tag um dieselbe Zeit an derselben Stelle hart auf die Bremse stieg, um sie vorbeizulassen. Sie stürzten den Boulevard Barbès hinunter und begannen den Endspurt, wobei sie auch Rachids Vater grüßten, der gerade das Metallgitter vor seiner Metzgerei hochrollte. Er rief ihnen zu, dass sein Sohn krank sei und deshalb in der Schule fehlen werde. Endlich bogen sie in die Rue Boinod ein und verlangsamten das Tempo, als sie bemerkten, dass der Rest der Schüler gerade mal dabei war, das Schulhaus zu betreten.

Weil er ein bisschen mollig war, war José außer Atem. Ganz aufgeregt wegen ihrer Aktion vom Vortag, konnte er es kaum erwarten, dass Victors Profil online ging. Er war ganz außer sich, dass das Foto seines Vaters, wie er meinte, zwangsläufig zum Erfolg führen würde. David konnte es seinerseits nicht erwarten, den anderen von der genialen Idee zu erzählen, die über Nacht in ihm gereift war.

»›Kleiner Prinz‹!«, schlug er selbstsicher vor, als Hommage an den Jungen, der »seine Träume leben« wollte.

Auch Antoine Saint-Exupérys Buch stand auf der Leseliste, da war es ihm ins Auge gesprungen. Er war überzeugt, den perfekten Usernamen gefunden zu haben.

»Cooooool!«

José war beeindruckt.

Victor hingegen erschien dieser Username zu gewollt. Er hatte sich ohnehin schon selbst einen ausgedacht.

»›Ein Stückchen Leben‹!«, erklärte er triumphierend.

José und David blickten einander an. Sie waren kein bisschen überzeugt. Als Victor ihnen eröffnete, dass das Profil bereits online sei, waren sie neugierig darauf, wie viele Besucher es bereits gab.

»Zwei«, entgegnete Victor enttäuscht.

Sie trauten ihren Ohren nicht, denn sie waren beide davon überzeugt, dass das Bild eines so hübschen Mannes wie Miguel das Netz doch in Aufruhr versetzen müsse.

»Das ist nur wegen deinem Usernamen, der ist total scheiße!«, rief José frustriert.

»Total scheiße«, pflichtete David ihm bei. »Mit Miguels Foto müssten wir es eigentlich schon auf die Liste der am meisten besuchten Profile geschafft haben!«

Ein Stückchen Leben! Sie waren fassungslos. Und doch war es eben der Name gewesen, den Victor sich ausgesucht hatte. Ohne lange zu überlegen. Er war ihm von der inneren Stimme eingeflüstert worden, die ihn schon immer leitete. Seine Intuition, sein Himmel, seine Sterne. Er hatte alle möglichen Seiten durchforstet, auf denen die besten Liebesfilme aufgelistet wurden, und lange gezögert. Noch nie hatte er sich so einen Film angeschaut, er hatte zwischen *Tatsächlich … Liebe* und *Notting Hill* geschwankt. Auch wenn *It Boy* der Situation angemessener gewesen wäre, hatte sich *Der Auftragslover* als beste Wahl aufgedrängt, denn Victor war sich durchaus bewusst, dass seine Aktion ein einziger Betrug war. Schlussendlich hatte er sich dann aber doch für *La La Land* entschieden. In den Orchesterproben im Konservatorium studierten sie gerade die Filmmusik dazu ein. Und Maïa liebte diesen Film! Doch als er ihn schließlich als Usernamen eintragen wollte, hatte er ganz automatisch getippt … »Ein Stückchen Leben«. Sein Unbewusstes hatte die Arbeit erledigt. Er war die Inhaltsangaben all der Filme durchgegangen und hatte dabei bemerkt, dass die Geschichten, in denen sich zwei Figuren trafen, die sich vorher nicht kannten und denen alle möglichen Hindernisse im Weg standen, immer gut ausgingen. Zwei Unbekannte erschufen gemeinsam das Bindeglied, das ihrem Leben fehlte, dieses Stück Leben, das Stück Liebe, das urplötzlich Gestalt annahm, sobald jeder der beiden es durch den anderen kennenlernte. Im Moment war es genau dieses Stück Weg, dieses Stückchen Leben, das er noch zurücklegen musste, um endlich eine Mutter zu finden.

Die drei Jungs traten durch das Schultor.

»Hallo!«, begrüßte Caroline Victor.

Jeden Tag verschlang sie ihn mit ihren Blicken.

Geistesabwesend antwortete er ihr nur mit einem Kopfnicken.

»Hast du deine Physikaufgaben schon gemacht? Willst du die Verbesserungen?«, bot sie ihm an.

Caroline konnte sich anstrengen, wie sie wollte, Victors Aufmerksamkeit zu erregen gelang ihr nicht. Sie war eine kleine Brünette, die immer einen Pferdeschwanz trug und sich wegen ihrer Zahnspange nicht zu lächeln traute, außerdem war sie Brillenträgerin. Als typische Streberin war Caroline nicht gerade beliebt bei ihren Mitschülern. Sie war nicht nur die Beste in allen Schulfächern, sondern hatte auch noch zwei Jahre in Folge ein besonderes Lob des Konservatoriums erhalten, an dem sie Cello lernte. Noch nie war es ihr gelungen, anders als durch ihre schulischen Leistungen und ihr musikalisches Talent auf sich aufmerksam zu machen. Eine Sache schien den Sechstklässlern offensichtlich zu sein: Sie hatte keinen Humor. Seit Beginn des Schuljahres wurde sie von allen ignoriert, obwohl keiner von ihnen sie wirklich kannte.

Auch Victor antwortete ihr nur zerstreut und lehnte ihr Angebot ein weiteres Mal ab. Caroline hatte die Aufgaben sicher nahezu perfekt gelöst, doch störten ihn seine durchschnittlichen Noten nicht genug, als dass er mit ihr etwas zu tun haben wollte.

Er schloss zu David und José auf, drängte sich zwischen sie und legte beiden die Arme um die Schultern.

»Ich hab das Foto von deinem Vater nicht hochgeladen«, gestand er José schließlich ein wenig verlegen, der abrupt mitten auf dem Schulhof stehen blieb.

»Was?«, rief David und löste sich ebenfalls von Victor.

Gekränkt erwartete José eine Rechtfertigung, doch tief in seinem Inneren war er erleichtert. Gekränkt, weil diese

Entscheidung seinem Stolz einen direkten Schlag versetzte; erleichtert, weil so kein Risiko bestand, dass das Bild seines Vaters von irgendwem erkannt werden könnte.

»Ich muss mir meine Mutter aussuchen, nicht umgekehrt«, erläuterte nun Victor.

Es war ihm daher lieber, seinem Profil kein Foto hinzuzufügen und so geheimnisvoll zu bleiben. Er wollte diejenige frei wählen können, die einmal die wichtigste Rolle in seinem Leben spielen würde. Daher wollte er nicht, dass sie durch das Aussehen Miguels, Vincent Cassels oder irgendeines anderen verführt wurde. Er wollte, dass sie ihn wegen seines Charakters aussuchte, nicht wegen seines Sex-Appeals. Das Unterfangen war auch so schon schwierig genug, und der Showdown würde sich ereignen, wenn er sich eines Tages mit der glücklichen Auserwählten traf.

Küchenchef Jérôme Divan wurde euphorisch empfangen – von seiner Mannschaft, aber auch von Bruno Desrosières, dem Hoteldirektor, der ihn umgehend seine Ungeduld spüren ließ.

»Fangen Sie nicht gleich am frühen Morgen an, mich zu nerven, Bruno, Sie haben ›die Kleine‹, Sie riskieren nichts!«

Die Kleine.

»Ja, aber …«, stammelte der Direktor.

Er hatte den Chefkoch von einem anderen Pariser Luxushotel abgeworben. Mit seinem guten Ruf zog er die Feinschmecker dieser Welt an. Bruno Desrosières beharrte stur darauf, Lily als Hilfskraft zu betrachten, einen Ersatz, der nur dafür bezahlt wurde, die Rezepte des Chefs exakt nachzubacken. Für Jérôme Divan war »die Kleine« jedoch schon längst eine »Große«, wie sie jeden Tag aufs Neue bewies. Er verabscheute den herablassenden Ton des Direktors.

»Ihnen zahlen wir ein Spitzengehalt, ihr nicht!«, bemerkte Desrosières.

»Ich habe fast den Verdacht, dass das hier Sexismus ist, Bruno. Wenn Sie damit weitermachen, werde ich es der ›Kleinen‹ weitersagen! Und wenn sie dann kündigt, ich warne Sie, dann suche ich keinen Ersatz.«

Der Direktor biss sich auf die Zunge. So einen Ausfall konnte er sich nicht leisten. Also entschuldigte er sich, gab vor, es habe sich nur um ein Missverständnis gehandelt und dass er es nie wagen würde, einer seiner Angestellten des »schwachen Geschlechts« mangelnden Respekt entgegenzubringen. Jérôme starrte ihn an, fassungslos darüber, diesen altertümlichen frauenfeindlichen Ausdruck zu hören, der den Frauen nur scheinbar schmeichelte. Er machte auf dem Absatz kehrt und ließ den unhöflichen Mann einfach stehen, bei dem aus seiner Sicht Hopfen und Malz verloren waren.

»Guten Tag, Chef!«

»Schön, Sie zu sehen, Chef!«

»Geht's Ihnen wieder besser, Chef?«

»Guten Tag, Chef Divan!« So redeten ihn die Hilfskräfte ehrfürchtig an. Anfangs hatte Jérôme dies unermüdlich von sich gewiesen, er lehnte jede Form der Diskriminierung ab, selbst wenn sie nett gemeint war. Doch da die Küchenhilfen glaubten, das Richtige zu tun, und die Anweisung an die Neuankömmlinge weitergaben, hatte er sich irgendwann an die Anrede mit dem Ehrentitel gewöhnen müssen.

Als er nun seinen Bau wieder betrat, bemerkte er erfreut, dass alles an seinem Platz war und er genauso gut hätte ausschlafen können.

»Guten Tag, ›Chef Divan‹«, neckte ihn Lily nun ihrerseits.

Jérôme lächelte amüsiert.

»Eine Woche krankheitsbedingte Abwesenheit, kannst du dir das vorstellen! Das ist mir seit zehn Jahren nicht mehr passiert!«, gestand er »der Kleinen« und gab ihr ein Begrüßungsküsschen.

»Noch eine Woche länger und du hättest all deine Rezepte vergessen!«

»Wär auch nicht schlimm, wir hätten dann ja immer noch deine«, erwiderte Jérôme mit einem vertrauensvollen Augenzwinkern.

Tatsächlich fühlte Lily sich geschmeichelt, dass einige ihrer Dessertkreationen bereits auf der Karte des hoteleigenen Sternerestaurants standen. Niemand außer Jérôme wusste, dass es sich dabei um ihre Rezepte handelte. Bruno Desrosières hätte es nicht gern gesehen, dass er seine Stellvertreterin ins Rampenlicht gerückt hätte. Jérôme tat ohnehin schon genug, um Desrosières zu ärgern. Er bezeichnete ihre Geheimnisse als »kleine, süße Abweichungen von den Regeln«, es waren »Ücheninterna«, wie er es gern nannte.

Lily begleitete Jérôme bei seiner Inspektion der Patisserie. Ohne Worte beobachtete er die Arbeit jedes und jeder Einzelnen. Niemals kommentierte er irgendetwas, erfreute sich vielmehr immer noch an jedem Stadium der Entstehung eines Gebäcks. Er verhielt sich dabei stets diskret, unaufdringlich. Schon lange hatte er aufgehört, sich in den Vordergrund zu drängen. Mit nun beinahe sechzig Jahren musste er sich um seinen Ruf keine Gedanken mehr machen. Jérôme, »Jéjé«, sah sich als eine Art Geburtshelfer für Desserts und erschien manchmal im letzten Moment, um einem seiner Mitarbeiter beizustehen. Er war stolz auf seine Leute, wie ein Trainer stolz auf sein Team ist. Manchmal versteckte er sich, um den Restaurantgästen zuzusehen, denn an ihren Gesichtern konnte er sofort ablesen, ob eine neue Kreation geglückt war.

Mit einem Nicken in Richtung Damien wandte er sich an Lily.

»Wie schlägt sich denn unser kleiner Lehrling?«

»Das wird schon.«

»Glaubst du wirklich? Ich hab eher den Eindruck, dass es da drunter im Wasserbad köchelt«, sagte er und tippte sich mit der Fingerspitze gegen die Schläfe.

Aus dem Mund des Chefs hieß das, dass Damien ein bisschen schwer von Begriff war. Sie zählten hier schon gar nicht mehr mit, wie oft dieser Ausdruck in der Küche gefallen war. Klassiker wie »aus dem Quark kommen«, »auf den Keks gehen« oder »Kraut und Rüben« gab es zuhauf, doch Jérôme liebte es, neue Redensarten zu erfinden.

Lily hob die Augenbrauen. Sie war ratlos, was Damiens Zukunft anging. Doch es herrschte ein stilles Einverständnis zwischen Jérôme und ihr: Ihm sollten so viele Chancen gegeben werden, wie er brauchte.

Nun wandte sich Jérôme direkt an Damien: »Kleiner, wenn du mit deinen Croissants fertig bist, übernimmst du das Anrichten der Zitronentartes.«

»Ja, Chef!«

Lily zwinkerte Damien heimlich zu. Sie war entzückt über das Vertrauen, das ihm der Meister entgegenbrachte.

»Du lässt dich gehen!«, flüsterte sie ihrem Chef ins Ohr.

»Aber ihn lasse ich nicht gehen, du kennst mich.«

Wie ein James Bond der Konditorkunst hatte Jérôme ein Auge auf alles, was seine Küche verließ. Es war die beste und härteste Schule in ganz Paris, die man mit der Auszeichnung »Kanapee« abschloss, wie Jérôme es scherzhaft nannte, indem er seinen Familiennamen »Divan« verballhornte. Sämtliche

Restaurants träumten davon, Jérômes Leute abzuwerben, doch er rühmte sich damit, dass bisher seine Schützlinge nur dann gegangen waren, wenn sie absolut sicher sein konnten, dass woanders eine bessere Zukunft auf sie wartete. Er herrschte über einen wahren Transfermarkt der Hotelbäckerei, nur dass Jérôme für seine »Spieler« nie auch nur einen Cent Ablösesumme sah.

Lily gehörte seit fünf Jahren zu seiner Mannschaft. Anfangs hatte Jérôme noch nicht die Verbindung zwischen Lily Vernet und ihrem Vater, dem Chefkoch Max Vernet, hergestellt. Ihn hatte er vor langer Zeit kennengelernt, als er einmal in seinem Restaurant, dem *Maison de Courban*, zu Abend gegessen hatte – seit zwei Jahrhunderten eine Institution für traditionelle Patisseriekunst. Lily war dort aufgewachsen und hatte alles gelernt, es war eine Art Geschenk ihres Vaters und ihrer Großmutter gewesen, die dort der Patisserie vorstand. Damals war sie entschlossen gewesen, die Familientradition fortzuführen, hatte keinen anderen Wunsch als den gehegt, weiterhin in ihrer Heimat, der Bourgogne, zu leben. Bis es zu der Tragödie gekommen war.

Im Royal Eiffel war Lily erst fürs Eis, dann für die Schokolade zuständig gewesen, hatte im Anschluss als Patissière angefangen und war für den Einkauf der Vorräte verantwortlich gewesen. Danach hatte sie sich um die Herstellung des Teigs gekümmert und war schließlich zur stellvertretenden Chefköchin befördert worden. Jérôme hatte noch nie von ihr gehört, bevor sie anfing, ihn mit E-Mails zu bombardieren. Sie brachte ihm eine ehrliche Bewunderung entgegen, sammelte seine Kochbücher, kannte seine Neurosen in der Küche. Die Neurosen eines Küchenchefs, der mit nur achtundzwanzig Jahren beim MOF-Wettbewerb zu einem der besten Frankreichs gekürt worden war.

»Hast du dich mit Puderzucker geschminkt?«, fragte Jérôme nun und musterte sie.

Das bedeutete so viel wie: »Du hast Augenringe. Hast du die Nacht durchgefeiert?«

»Ich habe gestern die Anforderungsliste für den MOF-Wettbewerb Frankreichs bekommen. Ich hab die ganze Nacht kein Auge zugetan.«

»Du schaffst das. Du bist doch schon die Beste! Jérôme gibt dir sein Wort.«

Lily bedankte sich mit einem Lächeln.

Sie hatte sich entschlossen, ein Hochzeitsbüfett zu entwerfen – für eine »Weltallhochzeit«!

Als Pflichtaufgabe im Bereich Appetithäppchen war die Zubereitung einer herzhaften Saint-Honoré-Torte vorgegeben. Sie schlug ihr Notizbuch auf und zeigte Jérôme eine Skizze. Ihre Torte sollte wie ein Raumschiff aussehen – eine dünne, längliche Blätterteigschicht in Form einer fliegenden Untertasse.

»Das ist fantastisch«, kommentierte er. »Du erinnerst mich an deinen Vater. Der hat mal eine Pastete gebacken, die aussah wie der Schiefe Turm von Pisa. Durch die Neigung floss die Béchamelsoße auf den Tellerrand.«

Lily presste die Lippen zusammen, ihr Blick verfinsterte sich. Sie sah zu Damien hinüber, der ein paar Meter weiter gerade mit dem Anrichten der Törtchen fertig wurde.

»Er wird ihn nie ersetzen können«, sagte Jérôme sanft zu ihr und deutete auf den Lehrling.

Sie konnte nicht verhindern, dass ihr zwei Tränen über die Wangen kullerten. Verlegen wischte sie sie mit einem Zipfel ihrer Schürze ab. Jérôme wechselte rasch das Thema und erinnerte sie begeistert daran, dass es Zeit für ihren Morgenimbiss sei. Er zog sie mit zu einer Marmorplatte in einer Ecke der Patisserieküche. Auf dem Weg dorthin holte er eine Terrine mit Gänseleberpastete aus dem Kühlschrank und bat einen der Bäcker-Azubis, ihm ein noch warmes Walnussbrot zu bringen. Als er die Pastete anschnitt, war es kurz nach neun. Er hatte die tägliche Frühstückspause vorgezogen, aber Jérôme war eben immer ein bisschen hungrig.

»Die hat der Direktor kredenzt, ich habe sie von ihm zu Weihnachten bekommen.«

»Wenn er wüsste, dass du sie mit mir teilst, wäre er außer sich vor Wut.«

»Wie kommst du denn auf so was?«, erwiderte Jérôme ironisch und zuckte mit den Schultern – der Seelenzustand von Desrosières war ihm herzlich egal.

Lily deutete ein Lächeln an. Jérôme wusste immer, wie er sie aufmuntern konnte, wenn ihre Laune auf Talfahrt ging. Sobald er auch nur einen Hauch von Trauer auf ihrem Gesicht sah, versuchte er, sie aufzuheitern, ohne weitere Fragen zu stellen, denn er wusste, dass sie zu zurückhaltend war, um von sich aus um Trost zu bitten. Zugleich verbarg sie weder freudige noch schmerzhafte Gefühle. Sie hasste Lügen und schob das auf ihre »bodenständige« Natur. Oft erinnerte sie ihn daran, dass sie die Tochter von Bauern war: Ihre Mutter hatte in der Nähe von Mâcon eine Landwirtschaft betrieben.

»Solange du nicht trauerst, findest du nie jemand Neuen, weißt du«, erklärte ihr Chef mit vollem Mund.

Getrauert hatte sie tatsächlich noch nicht. Sie begnügte sich damit, Nicolas' Abwesenheit sowie die ihres Vaters einfach zu ertragen, erfüllt von einem Gefühl des Versagens und der Schuld, das Hinterbliebene oft befällt. Um dabei nicht am Rand zu stehen und wie eine Bettlerin um Zuneigung zu buhlen, hatte sie sich aktiv auf die Suche nach neuer Liebe gemacht.

»Das Internet ist Mist!«, rief Jérôme.

Ihr Online-Dating war weder für ihn noch für ihre Kollegin Prudence ein Geheimnis. Beide hatte sie ins Vertrauen gezogen, zum einen, um sich abzusichern, falls sie an einen Psychopathen geriet, zum anderen aber auch, weil Lily diese kleinen Gefühlswallungen gerne teilen wollte, so vorübergehend sie auch sein mochten.

»Am Ende werde ich wohl mein Gelübde ablegen!«

»Du als Nonne?« Jérôme lachte laut los. »Na, das Kloster, das dich aufnimmt, hat aber Glück. Es wird das mit den meisten Michelinsternen. Ich kann's kaum erwarten.«

»Das Wichtigste ist doch, dass man tut, was man liebt. Warum denn nicht in einem Kloster?«, fragte Lily kichernd.

Für die nächsten drei Monate war ohnehin ein Klosterleben angesagt. Diese Aussicht störte sie nicht, schließlich hatte die Arbeit ihr bislang immer nur Freude bereitet, sie würde sich einmal mehr damit behelfen.

»Ich hätte da einen netten Burschen für dich. Er ist im Grand Véfour für die Soßen zuständig«, versuchte es der Chef, obwohl er bereits ahnte, wie Lily reagieren würde.

Verstimmt und zugleich belustigt, schüttelte sie lächelnd den Kopf. »Radio Topflappen?«, konterte sie mit fragendem Blick.

»Radio Topflappen« wurde der Klatsch und Tratsch der Gastronomiebranche genannt. Jérômes engmaschigem Netz entging kein begehrter Single – mit sechs von ihm eingefädelten Lieben auf der Erfolgsliste hatte er den Ruf eines geborenen Amors. Er hatte es schon einmal gewagt, Lily einem jungen, vielversprechenden Konditor vorzustellen, aber angesichts der Geister ihrer Vergangenheit hatte sie sich dem entzogen.

»Du wirst Unterstützung brauchen«, brachte Jérôme seinen Satz zu Ende.

»Ich hab doch dich«, konterte sie scherzhaft.

Natürlich würde er ihr helfen, er war schließlich mehr als ein gewöhnlicher Mentor für sie. So wie ein guter Kuchen eine schmerzende Seele wärmen kann, versüßte ihre Beziehung einander das Leben.

»Ich kümmere mich darum, sobald ich den Wettbewerb hinter mir hab«, versprach Lily. »Im Moment hab ich keine Zeit zum Flirten. Nicht mal online!«

Sie steckte sich eine Scheibe Brot in den Mund, die er für sie belegt hatte, und stand dann auf.

»Diese Gänseleberpastete ist wirklich vorzüglich«, sagte sie mit vollem Mund und unverhohlenem Wohlgefallen, bevor sie in der Kühlkammer verschwand.

Sie kam mit einer Flasche Weißwein in der Hand wieder heraus, einem Sauternes für besondere Anlässe, den sie mitsamt zwei Gläsern zum Tisch trug.

»Ein Geschenk vom Direktor persönlich!«

Der Chefkoch staunte nicht schlecht.

»Wenn es von ihm kommt, heißt das ›Back-schisch‹!«, fügte sie hinzu und prustete wegen des ziemlich schwerfälligen Witzes selbst los. »Er will sich damit mein Schweigen erkaufen, offenbar hat er es satt, dass ich zu allen Speiseplänen meinen Senf dazugebe.«

Der Hoteldirektor fühlte sich oft verpflichtet, seinen Angestellten zu den Festzeiten am Jahresende eine besondere Aufmerksamkeit zukommen zu lassen.

Lily entkorkte die Flasche und stellte Jérôme ein Glas hin. »Wie wär's mit einem Schlückchen?«

»Wein um neun Uhr morgens? Du wirst am Ende noch zur echten Köchin!«

»Niemals!« Lily runzelte die Stirn.

Dann schenkte sie ein. Ihre Augen hatten ihren Glanz wiedergewonnen.

Die Uhr tickte, sobald die Glocke um zehn vor fünf das Ende des Unterrichts einläutete. Victor rannte auf den Schulhof und rempelte Caroline an. Er entschuldigte sich nicht, und sie schwieg. Er stürmte weiter. Da ihm José und David dicht auf den Fersen waren, stießen auch sie mit ihr zusammen.

Sie versuchte, auf sich aufmerksam zu machen: »Ich hab die Aufgaben für Musik, wenn ihr sie …«

Doch keiner der drei Jungs hörte ihr überhaupt zu. Sie waren schon auf dem Weg die Rue Boinod hinauf. Wie jeden Donnerstag um diese Zeit konnten sie zweieinhalb Stunden lang machen, was sie wollten. Sie hatten die Erlaubnis von Annie und den Eltern der beiden Freunde: Inmitten eines überfrachteten Stundenplans brachte das ein wenig Luft zum Atmen, so konnten sie die Woche mit einem Lächeln und etwas weniger erschöpft vom Unterricht ausklingen lassen. Es waren zweieinhalb Stunden zur freien Verfügung, mit der einzigen Bedingung, dass sie in ihrem Viertel blieben. Maïa vertraute den Jungs, sie hatte schon vor langer Zeit begriffen, dass Kinder Eigenverantwortung lernten, wenn man ihnen Gelegenheit gab, sich zu entfalten. Sie war überzeugt, dass sie so zu glücklicheren Jugendlichen wurden. Das Trio musste niemandem Rechenschaft über die zwei Stunden Freizeit ablegen und hatte diesen Vertrauensvorschuss noch nie auf ungute Weise ausgenutzt. Aus dieser Nachmittagsfreizeit war schnell das wöchentliche Treffen zum Kickern im *La Désobéissance* hervorgegangen, sodass die Eltern letztlich ohnehin Bescheid wussten, wo ihre Sprösslinge zu finden waren.

Heute jedoch hatten die drei Kumpels etwas anderes vor. Zweieinhalb Stunden, das war sowohl viel als auch zu wenig, wenn man zu Fuß die Rue Boinod im Barbès-Viertel bis zur Rue Lepic in Montmartre erklimmen musste. José und David eilten durch die Rue de Clignancourt und liefen dann bis zum Marché Saint-Pierre hinauf. Victor war bekannt für seine 100-Meter-Rekordzeiten, doch nun starrte er auf das Pflaster und trödelte dermaßen herum, dass die anderen zwei ihn bald hinter sich gelassen hatten.

Und wenn sie nun recht hatten? »Ein Stückchen Leben«.

Schließlich haftete diesem Usernamen etwas Kindisches an, überlegte er. Es war naiv anzunehmen, dass eine Erwachsene ihn mögen könnte. Victor war drauf und dran, seine Freunde anzuhalten und seine Zweifel lauthals kundzutun, mit jedem Schritt auf dem Asphalt brach sich in seinem Inneren ein weiterer Gedanke Bahn. Es war noch genug Zeit, alles sein zu lassen, am Ende würde er seinen eigenen Erwartungen vielleicht nicht entsprechen können. Es war doch besser, sein Schicksal fügsam in die Hände der Profis des Jugendamtes zu legen, in die von Liliane Rémy. Schließlich fiel ihnen doch die Aufgabe zu, eine Mutter für ihn zu finden. Je länger er darüber nachdachte, desto stärker reifte in ihm die Überzeugung, dass sein Vorgehen zum Scheitern verurteilt war. Ja, seine Entscheidung war gefällt: Sobald sie die Rue des Abbesses überquert hätten, würde er José und David sagen, dass er aufgab.

Die Ampel war rot, doch wie üblich überquerten sie die Straße trotz des ganzen Gehupes. Victor rief sie, aber da war eine Baustelle, die Presslufthämmer übertönten seine Stimme. Am Ende der Rue Lepic holte er José und David endlich ein, als sie gerade das *La Désobéissance* betraten. Wortlos folgte er ihnen nach drinnen.

»Hallo, Momo!«, riefen David und José begeistert.

Momo zwinkerte ihnen von der Bar aus zu und warf einen kurzen Blick auf die Wanduhr. Es war 17.18 Uhr. Wie jeden Donnerstag waren sie auf die Minute pünktlich. Ihm fiel sofort auf, dass Victor heute ganz woanders war. Als er hereinkam, sah er Momo nicht einmal an. Als Victor sich zu David und José an den Tisch am hinteren Ende des Raums gesellte, machten sie zwischen sich auf der Bank Platz für ihn.

Zwei Mannschaften standen sich bereits am Kicker gegenüber.

»Ihr spielt dann gegen die Sieger!«, rief einer der Spieler.

»Wir spielen heute nicht!«, entgegnete José, als würde er sie gnädigerweise heute verschonen.

Momo wurde hellhörig. Irgendetwas stimmte nicht. Auch die vier Spieler am Kicker ließen überrascht die Griffe los. Wenn es auf eine Teilnahme verzichtete, riskierte das Erfolgstrio, zurückgestuft zu werden. Denn der Sieg der gegnerischen Mannschaft, und sei es nur aufgrund eines Nichtantretens, würde die Tabelle verändern. Für Momo war sie so wichtig wie die der obersten französischen Fußballliga, er hatte sie mit Kreide auf eine Tafel geschrieben. Seit zwei Jahren war der erste Platz fest zementiert. Die restlichen Teams konkurrierten um den zweiten und dritten Platz, hegten aber keine Sekunde lang die Illusion, noch besser abschneiden zu können. Jede Mannschaft trug den Namen einer der Straßen in Montmartre. Sie wurden von Momo vergeben, ohne dass er die Teilnehmer nach ihrer Meinung fragte. Victor und seine Freunde bildeten die Equipe »Sacré-Cœur«.

José und David warteten ungeduldig darauf, dass Victor sein Tablet aus dem Rucksack holte, doch er tat nichts dergleichen. Stattdessen sah er sie an, suchte nach Worten, und als er sie fand, legte er beide Hände mit einer Ernsthaftigkeit auf die Tischplatte, die die freudigen Mienen seiner Kumpel erstarren ließ. Doch bevor er noch zu sprechen beginnen konnte, ergriff José das Wort.

»Entspann dich, dein Username ist cool.«

David bestätigte das mit einem Nicken und einem überzeugten Lächeln. »Wie alt soll deine Mutter denn sein?«

Das Wohlwollen seiner Freunde belebte Victors Selbstvertrauen wieder. Er zog das Tablet hervor. Über das WLAN des Cafés loggte er sich auf dem Datingportal ein. José schnappte ihm rasch das Tablet weg, interessierte sich aber keine Sekunde lang für das Profil, das Victor am Vorabend noch fertiggestellt hatte. Er wollte vor allem die der Frauen auf dem Portal anschauen.

»Wie alt ist eine Mutter denn so?«, fragte Victor.

»Alt«, antwortete David, und José bestätigte das mit einem Nicken, während er sich durch die Profile klickte.

Aus ihrer Perspektive auf der Schwelle zwischen Kindheit und Jugend betrachtet, war man ab zwanzig alt.

»Die da!«, rief José entzückt. »Die ist doch geil!«

»Eine Mutter ist nicht ›geil‹!«, widersprach Victor. »Das hab ich dir schon mal gesagt!«

»Wir sind ja hier nicht auf einer Pornoseite«, wies David ihn zurecht.

»Ist ja gut. Man wird ja wohl noch ein bisschen gucken dürfen«, verteidigte sich José.

Victor nahm das Tablet zurück und filterte das Alter auf zwischen fünfunddreißig und vierzig, worauf José leicht panisch reagierte.

»Das ist aber *sehr* alt, vierzig!« Da fiel ihm angesichts eines Fotos von »Miss Cléo« bereits die Kinnlade herunter. »Woah! Die Brünette find ich toll. Die ist schon sechsunddreißig, aber trotzdem superge… superschön«, korrigierte er sich selbst. »Superschöööööön! Ist sechsunddreißig okay?« Er sah Victor an. »Ist das nicht zu alt?«

»Nein, aber die ist zu dünn!«, entschied Victor, nachdem er das Foto vergrößert hatte.

David war schon dabei, ihr Profil zu lesen, und seine Augen begannen zu glänzen.

»Sie mag auch noch Archäologie!«

»Was ist das denn?«, fragte José.

»Das ist wie Indiana Jones, nur als Mädchen! Es bedeutet, dass sie ihr Leben in Pyramiden verbringt, in Katakomben, Sand und Staub … Sie ist halt eine Abenteurerin!«

»Cool!«, rief José.

»Ich will eine Mutter, die für mich da ist, keine zwischen Tür und Angel«, wandte Victor ein und schaute sich das nächste Profil an.

José seufzte enttäuscht. Ungeduldig wischte er selbst über das Tablet und scrollte die Profile durch.

»Woah, und was ist mit der? Blondinen find ich toll!«

Victor schob die Hand seines Freundes weg.

»Du findest einfach alles toll!«, erwiderte David. »Vielleicht auch Rothaarige?«

»Klar, die auch! Ich find alle Frauen toll!«, rief José begeistert.

Missbilligend schüttelte Victor den Kopf. Dann nahm er sich das nächste Profil vor, das von »Nathalie Eden«. Sie schien sowohl Davids als auch Victors Aufmerksamkeit zu fesseln. José war sie hingegen zu dick, und Victor fand schließlich heraus, dass sie ein Kind hatte.

»Stimmt, mit uns zusammen macht das vier, das wird sie nicht wollen!«, bemerkte José ernst.

»Wie, ›mit uns‹?«, rief Victor.

»Na, mit uns muss sie doch auch klarkommen«, erklärte José.

»Da hat er recht«, warf David ein. »Meine Mutter nennt das ›das Päckätsch‹! Wenn man noch mal heiratet, heiratet man alles, die Frau, die Kinder und die Schulden.«

Victor klickte von Seite vier direkt auf Seite dreizehn, und allen fiel die Kinnlade herunter, als David mit dem Finger auf eins der Profilfotos zeigte.

»Das ist ja meine Mutter! Das da … Das ist meine Mutter!«

Er war vor Schock völlig benommen.

»›Geschieden, zwei Kinder‹ … Das ist wirklich meine Mutter!«

Victor und José war das ebenso unangenehm wie ihrem Freund. David riss Victor das Tablet aus der Hand und scrollte durch die Fotos des Profils.

»Hör auf, das tut dir doch nur weh!« Victor versuchte vergeblich, ihm das Tablet wieder abzunehmen.

»Warum hat sie das denn abgeschnitten?«, rief er angesichts eines Fotos, das erkennbar in der Mitte durchtrennt worden war. »Da war ich mit drauf!«

»Na, mit dir auf dem Foto kann sie ja schlecht irgendwen anmachen! Ist nicht sehr sexy!«, merkte José an.

»Was willst du denn damit sagen? Meine Mutter macht niemanden an! Sie ist meine Mutter!«

»Sie sucht ’nen Kerl …«, erklärte José ihm ungeschickt. »Sie tut nichts Schlimmes.«

David blieb stumm.

Dann stand er auf.

»Ich geh dann mal«, kündigte er an und zog den Reißverschluss seines Rucksacks zu.

»Du sagst ihr aber nicht, dass du sie gesehen hast, hm?«, fragte ihn Victor.

»Natürlich nicht! Wie soll ich ihr denn erklären, was ich auf 'ner Datingseite getrieben hab?«

Er verabschiedete sich mit einem müden Nicken und schlurfte Richtung Ausgang.

»Wart mal!«, rief José ihm hinterher. »Ich komme mit!«

David drehte sich nicht mal um. José sprang auf.

»Zum Glück hast du nicht das Bild meines Vaters hochgeladen, seine Mutter hätte ihn erkannt!«

Dann eilte er David hinterher.

Sie blickten kurz zu Momo, der noch immer hinter der Bar stand.

»Ihr geht schon?«, fragte er.

»Wir haben verloren!«, antwortete José und stieß die Tür auf, die David ihm nicht mal aufgehalten hatte.

Draußen wurden sie von einem dichten Vorhang aus Schneeflocken empfangen. Normalerweise hätten sie jetzt ohrenbetäubend »Es schneit!« geschrien, doch sie taten nichts dergleichen. Die beiden Jungs begnügten sich damit, die Kapuzen ihrer Daunenjacken überzuziehen, und gingen dann über die steile Treppe an der Rue Drevet wortlos Richtung Abbesses bis zur Rue Gabrielle.

»Macht es dir was aus, deine Mutter auf einer Datingseite zu sehen?«, fragte José irgendwann. »Sie ist doch Single und hat das Recht, sich wieder einen Mann zu suchen. Sie will ja nicht ihr ganzes Leben einsam bleiben.«

David entgegnete nichts. Ihm war durchaus bewusst, dass eines Tages ein neuer Mann in sein Leben treten würde, ein Unbekannter, der ihm seine Mutter streitig machen würde. Beispiele dafür gab es überall in seinem Umfeld: Auf dem Collège und im Konservatorium lebte die Hälfte der Kinder in Patchworkfamilien. Doch es fiel ihm schwer zuzugeben, dass seine Mutter auch eine ganz normale Frau war.

Er legte einen Zahn zu. David war größer als José, der zwischendurch immer wieder ein bisschen beschleunigen musste, um mit ihm Schritt zu halten.

»Wenn meine Eltern sich eines Tages scheiden lassen, dann find ich es besser, wenn meine Mutter wieder einen Typen und mein Vater eine andere Frau findet. Ich mag Großfamilien«, betonte José.

Gerade kamen sie an der Tür ihres Wohnblocks in der Rue Chappe an. Ihre Kapuzen waren weiß vom Schnee. David gab den Sicherheitscode ein und drehte sich noch einmal zu José um, bevor er die Tür aufschob.

»Hast du dir schon mal vorgestellt, dass deine Mutter und dein Vater Liebe machen?«

José war sich nicht sicher, ob er alle Feinheiten dieses Gedankens oder überhaupt den Sinn der Frage verstand.

»Na, eben!«, schloss David und betrat das Haus.

Diesmal hielt er seinem Freund die Tür auf, der, noch immer außer Atem, weiter über Davids Äußerung grübelte, bis die Tür vor seiner Nase wieder ins Schloss fiel.

Es schneite immer stärker.

Im hinteren Teil des Cafés klickte Victor die Profilfotos der Datingseite durch, doch keines davon fand vor seinen Augen Gnade. Um sein Auswahlverfahren etwas zu systematisieren, hatte er entschieden, dass ihm das Aussehen gefallen musste. Träumten denn nicht alle Jungs davon, ihre Mama irgendwann zu »heiraten«? Er lauerte auf irgendeinen Auslöser. Die Ausnahme. Da blieb sein Blick an Lily des Lilas hängen.

Schön.

Man hätte ihr Aussehen auf den ersten Blick als gewöhnlich empfinden können, aber da war diese spezielle Ausstrahlung, die ihre ganz eigene Attraktivität ausmachte. Das war sicher einer der Gründe dafür, dass ihr Profil zu den meistbesuchten gehörte. Sie war strahlend schön.

Victor hatte den Eindruck, dass sie ihn ganz persönlich anblickte. Nur ihn. So war Lily. Man fühlte sich, als hätte sie nur Augen für einen selbst, so durchdringend und leidenschaftlich war ihr Blick. Selbst auf einem Foto. Häufig beklagte sie sich über ihre Pausbacken, die ihr einen jugendlichen Charme verliehen, doch sie trugen zu ihrer Beliebtheit bei. Statt wie eine Femme fatale zu wirken, was sie sich gewünscht hätte, erschien sie wie die personifizierte Menschlichkeit. Nur aufgrund dieses einen Bildes, und ohne die anderen betrachtet oder auch nur ihr Profil gelesen zu haben, schloss Victor, dass sie nett und aufmerksam sein musste. Was ihr Äußeres betraf, so fand er es »normal«. Die Männer würden ihr also nicht in Scharen nachlaufen, und er könnte mit ihr spazieren gehen, ohne befürchten zu müssen, dass jemand sie ihm wegnahm. In den Augen des zwölfjährigen Jungen, der er war, war sie wie gemacht für den Job.

Gerade wollte er den Rest des Profils lesen, als er eine schwere Erschütterung spürte. Neben ihm auf der Bank hatte Momo Platz genommen.

»Du weißt aber schon, dass man davon abhängig werden kann, Kleiner!«

»Von den Frauen?«, fragte Victor listig.

Man hatte ihm nicht die Gefahren auseinandergesetzt, die von der Gewöhnung an solche Seiten ausgingen, und wie alle Kinder seiner Generation war er von diesen virtuellen Drogen abhängig, seit er die ersten Schritte auf dieser Erde getan hatte. Nachdem er Momo seinen Plan dargelegt hatte, erzählte dieser ihm, auch er habe früher versucht, auf diesem Weg eine Partnerin zu finden, allerdings schnell wieder darauf verzichtet, als er bemerkte, dass es viel einfacher war, von Zeit zu Zeit eine der Polizistinnen des Viertels zu verführen. Er tat sein Möglichstes, um das Ganze geheim zu halten, auch wenn sich die Episoden am Ende durchaus hinzogen.

»Ich bin eben altmodisch!«, erklärte er. »Auge in Auge, Hand auf Schenkel! Worum es mir geht, Kleiner, das ist der Spaß!« Natürlich wusste Victor nicht genau, was er damit meinte, und als Momo es ihm erklärte, entgegnete er: »Und mit Maïa? Machst du mit der auch Spaß?«

Damit hatte er seinen wunden Punkt getroffen.

»Man spielt nicht mit der Liebe, Kleiner!«, erwiderte Momo ernst.

Das klang in Victors Ohren seltsam, der die Anspielung auf Musset noch nicht erkannte.

»Na, hast du die Mutter deines Lebens gefunden?«, fragte Momo nun.

»Ich weiß nicht mal, wie sie aussehen soll … Wonach würdest du sie denn aussuchen?«

Momo dachte nach und lächelte selig. »Für meine Mutter war ich immer der Schönste, der Intelligenteste, der Höflichste, auch wenn ich nur Dummheiten gemacht habe! Sie war immer für mich da, selbst wenn sie arbeitete. Und Gott weiß, dass ich ihr auf die Nerven gegangen bin. An deiner Stelle würd ich mir also eine Mutter wie sie suchen. Verständnisvoll und großzügig. So ist eine Mutter eben, mein Kleiner! Eine Mutter akzeptiert. Vergibt. Sie verlangt keine

Gegenleistung dafür. Eine Mutter liebt bedingungslos, manchmal vielleicht zu sehr, aber von ihr lernst du, was Liebe ist.«

»Auf einem Profil erkennt man so was aber nicht, oder?«

»Na, ganz sicher nicht daran, ob sie gern klettern geht, klassische Musik und Liebesfilme mag. Die Liebe findet man nicht auf einem Foto, sondern nur im Leben! Denn zwischen einer Mutter und ihrem Kind, das ist schon echte Liebe.«

»Wie mit einer Frau?«

»Kennst du Romain Gary?«

»Ja, der hat doch *Du hast das Leben vor dir* geschrieben. Annie hat uns das vorgelesen.«

Victor erzählte, dass Annie sich angewöhnt hatte, den Kindern vorzulesen, die sie bei sich aufnahm. Sie schaltete den Fernseher ab, suchte sich ein Buch aus dem großen Bücherregal im Wohnzimmer und rief sie alle zusammen. Am Anfang betrachteten die meisten von ihnen das als Strafe, doch Annie gab sich solche Mühe, jeder der Figuren ihr eigenes Leben einzuhauchen, dass die Kinder am Ende große Freude an diesen Abenden hatten. Heute konnte sie stolz darauf sein, ihnen allen auf diese Weise den Spaß am Lesen vermittelt zu haben – und zwar so sehr, dass sie den Grafen von Monte Cristo mit Batman verglichen!

Momo fuhr fort: »Romain Gary hätte dir erklärt, dass es nichts Schlimmeres als Mutterliebe gibt. Eine Mutter gibt dir so viel Liebe, dass du dein Leben damit verbringst, nach einer Frau zu suchen, die dir dasselbe geben kann. Doch weißt du, Kleiner, darauf darf man sich nicht verlassen. Es ist die beste Voraussetzung dafür, Fehler zu machen.«

»Maïa weiß, was Liebe ist! Das ist ihr Job! Ich bin sicher, dass sie dir viel davon geben wird!«, erwiderte Victor und musste lachen.

Auch Momo brach in schallendes Gelächter aus und gab ihm schließlich einen einzigen Rat, nämlich sich niemals einwickeln zu lassen.

»Lass dich nicht von deinem Kopf beeinflussen, Kleiner. Hör auf einen weisen Mann!«

Doch Victor wusste, dass Momo seine eigenen Grundsätze missachtete. Seit acht Jahren war er von Maïa geradezu besessen. Damals hatte sie nämlich zusammen mit Victor zum ersten Mal sein Café betreten. Da war er gerade bei Annie eingezogen. Er war vier und hatte vom Schokoladeneis, das er partout nicht loslassen wollte, einen ganz verschmierten Mund. Maïa hatte Victor den Mund abgewischt und ihn zärtlich umarmt. Momo hatte sie für die Mutter gehalten, so stark hatte er die Zuneigung dem Knirps gegenüber gespürt. Sie hatte ihn gerade vom Kindergarten in der Rue Foyatier abgeholt. Schon damals sprach er mit den Sternen, sobald die Nacht hereinbrach. »Warum redest du denn mit den Sternen?«, hatte sie ihn gefragt. »Weil sie scheinen!«, gab er ihr zur Antwort. Eines Tages, hatte er sich gesagt, würden sie ihm auch den Weg leuchten.

Um neunzehn Uhr lag die Hauptstadt unter einer dicken Schneedecke. Kein Konditor hätte das besser hinbekommen: Die Natur hatte Paris in eine Meringue verwandelt. Die Sehenswürdigkeiten schienen mit Puderzucker bestäubt, sie sahen aus wie eine komplizierte Zuckerbäckerarbeit.

Lily hatte darauf bestanden, sich um das Abendessen im hoteleigenen Sternerestaurant zu kümmern, aber Jérôme hatte ihr dann doch früher freigegeben. Nach seiner Krankschreibung fühlte er sich ihr gegenüber in der Pflicht. Außerdem hatte ihm seine Küche so sehr gefehlt, dass er jetzt gerne ein paar Stunden länger dort verbrachte. Ging es nach ihm, hatte Lily im Royal Eiffel ohnehin nichts mehr zu beweisen, und es war an der Zeit, sie ziehen zu lassen. Natürlich mit größten Ehren. Sie sollte sich von nun an auf die Prüfungen zum Wettbewerb als beste Patissière Frankreichs vorbereiten, denn der Countdown hatte schon begonnen.

Als Lily das Hotel verließ, war sie von der unerwarteten Verwandlung der Stadt, die plötzlich in einem wundervollen Hochzeitskleid zu stecken schien, ganz ergriffen. Sie lächelte breit wie ein kleines Mädchen in einem Disneyfilm. Die ganze Stimmung war wie wattiert, alle Geräusche klangen gedämpft. Die Lichterketten gaben den Platanen auf den Champs-Élysées die Anmutung einer Skipiste kurz vor einer Fackelabfahrt. Lily genoss das Knirschen jedes ihrer Schritte auf dem verschneiten Gehweg. Mit ihren roten Wangen, in ihren Daunenmantel gehüllt und den großen Schal um den Hals, mit den blonden Locken, die unter der Mütze hervorlugten, ähnelte sie einer frisch aus dem Norden eingetroffenen *Eistochter*. In den nördlichsten Gegenden der Welt und manchen ländlichen und abgelegenen Gebieten war ein eingeschneites Dorf nicht unbedingt ein Grund zur Freude, doch Paris erschien an diesem Tag in seinem neuen prunkvollen Mantel wie ein Wunderland. Schnee hat dieses gewisse magische Etwas, den Zauber, der das innere Kind weckt.

Ohne Vorwarnung traf Lily ein Schneeball, der nicht für sie bestimmt gewesen war. Ein paar Vierzehnjährige veranstalteten eine Schneeballschlacht. Sie zielte mit einem maßgeschneiderten Ball auf die Übeltäter und verschwand gleich darauf in der U-Bahn-Station George-V. Durchgefroren eilte sie auf den Bahnsteig und presste sich dort gegen die Wand, um der eisigen Zugluft zu entgehen. Als die Bahn einfuhr, sprang sie schnell hinein und quetschte sich zwischen die anderen Passagiere, die schon die Türen der U-Bahn verstopften. Sie hatte keinesfalls vor, die nächste abzuwarten.

Als die Stimme über Lautsprecher die Station Saint-Paul ankündigte, stieg sie wieder aus.

Victor war gerade heimgekommen. Um Punkt zwanzig Uhr: genau in dem Moment, in dem sein Vorrat an Freiheit aufgebraucht war. Annie beobachtete, wie er eilig durch den Gang sauste. Obwohl er Schnee liebte, hatte er gar nichts dazu gesagt.

»Wie war's beim Kickern? Wieder gewonnen?«, fragte sie ihn.

»Wie? Äh … ja, ja«, antwortete er betont locker und munter.

Dann verschwand er auf direktem Weg in seinem Zimmer, holte seine Geige und seine Partituren und setzte sich damit ins Wohnzimmer. Eine halbe Stunde üben jeden Donnerstag vor dem Abendessen, so lautete die Devise. Annie hatte nie vorgehabt, ihn zu kontrollieren, Victor war von sich aus zuverlässig. Nein, er selbst wollte in ihrem Beisein üben, denn jeder ihrer Hinweise war wertvoll. An diesem Abend allerdings war er nicht bei der Sache, wollte seine Übungen so schnell wie möglich hinter sich bringen. Er dachte an Lily des Lilas und konnte es kaum erwarten, sich wieder auf der Datingseite einzuloggen. Heute Abend hatte er wirklich keinen Kopf für die Arbeit an den Etüden von Mazas, die ihm Monsieur Leriche, sein Geigenlehrer, aufgegeben hatte. Er war unkonzentriert, spielte schlecht. Traurig sah er Annie an. Er wollte sie nicht enttäuschen.

Doch heute Abend hatte er wahrscheinlich genau das getan, dachte er. Bei einer Partitur, die er eigentlich schon auswendig konnte, reihte er eine falsche Note an die andere und geriet ständig aus dem Takt. Nein, heute Abend konnte er niemanden zum Narren halten, schon gar nicht Annie. Als er fertig war, fragte sie Victor sofort, ob irgendetwas nicht stimme. Um keinen weiteren Verdacht zu erregen, versuchte er, seine Stimmung zu rechtfertigen.

»Ich mach mir Sorgen um dich, Annie.«

Sie beruhigte ihn, machte sogar Witze darüber, dass sie heute mal nicht wie ein Stein vor dem Fernseher eingeschlafen sei. Zum Abendessen gab es baskisches Huhn mit Reis, eines seiner Lieblingsessen. Während er sich den Bauch vollschlug, käute Victor einen Gedanken wieder, der ihn seit dem Gespräch mit Momo über die Maßen beschäftigte.

»Annie, was meinst du, wie kann man sich seine Mutter aussuchen?«

Annie erwischte die Frage auf dem falschen Fuß. Genau wie es bei David gewesen war.

»Sie wird sich dich aussuchen, mein Großer. Zusammen mit ihrem Mann.«

»Ja, ja, mit ihrem Mann … Ich weiß«, wiederholte er. »Aber woher weiß ich denn, ob es die richtigen Eltern sind?«

»Es gibt eine Übergangsphase von sechs Monaten, in der du sie kennenlernen kannst. Und falls es nicht passt …«

»Das weiß ich doch alles, Annie, aber …«

Er erklärte ihr, dass er eine Art Checkliste erstellen wolle, mit deren Hilfe er entscheiden konnte, ob die vom Jugendamt vorgeschlagenen Adoptiveltern und er zusammenpassten.

»Hast du was zu schreiben?«, sagte sie.

Victor lief in sein Zimmer und holte Zettel und Stift.

»Lass uns mit der Mutter beginnen«, schlug er aufgeregt vor.

»Warum nicht. Also … Wie stellst du sie dir denn vor, diese Mutter?«

»Sie könnte wie du sein!«

»Jünger. Eher so um die vierzig …«

Victor notierte alles, was sie aufzählte.

»… sanft, behütend, freundlich, tolerant, großzügig …«

Am Ende unterschied sich Annies Analyse nicht sonderlich von Momos Theorie, stellte Victor fest.

»… treu«, fuhr Annie fort.

»Mir gegenüber?«

»Ganz allgemein«, präzisierte sie und fuhr dann mit der Aufzählung fort: »Schlau, aufmerksam, zuverlässig – verstehst du, was das in diesem Zusammenhang heißt?«

Er schüttelte den Kopf.

»Das ist das Gegenteil von ›empfindlich‹«, erklärte Annie.

»Ein bisschen wenigstens!«, rief er.

»Und was ist mit dem idealen Papa?«

Sie waren mit dem Abendessen fertig. Victor stand vom Tisch auf.

»Morgen, Annie. Ich möchte heute noch ein bisschen im Bett spielen. Darf ich?«

»Ja, darfst du, mein Kleiner.«

»Danke, Annie.«

Victor wollte gerade durch die Küchentür gehen, als er sich noch einmal umdrehte.

»Ach ja, und wir haben ›bewundernswert‹ vergessen. Ich möchte sie bewundern. So wie ich dich bewundere, Annie«, fügte er noch hinzu und ging dann in sein Zimmer.

Durch das Fenster beobachtete Lily Zoran, den Obdachlosen, der in seinem alten Schlafsack zusammengerollt dalag. Er trank die heiße Schokolade und aß das Stück Käsekuchen, das sie ihm vorhin von Florence Kahn mitgebracht hatte, der berühmten Patissière in der Rue des Rosiers. Die Klarinette des jungen Serben war in ihrem Koffer verstaut, ihm war zu kalt zum Spielen, und er hatte sich in den Eingang des leer stehenden Ladenlokals zurückgezogen. Lily hatte ihm angeboten, die Kältehilfe anzurufen, damit sie ihm für die Nacht ein Dach über dem Kopf besorgten – der Wetterbericht hatte Minusgrade angekündigt –, aber wie immer hatte er abgelehnt.

Als sie gegen neun bei sich zu Hause eingetroffen war, hatte sie sich eine Kürbissuppe zubereitet. Mit beiden Händen hielt sie jetzt die dampfende Schüssel fest, um sich aufzuwärmen. Sie setzte sich gern so ans Fenster und sah in die Kälte nach draußen – umso mehr wusste sie dann die Wärme hier drin zu schätzen. Sie stellte die Schüssel ab und wählte die Nummer der Kältehilfe auf ihrem Handy. Für gewöhnlich respektierte sie Zorans Wünsche, aber heute Abend würde sie ihn gegen seinen Willen schützen.

Dann zündete sie drei dicke Stumpenkerzen an. Sie hatte sie immer vorrätig. Manchmal begnügte sie sich mit dem orangefarbenen Kerzenlicht als einzige Beleuchtung für das Wohnzimmer. Ihr Duft nach Moschus oder Lavendel verband sich harmonisch mit dem des Bohnerwachses, mit dem sie ihr altes Eichenparkett behandelte. Lily mochte indirekte Beleuchtung: Zwei Lampen mit Schirmen thronten auf jeder Seite ihres beigefarbenen Samtsofas, auf dem für Winterabende wie diesen eine Decke bereitlag. Darüber hing ein Stillleben mit Kuchen darauf – ein alter knallbunter Schinken vom Flohmarkt an der Porte de Vanves.

Sie setzte sich an ihren Sekretär, den sie bei einem Trödler ergattert hatte, und schob das alte Rollgitter hoch. Darin bewahrte sie eine blecherne Keksdose auf, deren Deckel eine Zeichnung von Tim & Struppi zierte. In ihr lagen Schulhefte – manche von ihnen sogar noch in ihre Umschläge eingebunden –, in denen ihre Großmutter penibel all ihre Rezepte aufgeschrieben hatte. Jedes Mal wenn sie diese Dose öffnete, begann ihr Herz ein wenig schneller zu schlagen. In ihr wohnte die Sehnsucht nach ihrer Kindheit, und in diesen Heften waren die geschmacklichen Erinnerungen an sie festgehalten. Alle Desserts, die sie inzwischen selbst zubereitete, waren mit Gefühlen aus ihrer Kindheit und Jugend verknüpft. Mit ihnen ließ sie ihre Vergangenheit wiederaufleben, die sie auf Geschmäcker und Gerüche reduzierte. Sie verklärte die Düfte und Konsistenzen, die sie mit ihren Wurzeln verbanden. Über ihre Geschmacksnerven waren sie für immer in ihr Gedächtnis eingebrannt: Das Aroma der Nougatmasse, mit der ihre Großmutter ihr Paris-Brest garnierte, konnte sie noch heute schmecken, und sie erinnerte sich noch daran, wie es sich auf ihrer Zunge angefühlt hatte.

Ihr Herz begann noch schneller zu schlagen, als Lily über das Geheimnis des Rumkuchens von Oma Rose las, wie alle sie genannt hatten. Der alten Dame war es schwergefallen, sich an die Disziplin in einer Küchenbelegschaft zu gewöhnen, als ihr Sohn Max die Leitung des *Maison de Courban* übernommen hatte. Sie war eine instinktgeleitete Frau alten Schlags, die den gesamten Platz in der Küche für sich beanspruchte. Nur schwer hatte sie akzeptieren können, dass Max sie mit den Süßspeisen beauftragt hatte. Auf einmal hatte sie sich auf die Funktion einer Befehlsempfängerin am Herd und Ofen degradiert gefühlt. Als sie noch gemeinsam mit ihrem Mann den Gasthof in den 1950ern geführt hatte, waren die Leute aus allen Ecken Frankreichs wegen ihrer Patisseriekunst herangeströmt. Doch irgendwann waren die Kunden dann gekommen, um das Morchel-Omelett ihres Sohnes zu probieren. In diesem Moment hatte sie eingewilligt, den Staffelstab weiterzureichen.

Lily blätterte die Hefte durch und fühlte sich bei jeder Seite verjüngt. Sie schloss die Augen und versetzte sich in eine andere Zeit zurück. Sie sah sich wieder mit fünf Jahren in der Küche des Gasthofs ihres Vaters stehen. Oma Rose vertraute ihr Teigreste an, aus denen sie ihre ersten eigenen Tartes formte. Sie erinnerte sich an eine gelb-orangefarbene Küche. Hier vermischte sich ihre Erinnerung mit den Strahlen der untergehenden Sonne, die durch die Fenster mit den kleinen getönten Scheiben hereindrangen.

Nachmittags war die Küche fürs Einkochen und Kandieren von Früchten reserviert gewesen. Alle möglichen Düfte der jeweiligen Jahreszeit durchströmten dann den Gasthof: die süßen und herben Aromen von Zwetschgen, Kirschen, Aprikosen, karamellisierten Äpfeln und Blaubeeren, die Lily selbst im Wald pflückte und die Oma Rose zu einer Mousse verarbeitete, um sie dann auf einem Biskuitboden zu servieren. Auch die Gerüche, die beim Kochen von Süßkirschen, Zitronen, Orangen und Zitronat entstanden, wehten nun wieder durch ihren Geist. Das Obst schmorte in seinem Sud und wurde später zur Garnitur der Kuchen. Die Erinnerung daran, wie Lily sie aus dem Ofen stibitzt hatte, kurz bevor sie weich gekocht waren, brachte sie zum Lächeln. Sie hatte sich dann im Garten versteckt, um sie zu kosten, obwohl sie noch gar nicht richtig durch gewesen waren. Seither hatte sie sich nicht mehr an dieses Rezept gewagt, aus Angst, es zu verderben.

Aus einem der Hefte fiel ein Foto: ihre Großmutter und sie in der Küche des *Maison de Courban*. Dem Datum auf der Rückseite nach zu urteilen, musste sie gerade achtzehn

Jahre alt gewesen sein. Das war nur wenige Monate vor dem Drama, in dem Nicolas und ihr Vater das Leben verloren hatten. Auf dem Foto lächelte sie noch.

Nach dem Unfall war Lily jede Hoffnung auf ein erfülltes Leben abhandengekommen. Nicolas war ihre Jugendliebe gewesen – zwei Landkinder, die zusammen über die Felder gelaufen und durch die Bäche gewatet waren. Seit zwei Jahren war Nicolas Kochlehrling im *Maison de Courban* gewesen. Max wollte ihn bald zum Postenchef befördern, er hatte bei ihm ein wahres Talent für Soßenzubereitung erkannt. Lily war eine junge Patissière in einem Relais-&-Châteaux-Hotel in der Nähe von Beaune im Département Côte-d'Or. Montags und dienstags fuhr sie nach Hause nach Courban und ging ihrer alternden Großmutter zur Hand. Seit 1750 befand sich dieses Haus im Familienbesitz. Nach der Französischen Revolution war es zunächst eine Poststation gewesen und dann zu einem Gasthof umgebaut worden. Seither waren die Schätze der Backkunst Grundlage seines Ruhms. Lily und Nicolas sollten den Gasthof als Nächste übernehmen.

Vor dem Drama hatten sie mit dem Gedanken gespielt, den Gasthof in ein Hotel umzuwandeln. Danach hatte Lily die Patisserie an den Nagel gehängt. Sie hatte aus diesem Universum fliehen, jede Verbindung zu der Tragödie durchtrennen wollen. Oma Rose hatte ihren Sohn verloren und nicht mehr die Kraft, den Gasthof allein zu führen. Lilys Mutter musste sich um die Landwirtschaft kümmern, die sie von ihren Eltern geerbt hatte, außerdem hatte sie keine Erfahrung in der Gastronomie. Da sie eine Begabung fürs Zeichnen besaß, hatte Lily in Paris ein Designstudium aufgenommen. Teig rührte sie aus Prinzip nicht mehr an. Über Jahre hinweg hatte sie sich geweigert, auch nur einen einzigen Kuchen zu backen. Ihren Freunden gegenüber verschwieg sie diesen Teil ihres Lebens.

Dann hatte Oma Rose das *Maison de Courban* verpachtet. Eine Zeit lang hatte sie noch in einem Flügel des Gebäudes gelebt, es allerdings nicht übers Herz gebracht, am Niedergang dieser Institution mitzuwirken. Schließlich hatte sie einem Verkauf an ihren Pächter zugestimmt und den Rest ihrer Tage in einem Altenheim zugebracht. All die Jahre hatte Lily sie an den Wochenenden besucht, doch Rose war langsam vor Kummer gestorben.

Eines Tages kurz vor ihrem Ende hatte sie die Hand ihrer Enkelin ergriffen. »Zerreiß die Kette nicht, meine Kleine …«, hatte sie ihr mit schwacher Stimme zugeflüstert, bevor sie starb.

Zerreiß die Kette nicht.

Es war paradox: Ihre Großmutter war gestorben und hatte Lily die Aufgabe übertragen, wiedergeboren zu werden. Vielleicht war dies das Zeichen gewesen, auf das sie unbewusst gewartet hatte. Den Geschmackssinn verliert man nicht mehr, wenn er erst einmal gut ausgebildet ist, und Lily hatte fortan alles darangesetzt, ihre eigene Vergangenheit und diejenige derer zu ehren, die ihr die Leidenschaft für diesen Beruf eingeimpft hatten.

Wenn man bedenkt, dass ich mir geschworen habe, nie mehr auch nur einen Fuß in eine Küche zu setzen …

Daran dachte sie auch heute noch manchmal.

Auf dem Bett lag ein von innen leuchtendes Gespenst, gehüllt in die britische Flagge. Victor hatte sich vollständig in seine Decke gehüllt, um weiterhin auf sein Tablet schauen zu können und Annie trotzdem nicht misstrauisch zu machen. Sie hatte ihm nur eine halbe Stunde für Videospiele gewährt, doch nun war es bereits halb zehn. Wieder und wieder las er Lily des Lilas' Profil durch:

Lily des Lilas

Wenn ich ein Mann wäre, würde ich nicht riskieren wollen, an mir vorbeizugehen, ohne mich zu bemerken. Weder hübsch noch hässlich, bin ich ein Naturprodukt. Ich verberge nichts, und meine Fotos sind aktuell. Versucht gar nicht erst, meine Fehler zu erraten, die Liste ist zu lang! Für einige von euch habe ich sicher ein paar Rundungen zu viel, anderen kommen sie vielleicht gerade recht. Meine Formen sind wie ich: einfach und freundlich. Wenn ihr mich nach meinem Beruf fragt, antworte ich euch, dass die Kinder ihn von klein auf vor sich hinmurmeln und die Erwachsenen verrückt nach dem sind, was er hervorbringt. Wisst ihr, was ich meine? Ach, wenn noch eine Kinderseele in euch steckt, bin ich überzeugt, dass eure Hand schon auf den Buzzer drückt, weil ihr die Antwort kennt!

Victor mochte die Mischung aus Humor und Ernst, die die Anzeige zum Ausdruck brachte, und er konzentrierte sich nun vor allem auf einige Schlüsselwörter: »Natur«, »Rundungen«, »einfach«, »freundlich«, »Kinderseele« … So viele Wörter, die perfekt zur Aufgabe einer Mutter passten – und zu den Qualitäten, die sich aus dem Brainstorming mit Annie ergeben hatten. Lilys Fotos bestätigten ihn ebenfalls in seiner Einschätzung. Ihr Alter: siebenunddreißig – älter als Maïa und jünger als Annie. Sie wollte Kinder; das war vielleicht ein Nachteil. Doch zugleich bedeutete es, dass sie sie mochte. Victor hatte es absichtlich vermieden, sich die Einträge unter »Hobbys« und »Sport« anzuschauen, denn in seinem Alter würde er sie ohnehin nur schwerlich mit ihr teilen können.

Er mochte, dass Lily des Lilas sich als »neugierig« beschrieb, wie er sich selbst, als »verantwortungsbewusst«, manchmal

»aufdringlich« und »leidenschaftlich«; mit ihr würde er sich nicht langweilen. Sie charakterisierte sich außerdem als »kreativ«, weshalb Victor sie in der Kategorie »Künstlerin« abspeicherte – genau wie sich selbst. Sie war gesellig, wusste aber auch das Alleinsein zu schätzen. Victor fasste den Entschluss, sie dazu zu bringen, gar nicht mehr ohne ihn sein zu wollen! Der einzige Wermutstropfen, der ihm ein wenig zu denken gab: Hätte eine berufstätige Mutter wohl genug Zeit für ihn? Er beruhigte sich, indem er sich das Beispiel von David vor Augen führte: Dessen Mutter war Verkäuferin, und er wirkte trotzdem nicht unglücklich. Auch wenn sie sich letztendlich hatte scheiden lassen.

Ich will keine Scheidung!

Er begann, sie sich vorzustellen, und rief sich gleich darauf wieder zur Ordnung. Jedenfalls würde die Frau, die er suchte, für immer seine Mutter sein, komme, was da wolle.

Victor fügte Lily des Lilas' Profil seinen Favoriten hinzu und klickte dann auf »Eine Nachricht schreiben«.

Lily war auf der Couch unter ihrer taupefarbenen Fleecedecke eingeschlafen, das Heft mit dem Rezept für Rumkuchen lag noch immer aufgeschlagen auf ihrer Brust. Der schrille Ton ihres Handys ließ sie aus ihren Gourmetträumen hochschrecken: eine neue Benachrichtigung der Datingseite. Erschöpft von dem langen Tag, war sie ganz und gar nicht geneigt, auch nur eine einzige Nachricht zu lesen. Und wie sie Chefkoch Jérôme gegenüber nur wenige Stunden zuvor versichert hatte, hatte sie gerade wirklich andere Dinge im Kopf, als ihre Zeit mit der Partnersuche zu verbringen.

Sie schaltete ihr Tablet ein und verband sich mit der Seite, diesmal mit dem festen Vorsatz, ihr Konto zu löschen. Da sie immer wieder von einem Unterpunkt zum nächsten weitergeleitet wurde, erwies sich dieses Vorhaben als schwieriger als vermutet, und als sie dann nur noch einmal ihr Passwort hätte eingeben müssen, um die Löschung abzuschließen, versagte ihr Gedächtnis. Sie hatte das Konto so eingerichtet, dass sie sich nicht mehr extra hatte anmelden müssen, daher öffnete sich die Seite nun gleich bei jedem Besuch. Im Gegenzug wollte ihr das Passwort jetzt partout nicht mehr einfallen. Als sie bemerkte, dass ihre Registrierung ohnehin in weniger als zwei Wochen ablief, begnügte sie sich einfach damit, die automatische Verlängerung zu stornieren. Vielleicht würde sie sich ja irgendwann wieder anmelden. Oder auch nicht.

Zweiter Teil

»Ich hielt das Leben mal wieder für eine literarische Gattung.«

Romain Gary, Frühes Versprechen

Kapitel 11

Lily zog den Napfkuchen aus dem Ofen. Sie nahm ihn aus der Form und tauchte ihn sofort in einen Sirup aus altem braunem Rum, verschiedenen Zitrusschalen und Bourbonvanille, dann stellte sie ihn in die Kühlkammer, damit er die Flüssigkeit aufsog. Das Rezept von Oma Rose hatte sie genauestens befolgt.

Gute zwei Stunden später begutachtete sie das Ergebnis.

»Ein Hefekuchen in Gugelhupfform!«, rief sie stolz. »Korinthen und Sultaninen, ganz leicht rehydriert.«

Sie zählte Jérôme die Trockenfrüchte auf, die sie in den Teig gemischt hatte.

»Nicht schlecht! Fast wie bei Lenôtre«, lobte der Chef.

»Man kann seine Herkunft eben nicht verleugnen!«

Bevor Jérôme sie eingestellt hatte, war Lily Patissière in dem berühmten Unternehmen gewesen. Noch heute war sie geprägt davon, was sie dort gelernt hatte. Da er Gaston Lenôtre bewunderte, hatte auch Jérôme dort Kurse belegt. Nach eingehender Inspektion des Kuchens gab er ihm nun sein Placet. Lily taufte ihn »Oma Roses Napfkuchen« und begoss ihn noch einmal mit Rum, bevor sie ihn erneut kaltstellte. Dann machte sie gemeinsam mit Prudence Frühstückspause, bevor der Ansturm der Hotelgäste losging. Die Bäckerin war schon seit dem frühen Morgen ganz unruhig und wollte ihr unbedingt etwas Vertrauliches erzählen.

Doch Jérôme lud sich selbst zu ihnen an den Tisch ein.

»Darf ich mich zu euch setzen, ›Jungs‹?«

Er machte sich absichtlich über diesen schwerfälligen Altmännerhumor lustig, der auf eine Zeit anspielte, in der Frauen in diesem Beruf rar gesät waren. Inzwischen nahmen sie an diesen Sticheleien keinen Anstoß mehr. Lily erklärte oft, damit niemand es vergaß, dass Männer das Kochen erst lernen mussten, während Frauen es instinktiv taten, weil sie damit früher das Überleben der Familie gesichert hatten.

Prudence war stets in Habachtstellung, wenn sie mit ihrem Chef zusammen am Tisch saß, denn es war jedes Mal dasselbe: Innerhalb eines Jahres hatte er bereits dreimal versucht, sie unter die Haube zu bringen. Im Gegensatz zu Lily spielte sie das Spiel allerdings auch mit. Jedes Mal, wenn Jérôme irgendeinen Koch oder Konditor hinter dem Herd hervorzog, ließ die Bäckerin sich darauf ein. Erfolglos.

Statt eines Frühstücks begnügten sie sich damit, sich über den Rumkuchen herzumachen, den sie mit hausgemachter Schlagsahne vollständig verspeisten – für heute war das reichhaltig genug. Da ihr Chef an seinem Stuhl festzukleben schien und sich darauf versteifte, den beiden Frauen seinen Soßenchef aus dem Grand Véfour schmackhaft zu machen, erfand Lily ein rätselhaftes Problem bezüglich ihrer Vanillevorräte, damit er sie endlich in Ruhe ließ. Der Effekt stellte sich unmittelbar ein. Außer sich begann Jérôme sogleich, die Lieferanten zu beschimpfen, ohne überhaupt in die Aufträge geschaut zu haben. Dann erhob er sich vom Tisch, um die Angelegenheit selbst in die Hand zu nehmen. Zu Prudences großer Erleichterung. Nachdem sie sich bei Lily für ihre Geistesgegenwart bedankt hatte, enthüllte sie schließlich ihr Geheimnis: Sie hatte sich endlich dazu entschlossen, sich auf einem Datingportal anzumelden.

»Was? Darüber hast du doch immer so geschimpft!«

Bis dahin hatte Prudence kein gutes Haar an Onlinedates gelassen. Von den »Seiten der schlechten Bekanntschaften« hatte sie mit Blick auf all die verschiedenen Anbieter gerne geredet. Da sie streng erzogen und selber alleinerziehende Mutter war, hatte sie diese Seiten bisher gemieden wie der Teufel das Weihwasser. Zuallererst war Prudence eine tadellose Mutter.

Sie war mit zwanzig beste Nachwuchsbäckerin, Patissière und Chocolatière geworden und hatte sich dann ein paar Jahre aus der Welt des Gebäcks zurückgezogen, um ihren Sohn Jason großzuziehen. Aus der Mutterrolle hatte sie eine Berufung gemacht. Mit dieser Bilanz und der Großzügigkeit einer Patissière wäre sie eine aussichtsreiche Anwärterin für die Auszeichnung als Mutter des Jahres, wenn irgendeine Jugendzeitschrift einen solchen Preis vergeben hätte. Lily und sie hatten sich mit fünfundzwanzig kennengelernt, als sie beide noch bei Lenôtre gearbeitet hatten. Seitdem waren sie eng befreundet. Jérôme hatte keine Sekunde gezögert, Prudence einzustellen, sobald er erfahren hatte, dass sie geschieden und wieder auf Arbeitssuche war. Sie war nun schon seit einem Jahr Postenchef im Royal Eiffel.

Heute bat Prudence ihre Freundin um Rat bei der Suche nach der geeigneten Datingseite. Sie bestand darauf, dass Lily ihr auch die zeigte, auf der sie selbst registriert war. Lily war verblüfft, doch da sie es lustig fand und ihr Abonnement ja noch einige Tage lief, akzeptierte sie ihre Rolle als Vorführobjekt. Sie verzogen sich ins Büro für ein wenig

Privatsphäre, und Lily loggte sich über ihr Smartphone ein. Prudence musste lächeln. Lily des Lilas! Sie selbst hatte ihr diesen Spitznamen verpasst, als sie sich kennengelernt hatten und Lily noch in Les Lilas gewohnt hatte. Die Männerauswahl beeindruckte sie: dreiundachtzig ungelesene Nachrichten im Postfach! Prudence wollte unbedingt ein paar lesen.

»Du wirst nicht enttäuscht sein«, bemerkte Lily ironisch.

Tatsächlich war Prudence alles andere als begeistert, als sie die Nachrichten von »Xavier2001«, von »Seit Ewigkeiten immer verliebt« und vielen anderen las. Sie alle waren ähnlich langweilig: *»Hallo, wie geht es DIR?«, »Bist DU das auch wirklich auf den Fotos?«, »Was sind Sie von Beruf? ... Ich will keine Zeit verschwenden, also ...!«* Mittelmäßig und arrogant.

Prudence wollte angesichts all der müden Metaphern schon aufgeben, doch dann deutete sie auf eine Nachricht.

»Die da!«, rief sie aufgeregt und fuhr gerührt fort: »›Ein Stückchen Leben‹! Das ist doch mal ein niedlicher Username! Findest du nicht?«

Lily hätte die Nachricht beinahe schon gelöscht, da sie Profile ohne Fotos, wie sie erklärte, grundsätzlich ignorierte.

»Das hat immer irgendeinen Grund.«

Prudence blieb neugierig. »Jetzt spiel hier nicht die Abgeklärte!«

Lily fand es amüsant, wie sehr dieses Spiel ihrer Freundin gefiel. Sie erkannte sich selbst in ihr wieder: Als sie vor ein paar Monaten damit angefangen hatte, war sie genauso begeistert gewesen. Kurz entschlossen öffnete sie das Profil von »Ein Stückchen Leben« und las den Begrüßungstext vor.

»Die Liebe ist ein Stückchen Leben, das uns zum Glück fehlt.«

»Nicht schlecht«, rief Prudence beeindruckt von so viel Poesie.

Lily fragte sich derweil, wer wohl etwas so Naives und zugleich Tiefsinniges hatte schreiben können. Doch wurden sie von ihrer erstaunlichen Entdeckung abgelenkt: Jérôme brauchte Prudence augenblicklich in der »17« – so nannten sie den Raum, in dem die Pralinen lagerten. Siebzehn Grad, die optimale Temperatur, um Pralinen aufzubewahren, ohne dass sie an Qualität einbüßten.

Lily las rasch noch einmal die Anzeige durch. Noch nie hatte sie etwas Derartiges gesehen. Neugierig und gerührt wollte sie die Nachricht schon öffnen. Doch die Vorbereitungen fürs Mittagessen liefen gerade an. Sie schaltete das Handy aus und eilte hinaus, um sich über die ersten Bestellungen zu informieren.

Sie musste neun Minuten auf die nächste Metro warten.

Trotz der Kälte, die sie praktisch tiefgefroren hatte, zog Lily einen ihrer Handschuhe aus, um ihr Smartphone bedienen und die Nachricht von »Ein Stückchen Leben« lesen zu können.

»Guten Abend. Ich habe auf den Buzzer gedrückt! Die Antwort lautet: Kuchen! Hab ich gewonnen?«

»... wenn noch eine Kinderseele in euch steckt, bin ich überzeugt, dass eure Hand schon auf den Buzzer drückt, weil ihr die Antwort kennt!«, hatte sie in ihrem Begrüßungstext geschrieben. Es war tatsächlich das erste Mal, dass irgendwer dieses Rätsel gelöst hatte!

Ebenso überrascht wie belustigt hielt sie einen Moment damit inne und kaute auf dem Kaffeegebäck vom Nachmittag aus der Tüte herum, die sie eigentlich für Zoran mitgenommen hatte: kleine Mandelsterne mit sizilianischen Bronte-Pistazien. Sie bemerkte, dass nicht genug Krümel auf ihrem Schal landeten, und schloss daraus, dass sie etwas länger hätten im Ofen bleiben sollen. Sie mochte sie lieber mit Biss.

Es war schon fast dreiundzwanzig Uhr, als sie endlich in die Bahn stieg. Sie drückte sich zusammengekauert gegen die Wand, es war die Sehnsucht nach einem unverhofften rettenden Zufluchtsort. Zwar hatte sie auf jeden weiteren virtuellen Briefwechsel verzichten wollen, und es handelte sich um ein Profil ohne Foto, aber dieses »Stückchen Leben« weckte ihr Interesse. Sie begann, eine Antwort zu tippen, bemerkte jedoch bald, dass die Datingseite nicht mehr reagierte. Sie hatte hier unten kein Netz. Vielleicht war das ein Zeichen, dass sie sich doch nicht in diesen neuen Austausch stürzen sollte.

Als sie in die Rue Vieille-du-Temple einbog, bemerkte Lily einen Krankenwagen auf Höhe der Rue des Rosiers. Beim Näherkommen erkannte sie, dass zwei Helfer des Roten Kreuzes auf Zoran einredeten und versuchten, ihn in eine Unterkunft zu bringen. Sie mischte sich in das Gespräch ein, erklärte, dass sie in diesem Viertel wohne und Zoran kenne. Der lehnte jede Hilfe kategorisch ab und wollte lieber in seinem alten Schlafsack liegen bleiben. Lily war jedoch einer Meinung mit Marjorie und Philippe, den beiden Freiwilligen: Diesmal lief er Gefahr, die nächtlichen Temperaturen nicht zu überleben.

Darauf folgte ein surreales Wortgefecht, wobei Zoran darauf bestand, unter freiem Himmel zu schlafen. Der Himmel war in dieser Nacht alles andere als frei, schwere Wolken kündigten weiteren Schneefall an. Der junge Serbe zeigte auf die Lichterketten, die über ihren Köpfen zwischen zwei Häusern aufgespannt waren. Die Festbeleuchtung war auch einige Wochen nach Weihnachten noch immer an Ort und Stelle. Die Jahreszeit erinnerte ihn an seine Vergangenheit und stürzte ihn so in einen Abgrund aus Einsamkeit: Seit seine Familie 1995 in den Jugoslawienkriegen gestorben war, war er allein auf der Welt und hatte sich die Straße und ihre festlichen Dekorationen zu eigen gemacht, um sich während der Feiertage nicht ausgeschlossen zu fühlen.

Nach ein paar Minuten gelang es Marjorie mit Geduld und Sanftheit, Zoran zum Mitkommen zu überreden. Bevor er in den Krankenwagen stieg, vertraute er Lily noch seine Klarinette an – einmal hatte er sich in einer Notunterkunft mit jemandem geprügelt, der sie ihm hatte stehlen wollen, und er hatte nicht vor, sein Glück überzustrapazieren. Bevor der Wagen losfuhr, steckte Lily das Gebäck in Zorans Rucksack und schloss die Tür. Sie war erleichtert, fühlte sich aber immer noch machtlos gegenüber dieser Not. Sie hasste das Schicksal.

Nach dem Abschminken legte sie sich hin, eine Tasse warme Milch auf dem Nachttisch. Es war halb zwölf. Sie zündete zwei Kerzen an, schlug ihr Notizheft auf und begann mit einer Skizze der Hochzeitstorte, die ihr Büfett am Tag des MOF-Wettbewerbs schmücken sollte. Sie machte ein paar Striche und entwarf eine Art Raumstation. Sie hätte etwas Feminineres auswählen können, doch seit frühester Kindheit liebte sie Science-Fiction. Als Einzelkind war sie in einem recht leeren Haus aufgewachsen, ihre Schulfreundinnen hatten sie dort nur selten besucht. Daher war sie gern in eine Traumwelt geflüchtet, aus der sie nur ausbrach, wenn sie in der Küche des Gasthofs in den Röcken ihrer Großmutter Zuflucht suchte.

Stolz auf ihre Skizze, entschied sie, den Hauptturm der Station mit Schokowindbeuteln, Karamell aus gesalzener Butter und Pistazien zu garnieren. Eine Kuppel aus grün eingefärbter Zuckerwatte würde einen Schutzschirm darstellen. Die Raumfähren hätten drei Düsentriebwerke in Form von Vanille-Eclairs, die mit Flügelstreben aus Krokant verbunden waren. Das Brautpaar in Raumanzügen wollte Lily aus schwarzem und weißem Marzipan modellieren.

Ein Blick auf den Wecker zeigte, dass es inzwischen ein Uhr morgens war. Wie sie bereits geahnt hatte, würden die vierundzwanzig Stunden des Tages nicht ausreichen, um ihre beiden Missionen zu erfüllen. Sie nickte fast schon ein, weigerte sich aber, dem Schlaf nachzugeben, bevor sie »Ein Stückchen Leben« geantwortet hatte – aus Neugierde, aber auch, weil sie spürte, dass dieser Mann anders als die anderen war. Sie verfluchte sich, loggte sich ein und trank einen großen Schluck Milch, in der sie einen Löffel Lavendelhonig aufgelöst hatte.

»Ein Stückchen Leben.«

Dieser Username war irgendwie rührend, steckte voller Versprechen, Mitgefühl und Großzügigkeit. Sicher eine schöne Seele. Sie versuchte, sich den Mann vorzustellen, der sich ihn ausgesucht hatte, anhand der wenigen Informationen aus seinem Profil. Geschieden, das beruhigte sie, er war also nicht in seiner Jugend hängen geblieben. Er gab an, blond zu sein. Eigentlich bevorzugte sie ja dunkle Typen, aber wenn das ihr Schicksal sein sollte, würde sie sich nicht dagegen auflehnen. Er liebte die Oper, sie kannte sich da nicht aus, verstand es aber, etwas in der Art in Form von Kuchen zu fabrizieren. Außerdem ließ sich da leicht Abhilfe schaffen. Sie wusste nichts über klassische Musik, war aber bereit, sich auf sie einzulassen. Er liebte die Natur und offene Räume, genau wie sie. Da er als Alter vierzig angegeben, aber kein Foto hochgeladen hatte, rechnete Lily hier mit einer Fehlerquote von fünf bis zehn Jahren. Sie hatte bemerkt, dass es Männern schwerfiel, aus ihrer Reife einen Trumpf zu machen, und dass sie daher oft noch mehr dazu neigten, ihr wahres Alter zu verheimlichen, als Frauen. Gerade wollte sie ihm antworten, als sie vor Erschöpfung einschlief.

Victor öffnete die Augen. Das Dachfenster, von dem er am Vorabend den Schnee gefegt hatte, war schon wieder zugeschneit. Es war noch dunkel, und in diesem Stockwerk war es nicht sehr warm, auch wenn Annie den Schornsteinfeger dazu gebracht hatte, die Isolierung auszubessern. Den Wecker hatte Victor auf halb sieben gestellt, um noch Zeit für einen Besuch auf der Datingseite zu haben. Er kuschelte sich unter die Decke, um den Lichtschein des Tablets abzuschirmen, der durch die Türritzen fiel.

Lily des Lilas hatte ihm noch immer nicht geantwortet. So machte er Bekanntschaft mit den Enttäuschungen der virtuellen Kommunikation. Frustriert stand er auf, zog sich an und betrat mit mürrischer Miene die Küche.

Annie beobachtete, wie Victor tief über die Schüssel gebeugt seine Frühstücksflocken aß. Sie sah genau, dass etwas nicht stimmte. Er sprach nicht und erzählte nicht von seinen Träumen, wie er es sonst immer tat. »Weißt du, Annie, eines Tages werde ich Weltmeister im Tischfußball, und sie werden über mich auf YouTube berichten! … Sag mal, Annie, wärst du denn stolz auf mich, wenn sie mich am Konservatorium annehmen würden? … Ich werde später mal erster Geiger bei den Pariser Philharmonikern! Ich spiele dann auf der ganzen Welt und kauf dir ein Haus in Val Cenis!«

Jeden Morgen hatte er neue Träume. Annie fand das unterhaltsam. Mit seiner kindlichen Begeisterung gelang es ihm sogar, sie selbst wieder zum Träumen zu bringen. Das liebte sie. Als er noch nicht einmal seine Schuhe hatte zubinden können, hatte er sich bereits die verrücktesten Dinge zusammenfabuliert. Und mit der Zeit hatten sie sich immer weiterentwickelt. War sein sehnlichster Wunsch mit fünf noch gewesen, Astronaut zu werden und zum Mond zu fliegen, hatte er ein Jahr später schon als Pilot bei einer Fluglinie anheuern wollen, um so den Sternen näher zu sein.

Schließlich hatte er sich entschieden, der beste Geiger der Welt zu werden, denn er hatte begriffen, dass das die beste Art war, die Gestirne vom Himmel zu holen. Mit der Zeit hatten sich seine Wünsche mehr in die eines ehrgeizigen jungen Erwachsenen verwandelt. Vor allem strebte er immer nach Annies Anerkennung, hatte sich immer so verhalten, dass sie stolz auf ihn sein konnte. Annie, Annie, Annie! Er hatte sie in all seine Handlungen miteinbezogen. Und wie ein Diamant, der in einen Ring eingelassen war, leuchtete sie ihm mit ihren Facetten den Weg.

Doch das war heute anscheinend nicht mehr der Fall. Sie spürte seine Geistesabwesenheit. Wenig später beobachtete sie durch das Fenster, wie sich Victor mit seinen Freunden auf den Schulweg machte. Dann rief sie eilig Maïa an.

»Ich habe den Eindruck, dass er mir böse ist.« Annie fühlte sich schuldig, weil sie vor dem Fernseher eingeschlafen war und ihre Medikamente offen hatte herumliegen lassen. Anfangs hatte ihre Krankheit nur virtuell existiert, Victor hatte sie deshalb übersehen können. Doch nun war sie ganz real. Annie gab sich noch größere Mühe, ihre Beschwerden zu verbergen, doch sie traten immer häufiger auf. Achtsam, wie sie war, tat sie so, als wäre sie bei bester

Gesundheit. Für sie war es eine Frage der Würde, aber auch der Verantwortung.

Maïa konnte sich hingegen vorstellen, dass sich Victors Enttäuschung in eine Art Groll verwandelt hatte, denn er würde nun immerhin Eltern von seinen Kindheitsträumen überzeugen müssen, die er nicht kannte.

Kapitel 12

Auch in der Englischstunde blickte Victor starr ins Leere und war mit den Gedanken woanders. Er hörte nicht zu, als der Lehrer die unregelmäßigen Verben abfragte.

»Monsieur Laurent, wie lauten das Präteritum und das Partizip Perfekt des Verbs ›aufwachen‹?«

Er stockte. Caroline saß zu weit weg, um ihm vorsagen zu können. Er dachte an etwas anderes.

Warum hat sie mir nicht geantwortet?

Vielleicht, weil er kein Profilfoto hatte? Er schätzte, dass die Zeit von nun an nicht auf seiner Seite war. Und er lief Gefahr, noch mehr davon zu verlieren, wenn er sich auf Lily des Lilas versteifte, obwohl sie nicht reagierte. Also beschloss er, sich ein neues Profil auszusuchen. Vielleicht sogar mehrere gleichzeitig. Um die Wahrscheinlichkeit so weit wie möglich auf seiner Seite zu haben.

Momo hatte recht. Ich darf mich nicht einlullen lassen.

Der Lehrer wiederholte die Frage. Doch diesmal rettete ihn die Schulglocke um Viertel vor zwölf.

Victor, José und David zogen sich vor dem Mittagessen in die Schultoilette zurück, um sich ungestört zu unterhalten. Victor erklärte seinen Freunden, sie hätten wohl recht, dass ein Profil ohne Foto sich nicht an die Frau bringen ließ. Nun mussten sie nur noch eins finden, und dafür zählte er auf sie.

Entzückt schlug José vor, ein Foto seines Onkels Luis zu verwenden.

»Er lebt in Portugal. Und immerhin kennt Davids Mutter ihn nicht«, fügte er hinzu. »Da besteht also kein Risiko für uns!«

Luis war die dunkelhaarige Version von Miguel, Josés Vater. Ein weiteres Exemplar der Spezies »hübscher Mann« in seiner Familie.

Ohne jeden Zweifel!

Bei den Fotos auf Josés Smartphone hatten sie die Qual der Wahl: Luis beim Fußball, Luis am Strand, Luis beim Fischen, Luis am Grill …

»Gibt es nicht ›Luis im Museum‹ oder ›Luis in der Bibliothek‹?«, fragte Victor spöttisch.

José bekam das in den falschen Hals.

»Ist gut, wir sind eben keine Intellektuellenfamilie, na und?«

»Reg dich nicht auf, ich mach doch nur Spaß! Schick mir einfach, was du hast, ich such mir später eins aus.«

So machten sie es. Victor erhielt die Fotos gerade, als eine schrille Frauenstimme aus den Lautsprechern der Schule schallte: »Die sechsten Klassen werden nun in der Kantine erwartet!«

»Beeil dich, wir kommen noch zu spät!«, drängte José, da Victor sich Zeit bei seiner Wahl ließ.

Als sich ein Aufseher näherte, steckte Victor sein Smartphone ein und verschwand in einer der Kabinen. Als er sich auf der Datingseite einloggte, erhielt er plötzlich eine Benachrichtigung. Ein kleines Chatfenster blinkte auf seinem Display.

Lily des Lilas redete mit ihm. Lily des Lilas war online! Es war tatsächlich wahr, aber er hatte Mühe, es zu glauben.

Er saß auf der Toilettenschüssel, die Nase beinahe gegen die Tür gedrückt, und war ganz aufgeregt – plötzlich schämte er sich, als würde ihn die berühmte Lily heimlich durchs Schlüsselloch beobachten. Er war eigentlich ans Chatten gewöhnt, aber diesmal stand mehr auf dem Spiel: Er pokerte gewissermaßen um eine Mutter. Wenn Lily ihm in diesem Augenblick gegenübergestanden hätte, hätte er wohl zu stottern begonnen, wäre rot wie eine Tomate angelaufen und auf seinem Stuhl vor- und zurückgeschaukelt, wie er es jetzt auf der Toilettenschüssel tat.

Er hörte, wie die Spülung in der Kabine neben ihm betätigt wurde, dann das Geräusch eines Wasserhahns und dann nichts mehr. José klopfte an die Tür und teilte ihm mit, dass der Aufseher wieder weg sei.

»Und? Hast du die Fotos online gestellt?«

»Ähm … Noch nicht …«

Victor wollte gleichzeitig Lily des Lilas und José antworten, aber er war durcheinander. Bis jetzt hatte er gar nicht daran gedacht, dass er vielleicht wirklich mit ihr kommunizieren würde. Schon gar nicht in dieser Umgebung.

José wurde ungeduldig, wollte unbedingt sehen, welchen Eindruck das Foto seines Onkels auf die Frauen machte. Er war eben sehr stolz auf seine Familie.

»Ich hab Bauchweh«, erwiderte Victor.

»Beeil dich, wir müssen zum Essen!«

»Ich komm gleich!«

José verschwand, um einem ungeduldigen David wahrheitsgetreu Bericht zu erstatten, dass Victor die Fotos noch nicht hochgeladen und außerdem Bauchweh habe.

In diesem Moment erschienen drei Punkte auf dem Display: Lily war gerade dabei, ihm zu schreiben …

»Sie haben gewonnen, geehrter Herr! Tatsächlich backe ich Kuchen! Wie lautet denn Ihr Vorname? Ein Stückchen …? Ein Stückchen was?«

Victor antwortete ziemlich spontan darauf: »Miguel, Madame. Ich heiße Miguel!«

In dem Moment, als er die Nachricht abschickte, wurde ihm bewusst, dass er sie gerade »Madame« genannt hatte.

Ich bin doch zu nichts zu gebrauchen! Alles ist vorbei, dachte er. Sie wird mir nicht mehr antworten! Sie wird denken, dass ich mich über sie lustig mache.

Tatsächlich dauerte es ein paar Sekunden, bevor Lily wieder antwortete. Nicht etwa, weil sie beleidigt war, sondern weil Damien sie in ihrer Mittagspause etwas fragte. Der Chef wollte »Zitronenlack«, aber der Lehrling wusste nicht, was das war.

»Die Schale«, erklärte sie amüsiert. »Nimm die Microplane-Reibe, mit der kriegst du den weichen Abrieb, den er ›Lack‹ nennt. Ist doch hübsch, oder?«, schickte sie noch hinterher.

Dann gestand sie allerdings, dass sie manchmal darauf verzichtete, die etwas spezielle Poesie von Jérôme zu analysieren.

Sie nutzte die Gelegenheit, dass noch keiner der Tische im Restaurant belegt war, um ihren Parka anzuziehen und für ein paar Sekunden vor die Tür zu gehen.

David klopfte derweil seinerseits an die Toilettentür: »Hast du Durchfall?«

»Ein bisschen!«

Das hätte sogar die Wahrheit sein können, denn er war so schlimm aufgeregt, wie er es noch nie zuvor gewesen war – nicht einmal vor dem Konzert am Jahresende im Konservatorium hatte er solches Lampenfieber.

»Ich komm gleich!«

Dann betätigte er die Spülung, nur um sein Alibi plausibler erscheinen zu lassen.

»Hast du die Fotos jetzt hochgeladen?«

Victor zögerte kurz mit der Antwort, da drang auch schon wieder die dröhnende Stimme der Aufseherin aus den Lautsprechern und wiederholte dieselbe Aufforderung.

»Beeil dich! Wir müssen jetzt los!«, rief David und ließ Victor allein.

Victor wollte schon das Handy ausschalten, als er die nächste Nachricht von Lily des Lilas erhielt.

»›Madame‹??? Ich heiße ›Lily‹, ›Monsieur‹ Miguel. :-)«

Der Smiley war ein gutes Zeichen. Victor war erleichtert, er hatte sich nicht verraten. Von nun an würde er besser auf seine Wortwahl achten müssen. In Gedanken stellte er eine Regel auf: nie mehr wie ein Kind reden, das sich an einen Erwachsenen wendet. Das war leichter gesagt als getan.

Der Lautsprecher auf dem Schulhof spuckte erneut seine Aufforderung an die Sechstklässler aus. Nun beendeten auch die letzten Schüler ihre Schneeballschlachten und rannten Richtung Speisesaal. Victor zögerte, dann entschloss er sich, den Chat fortzusetzen. Eine solche Gelegenheit bot sich vielleicht nie mehr, wenn er das Gespräch jetzt unterbrach.

»Hallo!«, schrieb er.

Er war aufs Neue sauer auf sich selbst! »Hallo«! Wie konnte er nur so flapsig mit ihr reden? Ihm wurde bewusst, dass er es ja auch nicht mit einem gleichaltrigen Mädchen zu tun hatte, also sollte er seinen Wortschatz entsprechend anpassen.

»Salut!«, antwortete Lily.

Uff, sie hat es mir nicht krummgenommen.

»Sie sind der Erste, der das Rätsel gelöst hat. Man könnte meinen, Sie essen gern – oder Sie sind ein Kind!«

»Ein Kind?« Er fühlte sich ertappt. Aber nein, sie konnte ihn ja unmöglich sehen. Da erinnerte er sich daran, dass sie in ihrem Begleittext etwas von einer »Kinderseele« geschrieben hatte.

Er tippte schnell ...

»Ja, ich esse sehr gern, und ich liebe Fluchen!«

Zu schnell! Die Autokorrektur hatte das Wort »Kuchen« in »Fluchen« geändert. Er verbesserte sich rasch und schickte hinterher: »Kuchen, Verzeihung.«

Darüber musste Lily lächeln.

»Ich sage ja oft, dass Kuchen und Fluchen nur zwei Buchstaben voneinander unterscheiden ... Und Sie, was machen Sie beruflich, Miguel?«

»Miguel.«

Wie seltsam es Victor vorkam, in der Haut des Vaters seines Freundes zu stecken! Denn selbst wenn er sein Foto nicht verwendet hatte, trug er nun seinen Vornamen und konnte in diesem Moment nicht anders, als sich mit ihm zu identifizieren. Schnell warf er noch einmal einen Blick in sein eigenes Profil, damit er sich nicht in Widersprüche verstrickte. Um richtig zu spielen. Doch die schrille Stimme schallte erneut aus den Lautsprechern durch das gesamte Schulgebäude. Eine anstrengende Stimme, noch schlimmer als die der jungen Frauen, die im Fernsehen den Wetterbericht moderierten. Jedes Mal musste Victor mitleidig an diejenigen denken, die in der Nachbarschaft wohnten.

»Der Schüler Victor Laurent wird in der Kantine erwartet!«

Diesmal wurde nach ihm persönlich gefahndet. Er beeilte sich mit seiner Antwort an Lily: »Ich bin Geiger.«

»Was für ein schöner Beruf!«

Da es ihr zu kalt wurde, ging Lily ins Hotel zurück und verschanzte sich im Büro.

Im Lautsprecher des Schulhofs wurde die Aufseherin langsam wütend und schrie an der Grenze des fürs Ohr gerade noch Erträglichen: »Letzter Aufruf für den Schüler Victor Laurent, der in zwei Minuten zum Staatsfeind Nummer eins erklärt wird, wenn er nicht in der Kantine erscheint!«

Was bedeutete, dass die Schuldirektion bei Annie und bei der Polizei anrufen würde, weil Victor vom Radar verschwunden war. Und jetzt war nicht der Moment, Annie noch mehr Kummer zu bereiten!

»Der Dirigent verlangt nach mir … Ich muss leider los.«

»Ja, natürlich, ich bitte Sie …«

»Schönen Tag, Mada…«

Er verbesserte sich noch, bevor er die Nachricht abschickte.

»Schönen Tag, Lily.«

»Schönen Tag, Miguel.«

Prudence war aufgefallen, dass Lily sich vor ein paar Minuten abgesetzt hatte. Und sie war gar nicht erstaunt, sie im Büro zu überraschen. Lily ließ ihr Smartphone in der Schürzentasche verschwinden. An ihrem fröhlichen Gesichtsausdruck erkannte ihre Kollegin sofort, was hier los war.

»Sag mal, ich dachte, du bist auf Stand-by!«, sagte sie leise.

»Das ist alles nur deinetwegen!«, entgegnete Lily mit einem Augenzwinkern. »Hättest du mal nicht darauf bestanden, dass ich diese Nachricht lese!«

Prudence war stolz, dass sie den Anstoß dazu gegeben hatte.

»Erzähl!«, rief sie mit vor Neugier leuchtenden Augen.

»Er ist Musiker. Geiger.«

»Wenn ich dir doch nur Glück bringen könnte!«

»Lass uns mal nichts überstürzen, ich weiß ja noch nicht mal, wie er aussieht!«

»Ist doch egal, mit so einem Usernamen muss er einfach eine schöne Seele haben! Und das ist doch, was zählt, oder?«

»Vor allem hoffe ich, dass er nicht verheiratet ist … Das ist oft das Problem bei denen, die kein Foto hochladen.«

»Sei nicht so pessimistisch. Ich hab ein gutes Gefühl bei ihm.«

Dann gingen die beiden jungen Frauen wieder in die Patisserieküche, denn die Bestellungen fürs Mittagessen trudelten allmählich ein.

Bevor er steckbrieflich gesucht wurde, raste Victor über den verschneiten Hof zur Kantine. Er hatte ein Lächeln auf den Lippen, aus seiner Nase und seinem Mund kamen Atemwölkchen. Er fühlte sich wie ein galoppierendes Tier in der sibirischen Steppe. Seine Daunenjacke hatte er im Gang vergessen – draußen herrschten noch immer Minusgrade –, trotzdem war ihm nicht kalt. So überdreht war er. Wie nach einem Sieg. Wie ein Verliebter. Sein Herz füllte sich mit einer Leichtigkeit, die er noch nie gespürt hatte und die ihn von innen heraus wärmte.

Er holte sich schnell ein karges Mahl an der Theke und stellte sein Tablett David und José gegenüber ab. Seine Freunde verstanden nicht, warum er so außer sich vor Freude war.

»Sie hat mir geantwortet!« Er grinste bis über beide Ohren.

»Wer denn?«, fragte David.

Victor wartete, bis ein weiterer Schüler vom Tisch aufgestanden war. Dann erzählte er ihnen von Lily, fasste noch einmal kurz ihr Profil zusammen und zeigte ihnen unauffällig ihr Foto.

»Die ist ja hässlich!«, rief José.

Victor war kaum beleidigt, eher erleichtert, dass sie nicht Josés Typ war. Sie sollte ja nur ihm gefallen.

»Reden wir so vielleicht über deine Mutter?«, schoss David zurück.

»Meine Mutter ist ja auch nicht hässlich!«

»Sie doch auch nicht! Sie ist sogar schön!«, sagte David nun mit Nachdruck.

Noch vor ein paar Tagen hatte er sich nur schwer vorstellen können, dass man sich auf einer Datingseite nach einer Mutter umsehen konnte, doch jetzt schlug er sich auf Victors Seite.

»Findet ihr nicht, dass sie meiner ähnlich sieht?«, fügte er hinzu.

Nein, das meinte er nicht ironisch. Er machte sich einfach nur den Spiegeleffekt zunutze. Endlich hatte er das Durcheinander in seinem Kopf aufgeräumt. Seine Mutter sah zwar nicht aus wie Lily, aber von nun an gestattete er sich, sie wie eine vollständige Frau zu betrachten, die eben auch das Recht hatte, auf einem Datingportal angemeldet zu sein.

»An deiner Stelle hätte ich dieselbe ausgesucht«, erklärte er dann an Victor gewandt.

José hielt sich zurück, entschuldigte sich und fragte, was Lily des Lilas von Beruf war.

»Sie backt Kuchen.«

Tatsächlich wusste Victor nicht viel mehr.

»Und was ist mit Brot?«, hakte José nach. »Ich liebe ja Brot!«

Das brachte seine beiden Freunde zum Lächeln. Victor berichtete ihnen kurz, dass er sie hatte glauben lassen, er sei auf einer Konzertprobe.

»Aber jetzt weiß ich nicht mehr, was ich ihr noch sagen soll!«

Oh ja, ihm war gerade bewusst geworden, dass er mit ihr wohl »wie ein Mann« sprechen musste. Wie lange konnte er diese Scharade aufrechterhalten?

»Wenn du mit ihr chattest, bist du geliefert!«, behauptete David. »Als würdest du durch ein Minenfeld laufen: Alles kann dir jeden Augenblick um die Ohren fliegen!«

José teilte diese Auffassung, aber nur weil er sich mit der Sprache der romantischen Liebe noch ein bisschen schwertat.

»Erwachsene verschwenden ihre Zeit damit, über nichts zu reden!«

»Was soll ich denn eurer Meinung nach machen?«

Seine beiden Freunde blieben bei der Antwort recht wortkarg.

»Flirte mit ihr!«, schlug José vor.

»Quatsch! Schick ihr einfach Nachrichten. Aber nicht per Chat«, schärfte David ihm ein. »Sonst fragt sie dich aus! So kannst du sie nie auf Abstand halten.«

Victor fühlte sich ein bisschen ratlos.

»Sie ist eine erwachsene Frau! Was soll ich ihr denn erzählen?«

»Keine Ahnung! Wir sind ja keine Frauen!«, betonte José.

David bestätigte das Offensichtliche, indem er mit den Schultern zuckte und die Augenbrauen hochzog.

Victor entfuhr ein verzweifelter Seufzer.

Im Royal Eiffel war nun die geschäftigste Zeit angebrochen.

»Ein Paris-Brest! Sie fragen mich, ob der Brandteig auch hausgemacht ist, Chef!«, bellte der Kellner Romain.

Die ganze Belegschaft drehte sich zum Chefkoch um, der bei diesem Thema sehr empfindlich war. Genau wie Lily, die sich einmal mehr empörte.

»Romain! Ich dachte, ich hätte mich beim letzten Mal verständlich ausgedrückt!«

Sie hatte ihm die Anweisung gegeben, diese Art von absurder Frage nicht mehr an die Küche weiterzuleiten, sondern selbst höflich darauf zu antworten. Tatsächlich hatte er die Botschaft sehr wohl verstanden und sich erlaubt, dem Kunden mit einiger Chuzpe zu erklären, dass der Brandteig ganz wie die T-Shirts und die Flachbildschirme in China hergestellt werde.

Die gesamte Belegschaft brach in schallendes Gelächter aus.

Damien machte sich ans Anrichten des Paris-Brest, aber er hatte Schwierigkeiten bei der Handhabung der Zimtdose, was zur Folge hatte, dass die Streifen unharmonisch wirkten. Prudence bemerkte seine Notlage und half ihm, ohne dass Jérôme etwas davon mitbekam.

»Danke«, flüsterte Lily ihr ins Ohr.

Die Patissière hatte Mitgefühl für alle Neuankömmlinge und wusste außerdem, wie sehr dieser spezielle ihrer Freundin am Herzen lag. Damien bedankte sich mit einem Lächeln und krönte das Dessert mit seinem Brandteigdeckel, den er mit Mandelblättchen und Puderzucker bestäubte. Dann stellte er es in die Durchreiche. Romain brachte es an den Tisch.

In dem Moment platzte Bruno Desrosières, der Hoteldirektor, sichtbar erzürnt herein. Ein paar Gäste hätten sich über die Anmaßung des Kellners beschwert.

»Seit wann werden unsere Paris-Brest denn in China hergestellt?«, schrie er Jérôme an.

Die gesamte Belegschaft musste ein Kichern unterdrücken.

»Anmaßend? Romain?«, staunte Jérôme. »Ich glaube, Ihre Gäste haben eine lebhafte Fantasie, Bruno. Chinesische Windbeutel!«

Er zuckte mit den Schultern. Er war kein Denunziant, auch deshalb konnte er sich der Loyalität seiner Mitarbeiter sicher sein. Der Direktor machte auf dem Absatz kehrt. Er ließ sich zwar nicht für dumm verkaufen, musste sich aber geschlagen geben.

»Ich hab mal über dein Appetithäppchen nachgedacht«, wandte Jérôme sich nun an Lily.

Sie hatte ihn um Rat wegen der herzhaften Saint-Honoré-Torte gebeten, die sie für das MOF-Büfett herstellen musste.

»Wir garnieren sie mit Morcheln! Ist das keine schöne Idee?«

Nein, für Lily war das keine »schöne Idee«. Jérôme bestand darauf, dass sie sich darüber später noch einmal unterhielten, doch sie fand einen Vorwand, um sich zu drücken.

»Das wird heute Nachmittag schwierig, ich muss mich um die Bestellungen für heute Abend kümmern, es gibt eine Geburtstagsfeier ...«

»Das erledige ich schon, mach dir keine Gedanken«, beruhigte Jérôme sie.

»Bleibst du zum Abendessen? Solltest du nicht lieber mit deiner Frau und deiner Tochter essen?«

»Oh, die können das schon ohne mich!«

Er hatte einfach eine Antwort auf alles, und es würde ihr nicht gelingen, ihn umzustimmen. Er hatte sich der Sache ganz verschrieben. Lily wusste, dass er sie immer weiter damit drangsalieren würde, dass er alles daransetzte, ihre Vergangenheit von ihren Schatten zu säubern, wenn sie die Austreibung der bösen Geister nicht selbst vornahm.

»Mor-cheln!«, wiederholte Jérôme und betonte das Wort dabei extradeutlich. »Das ist eine schöne Idee, du wirst schon sehen!«

Seine letzten Worte garnierte er mit einem Augenzwinkern, das sofort den Ton ihres Gesprächs abmilderte.

Kapitel 13

Deine Noten sind nicht lang genug, ich höre kein Crescendo!«, kommentierte Monsieur Leriche, der Geigenlehrer.

Victor begann von Neuem und verlängerte die Note, indem er den Bogen bis zum Ende durchzog, dann heftete er den Blick wieder auf die Partitur der Mazas-Etüde.

»Tippe nicht mit dem Fuß auf!«

Victor hatte stets Probleme, den Takt nicht mitzuschlagen. Das waren seine Entertainer-Qualitäten.

»Für heute ist es genug. Beim nächsten Mal widmen wir uns wieder dem Concerto in G-Dur von Haydn. Hörst du?«

»Ja, ja!«

»Du weißt, was du noch zu tun hast.«

»Ich kann es doch schon auswendig!«

»Es auswendig zu können bedeutet noch nicht, dass man mit dem Herzen spielt. Vergiss das nicht!«

Victor nickte, verstaute eilig seine Geige im Koffer und verabschiedete sich von seinem Lehrer. Es war gerade sechzehn Uhr. Da der Gesangslehrer nicht da war, hatte er sich mit David und José im *La Désobéissance* verabredet. Seine beiden Kumpel erwarteten ihn bereits. Sie hatten nur eine Stunde Zeit, um sich einfallen zu lassen, was Victor Lily des Lilas schreiben konnte, dann mussten sie zu Annie hinauf, wo sie jede Woche einmal probten. Da sie unterm Dach wohnte, konnten sie dort spielen, ohne die Nachbarn zu stören.

Victor rannte die Treppe mit großen Sprüngen hinunter. Als er im Erdgeschoss angelangt war, fiel sein Blick auf ein Mädchen, das im Eingangsbereich saß und in die Lektüre einer Partitur vertieft war. Er stolperte über den Cellokoffer, der mitten im Gang lag, und knallte mit dem Kopf auf die Fliesen.

Das junge Mädchen sprang sofort auf und eilte ihm zu Hilfe. Erschrocken hatte sie die Hand vor den Mund geschlagen.

»Tut mir so leid! Tut mir wirklich leid!«, entschuldigte sie sich, als sie Victors geschwollene Lippe sah. »Mein Cello ist runtergerutscht.«

Victor betastete seine Lippen. Er sah kein Blut an den Fingern. Da er einige Jahre lang Judo trainiert hatte, hatte er sich schützen können, indem er die Arme nach vorn geworfen hatte. Auch gebrochen hatte er sich nichts. Brauner Gürtel, mit elf hatte er dann doch damit aufgehört, weil er Fußball und Tischfußball besser fand. Er hatte gelernt, zu fallen und sich zu verteidigen, das genügte ihm. Und heute hatten seine Reflexe auch funktioniert.

Das Mädchen streckte ihm die Hand entgegen. Als er den Kopf hob, erkannte er sie nicht sofort. Er stutzte, aber am Ende wurde ihm klar, wer die Schuldige war.

»Caroline?«

Sie blickte ihn an und schenkte ihm ihr leutseligstes Lächeln. Sie hatte keine Zahnspange mehr, trug keine Brille, dafür das Haar offen.

Seit wann ist die denn so hübsch?

Victor bemerkte gerade zum ersten Mal, dass sie große, dunkle, mandelförmige Augen und ein bezauberndes Lächeln hatte.

»Heute wurde meine Spange entfernt. Und ich bin jetzt auch alt genug für Kontaktlinsen.«

Victor war hin und weg. Niemand an seinem Collège, ihn eingeschlossen, hatte bislang bemerkt, dass sie schon seit einer Woche keine Brille mehr trug. Sie hatten sich einfach aus alter Gewohnheit nicht für sie interessiert. Jetzt fühlte er sich dumm bei dem Gedanken, wie sie sich ihr gegenüber seit Anfang des Schuljahrs verhalten hatten.

Sie zog einen kleinen glatten Kiesel aus ihrem Rucksack und nahm Victor bei der Hand.

»Komm mit!«

»Wohin?«

»Komm einfach.«

Er stand auf und folgte ihr klaglos. Dass sie plötzlich die Initiative übernahm, überraschte ihn. Sie führte ihn zu den Mädchentoiletten. Er blieb wie angewurzelt stehen, als sie ihn zum Eintreten bewegen wollte. Sie zuckte mit den Schultern, als er auf die Figur an der Tür zeigte, und zog ihn dann einfach mit einem fröhlichen Kichern nach drinnen. Dann ließ sie so lange eiskaltes Wasser aus dem Hahn über den Kiesel laufen, bis er sich abgekühlt hatte, und legte ihn auf Victors dicke Lippe. Die Kälte ließ ihn zusammenzucken, sie stand der draußen in nichts nach.

»So verhindern wir, dass sie anschwillt.«

Victor wollte antworten, doch sie presste ihm den Kiesel auf den Mund.

»Das ist ein Kiesel aus Nizza. Ich hab ihn am Strand aufgelesen. Er bringt mir Glück. Mein kleiner Bruder stößt ständig irgendwo gegen, und wenn wir keine Eiswürfel haben, behelfen meine Mutter und ich uns so. Kälte hilft immer gegen Blutergüsse.«

Victor ließ es sich gefallen, er war verblüfft und gerührt über so viel Aufmerksamkeit. Sie lächelte ihn sanft an.

Er lächelte zurück, was einen kleinen Schmerz zur Folge hatte.

Dann hörten sie draußen ein Hupen.

»Das ist meine Mutter!«, rief Caroline.

Victor wollte ihr den Kiesel zurückgeben, aber sie lehnte ab.

»Gib ihn mir nächstes Mal wieder. Halt ihn noch mal unters Wasser und press ihn dann ein paar Minuten auf die Lippe.«

Er bedankte sich bei ihr und folgte ihr dann auf den Flur des Konservatoriums. Dort zog sie sich eilig die Daunenjacke über. Erneut ertönte ein Hupen. Wie selbstverständlich gab Caroline Victor zum Abschied einen Wangenkuss. Da es so unerwartet kam, konnte er ihm nicht ausweichen.

»Wir Mädchen mögen Küsse!«

Dann lief sie nach draußen.

Wir Mädchen mögen Küsse!

Der Satz bahnte sich einen Weg in seinen Geist, da ging ihm ein Licht auf. Es war ein Zeichen! Warum sonst hätte ihm heute das Cello den Weg versperren sollen? Die Lösung ihres Problems hatte mit ihr zu tun! Er stürzte aus dem Konservatorium und lief ihr hinterher.

»Caroline! Willst du mit uns üben?«, rief er ihr zu, als sie sich gerade ins Auto ihrer Mutter setzen wollte.

Sie drehte sich zu ihm um: »Meinst du das ernst?«

»Na klar mein ich das ernst, aber wenn du nicht willst …«

Caroline diskutierte mit ihrer Mutter. Die wollte ihr nicht die Erlaubnis erteilen, bevor sie ihr Victor offiziell vorgestellt hatte. Denjenigen vorzustellen, in den man heimlich verliebt ist, ist in diesem Alter keine einfache Aufgabe, vor allem dann nicht, wenn die Mutter die ganze Situation bereits durchschaut hat.

Die beiden Kinder gingen hügelaufwärts Richtung Abbesses.

»Üben« war nur ein Vorwand. Zwar war er ebenfalls von einer plötzlichen Gefühlswallung überrascht worden, aber er hatte keine Zeit für »Spaß«, wie Momo sich ausgedrückt hätte. Nein, ihm war eine Idee gekommen: Er wollte Caroline in ihr Abenteuer einweihen. Nur ein Mädchen konnte wirklich wissen, was andere Mädchen und folglich auch was Frauen dachten – vor allem, was sie hören wollten, wenn man sie umwarb. Carolines Gelehrsamkeit und ihre legendär pflichtbewusste Art machten aus ihr die ideale Beraterin.

Es war klar, dass sie eine Schwäche für Victor hatte. Es würde ihm also leichtfallen, sie zu überzeugen. Er musste vorher einfach nur ein bisschen Mitgefühl bei ihr wecken.

»Wir haben früher in Nizza gewohnt. Mein Vater ist wegen der Arbeit nach Paris gezogen«, erklärte Caroline Victor auf seine Frage, wo sie den Kiesel gefunden hatte.

»Was macht dein Vater denn?«

»Er ist bei der Polizei. Meine Mutter ist Richterin. Und deine Eltern?«

»Die sind tot.«

Um sich zu integrieren, dazuzugehören und akzeptiert zu werden, log Victor. Zu behaupten, seine Mutter sei tot, war eine Möglichkeit für ihn, sich eine echte Mutter zu erfinden.

»Oh …«, erwiderte Caroline jetzt mit glänzenden Augen.

Es war die einzig mögliche Antwort für ein elfjähriges Mädchen, das noch nie mit dem Tod konfrontiert worden war. Sie blieb kurz stehen, ging dann aber weiter, still, vielleicht sogar schockiert. Victor war das gewohnt. Er bot Caroline an, ihr Cello zu tragen. Sie nahm dankbar an. Dann gingen sie weiter bergauf, und sie hatte zusehends Mühe, da sie auf dem spiegelglatten Gehweg oft ausrutschte. Gern hätte sie das Gespräch wiederaufgenommen, wusste allerdings nicht, welches Thema sie anschneiden sollte. Üblicherweise beeindruckte sie andere damit, wenn sie erzählte, dass ihr Vater Polizist und ihre Mutter Richterin seien, auch wenn die Reaktionen manchmal zwiespältig waren. Doch nun war sie betroffen.

Stumm lief sie weiter.

Victor wartete derweil auf die Gelegenheit, um sein Vorhaben in die Tat umzusetzen und sie zu ködern.

»Wo wohnst du denn?«, fragte sie schließlich.

»Bei Annie. Da ich Waise bin, lebe ich in einer Pflegefamilie. Annie ist meine Pflegemutter.«

»Ah …«

Caroline wusste nicht, was eine Pflegefamilie war. Vor ihrem geistigen Auge erschienen schlimme Bilder. Die Thénardiers aus Victor Hugos *Die Elenden* waren die einzigen Pflegeeltern, die sie kannte! Da sie selbst in einer richtigen Familie lebte, mit ihren Eltern und einem kleinen Bruder, konnte sie sich Victors Situation nur sehr dramatisch vorstellen. Sofort entwickelte sie Mitgefühl, ja sogar Mitleid für ihn. Caroline konnte ihre Gefühle nicht unterdrücken.

Er trägt die ganze Traurigkeit der Welt auf seinen Schultern – und dazu noch mein Cello!

Sie hätte ihm nur zu gern geholfen, aber in ihrem Alter wusste sie nicht, wo sie damit anfangen sollte.

Noch immer presste Victor sich mit einer Hand den Kiesel auf die Lippe. Er hatte ihn noch einmal in einem kleinen Schneehaufen gekühlt.

»Du kannst ihn jetzt wegnehmen, weißt du?«, sagte Caroline.

Er gab ihr den Stein wieder.

Victor hielt vor dem Schaufenster des Moulin Vert an, einer berühmten Patisserie auf dem Montmartre mit angeschlossenem Teesalon. Er machte dort fast täglich Station, angelockt von diesem Königreich der Unvernunft. Heute allerdings ließ er erst einen Blick über den Verkaufsraum schweifen. Vielleicht war ja Lily des Lilas hier?

Er zögerte, stellte Caroline dann die Frage, die ihm schon eine Weile durch den Kopf ging.

»Weißt du vielleicht, was Mädchen gern hören?«

Caroline brachte die Frage vollkommen aus dem Konzept.

»Wenn ich dich zum Beispiel auf ein Stück Kuchen einladen würde, was würdest du dann sagen?«, fügte er schnell hinzu.

»Äh, keine Ahnung … Aber in unserem Alter setzt man sich doch nicht allein in einen Teesalon, oder?«

»Du hast mich falsch verstanden … Was sagt man denn am besten zu einem Mädchen, wenn man möchte, dass sie einen mag?«

Sie war errötet, und ihr war das sehr bewusst. Sie bezog die Frage auf sich und war deshalb verwirrt, brachte zunächst kein Wort heraus.

»Warum? Willst du mir etwa was sagen?«, presste sie dann schließlich hervor und bemühte sich, das Zittern ihrer Stimme dabei unter Kontrolle zu bekommen.

Das war offenbar nicht die Antwort, die er erwartet hatte: »Nein, nicht dir. Ich werd's dir erklären …«

Er hatte den Eindruck, dass Caroline gleich in Tränen ausbrechen würde. Siedend heiß fiel ihm auf, wie ungeschickt er sich verhalten hatte. Da sie aussah, als würde sie gleich kehrtmachen und davonlaufen, ergriff er instinktiv ihre Hand, um sie zu beruhigen.

»Ich meine doch! Dir würde ich natürlich auch gern ganz viel sagen, aber … Wir kennen uns ja noch nicht so gut …«

Ohne ihren Ärger zu verbergen, schoss sie zurück: »Wir kennen uns seit sechs Monaten! Wir sehen uns jeden Tag! Aber als ich noch hässlich war, hast du mich halt nicht beachtet …«

Er unterbrach sie. »Du warst doch nicht hässlich!«

»Klar war ich hässlich! Das weiß ich auch!«

»Warst du nicht! Wir haben dich einfach nicht bemerkt, das ist alles. Mit deiner Spange und der großen Brille da …«

Er verdeutlichte seine Aussage, indem er sich auf die Zähne trommelte und sich große Kreise um die Augen zog. Das brachte sie zum Lächeln.

»Ich werd dir alles erklären …«

Nun unterbrach sie ihn: »Ist nicht schlimm, wenn du schon mit jemandem gehst, wir können einfach Freunde sein.«

Sie hatte wieder eine fröhliche Miene aufgesetzt, wollte ihn nicht vergraulen.

»Du bist also in ein Mädchen verliebt und weißt nicht, wie du es ihr sagen sollst, richtig?«

Victor seufzte. »Nein … Ich suche eine Mutter, Caroline.«

»Das sagt meine Mutter auch oft zu meinem Vater, dass er ›eigentlich eine Mutter sucht‹.«

»Ich mach keine Witze, ich suche wirklich eine Mutter. Eine richtige, für mich ganz allein.«

»Willst du deine ersetzen, weil sie tot ist?«

»Äh … ja … kann man so sagen …«

Victor verstummte kurz, und Caroline übte sich in Geduld. Sie wollte wissen, wie diese Geschichte weiterging.

»Eigentlich hatte ich nie eine Mutter«, gestand er nun.

Er erklärte ihr das mit der anonymen Geburt und dass er deshalb seine Mutter nicht kannte. Er log, um sich vor der Grausamkeit der anderen Kinder zu schützen. Als er auf der Grundschule war, hatten diejenigen, die davon wussten, seine Bücher und Hefte mit großen X beschmiert, um ihn so zu demütigen.

»Sie sind mir aus dem Weg gegangen, als hätte ich eine ansteckende Krankheit.«

»Ich weiß, wie du dich fühlst. Bei mir ist es genauso. Weil mein Vater Polizist ist.«

Sie freute sich, dass es endlich etwas gab, was sie gemeinsam hatten. Diese Erfahrung verband sie. Sie lächelten sich an.

Der Gehweg war eine richtige Eisbahn. Caroline klammerte sich an Victors Arm fest, als sie die Rue Lepic hinabgingen, und hing dabei an seinen Lippen, während er alles erklärte. Er ließ nichts aus: Julien Rossignol, seinen leiblichen Vater, das Jugendamt, seine beiden Pflegefamilien, Maïa, Annie und ihre Herzprobleme, seine bevorstehende Adoption, das Datingportal, die Unterstützung durch Momo und seine Kreditkarte, die der Himmel geschickt hatte, und schließlich Carolines spezielle Redakteurinnenrolle für die Kommunikation mit Lily des Lilas. Er vergaß natürlich auch nicht zu betonen, dass bei dieser Angelegenheit Vertraulichkeit oberstes Gebot war! Caroline merkte an, dass sie ihre Mutter auch hätte auswählen wollen, wenn sie Waise gewesen wäre.

»Das ist doch normal! Ich würde ja auch keine Freundin einen Mann für mich aussuchen lassen! Na, und das ist doch so ziemlich das Gleiche!«

Victor war glücklich, dass jemand ihn auf Anhieb so gut verstand.

Bevor sie das *La Désobéissance* betraten, zeichnete er ihr ein rasches Porträt von Momo. Sobald Victor die Tür öffnete, kam Momo um den Tresen herum auf sie zu und fragte, ob es Neuigkeiten gebe: »Also?«

»Hallo, Momo!«, rief Victor.

»Ja, hallo«, antwortete dieser ungeduldig. »Erzähl schon, Kleiner! Was machen deine …«

Als er bemerkte, dass der Junge ein Mädchen dabeihatte, verstummte er.

»Darf ich dir Caroline vorstellen?«

Selbstsicher streckte sie ihm die Hand entgegen. »Guten Tag, Monsieur.«

»Das ist ja süß!«, scherzte Momo freundlich. »Hier nennt mich niemand ›Monsieur‹, meine Kleine. Ich heiße Momo!«

Dann drückte er ihr ein Begrüßungsküsschen auf die Wange. Da fiel ihm Victors lädierte Lippe auf.

»Ich bin hingefallen, es ist nichts«, erwiderte er schnell.

David und José saßen im hinteren Teil, die Bar lag in ihrem Blickfeld. Sie tuschelten miteinander und fragten sich, wer wohl das Mädchen war, das Victor begleitete.

»Jedenfalls sieht sie gut aus!«, entfuhr es José, der sich treu blieb.

»Spielst du Tischfußball, Kleine?«, fragte nun Momo.

»Ich hab mal an der Juniorenweltmeisterschaft teilgenommen, als ich noch in Nizza gewohnt habe.«

Momo schenkte ihr ein breites Lächeln und wuschelte Victor, der von dieser Neuigkeit wie vom Donner gerührt war, durchs Haar.

»Jetzt ist er zu allem Überfluss auch noch ein super Talentscout, unser kleines Wunderkind!«

»Im Polizeipräsidium von Nizza stand ein Kicker«, erklärte Caroline. »Immer wenn ich auf meinen Vater gewartet habe, hab ich mit seinen Kollegen gespielt.«

»Ihr Vater ist Polizist«, erläuterte Victor.

»Na, sie ist ja ein Volltreffer!«, rief der nun. »Los, Kinder! Ich hab den Eindruck, dass heute gewonnen wird!«

»Heute wird aber nicht gespielt, Momo. Wir haben zu tun!«, entgegnete Victor.

»Na ja, aber irgendwann müsst ihr schon mal wieder an die Griffe, Kleiner! Sonst steigt ihr am Ende noch ab!«

»Versprochen!«

»Und sonst … Gibt's was Neues von Maïa?«, fragte Momo dann noch mit Unschuldsmiene und kehrte hinter seinen Tresen zurück.

Victor schüttelte den Kopf, er hatte nichts von ihr gehört.

Momo war enttäuscht, dass er seit Victors Schwänzerei Maïa weder zu Gesicht bekommen noch von ihr gehört hatte, und konnte das nur schwer verbergen.

»Du solltest öfter mal ausreißen!«, entfuhr es ihm, während Caroline Victor durch den Schankraum nach hinten folgte.

»Du bist weggelaufen?«, fragte Caroline.

»Nein, na ja … so halb. Sie haben mich nach einer Stunde schon wiedergefunden.«

»Momo steht auf deine Betreuerin, stimmt's?«

Victor erklärte Caroline rasch, dass Momo verrückt nach Maïa war, die allerdings zwanzig Jahre jünger als er war.

»Sie weiß es noch nicht, aber sie liebt ihn eigentlich auch, das hab ich in ihrem Blick gesehen, wenn sie ihn anstarrt.«

»Aha, du kannst so was am Blick erkennen?«, spottete Caroline.

»Na klar! Du nicht?«

Darauf traute sie sich nicht mehr zu antworten, nicht einmal ihn anzusehen, aus Angst, er könnte sie durchschauen.

»Irgendwann ist er wirklich zu alt für sie!«, fügte Victor hinzu.

»Er ist doch schon jetzt zu alt, oder?«

»Nein, ich meine richtig alt!«

Caroline lachte auf.

»Mach dich nicht über ihn lustig, er ist mein Mentor!«

»Was? Ist er Geigenlehrer?«

»Er ist Frauenlehrer!«

Diese Bemerkung verstand sie nicht, behielt das aber lieber für sich.

Sie setzten sich an den Tisch, an dem David und José auf sie warteten. Als sie ihnen nun gegenübersaß, erkannten die beiden Jungs endlich, um wen es sich handelte.

»Caroline?«, staunte David.

»Bist du's wirklich?«, legte José völlig baff nach.

Sie antwortete einfach mit einem Lächeln und genoss die Wirkung ihres neuen Erscheinungsbildes. In einem Cartoon hätte José jetzt Stielaugen bekommen, Davids Wangen färbten sich puterrot.

»Sie hat keine Spange mehr, und außerdem trägt sie Kontaktlinsen, sie ist jetzt alt genug dafür«, fasste Victor das Nötigste zusammen.

David hätte am liebsten all die Spitznamen ausradiert, die sie ihr verpasst hatten, so bezaubert war er von dem jungen Mädchen, das ihm gerade gegenübersaß.

»Und als Krönung ist sie noch eine Meisterin im Tischfußball!«, fügte Victor hinzu, um sie restlos zu beeindrucken.

Das gelang ihm auch. Trotzdem fragten sie ihn, warum er Caroline zu ihrem Treffen mitgebracht habe.

»Sie weiß, was Frauen denken«, erläuterte Victor in beinahe feierlichem Ton.

»Äh …« David wollte irgendetwas sagen.

Doch er kam gar nicht dazu.

»Okay, kann ich mal die Akte sehen?«, fragte Caroline.

»Die Akte …?«, erwiderte José.

»*Yes!*«, antwortete Victor beschwingt.

Er zog das Tablet aus seinem Rucksack, loggte sich ein und zeigte Caroline das Profil, das sie angelegt hatten. Da sie noch nie auf einer Datingseite gewesen war, konnte sie ihre Überraschung nicht verbergen.

»Ein Stückchen Leben: Die Liebe ist ein Stückchen Leben, das uns zum Glück fehlt.«

Der Username und der Text, den Victor geschrieben hatte, rührten sie. Dann nahm sie Lily des Lilas' Profil unter die Lupe.

»Sie scheint cool zu sein, aber glaubst du wirklich, sie will ein schon fertiges Kind?«

Daran hatten sie erhebliche Zweifel, aber dieses Risiko war bei ihrem Unternehmen unumgänglich.

Caroline las sich die Chatnachrichten durch, dann übernahm sie das Ruder, ganz wie Victor es sich gewünscht hatte. Die Rolle der Regisseurin zu spielen und eine Strategie auszuhecken bereitete ihr sichtlich Freude. Die Jungs sahen ihr gespannt zu.

»Was ist das denn?«, fragte José und zeigte auf Victors leicht geschwollene Lippe.

»Das Schicksal! Lass gut sein.«

David und er kannten die geheimniskrämerische Seite ihres Freundes und gaben sich mit dieser Antwort zufrieden. Caroline hatte sich inzwischen rasch über die Programme der Philharmonie und der Pariser Oper informiert.

Sie mussten ordentlich was bieten, um bei Lily Eindruck zu schinden. Sie mussten ihr begreiflich machen, dass Miguel nicht irgendein Feld-, Wald- und Wiesenmusiker war, sondern in den größten Sälen der Welt auftrat. Dabei war es angebracht, sich an Fakten zu orientieren – nur falls die Patissière auf die Idee käme, Victors Behauptungen zu überprüfen.

»Ist Tschaikowski okay für dich?«, fragte Caroline. »*Der Nussknacker.* Das ist ein Klassiker und wird gerade an der Opéra Bastille gegeben.«

»Und wenn sie hingeht?«

»Unmöglich! Nicht nach einem einzigen Chat. Ihr habt wirklich keine Ahnung von Mädchen …«

Beleidigt tauschten die Jungs Blicke aus, doch keiner protestierte.

Caroline rief einige Seiten auf, auf denen die besten Zitate der Film- und Musikgeschichte aufgeführt waren, nahm sie auseinander, kombinierte sie miteinander und verfasste dann, stolz auf ihren Einfall, eine Nachricht …

Als Victor den Entwurf sah, verzog er das Gesicht. Seine Kumpel taten es ihm gleich.

»*Das* willst du ihr schicken?«, fragte David, dem das alles furchtbar kitschig erschien.

»Na klar, ich flirte mit ihr! Ist es nicht das, was ihr wolltet?«

»So?«, warf José ein.

»Na klar ›so‹! Wir Mädchen sind eben romantisch! Meine Mutter und ich liiiieben Liebesfilme. Aber um das zu verstehen, seid ihr noch zu jung! Wir Mädchen sind euch reifemäßig einfach voraus!«

Die Jungen nahmen das stillschweigend hin, schlussendlich hatten sie es auch nicht anders verdient, wenn man bedachte, wie Caroline ihretwegen seit Schuljahresbeginn hatte leiden müssen. Sie lasen die Nachricht noch einmal durch. Keiner von ihnen wäre in der Lage gewesen, etwas Derartiges zu verfassen. Vor allem nicht ohne Rechtschreibfehler.

Mit der Zustimmung der gesamten Mannschaft drückte Caroline auf »Senden«.

Kapitel 14

Seit ihrer Unterhaltung mit »Ein Stückchen Leben« hatte Lily sich die Benachrichtigungen der Datingseite aktiviert. Um siebzehn Uhr dreißig, als sie sich gerade ins Büro zurückgezogen hatte, um sich bei einer Tasse Tee mit Honig aufzuwärmen, erhielt sie die Nachricht von Miguel.

»Guten Tag, Lily, geht es Ihnen gut? Ich bin gerade bei den Proben für ein Ballett von Tschaikowski, *Der Nussknacker*. Ich wollte Ihnen nur sagen, dass, seit ich mit Ihnen gesprochen habe, Sie wie eine Melodie sind, die mich nicht mehr loslässt. Die Engel müssen Sie mir geschickt haben.«

»Hast du einen neuen Kontakt?«, fragte plötzlich Jérôme, der hereingeplatzt war.

Er hatte am Herd auf sie gewartet, die Geduld verloren und sah seine Mitarbeiterin nun über ihr Smartphone gebeugt dasitzen und nach einer passenden Antwort auf die Poesie ihres Chat-Partners suchen. Der Chefkoch kannte sie nur zu gut. Ihr Lächeln war wie das eines kleinen Mädchens, das man mit dem Finger im Marmeladenglas erwischt hatte.

Neugierig versuchte er, mehr aus ihr herauszubekommen.

Sie erklärte ihm, dass Miguel Künstler und dass das mal eine Abwechslung von den üblichen Typen sei, die sich sonst auf diesen Seiten herumtrieben. Dann erwähnte sie noch, dass er seinem Profil kein Foto hinzugefügt habe. Da sie die Verblüffung ihres Chefs spürte, versicherte sie ihm schnell, dass kein Mann, und sei er noch so nett, gut aussehend, klug oder auch der beste Liebhaber, ihren Ehrgeiz mindern könne, die erste Frau zu werden, die die Auszeichnung als beste Patissière Frankreichs bekam. Selbst wenn er die erste Geige bei den New Yorker Philharmonikern spielte, dachte sie und überraschte sich damit selbst.

Jérôme schob sie nun in die Küche, wo ein Sack Morcheln auf sie wartete, die er vor ein paar Monaten selbst getrocknet hatte. Er setzte ihr die Pistole auf die Brust: »Morcheln oder Morcheln?« Lily ahnte, dass er sie von morgens bis abends damit nerven würde, wenn sie nicht nachgab.

Da sie offensichtlich erschöpft von ihrem Tagwerk war, gab er ihr den Abend frei. Auf dem gesamten Weg vom Royal Eiffel zur Rue Vieille-du-Temple bereute sie, eingewilligt zu haben, diese verfluchten Pilze zu verarbeiten. Um halb sieben verließ Lily die Metrostation Saint-Paul. Bereits um fünf Uhr früh war sie heute im Hotel gewesen und hatte dann zwölf Stunden ohne Pause durchgearbeitet. Die letzten Tage und Nächte waren ein Ärgernis gewesen. Sie merkte, dass der bevorstehende Wettbewerb sie völlig in Beschlag genommen hatte und dass das so bleiben würde, bis die Sache ausgestanden war. An diesem Abend war sie ziemlich schweigsam und fühlte sich sehr bedrückt. Sie hatte ganz allein in der U-Bahn vor sich hingeweint, überwältigt von ihren Erinnerungen, die die Morcheln zutage gefördert hatten. Es ging natürlich nicht um die Pilze selbst, sondern um das, wofür sie standen, um ihre Rolle in der Tragödie, mit der sie verbunden waren.

Zoran war noch nicht zurück. Seit er mit den Helfern des Roten Kreuzes weggefahren war, hatte sie ihn nicht mehr zu Gesicht bekommen. Jeden Abend hielt sie nach ihm Ausschau, um ihm seine Klarinette zurückzugeben. Lily hoffte, dass ihm nichts passiert war und dass er im Warmen in irgendeiner Unterkunft saß.

Sie selbst wärmte sich nun mit einer heißen Dusche auf und hoffte, dass der Winter nicht ewig dauern würde, wie es in manchen Katastrophenfilmen der Fall war. Dann fiel sie erschöpft auf ihr Sofa und loggte sich auf der Datingseite ein. Sie wollte »Ein Stückchen Leben« antworten, fand aber keine Worte. Die Brennnesseln der Vergangenheit hatten die schönen Gefühle überdeckt, die die virtuelle Begegnung in ihr geweckt hatte. Sie begriff, dass auf diesem Feld keine Blumen mehr wachsen würden, solange sie es nicht vom Unkraut befreite. Dann sagte sie sich, dass Miguel nicht mit offenen Karten spielte, weil er sein Gesicht nicht zeigte, und dass sie keine Zeit hatte, um irgendwelchen Trugbildern hinterherzujagen. Es war mal wieder eine Flucht. Und diesmal diente ihr die Abwesenheit eines Fotos als Vorwand. Sie würde Miguel um eins bitten. *Das ist doch auch viel vernünftiger,* entschied sie.

Kapitel 15

Caroline! Sieh einer an …

Annie sagte sich, dieses Mädchen müsse etwas sehr Besonderes sein, wenn Victor sie zum gemeinsamen Üben einlud. Bislang hatte das Trio noch kein Mädchen in seinen Reihen akzeptiert. Sonst übrigens auch niemanden. Sie wollten unter sich bleiben. Im Konservatorium waren sie dafür berüchtigt, sämtliche Anfragen abzulehnen. Folglich funktionierte die »Dreifaltigkeit« bei den Orchesterproben zwar ganz wunderbar, aber es gab eine Kluft zum Rest des Orchesters. Victor, David und José hatten sich schon früh miteinander angefreundet. Da sie alle im selben Haus wohnten, konnten sie sich leicht zum gemeinsamen Üben treffen. Annie hatte das zu Beginn des zweiten Jahres im Konservatorium auch unterstützt.

Nun fiel ihr die geschwollene Lippe des kleinen Geigers auf.

»Hast du dich etwa geprügelt? Lass mich mal sehen.«

»Nein, Annie«, protestierte er. »Ich bin hingefallen!«

Sie wusste, dass er sich eigentlich nicht prügelte, aber im Moment war er emotional so aufgewühlt … Da übernahm Caroline. Sie erklärte, was passiert war, zeigte Annie sogar den Kiesel, der die Schwellung verringert hatte, und beruhigte sie damit.

Die Kleine ist wirklich sehr aufmerksam!

Annie sah José und David dabei zu, wie sie ihre Instrumente im Wohnzimmer auspackten. Für sie waren diese Proben zu Hause immer ein wahres Fest. Während die anderen alles vorbereiteten, zeigte Victor seiner neuen Freundin die Wohnung.

Noch immer hatten sie keine Antwort von Lily des Lilas erhalten. Victor zweifelte bereits an der Effizienz der Nachricht, die Caroline verfasst hatte. Er fand sie zu poetisch und musste zugeben, dass er selbst nicht mal alle Nuancen davon verstand. Sie beruhigte ihn und erinnerte ihn daran, dass er es mit einer Erwachsenen zu tun hatte, die bestimmt nicht verschlossen sein werde – ganz im Gegenteil.

Da sich die Recherchen im *La Désobéissance* ewig hingezogen hatten, waren sie nun zu spät für die Probe. Victor hatte Annie entsprechend vorgewarnt und behauptet, sie müssten sich noch über die Tabelle der Tischfußballmeisterschaft bei Momo unterhalten. Er wusste, wie er sie mit seinen Flunkereien verwirren konnte, aber sie vermochte sich durchaus schnell darin zurechtzufinden. Außer sie drückte absichtlich ein Auge zu. »Zum Ausgleich.« Für den Mangel an Zuwendung, für die Befragungen und die Qualen, die diese Kinder mitunter ihr ganzes Leben in sich hineinfraßen. Annie wusste, dass der Schmerz oft wieder hochkam, wenn die innere Tyrannei für diese kleinen Seelen zu schwer zu ertragen war. Deshalb weigerte sie sich, sie noch mehr in die Enge zu treiben. Nein, lieber brachte sie ihnen Vertrauen entgegen, gewährte ihnen die Freiheit, zu kommen und zu gehen, wie sie wollten. In der letzten Zeit, das wusste sie, brauchte Victor wirklich keinen weiteren Strick am Hals, er litt bereits unter genügend Einschränkungen.

Sie sollten Strauss proben. »An der schönen blauen Donau« stand auf dem Lehrplan des Orchesters. Doch Victor spielte ohne Überzeugung und ohne auf das Tempo der anderen zu achten. Ohne Unterlass schielte er auf sein Smartphone, das in Reichweite auf einem Beistelltisch lag. Annie entging nicht, dass er mit den Gedanken woanders war. In dem Moment zwinkerte David José zu, und beide hörten auf zu spielen. Ein wenig aus dem Konzept gebracht, hielt auch Caroline inne. Sie riss die Augen auf, als die beiden Jungen eine traditionelle irische Weise anstimmten.

Victor schien das nicht zu überraschen, es war sein Lieblingsstück; doch auch hier war er nicht bei der Sache. Er sah, wie die anderen von der Musik mitgerissen wurden, stimmte selbst aber nicht mit ein. Ohne Körperspannung hielt er die Violine in der einen Hand, den Bogen in der anderen. Annie dagegen war ganz hingerissen von der Wendung, die die Probe genommen hatte. Sie war kurz nach draußen gegangen und mit einem Tamburin in der Hand zurückgekehrt, mit dem sie die anderen nun fröhlich begleitete. Mit einem vielsagenden Blick ermahnte sie Victor, seinen Gast nicht zu vernachlässigen. Er hatte Caroline vernachlässigt, das stimmte, und er kam sich ein bisschen undankbar vor. Deshalb begann er ein Wahnsinnssolo und forderte Caroline wie ein Dirigent mit einem Nicken dazu auf, ebenfalls mit einzustimmen. Sie improvisierte, zupfte die Saiten ihres Cellos, als wäre es ein Kontrabass. Alle waren verblüfft von ihrem Einfall. Sie spielte eine tiefere zweite Stimme, die dem Ganzen eine Intensität verlieh, die sie so noch nie erreicht hatten.

Sonst eher gern schulmäßig unterwegs, erlebte Caroline einen der schönsten musikalischen Momente ihres jungen Lebens. Annie war im siebten Himmel und ließ sich sogar zu ein paar Tanzschritten hinreißen. Es fehlten nur noch Steppeisen an ihren Füßen. Victor begann davon zu träumen, solche Momente eines Tages auch mit Lily des Lilas zu teilen – sie könnte dann ebenfalls Tamburin spielen.

Als sie fertig waren, sauste David die Treppe hinunter. Seine Mutter war trotzdem vor ihm zu Hause gewesen und schimpfte ihn einmal mehr, weil er noch nicht geduscht hatte. José lief zur Bäckerei und konnte gerade noch das letzte Baguette des Abends kaufen, mit dem er im Laufschritt zu sich nach Hause spurtete. Auch Caroline kam verspätet heim, doch niemand nahm es ihr übel, so sehr strahlte sie. Alle Kinder waren zwar erst nach dem Abendessen mit ihren Hausaufgaben fertig, doch bei den Proben hatten sie Energie getankt, was sie anspornte. Sie »sprachen Musik«, Musik war ihre Muttersprache, und keiner von ihnen konnte sich vorstellen, eines Tages einen anderen Beruf als den des Musikers zu ergreifen.

Um zweiundzwanzig Uhr hatte Victor noch immer keine Nachricht von Lily erhalten. Er legte sich ins Bett, löschte das Licht und sah durch das Dachfenster in die Nacht hinaus. Dann dachte er an Caroline. Er dankte den Sternen, dass ihre Wege sich gekreuzt hatten. Auch wenn Lily des Lilas ihm nie antworten würde.

Er sagte sich, auch wenn er allen das Gegenteil erzählte, dass seine leibliche Mutter vielleicht nicht tot war. Dann dachte er an seinen Vater und schwor sich, dass dieser eines Tages stolz auf ihn sein würde. Er ging noch einmal die Noten für Chopins Nocturne durch, die ihm zu dieser späten Abendstunde oft in den Sinn kam wie eine immer wiederkehrende, treue Melancholie. Er liebte diese Melancholie, sie schenkte ihm Frieden und wiegte ihn in Wehmut. So war es eben mit empfindsamen Seelen, und diese Empfindsamkeit leugnete er nicht, so viel gab sie ihm.

Er schloss die Augen, die Musik in seinem Kopf verlosch in einem Diminuendo; die Vibratos wurden von den Bemerkungen seines Geigenlehrers Monsieur Leriche überdeckt:

»Abstrich, Aufstrich! Abstrich! Dein Aufstrich ist schwächer! Das hinkt ein bisschen.« Sie überzogen seine Gedanken, die beim Einschlafen immer weiter verblassten, wie mit Lack. Doch plötzlich erklang ein heller Ton. Victor schlug die Augen wieder auf, als wollte er einen bösen Traum verscheuchen. Der Ton erklang erneut. Ruckartig drehte er sich zum Smartphone um, das er zum Aufladen auf den Nachttisch gelegt hatte. Es war eine Nachricht von Lily des Lilas! In Windeseile loggte er sich ein.

»Und dabei dachte ich, ich bin nur wie eine falsche Note! Ihnen habe ich zu verdanken, dass ich zu einer Glücksmelodie werde.«

Victor meldete sich wieder von der Seite ab. Die Nachricht hatte er nicht ganz verstanden, doch er spürte, dass Carolines Worte ins Schwarze getroffen hatten. Er wandte sich wieder dem Dachfenster zu. Heute war Vollmond, es war wie Hypnose. Er schlief ein.

Kapitel 16

Victor war um sieben Uhr aufgewacht und hatte die Nachricht unter seiner Decke vergraben gleich noch einmal gelesen. Da klopfte Annie an. Das war ungewöhnlich, sie musste ihn nie zum Aufstehen bewegen, eigentlich brauchte er nicht mal einen Wecker. Um neun Uhr begann sein Unterricht. Sofort schaltete er das Display des Smartphones ab. Sie sprach mit ihm durch die geschlossene Tür, kam nicht herein, um seine Privatsphäre zu respektieren.

»Auf geht's, Großer, es ist Zeit! Wir haben hohen Besuch!«

Besuch? Nur Maïa schlug normalerweise so früh hier auf.

Und das letzte Mal hatte sie schlechte Neuigkeiten gebracht. Ob sie heute vielleicht eine gute Nachricht hatte? Vielleicht war Annie ja geheilt!

Doch Annie wirkte älter, als sie war. Sie war in dem Alter, das müden Frauen zugeschrieben wird, die das Leben nicht geschont hat. Seit er von ihrer Krankheit erfahren hatte, tat es Victor leid, bisweilen ihre Geduld und ihre Freundlichkeit strapaziert zu haben. Vor Verlassen des Zimmers warf er noch einen Blick in den kleinen Spiegel in seinem Kleiderschrank. Seine Lippe war wieder abgeschwollen. Genial, die Sache mit dem Nizza-Kiesel!

Im Wohnungsflur roch er gleich Maïas Parfum. Ein gutes Zeichen: Es bedeutete, dass sie gute Laune hatte. Seit Wochen hatte sie nun keines mehr benutzt. Momo hatte es ihr geschenkt, und der machte keine halben Sachen: Es war *L'Interdit* von Givenchy, das Parfum, das Audrey Hepburn benutzt hatte. Diejenige, die er Audrey nannte, weil sie der amerikanischen Schauspielerin so ähnlich sah, war es sich doch schuldig, denselben Duft zu tragen. Seither war sie bei dem Parfum geblieben, weigerte sich aber noch immer, sich mit dem Hollywoodstar zu identifizieren – oder auf Momos Avancen einzugehen.

Als Victor eintrat, saßen Annie und Maïa am Küchentisch. Und noch jemand war bei ihnen. Ein echter Überraschungsgast: Liliane Rémy, die Psychologin von der Adoptionsstelle. Victor streckte Annie die Wange, Maïa die Faust und der Psychologin die Hand entgegen. Auf Lilianes Lächeln reagierte er nicht, sie zählte nicht zu seiner Familie, da konnte sie noch so oft behaupten, »nur das Beste für ihn zu wollen«.

Warum ist sie denn hier?

Heiße Schokolade wurde serviert, statt der Schachtel mit Frühstücksflocken stand ein Teller mit Madeleines auf dem Tisch. Es war wie eine frühmorgendliche Überraschungsparty. Maïa kam frisch vom Friseur und hatte es ein bisschen mit dem Eyeliner übertrieben. Sie wirkte sehr feminin, ganz wie Victor es mochte.

Sie sieht super aus!

Parfum, Make-up – das volle Verführprogramm ließ zwei mögliche Erklärungen zu: Entweder wollte sie etwas von ihm, oder sie hatte ein Rendezvous mit Momo. Die zweite Möglichkeit schloss er gleich wieder aus.

Als sie Victors geschwollene Lippe bemerkte, berührte Maïa sanft sein Kinn.

»Bist du hingefallen, Stummel?«

»Er ist verliebt«, erklärte Annie lächelnd, aus dem Wunsch heraus, den Bericht abzukürzen.

»Gar nicht! Sie ist nur eine Freundin!«, entgegnete er.

»Erzähl!«, rief Maïa erstaunt.

Heiter und mit einer Leichtigkeit, die ihr nicht ähnlich sah, strich sie Victor über den Kopf, der es Annie etwas krummnahm, dass sie ihn in diese peinliche Situation gebracht hatte. Das fiel Maïa auf, weshalb sie das Thema wechselte und in ernsterem Ton fortfuhr: »Ich habe den Direktor des *Conservatoire national* kennengelernt.«

Der kleine Musiker riss die Augen auf; das war die beste Neuigkeit seit Langem. Es war fast so, als hätte man ihn schon an diesem hohen Haus angenommen.

Deshalb ist sie also gekommen! Aber was macht dann die Psychologin hier?

»Ich hab ihm von dir und deinem Wunsch erzählt, auf sein Konservatorium zu gehen, und er hat einem Vorspielen zugestimmt.«

Victor stand ruckartig auf und stemmte beide Hände auf den Tisch.

»Ein Vorspiel?«, sagte er freudestrahlend. »Das ist ja genial! Aber ich bin doch noch gar nicht alt genug fürs CNSM!«

Er wusste, dass er den dritten Lehrabschnitt erst beenden musste, bevor er die Aufnahmeprüfung absolvieren durfte. Und das hieß: ungefähr zeitgleich mit dem Abitur.

Maïa zeigte auf die Psychologin. »Der Herr ist ein Freund von Liliane. Sie hat ihn um diesen Gefallen gebeten.«

Liliane nickte. »Er begutachtet dich selbst, und wenn du gut genug bist, darfst du die Prüfung vielleicht ein Jahr früher ablegen.«

All das, nur um ein Jahr zu gewinnen? Und was ist mit meinen Kumpels?

Auch David und José wollten unbedingt am CNSM angenommen werden. Victor konnte sich nicht vorstellen, sich vorher schon von ihnen zu trennen, zumal ihr Plan war, gemeinsam aufgenommen zu werden. Die Vorstellung, nur weil er eine Waise war, vor den anderen anfangen zu dürfen, gefiel ihm gar nicht. Er wollte keine Sonderbehandlung und auch keinen Erfolg, der nicht mit Talent und harter Arbeit zu tun hatte. Er hatte nicht vor, von diesen beiden Grundregeln abzuweichen.

Tatsächlich hatte Liliane einfach nur mit dem Direktor des *Conservatoire national* gesprochen, um sich die Anerkennung von Victors bisherigen Kursen bestätigen zu lassen. Sie war inzwischen überzeugt, dass sie Adoptiveltern für ihn finden mussten, die seine musikalische Berufung unterstützten. Das wiederum hatte neben der Tatsache, dass sie einen gewissen Geschmack haben und der Musik gegenüber aufgeschlossen sein mussten, ein paar Auswirkungen auf die Wahl des Wohnortes.

»Liliane hat eine Überraschung für dich … Sie möchte dir gern etwas zeigen«, erklärte Maïa.

Die Psychologin legte vorsichtig ein Foto auf den Tisch.

»Sie heißen Sandrine und Fred Couturier.«

Die Katalogeltern!

Seine Betreuerin hatte sich also hübsch gemacht, um ihm feierlich seine möglichen Adoptiveltern vorzustellen. Aber vielleicht wollte sie auch nur so tun, als würde sie sich darüber freuen. Victor kannte sie inzwischen sehr gut und ahnte, dass diese Situation für sie ebenso schwierig war wie für ihn. Also setzte er eine ernste Miene auf, die in krassem Widerspruch zu der Sorglosigkeit stand, die er noch vor wenigen Sekunden ausgestrahlt hatte. Er blickte zu Annie. Diesmal würde sich wirklich etwas Grundlegendes verändern. Er würde eine neue Seite aufschlagen müssen.

Das Foto zeigte ein lächelndes Paar Anfang vierzig im Garten eines Backsteinhauses. Liliane fuhr mit der Vorstellung fort: »Maïa und ich haben ihnen viel von dir erzählt. Sie leben in einem hübschen Häuschen im 19. Arrondissement. Das ist nicht weit von der Cité de la musique entfernt, wenn du dann aufs CNSM gehst. Bis dahin können wir eine Sonderregelung erwirken, dass du weiter das Collège in der Rue Boinod besuchen darfst. Du kannst deinen Ausbildungsabschnitt im Konservatorium des 18. Arrondissements abschließen.«

»Fred ist Journalist, und Sandrine arbeitet als Psychiaterin«, fügte Maïa noch hinzu.

Die Psychologin zeichnete ein positives Bild, trug dabei aber ein bisschen dick auf, um Victor zu überzeugen. Alle Methoden, die die Couturiers probiert hatten, um ein Kind zu bekommen, waren fehlgeschlagen, also hatten sie sich schließlich für eine Adoption entschieden. Ihnen blieb die Wahl zwischen einem im Ausland adoptierten Baby oder einem französischen Jugendlichen, und sie hatten sich entschieden, einem älteren Kind eine Chance zu geben. In Lilianes Augen war das besonders ehrenwert, weil sie so auf das Glück verzichteten, ein Kind aufwachsen zu sehen und es von klein auf zu erziehen. Sandrine und Fred waren kultivierte Leute, mitfühlend und tolerant, sie hatten die besten Empfehlungen bei der Vorprüfung durch das Jugendamt erhalten. Da Liliane über Victors starken Charakter im Bilde war, hatte sie all ihre Energie darauf verwendet, sie nicht mit dem Verstand, sondern mit dem Herzen auszusuchen.

Während Victor noch das erste Bild betrachtete, zeigte Liliane ihm bereits zwei weitere, eines vom Hausinneren, das andere von den Adoptiveltern mit ihrem Hund.

»Ist er ein Einzelkind?«, fragte Victor ironisch und zeigte auf das Tier.

Da das die Frauen aus der Fassung zu bringen schien, riss er sich zusammen.

»Sie sehen nett aus«, sagte er gezwungen, aber seine Augen wurden dabei feucht.

Er hatte nichts gegen die Couturiers, es waren sicher nette Leute, aber sie traten deutlich verfrüht auf den Plan. Schließlich zeigte Liliane ihm noch eine Liste, eine Art alphabetisches Verzeichnis, in dem jeder Buchstabe von A bis Z einen Eintrag hatte: Sandrine und Fred hatten alle Wörter aufgezählt, die sie gut beschrieben.

Victor warf einen kurzen Blick darauf.

A: Aufmerksamkeit, Achtsamkeit

…

E: Eltern, Erziehung

…

H: Hoffnung

…

L: Liebe

…

S: Sterne

…

U: Universum

…

Z: Zuneigung, Zoo

»Sandrine und Fred Couturier würden sich gerne mit dir treffen, sobald du dazu bereit bist«, fügte Liliane hinzu.

Sie schlug Victor vor, auch so eine Liste zu verfassen, um sich selbst zu beschreiben. Obwohl sie sich ziemlich sicher war, den Couturiers bereits ein gutes Bild von der Persönlichkeit des Jungen vermittelt zu haben.

»Ich hab so von dir geschwärmt, Stummel!«, rief nun Maïa mit entwaffnender Aufrichtigkeit. »Hab ich dir nicht gesagt, dass Liliane die besten Castings macht?« Sie war ziemlich stolz, Victor zu zeigen, dass niemand ihn vergaß.

Darum ging es also!

Sie wollte ihm beweisen, dass niemand ihn im Stich ließ, dass er noch immer das Zentrum ihrer Aufmerksamkeit war. Ihr war wichtig, dass er wusste, dass seine Eltern handverlesen sein würden, ausgewählt, damit sie seinen Erwartungen entsprachen. Und diese Wahl wurde nicht dem Zufall überlassen, sondern geschah mit großer Gewissenhaftigkeit und mit viel Verantwortungsbewusstsein.

Das stimmte zwar alles, dennoch konnte Victor die Wahl nicht selbst treffen. Er durfte nur abnicken. Es war eine Übereinkunft ohne jede Beteiligung des Herzens.

Dennoch versprach Victor, die Liste aufmerksam durchzulesen und dann selbst eine zu verfassen. Er lächelte sie freundlich an, um seine Dankbarkeit zum Ausdruck zu bringen. Da der Adoptionsprozess nun angelaufen war, musste er Zeit gewinnen. Von nun an würde Liliane Rémy mit ihrem Katalog von Bilderbucheltern auf der Lauer liegen. Doch Victor brauchte Spielraum, um Lily des Lilas zu erobern. Er konnte nicht mehr allzu viel Zeit mit virtueller Kommunikation verplempern.

Schweren Herzens betrachtete Annie die Fotos und überflog die Liste. Es fiel ihr noch immer nicht leicht, den Staffelstab weiterzugeben, aber auch das war Teil ihrer Aufgabe als Pflegemutter, ein Kind bis zur Adoption zu begleiten. Nur hatte sie bei diesem hier gedacht, dass es eines Tages Teil ihrer eigenen Familie sein würde. Maïa kannte diese Phasen der Suche, der Ablösung und des Neuanfangs und all das Unausgesprochene, das mit ihnen einherging, gut. Bei solchen Geschichten wagte es niemand, offen die eigene Verbundenheit zu erklären.

»Ich werde dich immer lieben, Annie, weißt du? Mach dir da mal keine Sorgen«, sagte Victor nun ernst.

Sie lächelte ihn an und zwinkerte ihm zu; es war das beste Mittel gegen die Tragödie, die sich hier vor ihren geröteten Augen abspielte.

»Jedenfalls haben sie ein schönes Haus!«, sagte Annie, um jede Form von Mitleid im Keim zu ersticken. »Ich werde persönlich dafür Sorge tragen, dass du dort mitsamt deinem Stundenplan abgeliefert wirst.«

Alle lachten. Einer Sache war Victor sich nun allerdings auch sicher: Annie war leider nicht geheilt.

Maïa bestand darauf, Victor zur Schule zu fahren. Zuerst setzten sie Liliane an der Metrostation Abbesses ab, dann fuhren sie den Boulevard de Clichy hinunter. Victor sprach nicht viel. Maïa war neugierig und wollte mehr über Caroline erfahren. Natürlich konnte er nicht erklären, warum sie so plötzlich in seinem Leben aufgetaucht war. Eines hatte er allerdings gemerkt: Selbst wenn sie im Moment für ihn keine Priorität hatte – er mochte sie. Für seine Betreuerin war es ein gutes Zeichen, dass er sich in seinem Alter für ein Mädchen interessierte. Sie hatte schon oft mit Annie darüber gesprochen, auch mit Liliane, die ohne lange Umschweife bestätigt hatte, dass er sehr resilient sei. »Hat er eine Freundin?« »Ist er fähig zu lieben?« Das waren die Leitmotive, die Fragen, die ewig alte Leier in allen Adoptionsfällen des Jugendamts.

»Wer ist denn jetzt diese geheimnisvolle Caroline? Kennst du sie schon länger?«

»Ja, aber es ist noch nicht so lange her, dass ich sie mir geschnappt hab.«

»Du hast sie dir ›geschnappt‹?«

»Ich heiß ja nicht Momo!«, rief er lachend.

Maïa musste auch lachen.

»Na, glücklicherweise hat er nie versucht, sich mich zu ›schnappen‹!«

»Vielleicht schnappt er ja gut«, gab Victor zu bedenken, und sie lachten beide.

»Warum willst du ihn eigentlich nicht heiraten? Momo, meine ich. Er ist doch cool«, fragte Victor plötzlich.

Sie standen gerade an einer Ampel Ecke Boulevard Ornano und Rue du Mont-Cenis. Maïa brauchte ein paar Sekunden.

»Vielleicht gerade weil er nie versucht hat, sich mich zu ›schnappen‹«, erwiderte sie dann ehrlich.

»Ihr Alten seid echt so lahm!«, entgegnete Victor mit einem Augenzwinkern und öffnete die Tür.

Ihr »Alten«! Maïa hätte nicht gedacht, dass sie für ihn schon in diese Kategorie fiel. Das war nicht gerade erhebend.

Victor stieg aus, die anderen Schüler sollten sie nicht unbedingt zusammen sehen.

»Du siehst heute übrigens echt Granate aus! Und du riechst super. José würde bestimmt feuchte Träume bekommen! Und Caroline wäre eifersüchtig!«

Maïa war über die Direktheit des Jungen verdutzt, und sie freute sich über das Vertrauen, das er im Lauf der Zeit zu ihr gefasst hatte. Er warf die Autotür zu und lächelte breit. Seine Geige hatte er quer über die Schulter geschnallt und stapfte in Richtung der Rue Boinod davon, wo ihn vier Stunden Unterricht erwarteten.

Was Caroline anging, hatte er gelogen, weil er wie ein Mann wirken, anerkannt werden und seiner Betreuerin beweisen wollte, dass er niemanden mehr brauchte, um sein eigenes Leben in die Hand zu nehmen. Es ging um seine Ehre. Aber im tiefsten Inneren wusste er, dass Maïa ihm nach der Adoption auf eine seltsame Weise fehlen würde. Sehr sogar. Es würde ihm sehr schwerfallen, eine neue Seite aufzuschlagen, denn die alte war mit mehreren Schichten Tinte beschrieben und wog schwer.

Eine Stunde später in der großen Pause, in der die anderen Schüler sich auf dem Hof mit Schneebällen bewarfen, versammelte Victor Caroline, David und José in einem der Klassenzimmer, um ihnen die Fotos der Couturiers zu zeigen. Sie gingen von Hand zu Hand, wurden kommentiert und bewertet. Leute wie alle anderen, Eltern wie alle anderen, ein Hund wie alle anderen, Klamotten wie alle anderen, ein Haus wie alle anderen, das wegen seines Gartens mitten in Paris doch etwas Aufmerksamkeit erregte. Nun kannten auch seine drei Freunde Sandrine und Fred.

»Die sehen nicht aus, als könnte man mit ihnen Spaß haben!«, kommentierte David. »Sie wirken irgendwie traurig.«

»Sie sind halt keine Portugiesen, das ist normal!«, erwiderte José augenzwinkernd.

»Er hat recht, sogar der Hund sieht traurig aus!«, bestätigte Caroline.

Angesichts der behördlichen Mühlen, die zu mahlen begonnen hatten, fühlten sie sich klein und machtlos.

»Wir sind denen nicht gewachsen!«, rief José schließlich verbittert.

Victor stimmte dem nicht zu. Er hatte vor, für Lily zu kämpfen – mit ihnen zusammen oder ohne sie. Aber sie würden ihn selbstverständlich nicht im Stich lassen, komme, was da wolle.

Kapitel 17

Fast eine Woche lang, während die Temperatur kaum einmal den Gefrierpunkt überschritt und der Schnee sich hartnäckig in den Pariser Straßen hielt, bekam Lily des Lilas mehrmals täglich Nachrichten, die auf eine außerordentliche Sensibilität und Zartheit des Absenders schließen ließen. Caroline steuerte die romantischsten Dialoge der Kinogeschichte bei. Das Quartett arbeitete unermüdlich – in den Pausen, verschanzt in der Schultoilette, in den Proberäumen des Konservatoriums oder bei Momo. José hatte seine Eltern sogar darum gebeten, einige Fado-Texte aus dem Portugiesischen zu übersetzen, doch wehmütig, wie sie waren, schienen sie mehr dazu geeignet, die Angebetete in die Flucht zu schlagen, als zu ihrer Verführung beizutragen. Nachts verfasste Caroline unter der Bettdecke in ihrem Kinderzimmer, das sie sich mit ihrem Bruder teilte, heimlich kleine Perlen. Am darauffolgenden Tag wurde gegengelesen, diskutiert, gestritten, korrigiert, und dann landeten die Texte in Lilys Postfach. Natürlich wussten auch die Verfasser, dass niemand in diesem Ton redete, dass diese geschliffenen und wohlüberlegten Botschaften nichts mit der Alltagssprache zu tun hatten. Doch da es sich ohnehin um keinen normalen Dialog handelte, war ein gewisses Maß an Poesie beim Verfassen dieser romantischen Briefe in Ordnung.

Selbst nach einer Woche dichten und aussagekräftigen Briefwechsels war noch kein Treffen anberaumt und das, obwohl sie es an einem Punkt sogar ganz unzweideutig vorgeschlagen hatten. Die Gruppe hatte den Eindruck, dass Lily einer Form der Begegnung auswich: dem Rendezvous in der wirklichen Welt. Fast schon entmutigt mussten sie zusehen, wie die Zeit immer weiter verstrich.

An diesem Punkt bot sich Momo an, den gesamten Nachrichtenaustausch noch einmal zu lesen. Vielleicht würde er ja eine Schwachstelle entdecken, die den Kindern entgangen war. Vielleicht hatten manche der Äußerungen sie irritiert oder sogar verschreckt. Momo brüstete sich damit, dass er auf Datingseiten noch nie länger als zwei Tage gebraucht habe, um eine Verabredung klarzumachen, oft nicht einmal zwei Stunden. Also setzte er sich allein mit Victors Tablet in den hinteren Teil des Cafés, um die ausufernde Korrespondenz durchzugehen.

An diesem Tag hatte das Team Sacré-Cœur sich entschlossen, wieder an die Griffe des Kickers zu treten, um auf andere Gedanken zu kommen. Caroline hatte dabei ihren ersten Auftritt als Verteidigerin, der Position, die sie am besten spielte. Ihre Mutter gestand ihr mittlerweile dieselben Freiheiten zu, die auch ihre Freunde am Donnerstag nach der Schule genossen. Annie hatte höchstpersönlich ein gutes Wort eingelegt, um Carolines Mutter zu überzeugen. Das war auch nötig gewesen, hatte die Mutter doch immerhin Erkundigungen über Maurice Blanchard alias Momo eingeholt. Dabei war herausgekommen, dass seine Weste ebenso weiß war wie seine Haare.

Im Übrigen respektierte die Frau Richterin die Begeisterung ihrer Tochter für Tischfußball, die Leidenschaften ihrer Tochter hatten stets Vorrang vor ihren persönlichen Ängsten. Auch was Caroline über Victor berichtet hatte, stimmte sie positiv. Als Richterin für Familienrecht begegnete sie täglich Kindern, die das Leben im Fundbüro abgeladen hatte und deren Besitzer nie ausfindig gemacht werden konnten. Sie war sehr feinfühlig, was ihren Berufsalltag oft nicht leichter machte.

Momo hatte sich hinten im Café abgeschottet, um sich auf seine Lektüre zu konzentrieren. Er nahm um sich herum nichts mehr wahr, nicht einmal die klackernden Kickerbälle.

»Guten Tag, Lily, geht es Ihnen gut? Ich bin gerade bei den Proben für ein Ballett von Tschaikowski, *Der Nussknacker*. Ich wollte Ihnen nur sagen, dass, seit ich mit Ihnen gesprochen habe, Sie wie eine Melodie sind, die mich nicht mehr loslässt. Die Engel müssen Sie mir geschickt haben.«

»Und dabei dachte ich, ich bin nur wie eine falsche Note! Ihnen habe ich zu verdanken, dass ich zu einer Glücksmelodie werde.«

»Trifft sich gut, das ist meine Lieblingsmelodie, auch wenn ich sie heut zum ersten Mal höre.«

»Sie wissen aber, wie man mit Frauen redet!«

»Ich würde gern mal einen Ihrer Kuchen kosten!«

Victor konnte es kaum noch erwarten, zur Sache zu kommen und Lily seine Absichten zu offenbaren. Es bestand jedoch das Risiko, dass sie sich querstellte, wenn er sie zu sehr drängte. »Kosten« – die Jungs fanden den Ausdruck zu hochgestochen, Caroline hingegen fand ihn elegant. Sie hatte sie schließlich mit dem Argument überredet, dass ihre Mutter ihn ständig verwendete.

»Vielleicht irgendwann.«

Victor hatte seine Enttäuschung mit einem langen Seufzer zum Ausdruck gebracht. Lily hatte seine Bitte abgelehnt.

»Im Moment bin ich sehr beschäftigt … Ich bin stellvertretende Chefpatissière in einem Hotel und arbeite fünfzehn Stunden am Tag. Außerdem bereite ich mich auf den

Wettbewerb der besten Patissière Frankreichs vor … Sind Sie denn schon lange geschieden, Miguel?«

»Seit drei Jahren. Es wäre gut, wenn wir uns mal treffen würden, meinen Sie nicht?«

Victor war hartnäckig geblieben. Er konnte es sich nicht leisten, noch mehr Zeit verstreichen zu lassen.

»Ich finde, dafür ist es noch zu früh. Ich persönlich lasse es lieber langsam angehen …«

Caroline hatte Victor gewarnt, sie hatte Lilys Reaktion vorausgesehen.

»Stimmt schon, es kommt ziemlich früh, aber ich spüre, dass Sie meine Ausnahme sind.«

Victor hatte Wert darauf gelegt, seine Begeisterung zum Ausdruck zu bringen.

»Schon?«

»Ich habe mich nicht gefragt, ob ich so fühlen darf, ich habe einfach so gefühlt.«

»Das ist sehr schmeichelhaft. Ich hoffe trotzdem, dass ich Sie nicht zu sehr ablenke. Sie haben doch sicher auch viel mit Tschaikowski zu tun. Ihnen bleibt bestimmt nicht viel Freizeit, und ich will Sie nicht in Beschlag nehmen :-)«

»Ganz im Gegenteil, ich habe mir gedacht, mein Leben ist zu einfach. Ich hab mich entschlossen, es ab sofort komplizierter werden zu lassen … mit Ihnen.«

»Sie sind wirklich rührend, Miguel. Und lustig. Wissen Sie, dass ich mich jeden Abend, wenn ich heimkomme, einlogge? Sie sind aber nie online. Wie schade. Ich würde gern direkt mit Ihnen sprechen, wie beim ersten Mal. Das ist doch lebendiger.«

»Das würde ich auch gern, aber die Proben dauern immer so lange. Heute Abend werde ich es versuchen, aber ich kann Ihnen nichts versprechen.«

David hatte allerdings recht, er musste um jeden Preis vermeiden, live mit ihr zu chatten!

»Guten Tag, Miguel. Ich bin um ein Uhr morgens vom Hotel nach Hause gekommen, aber Sie waren nicht online :-(. Allerdings war es irgendwie auch Glück, denn wir hätten mit dem Chatten vor dem Morgengrauen doch niemals aufhören können. Na ja, jedenfalls ich nicht.«

»Guten Tag, Lily. Das ist mir jetzt aber peinlich ...« (Caroline hatte sich daran erinnert, dass ihre Mutter auch dieses Adjektiv oft benutzte.) »Ich bin um Mitternacht heimgekommen, mit meinem Hund rausgegangen – und dann bin ich eingeschlafen. Tut mir leid.«

Ja, sie hatten einen Hund in die Geschichte eingeführt. Er bot bei Bedarf immer ein gutes Alibi.

»Zuerst wollte ich Sie bitten, mir ein Foto von sich zu schicken. Doch dann habe ich meine Meinung geändert. Ich wollte mich lieber an Ihre Worte binden, mich auf das Herz und nicht so sehr auf Äußerlichkeiten konzentrieren. Ich bin zu der Erkenntnis gelangt, dass Sie letztendlich recht damit hatten, Ihrem Profil keins hinzuzufügen. Ich habe sogar darüber nachgedacht, mein eigenes zu löschen.«

»Ich hätte einfach auf ›Google Images‹ nach ›verführerisch‹ und ›großzügig‹ suchen müssen, dann wäre ich auf Sie gestoßen.«

»:-) Danke. Ist es das erste Mal, dass Sie sich auf einem Datingportal angemeldet haben, Miguel? Wie gefällt es Ihnen?«

»Ja, es ist das erste Mal. Ich habe den Eindruck, wir sind überall von Liebe umgeben. Es ist doch eher tröstlich.«

»Man merkt schnell, dass Sie noch unerfahren sind. Oder ziemlich naiv. Oder rein, das ist eine noch seltenere Eigenschaft. Was erwarten Sie denn von einer Liebesbeziehung?«

»Liebe ist kein Gefühl, Lily, es ist eine Fähigkeit.«

»Das haben Sie schön gesagt! Es ist wie mit dem Glück. Ich frage mich übrigens manchmal, ob ich dafür ein Händchen habe. Sie erscheinen mir in dieser Beziehung allerdings ziemlich talentiert! Wer weiß, vielleicht lernen wir uns auch nie kennen!«

Alles wäre auf einmal fast in sich zusammengebrochen. Victor hatte seine Niederlage eingestanden und sah sich schon dressiert von den Bilderbucheltern, die Liliane für ihn aufgetrieben hatte. José und David hatten ihm ewige Freundschaft geschworen, komme, was da wolle. Für Caroline kam niemals infrage zuzulassen, dass Lily des Lilas aufgab. Sie hatte sich abgemüht, eine todsichere Antwort zu entwerfen.

»Die Liebe ist wie der Wind. Man kann sie nicht sehen … Aber ich fühle sie. Und ich fühle in meinem tiefsten Inneren, dass wir uns bald treffen werden.«

Caroline hatte dick aufgetragen, vielleicht zu dick! Es ging um alles oder nichts …

»Auf der anderen Seite des Displays fühle ich mich ganz klein. Sie finden jedenfalls immer die richtigen Worte, um mich zum Lächeln zu bringen … Es raubt mir fast den Atem …«

Sie hatten alle gemeinsam selig gelächelt, als sie diese Nachricht gelesen hatten. Sie hatte ihnen neue Hoffnung eingeflößt.

»Ich habe in meinem Leben so viele zynische, ironische, desillusionierte und machohafte Männer kennengelernt, dass ich mir gar nicht vorstellen konnte, dass einige von ihnen so eine schöne Sicht aufs Leben haben.«

»Eben, Lily, im Leben zählen nicht die kleinen Momente, in denen man atmet, sondern die großen, die einem den Atem rauben. Das beweist, dass man am Leben ist.«

Als Caroline diese Antwort hervorgezaubert hatte, hatte den Jungen tatsächlich der Atem gestockt.

»An manchen Tagen frage ich mich wirklich, wer Sie eigentlich sind, Miguel! Ich hoffe, Sie spielen nicht mit Gefühlen, wie Sie mit Worten spielen! Vielleicht sind Sie auch nur ein Schönredner!«

»Schönredner« hatten sie erst nachschlagen müssen. Was sie dazu gefunden hatten, hatte ihnen nicht gerade gefallen. Lily hatte ihre Nachricht nicht mit einem Smiley versehen, das verhieß nichts Gutes. Ein Befreiungsschlag war nötig gewesen.

»Wahrheit heißt meiner Meinung nach lieben und wieder geliebt zu werden ...«

Mit dieser denkwürdigen Replik hatte sich Caroline die Bewunderung der drei Jungs erschrieben.

Momo hatte Spaß an dem langen Briefwechsel. Überrascht von so viel rhetorischem Talent, hob er manchmal die Augenbrauen, oder er verzog das Gesicht, wenn er doch skeptisch war. Er las alles wie eine einzige lange Geschichte, genoss die Nachrichten wie die Dialoge in einem Theaterstück. Bei jeder Replik lächelte er und freute sich über den Witz der Jugend.

»Sie haben eine sehr schöne Seele, Monsieur Miguel.«

Victor hatte einmal tief und ruhig eingeatmet.

»Danke, ›Madame‹ Lily :-). Aber ich bin nichts Besonderes, wissen Sie. Einfach ein gewöhnlicher Mann mit gewöhnlichen Gedanken. Niemand wird mir ein Denkmal setzen, und mein Name wird bald vergessen sein. Aber in einer Hinsicht war ich unglaublich erfolgreich, das hoffe ich wenigstens aufrichtig: Ich habe einen Menschen mit ganzem Herzen und ganzer Seele geliebt.«

An jenem Tag hatte Lily nicht antworten können. Catherine, ihre Mutter, hatte den Tag in Paris verbracht. Wie üblich war sie einfach direkt im Royal Eiffel aufgetaucht – mit Kisten voller Biogemüse und Bioobst aus eigenem Anbau – und hatte die Küche in Beschlag genommen. Jérôme hatte Lily den Nachmittag freigegeben, damit sie »Mama Paris zeigen« könne. Anders war Catherines überschwänglicher Art nicht beizukommen, die obendrein so ansteckend war, dass sie die gesamte Belegschaft von der Arbeit ablenkte. Wenn sie nach Paris kam, verbrachte sie den Nachmittag – und ja: den gesamten Nachmittag – am liebsten in den großen Kaufhäusern des Boulevard Haussmann: in den Galeries Lafayette und bei Printemps. Gar nicht haben konnte sie es, wenn ihre Tochter ihr Handy benutzte. Um ihrer Mutter einen Gefallen zu tun, hatte Lily deshalb auf keine von Miguels Nachrichten geantwortet. Bis zum nächsten Tag. Als Catherine schließlich allein in der Metro Richtung Gare de Lyon gesessen hatte, hatte sie sich eilig eingeloggt.

»Ach, es tut mir wirklich leid, Miguel. Mein Handy hat nicht richtig funktioniert. Probleme mit meinem Anbieter …«

Sie hatte gelogen. Es war nicht der richtige Moment, um ihre Mutter ins Spiel zu bringen.

»Liebe bedeutet, niemals um Verzeihung bitten zu müssen, wissen Sie. Also tun Sie es nicht. Wie wäre es, wenn ich Ihnen einen kleinen Überraschungsbesuch abstatten würde? In welchem Hotel arbeiten Sie denn, Lily?«

Victor verlor langsam die Geduld. Er hatte sich überlegt, dass er ein Zusammentreffen vielleicht erzwingen konnte, wenn er sich einfach vor Ort begab.

»Für den Augenblick bleibt das noch ein Geheimnis.«

Dabei war Victor überzeugt, sie in jeder Hinsicht verzaubert zu haben. Doch Caroline hatte ihm zu verstehen gegeben, dass man sich eine Frau verdiente und dass er Glück hatte, es mit einer zu tun zu haben, die nicht naiv war. Sie fand es verständlich, dass sie sich schützen wollte. Und Victor war klar geworden, dass er eine gute Wahl getroffen hatte. Trotzdem verzweifelte der junge Kavalier langsam. Er stand schon kurz vor der Kapitulation. »Du kannst nicht verlieren, wenn du nicht aufgibst«, hatte Caroline daraufhin erklärt – eine Replik aus dem Film *Der letzte Kuss*. Gerade noch rechtzeitig.

»Wohnen Sie denn in Les Lilas?«

Victor hätte auch die ganze Stadt abgesucht, wenn er die kleinste Chance gesehen hätte, dort auf Lily zu treffen.

»Auch das ist ein Geheimnis :-).«

»Ich spüre, dass Ihr Herz ein tiefer Ozean voller Geheimnisse ist.«

»Ich lese immer lieber Ihre Nachrichten. Wir sprechen jetzt schon seit beinahe einer Woche miteinander, und ich fühle mich Ihnen auf eigenartige Weise sehr nahe. Als würde ich Sie schon immer kennen. Vielleicht war das unser Schicksal!«

»Das Schicksal ist nichts als das Bewusstsein zweier Neurosen, dass sie perfekt zusammenpassen. Anscheinend passen wir also zusammen!«

Sie hatten nach der Definition von »Neurose« gesucht und sich kaputtgelacht. David erinnerte sich, dass seine Mutter seinen Vater oft einen »Neurotiker« nannte, wenn sie sich mit ihm am Telefon stritt. Bis zu diesem Zeitpunkt hatte er den Ausdruck einfach für ein Schimpfwort gehalten, ohne seine Bedeutung zu kennen.

»Sie sind schon ein bisschen zynisch!«

»Zynisch« … Selbst nachdem sie die Definition kannten, hatten die vier Kinder Mühe, Lilys Gedanken zu verstehen.

»Überhaupt nicht! Ich habe mich auf dieser Seite angemeldet, um die Frau meines Lebens kennenzulernen. Und wenn ich merke, dass ich den Rest meines Lebens mit ihr verbringen will, dann will ich, dass der Rest des Lebens so schnell wie möglich beginnt.«

»Stimmt, Sie sind nicht zynisch, Miguel. Sie haben mich gerührt. Ich glaube, wir sind beide auf der Suche nach diesem ›Stückchen Leben, das uns zum Glück fehlt‹.«

Sie hatte einfach ein Stück seines Vorstellungstextes zitiert.

Momo war von der Lektüre überwältigt, fasziniert von diesem Feuerwerk an Poesie und Treffsicherheit. Er fand, selbst wenn die Kinder die Filmdialoge als Grundlage genommen hatten, war das doch eine ziemliche Meisterleistung. Außerdem zeigte es, dass Liebe kein Alter kannte.

Während Momo in seine Lektüre versunken war, hatte das Team Sacré-Cœur schon drei Sätze beim Tischfußball gewonnen. So waren sie in der Tabelle wieder aufgerückt, aber noch immer weit vom ersten Platz entfernt. Ihr spektakuläres wochenlanges Fehlen hatte sie auf den achten Platz abstürzen lassen. Nun machten sie Platz für ein anderes Team, um sich die Kommentare des Cafébesitzers anzuhören. Der war sprachlos.

»Ich bin total beeindruckt, Kinder! Das hier ist weder Angeberei noch Bauernfängerei! Ich nenne es ›Herzfängerei‹! Bravo, Kinder!«

Sie fühlten sich geschmeichelt, waren aber gar nicht auf Komplimente aus gewesen. Sie brauchten Momos Rat – als Experte für Frauen, das Leben und Datingportale.

»Wenn ich sie wäre, würde ich schon um die Hand des Typen anhalten, der sich das alles ausgedacht hat!«

Es tröstete sie, dass sie nicht unbeholfen formuliert hatten, im Gegenteil. Mussten sie daraus schließen, dass Lily des Lilas ihrer Aufforderung nie nachkommen würde? Das Quartett hatte den klaren Eindruck, dass sie auswich und letztlich wohl nicht die richtige Kandidatin war, um Victors

Mutter zu werden. Momo schlug vor, dass er vielleicht doch den Adoptiveltern eine Chance geben solle.

»Um einen Plan B zu haben, Kleiner. Wer weiß, vielleicht lohnt sich der Umweg ja.«

Dann bestellte er jedem eine heiße Schokolade bei Mathilde, zur Aufmunterung. Und fragte plötzlich Caroline, ob sie auch ihm als Ghostwriterin zur Hand gehen wolle.

»Im Internet?«, entgegnete das Mädchen erstaunt.

Die Jungen glaubten erst, Momo mache Witze, doch mit seiner ernsten Miene machte er schnell klar, dass dem keineswegs so war. Es gab nur eine Person, der er schreiben konnte: Maïa. Wie gerne hätte er sie online kennengelernt. Bestimmt wären, so dachte er, seine Erfolgschancen dann beträchtlich höher gewesen, zumal wenn eine Caroline an seiner Stelle schreiben würde. Er würde nicht versuchen, witzig zu sein – er wusste sehr wohl, dass sein Humor etwas schwerfällig war. Nein, er würde keine Zoten reißen. Mit Carolines Hilfe käme er zuvorkommend, sanft und tiefsinnig rüber, könnte ihr all die Worte sagen, die voller Sehnsucht in seinem Herzen schlummerten. Sobald er sie dann bezaubert hätte, würde er sich darum bemühen, dass sie sein weißes Haar akzeptierte.

»Die richtige Frau macht sich nicht über die Haarfarbe des Mannes lustig, und weniger noch über seine Aufrichtigkeit!«, erklärte Momo, senkte den Blick und ließ sogar die Schultern hängen.

In diesem Zustand hatten sie ihn noch nie gesehen. Der Untergang eines Machos? Nein, er war einfach ein verliebter Mann. Und er war traurig, weil er nicht wusste, wie er diese Liebe zum Ausdruck bringen sollte.

Gerührt akzeptierte Caroline Momos Vorschlag, sein verlängerter literarischer Arm zu werden. Überrascht von ihrer

Reaktion, versprach Momo, darüber nachzudenken, welches Medium er sich wünschte: E-Mail oder handgeschriebene Briefe. Allerdings vermuteten die Kinder, dass er die Sache letztlich nicht weiterverfolgen würde. Sichtlich aufgewühlt versuchte sich Momo wieder zu fangen und bot den Kindern eine zweite Runde heiße Schokolade an.

Kapitel 18

Im Internet vergeudest du nur deine Zeit. Nichts reicht an ein persönliches Treffen heran!«, betonte Jérôme. »Nichts ist so aussagekräftig wie ihn zu sehen.«

Lily verzog zweifelnd das Gesicht, aber er fuhr in ironischem Tonfall fort: »Ja, ja, du hast es sehr wohl verstanden: ein persönliches Treffen! Ich sag's dir: Triff dich mit ihm!«

»Es ist noch zu früh«, erwiderte Lily. »Außerdem hab ich keine Zeit dafür.«

Sie trug eine Augenbinde und war dabei, die Eier unter ihren Brandteig zu heben – eine Übung, die sie seit einer Woche mehrmals täglich durchführte, da sie sie während des MOF-Wettbewerbs beim Verfertigen ihrer essbaren Raumstation in Rekordzeit würde erledigen müssen. Die Augen waren verbunden, weil sie üben wollte, die Beschaffenheit des Teiges nur anhand des Widerstands einzuschätzen, den sie beim Umrühren spürte: eine eher dicke, feste Masse. Jérôme fand diese Maßnahme überflüssig.

»Hör schon auf, deine Energie zu verschwenden, verdammt!«, wies er sie zurecht. Nur dass er dieses Mal mit keiner Silbe ihr Talent als Patissière erwähnte. »Am Ende sieht er gar nicht so aus, wie du ihn dir vorstellst.«

»Das würde mich wundern!«

»Vielleicht ist er ja verheiratet – so wie der andere!«

Jérôme spielte auf einen angeblichen Junggesellen an, den Lily vor einigen Monaten kennengelernt hatte. Er nahm sie in die Mangel, weil er wusste, dass sie Gefahr lief, sich einmal mehr in ihre eigenen Widersprüche zu verstricken. Wegen der Unvereinbarkeit ihrer Wünsche verglich ihr Chef sie gern mit entsprechenden Gerichten, verpasste ihr Spitznamen wie »kalter Braten« oder »Omelette surprise«. Er erkannte stets dasselbe Muster: Am Anfang war sie Feuer und Flamme, aber wenn sie bemerkte, dass sich etwas Ernstes anbahnte, machte sie sich aus dem Staub. So viele verpasste Chancen. Die seltenen Gelegenheiten, bei denen sie sich auf etwas eingelassen hatte, hatten nur wenige Tage oder allenfalls ein paar Wochen gedauert. Und es waren immer Männer, bei denen keine Gefahr bestand, sich zu verlieben. Jérôme wusste sehr wohl, dass Lily noch nicht bereit dazu war. Verärgert nahm er ihr die Augenbinde ab.

»Hör auf, dich zu verschleiern! Wenn du richtige Menschen aus Fleisch und Blut treffen willst, vergiss nicht ... Mein Soßenchef ist ganz und gar real!«

Dann riet er ihr, sich ein bisschen mehr mit Rührkuchen zu beschäftigen. »Und glaub nicht, dass das nur eine Aufgabe für Hausfrauen ist!«

Marmorkuchen mit Schokolade und Pistazien, Rumkuchen mit Rosinen, Zitronenkuchen – drei Arten von Rührkuchen, deren Rezept von Generation zu Generation weitergegeben wurde. Genauso wie Lily ihre Zauberformeln in den Heften von Oma Rose fand, ließ sie sich von denen inspirieren, die von sachkundigen Hausfrauen an Köchinnen weitergegeben worden waren. Sie respektierte zutiefst diese mündliche Tradition, die die französische Patisseriekunst zu dem gemacht hatte, was sie heute war.

Victor wollte sich noch nicht geschlagen geben, er wollte aufs Ganze gehen. Das sollte, so gelobte er, sein letzter Versuch sein. Also schlug Momo ihm den abgedroschensten aller Sätze vor, der zwangsläufig zu einer zwar abgedroschenen, aber eben auch glasklaren Antwort führen musste: *»Lassen Sie uns das doch bei einem Kaffee besprechen!«*

Lily des Lilas hatte darauf nicht geantwortet und so das Gespräch in der Schwebe gehalten. Caroline wollte weitermachen, sie hatte schon wieder ein paar Repliken auf Lager, aber diesmal war Victor für eine Pause. Er glaubte nicht mehr an den Erfolg ihrer Anstrengungen. Er hatte so sehr darauf gehofft, so viel Energie investiert, und jetzt schien alles von einem Treffen mit einer Unbekannten abzuhängen, die er vollkommen idealisiert hatte. Er war von Lily des Lilas besessen. Und hatte darüber sein tägliches Leben als zwölfjähriger Junge, als Musiker und Schüler vernachlässigt. Er konnte sich kaum noch konzentrieren, war immer weniger bei der Sache. Selbst Chopins Nocturne, mit der er sich sonst in den Schlaf wiegte, verschwand jeden Tag ein bisschen mehr aus seinem Geist und seinen Fingern.

Als Victor an diesem Abend mit dem Löffel in der Hand seinen Suppenteller anstarrte, ohne zu essen, machte sich Annie Sorgen. Sie wollte wissen, warum er so geistesabwesend war, gar nichts mehr sagte. Wie immer beruhigte er sie mit einem lapidaren »Alles gut, Annie« und einem Lächeln. Sie nutzte die Gelegenheit und fragte ihn, ob er schon über ein Treffen mit Sandrine und Fred Couturier nachgedacht habe. Victor zögerte, was ihr nicht entging.

»Ich kenn dich doch, du wirst das schon schaffen und sie dir so zurechtbiegen, wie du sie haben willst«, erklärte sie also, um ihm Mut zuzusprechen.

Annie versuchte, sich vorzustellen, wie sein neues Leben bei den Adoptiveltern aussehen würde. Sie beschloss, sich am Anfang wenigstens einmal pro Woche selbst einzuladen, um ihnen den Feinschliff für den Umgang mit Victor zu verpassen. All das erklärte sie ganz beiläufig, während sie einen Apfelkuchen aus dem Ofen holte, um der Sache bloß kein zu großes Gewicht zu geben. Aber Victor kannte sie in- und auswendig, er wusste, dass sie ihm etwas vormachte, um ihn zu beruhigen. Wieder lächelte er nur freundlich.

»Kümmerst du dich auch um die Reklamationen, Annie?«, rief er.

Beide mussten lachen.

Als er später im Bett lag, betrachtete er den Himmel durch das Dachfenster, traute sich aber nicht mal mehr, sich irgendetwas zu wünschen. Er redete sich ein, dass sich seine Hoffnungen desto mehr verdunkeln würden, je heller die Sterne strahlten. Er war ihnen böse, weil sie so sehr funkelten, während er selbst den Boden unter den Füßen verlor.

Im Licht seines Smartphones las er noch einmal die »Qualitätskontrolle«, die die Couturiers geschrieben hatten. So nannte er diese Liste, die ihre Persönlichkeit beschreiben sollte. Wörter, die nach seiner Auffassung dazu gedacht waren, ein Kind einzuwickeln: »grillen, Hund, Schokolade, reden, Sterne, glücklich, Fantasie, Spiele, Koala, Handy, Schwimmbad, Schatz, Universum, Walt Disney, Zoo …«

Nein, er weigerte sich, so eine Liste aufzusetzen. Er hatte eine viel bessere Idee, um sich ihnen vorzustellen. Er holte sich ein paar leere Blätter und einen Stift vom Schreibtisch, kehrte ins Bett zurück, lehnte sich an die Wand und schrieb:

Liebe Sandrine und lieber Fred,

ich heiße Victor Adrien Laurent. Ich bin Waise. Aber das wisst ihr ja schon. Ich warte jetzt schon zwölf Jahre darauf, dass meine Eltern mich abholen kommen. Man hat mir erzählt, dass sie sich unterwegs verlaufen haben. Ich würde euch gern ein paar Fragen stellen. Warum wollt ihr ein Kind adoptieren? Seid ihr wirklich bereit, es zu lieben, selbst wenn ihr es nicht selbst gemacht habt? Mögt ihr Musik? Nervt es euch nicht, dass ich schon älter bin? Immerhin können wir so weniger Zeit zusammen verbringen, denn mit 18 ziehe ich bestimmt von zu Hause aus. Und ihr, ihr seid doch hoffentlich nicht herzkrank? Ich will nämlich nicht noch mal Waise werden. Ich mach nur Spaß. :-)

Ich selbst bin nicht immer einfach, aber ich beiße nicht, auch wenn ich kein Halsband trage. Ich mach nur Spaß. :-) Am Anfang werde ich, glaube ich, Schwierigkeiten haben, auf Leute zu hören, die ich nicht kenne. Eltern, die ein Kind adoptieren, haben so eine Angst, dass ihm etwas passiert, dass sie ihm alles verbieten. Als wären wir irgendwie empfindlicher als die anderen. Ihr müsst mir aber keine Leine umbinden, wenn ihr mit mir rausgeht, und wenn ich mal verloren gehe, macht euch keine Sorgen, ich habe eine Nummer hinters Ohr tätowiert, damit man mich zu meinem Herrchen zurückbringt! Ich mach nur Spaß. :-) Annie behauptet, dass ich einen ziemlich starken Willen habe, dass man sich aber nicht mit mir langweilt. Ich hoffe, dass auch ich mich nicht mit meinen Adoptiveltern langweile.

Ich habe zwei tolle Freunde und eine Freundin. Wir proben einmal pro Woche zusammen. Also werde ich sie einmal pro Woche zu euch einladen. Ich hoffe, ihr mögt irische Musik! Jeden Donnerstag haben wir zweieinhalb Stunden Ausgang. Dann gehen wir zu Momo und spielen Tischfußball. Er hat ein Café in der Rue Lepic. Die Psychologin hat mir gesagt, wenn es zwischen uns gut läuft, darf ich das so weitermachen. Ich will nämlich nicht die Schule oder das Konservatorium wechseln. Aber macht euch keine Sorgen, ich nehme die

U-Bahn. Wenn ihr gern ins 18. umziehen wollt, wäre das natürlich noch cooler! Kleiner Scherz. :-) Ich mag, was ihr unter L geschrieben habt: Liebe. Aber ich frage mich schon, wie ihr es anstellen wollt, mich so schnell zu lieben. Glaubt ihr, dass es Liebe auf den ersten Blick ist? Wie viele Kinder hat euch das Jugendamt denn schon angeboten? Hattet ihr viel Auswahl? Gibt es bei euch ein Dachfenster? Ich mag es gern, wenn ich nachts den Himmel sehe. Welcher Religion gehört ihr an? Ich selbst bin Mitglied bei drei. Das ist normal, denn ich weiß ja nicht, was meine Eltern sind, also feiere ich einfach alle religiösen Feste. Manchmal fallen sie auf denselben Tag, dann mische ich alles ein bisschen.

Wenn das mit uns klappt, bin ich nicht sicher, ob ich euch adoptiere, aber wir können trotzdem Kumpel sein. Ich kann euch nicht »Papa« und »Mama« nennen, dafür bin ich zu alt. Ich nenne euch einfach »Sandrine« und »Fred«. Ist das okay für euch?

Victor Couturier. :-) Ich mach nur Spaß.

PS: Wir sind nicht zu vermieten. Wenn die Probezeit von sechs Monaten abgelaufen ist, gehören wir euch wie eine Eigentumswohnung.

Am nächsten Morgen vertraute Victor Annie den Brief an und bat sie, ihn Maïa zu geben, die ihn wiederum an Sandrine und Fred Couturier weiterleiten sollte. Natürlich durfte sie ihn lesen, wenn sie wollte. Sie fand, dass er eine kluge Entscheidung getroffen hatte, doch für Victor war es nur eine Entscheidung aus Mangel an Alternativen.

Annie zupfte ihm die Mütze zurecht und steckte den Schal in seinen Kragen. Sie überprüfte, dass seine Daunenjacke auch ordentlich zugeknöpft war, und drückte ihm einen Kuss auf die Stirn. Mit der auf den Rücken geschnallten Geige presste er sich ungewöhnlich heftig gegen ihre ausladende Brust.

»Ich liebe dich, Annie.«

Er blieb so an sie gedrückt stehen, um sich zu trösten. Annie legte Victor zärtlich die Hand auf den Kopf, als wollte sie ihn segnen. Nach ein paar Sekunden hatte er sich wieder gefangen und brach auf.

Als Annie Victors Brief dann las, musste sie sich einen Moment setzen. Dann las sie ihn noch einmal. Ihr Kleiner stürzte sie in ein Wechselbad der Gefühle und ließ sie am Ende vollkommen ratlos zurück. Zwischen den Zeilen spürte sie so viel Traurigkeit, so viel Verzicht und Verdrängung, dass sie es bereute, aufrichtig mit ihm gewesen zu sein. Am liebsten wäre sie in der Zeit zurückgereist und hätte Victor gesagt, dass sie ihn adoptieren werde. Zugleich beruhigte sie sein Humor auch etwas, selbst wenn er an manchen Stellen ein wenig zynisch klang. Sie wusste aus Erfahrung, dass er typisch für diese Kinder war, die schneller erwachsen werden mussten als die anderen, weil sie mehr zu kämpfen hatten. Zwangsläufig verteidigten sie jedes bisschen Glück in der Hoffnung, dass es sich ewig verlängern würde.

Als Victor die Treppe hinabstieg – der Fahrstuhl war mal wieder außer Betrieb –, klingelte sein Handy. Er blieb im vierten Stock stehen – und traute seinen Augen kaum: Es war eine Nachricht von Lily des Lilas. Rasch las er sie. Sie war ebenso lakonisch wie diejenige, die Momo ihm diktiert hatte. Lily schlug ihm ein Zeitfenster für ein Treffen vor. Victor begann zu strahlen. Schon bereute er seinen Brief an die Couturiers, aber es war zu spät, um einen Rückzieher zu machen. Ach, hätte er doch nicht so übereilt gehandelt! Aber Victor war nun mal ein Kind, das es eilig hatte. Eilig, die Leere zu füllen. Und wer hätte es ihm schon übel nehmen können, an Lily des Lilas gezweifelt zu haben?

David und José warteten vor dem Haus. Victor erzählte ihnen von der guten Neuigkeit.

»Cool! Wann lernen wir sie kennen?«, rief José.

»Wir?«

»Ich mach nur Spaß!«

Als sie bei der Schule ankamen und Caroline erzählten, was passiert war, war sie überglücklich. Es war die Krönung all ihrer Bemühungen. Nun mussten sie nur noch Victor auf den Höhepunkt dieses Abenteuers vorbereiten – den Schock der ersten Begegnung.

Kapitel 19

Das Umsetzen in die Tat ähnelte einer Szene aus einem lustigen Liebesfilm: eine Frau, die nicht weiß, dass sie sich mit einem Teenager trifft, der sich als Mann ausgibt und dabei ist, ihr den Schock ihres Lebens zu verpassen.

Victor hatte Schwierigkeiten, Traum und Wirklichkeit auseinanderzuhalten. Er fand die Illusion des Kinos grundsätzlich beruhigend. Schon immer hatte er die Fiktion seinem täglichen Leben vorgezogen. Wie die Musik half auch sie ihm, aus dem Schneckenhaus zu kommen, in dem er sich eingesperrt fühlte. Sie gab ihm Selbstvertrauen und das Gefühl, dass alles möglich wäre. Sie ermutigte ihn, sein Schicksal aktiv in die Hand zu nehmen. Doch der Film, der sich jetzt mit Lily in der Hauptrolle in seinem Kopf abspielte – konnte er Wirklichkeit werden? Die Inszenierung war ebenso wichtig wie die Noten, die er auf seiner Geige zupfte. Es bedurfte nur einer kleinen Unachtsamkeit, und Fiktion und echtes Leben würden aufeinanderprallen.

Mehrere Tage lang ließ Caroline Victor vor den anderen Jungen seine Rolle proben. Zunächst in einem leeren Klassenzimmer gleich nach der Mittagspause, dann bei Momo hinten im Café. Sie hatte sich einige Monologe überlegt, die er im Gespräch je nach Bedarf einsetzen konnte. Die Kneipengäste sahen neugierig von Weitem zu, sie dachten wohl, die Kinder würden ein Theaterstück für die Schule einstudieren. Caroline spielte Lily und hatte große Freude daran, ihre Stimme so zu verstellen, dass sie wie eine erwachsene Frau klang.

CAROLINE: Sag mal, du bist aber ziemlich gerissen, dir die ganze Sache in deinem Alter auszudenken!

VICTOR: Ich höre gern bei Gesprächen von Erwachsenen zu, Madame.

(Sie waren übereingekommen, dass er sie mit »Madame« ansprechen würde, was sich so gehörte, bevor sie ihm nicht erlaubt hatte, sie bei ihrem Vornamen zu nennen.)

CAROLINE: Und warum willst du dir deine Mutter aussuchen? Es gibt doch viele Leute, die Kinder adoptieren wollen!

VICTOR: Weil das Internet eine größere Auswahl als das Jugendamt bietet.

CAROLINE: Und was erwartest du jetzt von mir, Victor?

VICTOR: Ich bin nur ein Kind, das vor einer Frau sitzt und sie bittet, es wie eine Mutter zu lieben.

»Und dann nimmt sie dich in die Arme und sagt dir, was für ein kleiner Engel du bist!«, rief José.

Sie wollten unbedingt dran glauben, dass die Sache gut ausgehen würde. Auch wenn alle im tiefsten Inneren wussten, dass es kein Selbstläufer sein würde, setzten sie doch auf Victors Talent.

Lily hatte Dienstag vorgeschlagen, »Miguel« hatte allerdings Donnerstag vorgezogen, seinen freien Tag. So hätten sie zwei Stunden Zeit, um einander kennenzulernen.

Als er an diesem Tag die Schule verließ, beeilte sich Victor, gefolgt vom Rest der Truppe. Am Morgen hatte er sogar heimlich seine Sonntagskleidung anprobiert, die Annie ihm für die Hochzeit ihres Sohnes gekauft hatte. Aber seither war er ganze fünf Zentimeter gewachsen und nun ziemlich enttäuscht, nicht mehr in den Anzug zu passen. So würde es schwierig werden, beim Treffen mit Lily wie ein kleiner Gentleman auszusehen.

»Willst du, dass sie ein Kind oder einen Mann adoptiert?«, war Davids Kommentar gewesen.

Am Ende hatte sich Victor damit begnügt sicherzugehen, dass seine Kleidung sauber war, und sich angestrengt, damit das auch den ganzen Tag über so blieb. Dennoch war er frustriert. In seiner virtuellen Beziehung zu Lily war er ein Erwachsener, und dieses Gefühl wollte er noch ein Weilchen genießen – als weigerte er sich, sein Prinzenkostüm auszuziehen, mit dem er seine Prinzessin bezaubern konnte. Als die kleine Gruppe schließlich den Montmartre hinaufstieg, hielt Caroline noch vor einer Parfümerie an und zog Victor nach drinnen. David und José warteten geduldig vor dem Geschäft.

»Guten Tag, Madame, haben Sie das Parfum *Pour un homme* von Caron da?«

»Guten Tag, Mademoiselle«, erwiderte die Verkäuferin freundlich. »Ja, natürlich. Möchtest du es deinem Papa schenken?«

»Nein, meinem Freund«, erwiderte sie und sah zu Victor. »Aber zuerst soll er mal daran riechen.«

Pour un homme? Woher kannte sie dieses Parfum?

Die Verkäuferin bat Victor, den Ärmel hochzukrempeln, doch Caroline entschied, sie solle ihm den Duft lieber direkt auf den Hals sprühen. Belustigt und gerührt von den Absichten des kleinen Mädchens, entsprach die Verkäuferin ihrem Wunsch, während in Victors Kopf noch die Worte »mein Freund« widerhallten.

»Wenn er es mag, kommen wir wieder und kaufen es ihm zu seinem Geburtstag«, sagte Caroline und bedankte sich höflich.

Als sie wieder auf die Straße traten, roch Victor gut. David bemerkte, dass der Duft ihn an seinen Großvater erinnerte! Und Caroline fügte hinzu, dass in der Tat sowohl ihr Vater als auch ihr Großvater diesen Duft verwendeten. José beschloss, es seinem Vater zum Vatertag zu schenken.

»Siehst du, jetzt trägst du *Pour un homme*, wie ein Mann!«

»Darf ich mir zwei Stunden freinehmen, Chef?«, fragte Lily.

»Und ich dachte schon, du hast die ganze Angelegenheit sausen lassen«, rief Jérôme. »Endlich finden wir heraus, wie er aussieht!«

»Das Omelette surprise ist geschmolzen«, ahmte sie ihn lachend nach.

»Ich warne dich, wenn er nicht der Richtige ist, mach ich dich mit meinem Soßenchef bekannt!«, drohte er einmal mehr.

Sie war sich bewusst, dass sie diesmal liefern musste. Jérôme gab ihr den ganzen Abend frei. »Für den Fall der Fälle«, fügte er mit einem Augenzwinkern hinzu.

Bevor Lily ging, füllte sie noch eine Kuchenschachtel mit Macarons, die sie Zoran später bringen wollte. Es war milder geworden, und sie hoffte, dass er an diesem Abend wieder an seinem angestammten Platz sein würde. Sie war die Einzige, die ihm ein bisschen half.

Vorsichtshalber hinterließ sie bei Prudence die Adresse ihres Treffpunkts – für den Fall, dass sie an einen Psychopathen geriet.

»Ich dachte schon, du kommst nie aus dem Knick!«, rief Prudence, während sie die Adresse des *La Désobéissance* in ihr Handy tippte. »Hast du wenigstens vorher mit ihm telefoniert?«

»Nicht mal das. Ich hatte Angst vor einer Enttäuschung. Was er mir schreibt, ist so genial!«

»Zeig mal«, forderte Prudence sie neugierig auf.

Lily zögerte, doch ihre Freundin blieb hartnäckig.

»Es ist jetzt kein Geheimnis mehr, du triffst ihn doch in einer Stunde!«

Vielleicht um sich frei zu machen, vielleicht um sich zu motivieren, sich noch ein bisschen bestärken zu lassen, rief Lily die wichtigsten Nachrichten von Miguel auf. Prudence las einen Gutteil davon durch und blickte erschrocken auf. Als großer Fan von Liebesfilmen, der jeden fünf- bis zehnmal anschaute, erkannte sie sofort, was hier los war. Sie las sämtliche Nachrichten laut vor und zitierte dabei die jeweilige Filmvorlage.

»›Du bist meine Ausnahme‹: *Er steht einfach nicht auf dich*; ›Das Herz einer Frau ist ein tiefer Ozean voller Geheimnisse‹: *Titanic*; ›Ich habe beschlossen, dass mein Leben zu einfach ist, ich möchte es wirklich mit dir verkomplizieren‹: *6 days, 7 nights*; ›Liebe ist kein Gefühl, sondern eine Fähigkeit‹: *Dan – Mitten im Leben*; ›Liebe bedeutet, niemals um Verzeihung bitten zu müssen‹: Das ist aus *Love Story*, Schatz! Na klar! Wie süß!«

Prudence war beeindruckt, dass Miguel so viel kreative Energie darauf verwandt hatte, diese Auswahl zusammenzustellen, alles mit dem Ziel, Lily zu verführen. Lily war alles andere als begeistert. Sie fühlte sich hinters Licht geführt von jemandem, der unfähig war, sich auszudrücken, ohne sich der Worte anderer zu bedienen.

»Ich hab mir schon gedacht, dass er ziemlich dick aufträgt!«

Sie träumte so gerne und hatte sich tatsächlich von der Poesie der Nachrichten einlullen lassen. Doch nun war sie überzeugt, dass diese Person auch noch andere Lügen in petto hatte. Gekränkt und enttäuscht entschied sie, die Verabredung platzen zu lassen.

Dritter Teil

»Ein Kind hat nie die Eltern, von denen es träumt.
Nur Kinder ohne Eltern haben Traumeltern.«

Boris Cyrulnik

Kapitel 20

Sie wollten sich um achtzehn Uhr im *La Désobéissance* treffen. Der Tisch war reserviert und mit einem kleinen Schild versehen, ein umgedrehtes V in silbrigem Metall, wie in den alten Bistros – es war besser, auf Nummer sicher zu gehen, denn das Café war kurz vor der Abendessenszeit immer proppenvoll. Victor würde abwarten, bis Lily kam, und sich dann zu ihr setzen.

In der Zwischenzeit belagerte das Dream-Team Sacré-Cœur den Kicker. In nur zwanzig Minuten hatten sie ihren Rückstand beinahe vollständig aufgeholt. Momo stand hinter der Bar und jubelte ihnen zu. Seitdem sie sich zurückgezogen hatten, war das Niveau dermaßen gesunken, dass nun wirklich jeder seine fünfzehn Minuten Ruhm einheimsen konnte. Die Sieger hatten jede Woche gewechselt, ständig musste er irgendwelchen Gewinnern, die er noch nie zuvor gesehen hatte, einen ausgeben. Jeden Tag hatte er die Tabelle ändern und mitansehen müssen, wie das Team Sacré-Cœur weiter absackte. Der Rücktritt seiner Lieblingsmannschaft hatte ihn geschmerzt. Umso mehr freute es ihn nun zu sehen, wie seine kleinen Schützlinge wieder zur guten Stimmung in seinem Café beitrugen, in seinem Viertel, Les Abbesses. Eindrucksvoll rief sein Team den übrigen Mitbewerbern in Erinnerung, wer im *La Désobéissance* das Sagen hatte.

Während er ein Bier nach dem anderen zapfte, beobachtete Momo die Gäste, die das Café betraten. Die Stimmung war gut, doch Lily war noch nicht aufgetaucht. Es war inzwischen zehn nach sechs. Caroline und José standen ihren Gegnern am Kicker gegenüber. Sie spielte in der Verteidigung, ließ dabei aber auch die Tür nicht aus den Augen. David und Victor feuerten ihre Teamkollegen an, auch sie warfen regelmäßig einen Blick auf den Eingangsbereich.

Zwanzig nach sechs, immer noch niemand.

»Zwanzig Minuten Verspätung. Für eine Erwachsene ist das viel!«, sagte David.

Dabei hatten sie sich so viel Mühe gegeben ... Momo schaute Victor unsicher an und hob eine Augenbraue. Inzwischen war auch er etwas ratlos.

Caroline war traurig, sorgte sich um Victor, hatte die Hoffnung aber noch nicht aufgegeben, dass Lily des Lilas noch erscheinen würde.

David wollte etwas Tröstliches sagen: »Wir finden eine andere für dich! So sind die Frauen eben! Sie zweifeln, wie Momo immer sagt!«

Vielleicht hat sie nur das Café nicht gefunden ... Oder sie hat kalte Füße bekommen!

Victor hatte darüber nachgedacht, das Treffen woanders stattfinden zu lassen, an einem neutralen Ort, den er nicht kannte. Doch seine Freunde und Momo hatten es für besser gehalten, wenn er auf vertrautem Terrain blieb. Woandershin zu gehen war fast, wie sich auf feindliches Gebiet zu begeben. Sie hatten ihm außerdem versprochen, sich diskret im Hintergrund zu halten und ihn nicht zu stören. Doch diese Vorsichtsmaßnahmen hatten sich als nutzlos erwiesen. Um halb sieben war Lily des Lilas noch nicht aufgetaucht, und sie hatte es nicht einmal für nötig befunden, ihm abzusagen.

Es ist vorbei!

Dabei war Lily gar nicht weit. Sie wartete auf der gegenüberliegenden Straßenseite der Rue Lepic. Prudence hatte sie am Ende doch noch überredet, ihre Verabredung einzuhalten. »Mach dich doch mal locker!«, hatte sie gesagt und darauf hingewiesen, dass »ihr Miguel« sich doch nun wirklich krummgelegt hätte, ein so viel unterhaltsameres Gespräch zustande zu bringen als sämtliche Männer, mit denen sie selbst sich seit Wochen abgab, zusammengenommen; das Ganze auch noch auf solch einfühlsame Weise. Sie dachte dabei an all die mit Rechtschreibfehlern gespickten Nachrichten, die sie selbst erhalten hatte.

Lily war ihrem Rat gefolgt, war ein paar Minuten zu spät gekommen und drückte sich seitdem auf dem Gehsteig herum, halb verborgen hinter einem Laternenpfahl. Von hier aus konnte sie das Kommen und Gehen im *La Désobéissance* überblicken. Sie grübelte vor sich hin: *»Und falls Miguel nun gar nicht meinem Geschmack entspricht? Oder noch schlimmer, falls er hässlich ist?«* Aber dann sagte sie sich, dass Hässlichkeit etwas sehr Subjektives war. *»Die Männer ähneln einander doch alle, solange man kein Interesse an ihnen hat.«*

Den unteren Teil ihres Gesichts hinter ihrem Schal versteckt, war Lily schon dreimal am großen Fenster des Cafés vorbeigegangen und hatte einen verstohlenen Blick hineingeworfen. Keiner der Männer schien auf sie zu warten. Und kein einziger ähnelte Miguels Beschreibung. Allerdings wusste sie nur, dass er eins achtzig groß war. Er hatte sich also ebenfalls verspätet, was ihr unter den gegebenen Umständen eher unhöflich erschien. Sie warf immer erst einen diskreten Blick auf die Männer, die sie im Internet kennenlernte. Oft hatte sie danach auch die Flucht ergriffen, wenn diese Herren so ganz und gar nicht ihrer eigenen Beschreibung entsprachen.

Auch jetzt zögerte sie, zur Tat zu schreiten. Wie oft hatte sie schon ein Rendezvous verpasst, weil sie es sich noch vor dem Treffen anders überlegt hatte. Sie wusste, dass Jérôme mit der Analyse ihres Verhaltens gegenüber der Männerwelt recht hatte. Ja, im Grunde ihres Herzens bevorzugte sie Bekanntschaften ohne Verpflichtungen und mit wenig bis gar keiner emotionalen Beteiligung. Für sie war das die wahre Definition einer »Beziehung ohne Risiko«, letztlich einer Nicht-Beziehung. Das alles, um niemals mehr Gefahr zu laufen, erneut verlassen zu werden.

Möglicherweise würde Miguel vor ihren Augen Gnade finden. Und genau deshalb stellte er eine Bedrohung dar – die, sich zu binden. Und vor allem jene, sich eines Tages wieder voneinander lösen zu müssen. Sie hatte Lampenfieber, Angst, die Kontrolle zu verlieren, sich zu verlieben und dann nicht die Kraft zu haben, die Neurose zu überwinden, die seit dem Verlust ihres Vaters und ihres Verlobten fest mit ihrem Herzen verschmolzen war. Was die Männer betraf, so wollte Lily lieber heute auf sie verzichten, als sie morgen zu verlieren. Es war wie an einem Pokertisch. Sie wusste nicht, wie man bluffte.

Sie hatte nicht vergessen, dass ein Date mit dem Soßenchef des Grand Véfour auf sie wartete, wenn sie hier kalte Füße bekam. Jérômes Heiratsmarkt war berüchtigt, und der Gedanke daran brachte sie zum Schmunzeln. Aber es war nicht dieser Gedanke, der sie schließlich doch dazu bewog, das *La Désobéissance* zu betreten.

Es war fast zwanzig vor sieben, als sich die Eingangstür des Cafés öffnete. Als er sie sah, warf Momo schnell einen Blick auf sein Handy. Er hatte Lily des Lilas' Bild heruntergeladen, um sie auf den ersten Blick erkennen zu können. David rammte Victor seinen Ellbogen in die Seite.

Sie war da!

Victor hob nur den Kopf. Ja, sie war es. Caroline hatte gerade ein denkwürdiges Tor aus der Abwehr heraus geschossen, als sie Davids und Victors Reaktion bemerkte. Sie wandte den Blick von ihrem Gegner und ließ seinen Ball in ihr Tor kullern.

»Was machst du denn da?«, schimpfte José, der noch nichts von Lilys Ankunft mitbekommen hatte.

Doch er musste nur Carolines Blick folgen, um zu begreifen.

»Guten Abend, Madame«, begrüßte Momo nun Lily von seinem Platz hinter der Bar aus.

Er zeigte sich von seiner liebenswürdigsten Seite, übertrieb es sogar ein bisschen, was ihm nicht ähnlich sah. Der alte Hase pflegte sonst einen freundlichen, aber, sagen wir, rustikalen Umgang mit Gästen, die nicht zur Stammkundschaft gehörten.

»Guten Abend«, erwiderte Lily nervös und ließ ihren Blick suchend durch das Café schweifen.

»Kann ich Ihnen helfen? Zu wievielt sind Sie denn?«

»Ich treffe mich hier mit jemandem …«

Nein, Miguel schien auch nicht im hinteren Bereich des Cafés zu sitzen. Lily machte einen Schritt auf den Ausgang zu, war drauf und dran zu gehen, doch da kam Momo schon auf sie zu.

»Ich bringe Sie zu Ihrem Tisch, kommen Sie.«

Angesichts seiner hünenhaften Statur und seines freundlichen Lächelns entschied sie sich, ihm zu folgen. Er führte Lily an den für sie reservierten Tisch und zog den Stuhl zurück, damit sie sich setzen konnte.

»Bitte, Madame, ein wirklich guter Platz.«

»Ist der Tisch nicht reserviert?«

»Um diese Zeit verfallen die Reservierungen.« Momo entfernte das Schild. »Warten wir noch auf Ihre Begleitung, oder möchten Sie schon etwas bestellen?«

Da Miguel zu spät dran war, konnte er ihr wohl kaum böse sein, wenn sie bereits bestellte. Außerdem brauchte sie jetzt etwas.

Männer mögen Frauen, die Tee trinken, schoss es ihr absurderweise durch den Kopf. Doch das war nicht das Getränk, das sie jetzt brauchte.

»Was haben Sie denn an Weißwein?«

Momo war eingeschüchtert, als wäre sie irgendein Star. Lily hatte über all die Wochen nur im Netz existiert, und jetzt saß sie leibhaftig vor ihm. Sie hatte eine Stimme, einen tiefgründigen Blick und trug ein schweres, aber sehr angenehmes Parfum – auch wenn es nicht das von Maïa war. Wegen der Bedeutung, die Lily für Victor hatte, konnte Momo sie nicht als normalen Gast betrachten. So zählte der Wirt nicht wie sonst die verschiedenen Weinsorten im Angebot auf. »Lassen Sie mich nur machen!«, sagte er nur, auch um in ihrer Gegenwart nicht noch nervöser zu werden.

Dann eilte er davon und verschwand hinter der Bar.

Lily war überrascht, schätzte Momo aber als jemanden ein, dem man diesbezüglich vertrauen konnte, und verließ sich auf ihr Gefühl.

Während Momo ihr kurze Zeit später ein Glas einschenkte, nickte er Victor aufmunternd zu. Zwar lagen sie im Zeitplan etwas hinten, doch ansonsten war nun alles bereit für seinen Auftritt. Die Vorstellung konnte beginnen.

Als sie merkten, dass Victor es mit der Angst zu tun bekam, drängten ihn seine Freunde, sich zu Lily zu setzen.

Momo brachte Lily ein Glas Weißwein und stellte einen Teller mit Wurstspezialitäten dazu.

»Der geht aufs Haus.«

Lily war angetan von der Großzügigkeit des Wirts, fragte sich allerdings, woher sie wohl rührte.

Das Warten hatte ein Ende, als sich die Tür des Cafés öffnete. Er trug eine orangefarbene Daunenjacke, eine grüne Bommelmütze und blaue Wanderschuhe. Lily musste sofort lächeln, zumal sie sich nun vorstellte, dass seine Socken zur Krönung des Ganzen wahrscheinlich knallgelb waren. Schnell dachte sie an die poetische Ader, die »Ein Stückchen Leben« in seinen Nachrichten unter Beweis gestellt hatte – das konnte er also doch nicht sein. Wenigstens hoffte sie das inständig. Als er Blickkontakt mit einer anderen Frau aufnahm, die ihn sofort anlächelte, war sie sehr erleichtert.

Er kommt nicht mehr …

Letztendlich hoffte sie es sogar und ließ damit einmal mehr ihren Dämon triumphieren.

Wenigstens, dachte sie schnell, hatte sie einen Aperitif in einem netten Bistro auf dem Montmartre getrunken. So wenig Freizeit, wie sie sich seit Monaten gegönnt hatte, da tat es gut, auch mal mit sich selbst anzustoßen. Versöhnt mit dem Gedanken, dass das Rendezvous nicht stattfinden würde, schlug sie die Beine übereinander, fuhr sich mit einer Hand durch die Löwenmähne und war ganz zufrieden.

Wenigstens hab ich seine Zeit verschwendet.

»Los, mach schon!«, presste José durch zusammengebissene Zähne hervor. Victors Zögern begann ihn zu wurmen.

»Aber sie ist ja eine FRAU! Kein …«

»Kein Foto! Nein, das stimmt!«, unterbrach ihn David.

Angesichts dieser Person, die nicht mehr nur eine zusammenfantasierte Mutter, sondern eine Frau aus Fleisch und Blut war, fühlte er den Boden unter den Füßen schwinden.

»Vielleicht ist sie ja auch ein Kerl!«, kicherte José.

Victor zuckte mit den Schultern. Caroline sah ihm jetzt direkt in die Augen.

»*Pour un homme* … wie ein Mann! Also los, Mann oder Maus?« Ihr herausfordernder Tonfall sah ihr gar nicht ähnlich.

Da schnappte sich Victor seinen Rucksack, ging auf Lily zu, die gerade an ihrem Wein nippte, stellte sich vor den Tisch und packte sein bestes Gebrauchtwagenhändlerlächeln aus.

»Guten Tag, Madame.«

Lily schluckte, entgegnete dann aber locker: »Entschuldige … Guten Tag, du.« Sie lächelte ihn freundlich an.

»Ich heiße Miguel.«

»Guten Tag. Was kann ich für dich tun, Miguel?«

Noch während sie den Namen aussprach, ging ihr ein Licht auf, und sie riss die Augen auf.

»MIGUEL?«

Schlagartig veränderte sich ihr Gesichtsausdruck. Sie nahm einen weiteren großen Schluck Wein und musste fast husten. War das der Miguel, mit dem sie verabredet war?

Victor setzte sich zu ihr an den Tisch. Er wusste nicht recht, womit er beginnen sollte. Etwas steif trank Lily das Glas Chablis, das Momo ihr serviert hatte, auf einen Zug leer.

Victor hob den Arm. »Noch ein Glas für die Dame, bitte, Momo!«

Schnell, als handelte es sich um einen Notfall, schenkte der Wirt ein weiteres Glas ein, stellte es auf ein Tablett und brachte es an den Tisch. Als sich Momo ebenso schnell wieder entfernen wollte, hielt sie ihn zurück.

»Warten Sie …«

Momo hielt abrupt inne und drehte sich um.

»Willst du auch was trinken, Miguel?«, fragte sie.

»Na … ähm …«

Sie wandte sich wieder an Momo. »Eine Limo, eine Grenadine und ein Diabolo menthe, bitte. So hast du die Wahl«, erklärte sie und schaute dann wieder Victor an.

Momo verschwand in Richtung Bar.

Lily nahm noch einen kräftigen Schluck Wein und behielt das Glas dann in der Hand.

»Also, ist der Herr da dein Papa?«, fragte sie und nickte in Richtung Momo.

»Nein, nein, Madame, er ist ein Kumpel. Mit seiner Kreditkarte hab ich das Abo bezahlt.«

Ist er nicht ein bisschen alt, um dein »Kumpel« zu sein?, dachte Lily, während der Junge nervös auf seinem Stuhl hin und her rutschte. Sie behielt diesen Gedanken für sich und fuhr stattdessen fort: »Dein ›Kumpel‹ also, einverstanden, aber wo ist denn dein Papa? Hat er dich geschickt?«

Lily ließ ihren Blick noch einmal durchs Café schweifen und suchte nach einem möglichen Vater, der hier auf der Lauer lag. *Den Jungen als Köder vorzuschicken – das ist mir auch noch nie passiert,* dachte sie.

Da Victor ihr keine Antwort gab, wiederholte sie die Frage.

»Also … Wo ist dein Papa, mein kleiner Miguel?«

»Er ist tot, Madame«, erwiderte er.

Genau in diesem Augenblick stellte Momo die Getränke auf dem Tisch ab.

»Bitte sehr, die Dame, ein Diabolo menthe, eine Grenadine und eine Cola.«

Erschrocken konnte Lily Momos Lächeln nicht erwidern. Während der Wirt zurück zu seiner Theke lief, klammerte sie sich an ihr Glas, als wäre es eine Rettungsboje. Victor zögerte, er wusste nicht, was er zuerst trinken sollte. Sie hielt ihm den Wurstteller hin.

»Ich glaube nicht, dass wir uns noch Sorgen um frischen Atem machen müssen ... Möchtest du?«

Er nahm sich eine Scheibe und bedankte sich, ohne die Anspielung zu verstehen. Sie tat es ihm gleich. Dann musterte sie ihn ein wenig ratlos, wobei sie die Kaupause nutzte, um ihre Gedanken zu ordnen. Victor hatte begonnen, seine Cola zu schlürfen. Er machte Geräusche mit dem Strohhalm, als wolle er so das Schweigen überbrücken. Für ein Kind, das seinen Vater verloren hatte, kam er ihr ziemlich entspannt vor.

»Du sagst also, dass dein Vater tot ist«, nahm sie den Gesprächsfaden wieder auf. »Und ich glaube, du lügst ...«

»Nein, Madame, er ist wirklich gestorben. In Kanada. Er ist auf dem Cimetière de Pantin begraben.«

Um seine Behauptung zu untermauern, öffnete Victor seinen Rucksack und zog zwei Postkarten daraus hervor, die normalerweise in seinem Zimmer an der Wand hingen.

»Die sind von ihm. Glauben Sie mir etwa nicht?«

Er drehte sie um. Es waren ein paar handschriftliche Worte daraufgekritzelt, und sie waren mit »Julien« unterzeichnet.

»Hat er denn nicht mit ›Papa‹ unterschrieben?«

»Nein, das hat er sich nicht getraut. Er war kein richtiger Papa, er war noch zu jung. Julien war nur mein Vater im biologischen Sinn.«

»›Biologisch‹? Wie beim Gemüse?«

»Mein leiblicher Vater.«

Da Lily noch immer skeptisch zu sein schien, schlug er ihr vor, sie zu seinem Grab zu führen. Das lehnte sie ab. *Es ist noch ein bisschen früh, dass er mich seinen Eltern vorstellt …* Auch in diesem Fall schluckte sie ihre Bemerkung herunter. Sie war sich ihres Zynismus bewusst, fand aber keine geeigneten Worte mehr, um die Situation zu entschärfen.

»Wenn dein Vater tot ist – an wessen Stelle hast du dann mit mir geflirtet? Ein schüchterner Onkel? Dein Kumpel? Für wen suchst du eine Frau?«

»Oh, ich suche gar keine Frau, sondern eine Mutter.«

Die Bombe war endlich geplatzt. Victor hatte so beiläufig wie möglich geantwortet und dabei von einem Strohhalm zum nächsten gewechselt. Den Blick hielt er nach unten gerichtet.

»Eine Mutter?«, rief Lily. »Du willst eine andere Mutter? Aber man hat doch nur eine!«

»Ja, aber ich kenne meine nicht, Madame«, erklärte er ihr sachlich und so ernst, dass sie ihm endlich glaubte.

In diesem Moment fühlte sie sich, als würde sie von einer Klinge durchbohrt. Plötzlich schämte sie sich. Sie schämte sich, weil sie hier saß und am Leben dieses Jungen nichts ändern konnte, der – das begriff sie inzwischen – sehr viel von diesem Treffen erwartete. Sie sagte nichts und begnügte sich damit, ihn sanft anzulächeln.

Sie hob die Hand, um Momo ein Zeichen zu geben. Es fiel ihr nicht schwer, seine Aufmerksamkeit zu erregen, denn er beobachtete sie ununterbrochen. Der Wirt des *La Désobéissance* verstand die Botschaft und kam gleich mit der ganzen angebrochenen Flasche Weißwein zu ihnen an den Tisch.

»Geht aufs Haus.«

Lily bedankte sich, und Momo stellte sich wieder hinter seinen Tresen, nachdem er Victor einen komplizenhaften Blick zugeworfen hatte. Er hoffte, dass die Unterhaltung unter einem guten Stern stand.

»Jetzt verstehe ich, warum ich den Eindruck hatte, hier erwartet worden zu sein«, sagte sie, während sie sich nachschenkte. »Es ist schön, wenn man sich willkommen fühlt.«

Victors Team beobachtete sie gebannt. Seit Lilys Ankunft hatten sie keine Partie mehr gespielt. Ohne ihren Mittelstürmer konnten sie nicht spielen, hatten sie diversen Herausforderern erklärt. Caroline versuchte erfolglos, Lilys und Victors Lippen zu lesen, und fürchtete, dass er im Gespräch die Antworten, die sie für ihn zusammengestellt hatte, durch eigene ersetzen könnte. José brannte darauf, sich vorzustellen und seinem Freund zu Hilfe zu kommen, doch David und Caroline hielten ihn entschieden davon ab. Sie hatten Victor versprochen, sich im Hintergrund zu halten.

Lily steckte die Hände in ihre Manteltaschen und zog die Schachtel hervor, die sie aus dem Hotel mitgebracht hatte. Sie nahm zwei Macarons heraus und hielt sie Victor hin.

»Danke, Madame«, sagte er höflich.

Er biss in eines hinein, und sein Gesicht begann zu strahlen.

»So gute hab ich noch nie gegessen! Eigentlich hab ich überhaupt noch nie welche gegessen.«

»Noch nie?« Das überraschte sie.

Er schüttelte den Kopf. »Nein, was ist das?«

»Zitronenmacarons.«

Daraufhin steckte sie ihm noch drei davon zu und verstaute den Rest in ihrer großen Tasche. Während Victor die Kekse verschlang, nahm sie noch einen Schluck, stellte ihr Glas ab und dachte nach. Sie hätte aufstehen und gehen können; später würde sie ihren Kollegen ausführlich berichten, wie sie »Opfer eines schlechten Scherzes geworden« sei. So würde der Tag wahrscheinlich enden, aber noch nicht jetzt. Sie war neugierig, und falls dieser Junge die Wahrheit sagte, hatte er das Recht, ihr seine Geschichte zu erzählen.

»Im Netz warst du deutlich gesprächiger.«

Er lächelte sie nur an.

Lily des Lilas fühlte sich befangen, doch glücklicherweise begann der Wein, seine Wirkung zu entfalten.

»Spielst du wirklich Geige?«

»Ja, Madame«, rief er stolz.

Sie seufzte, glaubte ihm nicht.

»Ich lüge Sie nicht an«, verteidigte sich Victor.

»Nein, und du wirst mir auch weiszumachen versuchen, dass du mit deinen blonden Haaren tatsächlich Miguel heißt?«

»Nein, Madame, ich heiße Victor. Aber der Vater meines Kumpels ist blond und heißt Miguel. Es gibt kein bestimmtes Aussehen, wenn man Miguel heißt!«

Innerlich musste Lily über die Formulierung schmunzeln.

»Und du hast deinen Papa und deine Mama verloren?«

Victor konnte endlich die Gelegenheit ergreifen, auf die er die ganze Zeit gewartet hatte, es sprudelte nur so aus ihm hervor: »Nur meinen Vater. Bei meiner Mutter weiß ich nicht, ob sie tot ist. Ich bin anonym zur Welt gekommen.

Mein Vater war damals erst sechzehn und wollte mich nicht behalten. Ich hab ihn das erste Mal getroffen, als er schon tot war. Auf dem Friedhof.«

Schließlich verriet er ihr noch ein paar Details über seinen Vater, über Annie und Maïa.

»Ich lebe in einer Pflegefamilie, seit ich vier bin.«

Lily wusste nicht mehr, ob ihr vom Wein schwindlig war oder von Victors Geschichten. Es gelang ihr trotzdem nachzufragen, warum Annie ihn nicht adoptierte. Victor klärte sie über Annies Gesundheitszustand auf und darüber, dass das Jugendamt beschlossen hatte, Katalogeltern für ihn zu suchen.

»Aber ich will meine Mutter selbst aussuchen!«

»Und ich bin also die glückliche Auserwählte«, sagte Lily wie zu sich selbst.

Victor interpretierte diese Bemerkung als zartes Zeichen für eine grundsätzliche Akzeptanz.

»Na klar, Sie machen 'nen coolen Eindruck, und Sie haben noch kein Kind!«

Lily musste lachen, was ihn ermutigte fortzufahren.

»Heute ist Ihr Glückstag: Mit mir bekommen Sie schon ein fertiges! Sehen Sie? Es ist Ihr Glückstag!«

»Victor, ich habe nicht vor, ein Kind zu adoptieren, ich suche einen Mann. Und nicht nur ein kleines Stückchen Mann«, schob sie sanft hinterher.

Den Blick ins Leere gerichtet, ahnte Victor, dass ihm die Situation entglitt. Er versuchte, sich an die Sätze zu erinnern, die er sich mit Caroline, David und José ausgedacht hatte, aber das Gespräch war nicht wie geplant verlaufen.

»Ich bin nur ein Kind, das vor einer Frau sitzt und sie bittet, es zu lieben«, sagte er unbeholfen auf.

Er rechnete fest damit, dass dieser Satz sein Rettungsanker sein würde.

»Victor, ich weiß, dass der Satz nicht von dir stammt. Wie übrigens all die anderen in den Nachrichten.«

Keins der Kinder hatte vorausgesehen, dass Lily ihre Machenschaften aufdecken könnte. Nie hatten sie sich vorgestellt, erwischt zu werden …

»Nein, Madame, das stimmt«, gestand Victor artig. »Entschuldigung. Ich hab es nur gemacht, um erwachsener zu wirken.«

Lily hatte plötzlich Mitleid mit ihm.

»Wenn du erwachsener wirken willst, hör erst mal damit auf, mich Madame zu nennen.«

Victor errötete und nickte.

»Ich hätte darauf bestehen sollen, dass du mir ein Foto schickst«, sagte Lily und trank noch einen großen Schluck Chablis.

»Na, ich hatte 'ne ganze Menge von Josés Onkel. Er heißt auch Miguel. Und er ist hübsch, er hätte Ihnen gefallen.«

»Wer ist eigentlich José?«

Nach einer halben Flasche Wein war Lily schon ein bisschen beschwipst.

»Der da drüben.«

Er zeigte mit dem Finger auf ihn, und José winkte geschmeichelt zurück.

»Und wer sind die anderen?«

»Caroline und David. Sie gehören zum Package.«

»Zum ›Package‹?«, erwiderte sie lachend. »Wolltest du mir ein ganzes Rudel andrehen?«

Victor zuckte mit den Schultern.

»Nein, die haben ja schon Eltern. Aber sie sind meine Freunde.«

»Aber wie kommst du denn nur auf die Idee, ich könnte ein Kind adoptieren, Victor?«, fuhr sie fort. Sie wollte besser verstehen, was hinter dem Handeln des Jungen steckte.

»Na, Sie haben noch kein Kind, keinen Hund und keine Katze. Das steht doch in Ihrem Profil.«

Sie lachte noch einmal laut auf. *Dieser Junge ist wirklich unglaublich.* Und dieser kurze, unerwartete Moment war Balsam für Lilys Seele. Sie strich zärtlich die blonde Strähne beiseite, die sein halbes Gesicht verdeckte. Im hinteren Teil des Cafés bemerkten seine Freunde das und tauschten ein triumphierendes Lächeln aus.

»Ihre Hände riechen nach Zucker«, bemerkte er ganz ergriffen von ihrer Geste.

Das hatte ihr bisher noch kein Mann gesagt. Es rührte sie, dass er es bemerkte.

»Weißt du, Victor, ich verstehe ja, dass du unglücklich bist, weil du keine Mutter hast, aber es tut mir leid, ich bin nicht die Richtige.«

Sie sah ihn mit einem Ausdruck aufrichtigen Bedauerns an. Sie würde nicht seine Retterin werden. Dann stand sie auf, zog sich den Mantel an und beglückwünschte ihn zu seinem Mut. Sehr bewusst hielt sie Abstand, auch wenn sie großes Mitgefühl mit Victor hatte. Sie hatte jetzt nur noch das Bedürfnis, so schnell wie möglich von hier wegzukommen, denn dieses Abenteuer begann langsam einen tragischen Beigeschmack zu bekommen. Und sie fürchtete sich jetzt schon vor der Bitterkeit, die es in seiner Seele hinterlassen würde.

Sie hielt die Kellnerin an, die gerade an ihr vorbeiging, und verlangte die Rechnung.

»Ich zahle«, rief Victor stolz.

Sie sah ihn verblüfft an.

»Vielleicht bin ich nur ein Stückchen Mann, aber ich zahle das Ganze.« Er blickte sie fest an.

Sie lächelte, musste sich zurückhalten, ihn doch noch zu umarmen, und wandte sich dann zum Gehen.

Caroline, José, David und Momo begriffen in diesem Augenblick, dass das Spiel verloren war. Das Team fühlte sich noch erniedrigter als bei einem Abstieg in die zweite Liga beim Tischfußball.

Lily lief schon die Rue Lepic in Richtung Boulevard de Clichy entlang, als sie jemand am Arm festhielt. Es war Victor.

»Können wir es denn nicht wenigstens versuchen? Bitte!«

Er wollte alles auf eine Karte setzen, denn er hatte nichts mehr zu verlieren.

»Warum lässt du denn nicht die Leute machen, deren Beruf das ist?«, erwiderte sie sanft. »Ich bin sicher, sie finden super Eltern für dich.«

»Und wenn sie sich täuschen? Stellen Sie sich doch nur vor, wenn ich mit Eltern leben muss, die mich schlagen, mir nichts zu essen geben …«

Sie schüttelte den Kopf und fragte sich, wie sie sich aus dieser Situation befreien konnte, ohne den Jungen leiden zu lassen.

»Wir können es doch versuchen! Nur einen Tag! Kommen Sie schon!«

Lily ging das wirklich zu Herzen, doch sie musste die Sache abkürzen.

»Hör zu, mein kleiner José … ich meine Miguel …« Sie hatte Schwierigkeiten, sich mit all den Namen zurechtzufinden.

»Victor«, verbesserte er sie.

»Selbst wenn ich wollte, könnte ich dich nicht adoptieren. Und weißt du auch, warum? Weil ich keinen Mutterinstinkt habe. Ich mag keine Kinder, so einfach ist das. Und damit du es weißt, ich wollte auch nie welche bekommen!«

»Ich glaube Ihnen nicht!«, schrie Victor. »Wenn man Kuchen backt, mag man auch Kinder!«

Er täuschte sich nicht. Lily log, und zudem noch sehr schlecht, mit dem einzigen Ziel, ihn von seinem Vorhaben abzubringen. Man musste sie nur anschauen, um zu wissen, wie sehr Großzügigkeit Teil ihres Wesens war.

»Ich backe Kuchen, weil ich selbst ein Kind geblieben bin. Und ein Kind hat selber keine Kinder.«

Er fixierte sie stumm, war nun eher gekränkt als traurig. Dann wechselte er ohne ein weiteres Wort die Straßenseite.

Er hatte nicht auf die richtige Mutter gesetzt. Er musste sein Schicksal akzeptieren. Seine Niederlage. Dann fragte er sich, ob das Unterfangen mit »Lady Lara«, »Sandrine mit Herz« oder »Melanie 364« besser verlaufen wäre. Doch das würde er nun nie mehr erfahren. Er hatte keine Zeit mehr, noch einmal bei null anzufangen, es mit einer anderen Kandidatin zu versuchen. Außerdem wollte er nicht das Risiko eingehen, einen neuerlichen Misserfolg zu erleben. Und inzwischen gab es keinerlei Möglichkeit, die Adoptionsformalitäten zu bremsen, ohne dass jemand misstrauisch wurde.

Wütend wie er war, begann alles in seinem Kopf durcheinanderzupurzeln: Lily, Annie, die Couturiers und seine Freiheit. Wann hätte er sie denn endlich, diese Freiheit, sein Leben selbst zu gestalten? Wahrscheinlich würde er letztendlich doch der »Ehrengast« der Couturiers werden. Aber er zählte bereits jetzt die Jahre, die er in dieser vorgefertigten Familie würde verbringen müssen, bevor er endlich volljährig und frei wäre. Ein Viersternehotel mit optionaler Gefühlszuwendung. Er würde so tun, als fühlte er sich ihnen verbunden, um sie nicht zu kränken, denn er wusste ja, dass er sie einiges an Geld kosten würde. Er war sich durchaus bewusst, wie ungerecht er war, denn Sandrine und Fred wären sicherlich in der Lage, ihn wie einen Sohn zu lieben. Doch er weigerte sich, sich vorzustellen, dass das auf Gegenseitigkeit beruhen könnte, und zwar einzig und allein deshalb, weil man ihm diese Bindung aufzwang. Zwar hatte man ihm auch Annie aufgezwungen, aber damals war er erst vier Jahre alt gewesen. Mit zwölf besaß er genug Urteilskraft, um zu lieben, wen immer er wollte.

Lily des Lilas hatte ihm gefallen. Aber auch Caroline gefiel ihm.

So fühlt es sich wohl an, wenn man zwei Herzen hat.

Eines, das für eine Mutter schlägt, die man nicht hat, ein anderes, das für ein Mädchen schlägt, in das man sich verliebt. Lily sah wirklich aus wie eine Mutter: Er liebte ihre schönen, runden Wangen, ihr listiges Lächeln, als wollte sie Kekse aus dem Schrank stibitzen. Es fühlte sich gut an, sie sich in einer Schürze beim Kochen vorzustellen, während er am Esstisch Hausaufgaben machte oder mit dem Hund im Garten spielte. Er mochte ihre Bodenständigkeit, dass sie ihm die Stirn bot, dass sie mehr als ein Lächeln hatte, ein fröhliches, ein trauriges, ein angetrunkenes, ein sanftes, ein ironisches, ein aufgesetztes – wobei das letzte ihr nicht wirklich gut gelang –, aber nie ein falsches. Er mochte, wie sie sich kleidete, wie eine schon gealterte junge Frau, klassisch, einfach, mit einer Jeans, die nicht zu eng war und nicht die Blicke auf sich zog; ja, er mochte es, dass die Männer ihr nicht hinterherstarrten, wie das auch heute Abend gewesen war – darauf hatte er geachtet. Er mochte ihre sicheren Gesten und ihre langen, eleganten Finger. Oh, diese Hände, die nach Zucker rochen! Er spürte noch immer, wie sie ihn an der Wange berührt hatte, um ihm die Locke aus dem Gesicht zu streichen.

Er hatte nicht viel Zeit mit ihr verbracht, trotzdem fehlte sie ihm schon. Er entschied sich, nicht wieder zu Momo zu gehen. Egal ob die anderen sich fragten, wohin er verschwunden war, Victor würde es ihnen morgen erklären. Heute Abend hatte er keine Lust mehr, sich zu unterhalten. Außerdem musste er noch Saiten für seine Geige kaufen. Zum Glück schloss der Laden donnerstags immer später. Rasch schickte er eine SMS an Annie, dass er sich um eine halbe Stunde verspäten werde. In dieser Übergangsphase, in der sie es gern sah, wenn er auf andere Gedanken kam, gab sie ihm, ohne zu zögern, die Erlaubnis.

Am Ende der Rue Lepic hielt er an, bevor er den Boulevard de Clichy überquerte. Seine Sicht trübte sich plötzlich ein. Die Lichter des Moulin Rouge verschwammen hinter seinen Tränen, und die Place Blanche verwandelte sich in ein impressionistisches Gemälde. Er setzte einen Fuß auf die Straße, als ein Auto heranrauschte. Der Fahrer hatte noch mal aufs Gas getreten, obwohl die Ampel bereits auf Rot gesprungen war. Victor war schon drauf und dran, auf der Kühlerhaube des Fahrzeugs zu landen, als eine Hand ihn von hinten packte.

Victor drehte sich um. Es war Lily. Sie hatte ihm gerade noch ein paar Jahrzehnte seines Lebens gerettet, indem sie ihn an der Kapuze seiner Daunenjacke festgehalten hatte. Als er sie erkannte, brach er in Tränen aus und drückte sich an sie. Sie hielt ihn zärtlich im Arm und streichelte ihm übers Haar.

»Jetzt geht es schon wieder besser, hm?«, tröstete sie ihn sanft.

Er wischte sich die Tränen mit dem Handrücken ab. »Danke, Madame.«

»Geht es wirklich besser?«

Victor nickte.

»Versprich mir, nicht mehr über die Straße zu gehen, ohne zu gucken.«

Auch als Antwort darauf nickte er. Sie lächelte ihn noch einmal an und ging dann in Richtung der Metrostation an der Place Blanche davon.

Einige Sekunden später eilte Victor ihr hinterher.

Kapitel 21

Das letzte Mal, dass er die Metro genommen hatte, war vor sechs Monaten gewesen, als er ein Konzert in der Opéra Bastille besucht hatte, in dem die Schülerinnen und Schüler des Konservatoriums spielten. Victor lebte in seinem Viertel, und das genügte ihm auch. Er ging ins Kino Pathé-Wepler an der Place de Clichy, wenn ein neuer Superheldenfilm herauskam. Dafür sparte er das Taschengeld, das Annie ihm gab.

Lily durchquerte das Drehkreuz zur Linie 2. Victor hatte keine Fahrkarte. Eine zu kaufen hätte zu lange gedauert, er hätte ihre Spur verloren, also quetschte er sich hinter eine Frau, die ihren Pass Navigo auf das Lesegerät legte. Das Drehkreuz gab den Weg frei. Er schob die Passagierin, um nicht stecken zu bleiben, sie schimpfte kurz, doch er hatte die Barriere überwunden. Glücklicherweise lagen an diesem Abend keine Kontrolleure auf der Lauer, und er hoffte einfach, dass ihn die Überwachungskameras nicht aufgezeichnet hatten.

Die Patissière stieg in den Zug Richtung Nation, einer Station im Osten der Hauptstadt. Um halb acht war hier die Hölle los. Victor fand sich im Strom der Passagiere wieder. Um etwas Überblick zu bekommen, stellte er sich auf die bewegliche Plattform zwischen zwei Waggons und presste sich gegen den Faltenbalg. Von dort aus konnte er auf Zehenspitzen beobachten, an welcher Station Lily ausstieg.

Victor hatte wieder Empfang, als der Zug nach der Station Anvers oberirdisch weiterfuhr. Seitdem er das *La Désobéissance* im Laufschritt verlassen hatte, hatte er drei SMS erhalten. Er schrieb David, dass er Lily auf den Fersen war. Seine drei Freunde mussten ihn unbedingt decken und Annie später alle dieselbe Geschichte erzählen, falls sie Fragen stellte. Victor hoffte, dass die halbe Stunde, die sie ihm eingeräumt hatte, ausreichen würde.

Lily stieg an der Station Belleville in die Linie 11 um. Da ihre Eskapade verfrüht abgebrochen worden war, hätte sie eigentlich genug Zeit gehabt, sich im Hotel um den Spätdienst zu kümmern, doch sie wollte nicht niedergeschlagen dorthin zurückkehren und von einem neuerlichen Missgeschick berichten müssen. Nein, sie musste sich eine plausiblere Ausrede einfallen lassen. Niemand würde glauben, dass der verführerische, romantische Miguel aus den Chats eigentlich ein Junge war. Sie würde eine Nacht darüber schlafen, dann würde ihr schon eine Geschichte einfallen, die sie weniger lächerlich dastehen ließ.

In Rambuteau stieg sie aus und ging zu Fuß nach Hause. Victor folgte ihr noch immer unbemerkt. Sie machte kurz Halt in einem Käseladen, der schon am Schließen war, und trat mit einem frischen Ziegenkäse wieder heraus, der zusammen mit einem Olivenbrot aus dem Hotel ihr Abendessen werden sollte.

Zoran war wieder da, er saß an seinem angestammten Platz vor dem leerstehenden Geschäft. Er berichtete Lily, dass er ins Krankenhaus eingeliefert worden sei, nachdem ihn andere Obdachlose in einer Notunterkunft im Schlaf angegriffen hatten. Sie hatten ihn ausrauben wollen, aber er hatte sich das nicht gefallen lassen. Bestürzt und mit einem Gefühl der Machtlosigkeit gab sie Zoran die Macarons.

Victor verfolgte die Szene ein wenig entfernt, an der Einmündung der Rue du Trésor versteckt, mit. Er war beeindruckt und gerührt zu sehen, wie Lily mit einem Obdachlosen sprach, als wäre es das Natürlichste der Welt, ohne jede Scham, so wie sie mit jedem anderen auch gesprochen hätte. Er mochte diese Frau, die offenbar ein Herz hatte, und wollte inzwischen um nichts auf der Welt mehr, dass sie ihm entwischte. Aufzugeben kam nicht infrage.

Lily ging in ihre Wohnung, und Victor konnte beobachten, dass sie in dem Mehrfamilienhaus direkt gegenüber dem behelfsmäßigen Lager des Obdachlosen wohnte. Er überlegte, dass er vielleicht ein paar Informationen über sie von ihm bekommen könnte: ihren Namen, den Zugangscode zu ihrem Haus … Er hatte keinen wirklichen Plan, im Moment aber auch keine andere Option. So trat er zu dem jungen Serben hin und legte fünfzig Cent in den Hut auf dem Gehweg, ein Trilby aus verbeultem schwarzem Filz.

»Danke, Kleiner. Wie heißt du?«

»Victor.«

»Pobednik!«, rief er. »Bei mir zu Hause in Belgrad heißt das ›Sieger‹! Dort gibt es eine Statue zu deinen Ehren!«

Victor konnte ihm nicht ganz folgen, er glaubte, Zoran sei vielleicht betrunken, obwohl er nur mit starkem Akzent sprach.

Zoran streckte ihm die Hand entgegen.

»Ich heiße Zoran. Wohnst du hier im Viertel?«

Victor schüttelte ihm die Hand und dabei den Kopf. Gerade als er noch nach einem Gesprächseinstieg suchte, kam Lily wieder aus dem Haus. In der Hand hielt sie den Klarinettenkoffer.

»Also, tschüss, Zoran, ich muss heim!«, verabschiedete sich Victor, um sich eilig aus dem Staub zu machen.

Lily überquerte die Straße und gab Zoran sein Instrument. Von der Kreuzung zur Rue des Rosiers aus beobachtete Victor sie. Zoran nahm die Klarinette aus dem Koffer, streichelte sie zärtlich und blies hinein, um sie wieder zum Leben zu erwecken. Das Instrument konnte noch immer singen, was ihm selbst ebenfalls Kraft gab. Victor wusste plötzlich, wie er mit dem Serben Freundschaft schließen konnte. Bei diesem Gedanken musste er lächeln.

Es begann zu regnen. Zoran packte die Klarinette weg und erzählte Lily, dass er ein besetztes Haus gefunden habe, in dem er schlafen konnte. Dort wäre er heute Nacht in Sicherheit.

Es war bereits zwanzig Uhr. Victor flitzte in den Metroeingang und nahm den Zug in die Richtung, aus der er gekommen war, nachdem er sich diesmal brav ein Ticket gekauft hatte. Er gab Annie per SMS Bescheid, dass er ein paar Minuten zu spät kommen werde; dabei war es egal, wie viele Sekunden die fraglichen Minuten tatsächlich hätten, sie wusste, dass er immer recht großzügig kalkulierte.

Einige Minuten später gesellte er sich zu David und José, die am Ausgang der Metrostation Blanche auf ihn warteten. Auch sie hatte er per SMS benachrichtigt. Sie mussten gemeinsam zu Hause ankommen, wenn Victor wollte, dass sein Alibi intakt blieb. Carolines Mutter hatte ihre Tochter Punkt neunzehn Uhr dreißig am Café abgeholt. Sie hatte ihre Mutter nicht überreden können, sie noch in ein Musikaliengeschäft gehen zu lassen, um Instrumente auszuprobieren.

»Klar, ist halt ein Mädchen«, sagte José ironisch.

Victors Handy klingelte. Es war Annie. Im selben Augenblick riefen auch Davids und Josés Mütter an. Alle drei entschuldigten sich gleichzeitig für ihre Verspätung, was ihrem Alibi noch größere Glaubwürdigkeit verlieh.

»Ja, ich hab die Saiten gekauft, Annie!«, log Victor, als sie ihn danach fragte. Bevor er auflegte, kündigte Annie noch eine gute Neuigkeit an. Victor erwartete, dass das eine hausgemachte Pizza mit Chorizo war, die sie wie sonst niemand zubereiten konnte.

Während sie die Rue Lepic hinaufgingen, erzählte Victor seinen Freunden von der Verfolgungsjagd. Nun, da er wusste, wo Lily wohnte, musste er sich auf jeden Fall mit Momo beraten, denn er hatte nicht den blassesten Schimmer, wie er sie rumkriegen sollte, sosehr er sich die ganze Rückfahrt auch den Kopf darüber zerbrochen hatte. David und José rieten ihm ganz vernünftig, die Sache aufzugeben, aber vergeblich. Sie hielten kurz am *La Désobéissance*, wo Momo ihnen anbot, sie mit dem Auto heimzufahren. Sie würden die Zeit nutzen, um Bilanz zu ziehen. Victor war das recht, und was David und José betraf, so waren sie – mitgefangen, mitgehangen – immerhin froh, den Heimweg nicht zu Fuß zurücklegen zu müssen. Momo hatte ein bisschen weiter entfernt in einer Ausfahrt geparkt, ein verbotener Stellplatz, der ihm zugewiesen worden war, nachdem er was mit Élise, Sophies Kollegin, gehabt hatte. Zumindest verbreitete sich dieses Gerücht seit ein paar Tagen. Doch wie üblich stritt Momo das rundheraus ab. Er wollte auf keinen Fall, dass Maïa davon Wind bekam.

Während sich das Auto den Montmartre hinaufschlängelte, berichtete Victor von seinen Abenteuern: das Gespräch im Café, das seine drei Freunde nicht hatten mithören können, das anschließende Debakel, seine Rettung durch Lily und schließlich seine Beschattungsmaßnahme im Stil des FBI.

»Wenn sie nicht gewesen wäre, wär ich jetzt tot.«

»Dafür ist eine Mutter ja da!«, platzte Momo heraus. »Sie macht dich unsterblich!«

Doch Victor war mittlerweile ratlos.

»Du bist doch lebenserfahren … Was machen wir jetzt?«

Er hatte seine Freunde für die Fortsetzung seines Abenteuers zwangsrekrutiert, ohne sie nach ihrer Meinung zu fragen. Momo, der solche Situationen kannte, riet Victor, Lily zu provozieren, sie zu drängen und in die Enge zu treiben.

»In was für eine Enge denn?«, fragte Victor verwirrt.

»Auch wenn es nicht gestern war«, fing Momo an, »erinnere ich mich noch daran, wie meine Mutter die Kasse des Cafés verwaltet hat. Mein Vater war für die Bar zuständig. Sie arbeitete ununterbrochen. Wenn ich wollte, dass sie mich beachtete, musste ich entweder Dummheiten begehen oder der bravste Junge der Welt sein. Man muss das Feld behaupten, das ist das Geheimnis! Man darf nicht nachlassen!«

Das Trio wirkte skeptisch.

Als erste Offensivmaßnahme empfahl Momo, ihr Blumen zu schicken.

»Aber wohin?«, fragte der Junge ratlos. »Ich weiß zwar, wo sie wohnt, aber …«

»Nicht zu ihr nach Hause! An den Arbeitsplatz, das ist viel weniger aufdringlich«, erwiderte der Wirt.

Bei seinen Abenteuern hatte er mehrfach diese Strategie angewandt. Sogar bei Maïa hatte er es, ein paar Monate nachdem sie sich kennengelernt hatten, versucht. Aber da sie ständig unterwegs war und beim Jugendamt kein eigenes Büro hatte, hatte er die Blumen zu Annie schicken lassen.

Victor musste es also schaffen, Lily aus der Reserve zu locken. Er wusste, dass sie Chefpatissière in einem Hotel war, sonst nichts. Doch auf einmal kam ihm ein Bild in den Sinn.

»Die Schachtel!«, rief er.

Die, die sie bei ihrem Treffen auf den Tisch gestellt und später Zoran gebracht hatte. Sie war mit einem Wappen verziert gewesen. Auf den Namen, der auf der Schachtel stand, hatte Victor allerdings nicht geachtet.

»Ich kenne ja nicht mal ihren Familiennamen!«

Momo quittierte das mit einer wegwerfenden Handbewegung.

»Du kennst ihren Vornamen und weißt, dass sie Chefpatissière ist, das reicht. Man merkt gleich, dass du noch nie als Polizist gearbeitet hast!«

»Du aber auch nicht, Momo!«, erwiderte José.

Sie mussten lachen. Als er sie einige Meter von ihrem Haus entfernt in der Rue Gabrielle absetzte, schärfte Momo Victor noch einmal ein, dass er Lily dazu »verführen« müsse, sich für ihn zu interessieren, er musste sie motivieren.

»Sie muss Lust haben, es mit dir auszuprobieren, Kleiner! Wie bei einem Auto!«

Dann zählte er ihnen die Grundeigenschaften des Verführers auf. So hätten die drei Jungs genug, worüber sie zu Hause nachdenken konnten. Diese Schachtel Macarons wiederzufinden würde ihre ganze Energie in Anspruch nehmen.

»Von nichts kommt nichts, Jungs!«, schloss Momo.

Als Annie hörte, wie Victor die Wohnung betrat, rief sie ihn freudig zu sich in die Küche. Sie hörte laut Vivaldi und hatte Kerzen auf dem Küchentisch angezündet.

»Ich habe eine gute Nachricht für dich, mein Kleiner. Morgen früh kommen Sandrine und Fred Couturier uns besuchen«, erklärte sie mit einer leicht aufgesetzt fröhlichen Stimme.

Victor blieb wie angewurzelt stehen. Annie spürte sein Unwohlsein.

»Das scheint dich ja nicht gerade zu freuen ...«

Nein, das war nicht gerade die beste Nachricht des Jahres. Weder für sie noch für ihn. Annie hatte es geahnt. Doch sie musste es akzeptieren.

»Aber ich hab morgen doch um zehn Uhr Schule ...«

»Eben, sie besuchen uns vorher.«

Liliane Rémy hatte das erste Treffen absichtlich bei Annie angesetzt, damit die Couturiers die Umgebung kennenlernten, in der Victor aufwuchs.

»Muss ... muss ich da dabei sein?«, fragte Victor zögerlich.

Annie erklärte ihm, dass das das übliche Vorgehen war, damit die Adoptiveltern die Lebenswelt des Kindes kennen und respektieren lernten. Sie hatte den festen Vorsatz, sie so gut wie möglich über die Gewohnheiten ihres Schützlings aufzuklären, damit sie vorbereitet waren und er sich nicht vollkommen entwurzelt fühlte, wenn er bei ihnen einzog.

»Sieht so aus, als könnten sie es kaum erwarten, dich kennenzulernen«, fügte sie hinzu, um Vertrauen zu schaffen.

Na, wollen wir mal sehen ...

Victor musste die Falle listig umgehen, die da zuzuschnappen drohte. Aber ohne dabei zu hohe Wellen zu schlagen.

Kapitel 22

Victor, beeil dich!«, rief Annie und klopfte an seine Zimmertür. »Und vergiss bitte nicht deine Geigensaiten!« Ein Hauch von *L'Interdit*, Maïas Parfum, wehte unter Victors Tür hindurch. Langsam begann er, es zu hassen, so sehr verband er den Duft seit einigen Wochen mit schlechten Neuigkeiten. Jedes Mal, wenn sie es auflegte, verkündete Maïa ihm irgendeine Katastrophe.

Sich aufzubrezeln, übertrieben mit Parfum einzunebeln und mehr Schminke als üblich aufzutragen war Maïas Methode geworden, ihren Schmerz zu tarnen, ihre ganz eigene Art, mit dem Stress umzugehen, den Victors Adoption für sie bedeutete. Seit er vier Jahre alt war, war er Teil ihres Lebens, und nun flog er aus und sollte in Zukunft außerhalb ihrer Reichweite sein. Um die Situation zu entdramatisieren, mühte sie sich ab, ihm zu zeigen, dass sie sich für ihn freute. Zugleich Trauzeugin und Ehrenjungfrau für die zukünftige Verbindung zwischen dem Jungen und seiner Adoptivfamilie, wollte sie begeistert über das neue Glück wirken.

In der Küche hatte Annie bereits die alten Saiten von der Violine gezogen, um sie gegen die neuen auszutauschen, die Victor eigentlich hätte kaufen sollen. Maïa wartete und hatte die beste heiße Schokolade von ganz Paris vor sich stehen. Liliane Rémy würde in der nächsten halben Stunde zusammen mit den Couturiers eintreffen.

»Ich glaube, dass er es gut bei ihnen haben wird«, sagte Maïa und legte Annie eine Hand auf den Arm.

»Das bezweifle ich nicht, ich habe Ihnen immer vertraut«, erwiderte Annie freundlich.

Es bereitete ihr einige Mühe, den Staffelstab weiterzugeben, vor allem aber, die Gefühle der Schuld und des Verrats zu unterdrücken, die sie Victor gegenüber empfand, weil sie ihn nicht selbst adoptierte.

Der Junge schmollte beim Betreten der Küche. Er begnügte sich mit einem kühlen »Tag« als Gruß.

»Hast du mir die Geigensaiten mitgebracht, Großer?«, fragte Annie, ohne auf seine offensichtlich schlechte Laune einzugehen.

Die Geige lag vollkommen nackt vor ihr. Wie der Anblick eines unglücklichen Sängers bereitete auch jener dieses Instruments einem Schmerzen. Victor entgegnete der überraschten Annie, dass er die Saiten nicht gekauft habe. Er nahm vor seiner Schale mit heißer Schokolade Platz. Ein Teller mit Madeleines stand auf dem Tisch. Ihm fiel auf, dass es in letzter Zeit oft welche gab.

»Wie machen wir es also?«, fragte sie. »Die alten Saiten hab ich schon weggeworfen. Du hast mir doch gesagt …«

Victor scherte sich nicht um solche Vorhaltungen, tunkte eine Madeleine in die Schokolade und verschlang sie mit einem Happs, sobald sie sich ganz vollgesogen hatte. Dann trank er seine Schokolade in einem Zug aus.

Maïa warf Annie einen vielsagenden Blick zu. Es war ihr wichtig, dass Victor gute Laune hatte, wenn er die Couturiers zum ersten Mal traf. Also schluckte Annie ihren Ärger herunter. Sie wusste, dass es bei einem so anspruchsvollen und renommierten Lehrer wie Monsieur Leriche gar nicht gut ankäme, wenn er ohne sein Instrument zum Unterricht erschien.

Als ob nichts wäre, stand Victor auf und schnappte sich vor Annies Augen seine Geige.

»Dann geh ich mal, ich hab noch Zeit, ich kaufe die Saiten.«

»Aber deine Eltern kommen doch gleich!«, rief Maïa völlig überrumpelt.

Schnell korrigierte sie sich: »Na ja, ich meine Sandrine und Fred … die Couturiers.«

Da baute Victor sich vor ihr auf und erklärte ruhig: »Ich möchte sie nicht mehr sehen.«

Maïa und Annie waren sprachlos. Victor war am Zug, ihnen eine Erklärung für seinen plötzlichen Sinneswandel zu liefern.

Also setzte er sich wieder hin und sagte an Annie gewandt: »Ich habe keine Geigensaiten gekauft, weil ich nicht im Musikaliengeschäft war. Ich habe dich angelogen, entschuldige bitte, Annie.«

Bevor sie nachhaken konnte, fuhr er fort: »Ich habe eine Mutter gefunden.«

Die beiden Frauen sahen ihn ausdruckslos an. Annie sagte sich, dass diese »Mutter« wahrscheinlich nur der Fantasie des Jungen entsprungen sei.

»Sie heißt Lily des Lilas. Na ja, das ist ihr Username im Internet. Sie ist Patissière.«

»Du hast eine Mutter im Internet gefunden?«, fragte nun Maïa staunend.

»Ja, sie ist toll. Sie ist genau die Mutter, die ich will!«

Maïa erinnerte ihn daran, dass er noch vor ein paar Tagen einen wohlwollenden Brief an die Couturiers geschrieben hatte.

»Ich habe meine Meinung eben geändert«, erwiderte er kühl.

Die beiden Frauen wussten nicht recht, wie ihnen geschah. Um Momo nicht zu verraten, behauptete Victor, er habe dessen Kreditkarte stibitzt, um sich damit auf einem Datingportal anzumelden. Auch seine jungen Komplizen erwähnte er nicht. Er skizzierte rasch die wichtigsten Punkte seiner Geschichte und ließ dabei absichtlich viele Details aus, um sich später nicht darin zu verheddern. Er schilderte die Situation wie ein herkömmliches Onlinedate. Vor allem änderte er den Ausgang in ein Happy End um.

»Und diese Frau möchte wirklich deine Mutter werden?«, fragte Annie ungläubig.

»Ja, ich glaube schon … Ich bin mir sogar sicher!«

Alle Anwesenden waren es gewöhnt, die ein oder andere fantastische Erzählung aufgetischt zu bekommen. Doch nun fehlten ihnen die Worte.

»Ich tu mich wirklich schwer zu glauben, was du da erzählst«, entgegnete Maïa also zögerlich.

Doch sobald die erste Überraschung verflogen war, war Annie tief im Inneren stolz auf Victors Initiative; stolz auf seine Art, jedes Mal die Untiefen zu umschiffen, die das Schicksal für ihn bereithielt.

»Du weißt aber schon, dass du dir nicht einfach so selbst eine Mutter aussuchen kannst!«, rief Maïa dagegen empört.

Es geht wieder los …

Victor stand abrupt auf. »Warum soll ich denn nicht das Recht haben, mir meine eigene Mutter auszusuchen?«, rief er energisch. »Bei der Geburt ist es wie beim Lottospielen, man kann nie wissen, ob man die richtige Mutter erwischt! Ich bin jetzt zwölf, ich habe das Recht, mir eine andere auszusuchen! Warum glaubt ihr denn, dass Sandrine und Fred besser als Lily sind? Euch müssen sie doch nicht gefallen, sondern mir!«

»Victor, mit den Eltern, die wir dir vorschlagen, hättest du nicht nur eine Mama, sondern auch einen Papa«, erklärte Maïa.

»Aber mein ganzes Leben hat mir ja nur eine Mutter gefehlt!«

Er hielt inne und sah zu Annie.

»Damit meine ich nicht dich, Annie! Ich weiß, dass du mich wie einen eigenen Sohn liebst. Aber es ist auch dein Job und …«

Er musste nun daran denken, was Momo ihm an dem Tag gesagt hatte, als er sich die ersten Profile auf der Datingseite angesehen hatte, und fuhr mit seinem Plädoyer fort: »Zwischen einer Mutter und ihrem Kind gibt es eine Liebesgeschichte. Das möchte ich erleben. Ich möchte sie lieben, ich möchte ihr auch fehlen …«

Er sah Maïa an.

»Ich will nicht, dass Sandrine und Fred jeden Tag mit dir telefonieren und dich fragen, wie sie mich aufziehen sollen, was sie mir zu essen geben sollen, wie sie mich lieben sollen. Ich möchte gar nicht, dass sie sich irgendwelche Fragen stellen! Ich möchte ohne nachzudenken geliebt werden. Ich möchte, dass meine Mutter denkt, ich bin der schönste, intelligenteste, höflichste Junge, auch wenn das nicht immer stimmt! Ich möchte, dass sie mir vergibt, wenn ich Mist baue. Ich möchte nicht, dass sie versucht, mich zu lieben wie alle Katalogeltern, ich möchte die Liebe, die man mir vom Jugendamt aus gibt, nicht mehr zurückzahlen müssen …«

Maïa fiel es schwer, ihre Gefühle im Zaum zu halten. Sie war traurig, auf einmal nichts anderes mehr als eine einfache Angestellte der Behörden zu sein, wo sie sich Victor doch so verbunden fühlte.

»Aber die Couturiers können dich doch auch bedingungslos lieben. Ich bin mir sicher, dass sie dich mit offenen Armen empfangen und dir einen Platz …«

»Ich will nicht, dass man einen Platz für mich findet, ich will nicht mit offenen Armen empfangen werden, ich will geboren werden. Ich will geboren werden!«, fiel Victor ihr ins Wort. »Ich will kein Fremder mehr sein, sondern ein Sohn.«

Annie und Maïa hatte es die Sprache verschlagen.

Victor nahm die Violine und verließ ohne ein weiteres Wort die Küche.

Ohne noch etwas zu Annie zu sagen, zog Maïa im Schockzustand ihr Handy hervor und rief Liliane an. Sie erklärte, dass Victor früher zur Schule hatte gehen müssen und sie das Treffen mit Sandrine und Fred auf einen späteren Zeitpunkt verschieben mussten.

Kapitel 23

Momo schrieb seine Tageskarte auf die Schiefertafel und hängte sie über der Bar auf. Das Café leerte sich zusehends von den Klubgängern und den »Nacktkünstlerinnen« des Viertels, die ihre Nacht bei einem Milchkaffee und einem Croissant ausklingen ließen. Die Müllleute schlürften das Getränk, das ihnen der Wirt aufs Haus hingestellt hatte, und die Säufer des Viertels versuchten, sich ein letztes Glas Weißwein zu ergaunern. Nachdem sie die ganze Nacht über gesündigt hatten, machte sich ein ehebrecherisches Paar über sein Frühstück her, als handelte es sich dabei um eine Absolution. Vor seinem kalten Kaffee eröffnete ein Mann seiner Frau, dass er die Scheidung wolle. Und der Schriftsteller aus dem sechsten Arrondissement hatte bereits drei Brötchen und zwei Milchkaffee verschlungen, bevor er sich mit seinem Laptop ins WLAN einloggte.

Mathilde, die Kellnerin und Stimmenimitatorin, deckte die Tische fürs Frühstück. Sie übertrieb es ein wenig mit dem Kaffee, um sich nach der durchzechten Nacht aufzuputschen, die auf ihren Triumphzug im Point-Virgule gefolgt war. Wie ein Monster, das aus den Tiefen des Ozeans auftaucht, fuhr ein Lastenaufzug aus dem mit in Blautönen gehaltenen historischen Mosaiken bedeckten Boden. Es war jetzt neun Uhr morgens, Zeit für die Anlieferungen.

Maïa betrat das Café, heute war es endlich wieder warm genug, um die Pelzmütze zu Hause zu lassen. Ihrem Gesicht war dennoch ein gewisser Unmut anzusehen. Momo sah es gleich, er kannte sie in- und auswendig.

»Was ist passiert, meine Audrey?«, rief er.

»Alles in Ordnung … Na ja, fast …«

Er umrundete den Tresen und begrüßte sie mit offenen Armen und Wangenküsschen, die sie erwiderte.

»Es passt so gut zu dir! Das freut mich!«, merkte er an.

Sie sah ihn verständnislos an.

»L'Interdit!«

»Ach, entschuldige. Ich war nicht ganz bei der Sache.«

Es schmeichelte ihm, dass sie bei dem Parfum blieb, schließlich hatte er es ihr ursprünglich geschenkt.

»Milchkaffee?«

»Wenn du willst … Sag mal … Du bist doch so dicke mit den Politessen im Viertel?«

Momo sah sie überrascht an. Es irritierte ihn, dass ausgerechnet Maïa auf seine Flirts zu sprechen kam. Das bemerkte sie, schenkte ihm daher ihr bezauberndstes Lächeln und tätschelte ihm sanft die frisch rasierte Wange.

»Schau nicht so. Es ist nur, weil ich schon wieder im Halteverbot geparkt habe.«

Momo zog sein Handy hervor und schickte Sophie eine SMS, dass sie Maïas rotem Polo keinen Strafzettel verpassen solle.

»Kann ich mal mit dir reden, Momo?«, sagte Maïa dann etwas ernster. Es klang, als wäre es ihr ein bisschen unangenehm.

Er ging mit ihr bis zum Ende des Tresens, doch an der Bar saßen ihr immer noch zu viele Leute.

»Komm mit …«, sagte er.

Er führte sie quer durch das Lokal, vorbei an den Tischen und Stühlen, die beiseitegerückt worden waren, um für den

Lastenaufzug Platz zu machen. Gleichzeitig bat er Mathilde, ihnen einen Milchkaffee und einen Espresso zu bringen. An einem Tisch etwas abseits nahmen sie Platz.

»Ich weiß nicht, wie ich es dir sagen soll … Hast du irgendwelche verdächtigen Lastschriften auf deiner Kreditkarte bemerkt?«, fragte sie ihn peinlich berührt.

Momo schüttelte den Kopf.

»Nein, ich glaube nicht. Warum? Hast du mir meine Karte geklaut?«, erwiderte er lachend.

Er zog die Brieftasche aus seiner ausgebeulten Hosentasche hervor. »Sie ist immer noch da!« Er wedelte mit der Karte.

»Victor hat dir deine Kartennummer stibitzt, um sich auf einem Datingportal anzumelden«, gestand sie ihm schließlich.

Momo brach in dröhnendes Gelächter aus. »Ach was, gar nicht wahr! Ich hab sie ihm gegeben!«

»Was?«

Victor hatte keine Zeit gehabt, Momo über die Version in Kenntnis zu setzen, die er Maïa erzählt hatte. Doch das spielte keine Rolle, Momo war sowieso stolz darauf, Victor geholfen zu haben.

»Und das hast du einfach so für dich behalten?«, rief Maïa verärgert.

»Ich habe nur ein Ehrenwort, Maïa. Das weißt du genau. Ob ich es nun dir gebe oder einem zwölfjährigen Jungen, ich nehm es nie mehr zurück.«

Während Mathilde die Kaffeetassen auf dem Tisch abstellte, erklärte Momo, dass er keine Sekunde gezögert habe, Victor bei seinem Vorhaben zu unterstützen. Er versuchte, Maïa damit zu beruhigen, dass die Frau, die er gefunden hatte, ganz und gar ausgeglichen wirkte.

»Du hast sie gesehen, diese … Frau?«

Der Wirt berichtete ihr von dem Treffen. Das brachte Maïa nun vollends zur Weißglut.

»Machst du dich über mich lustig? Du hast ein zwölfjähriges Kind den Klauen einer Unbekannten überlassen, die es im Internet kennengelernt hat?«

»Den ›Klauen‹? Geht's noch? Wenn sie sie ausgefahren hätte, wäre ich nur drei Meter entfernt gewesen!«

»Aber Victor ist noch ein Kind, Momo! Es steht ihm nicht zu, auf diese Weise die Initiative zu ergreifen. Ihr hättet mich wenigstens nach meiner Meinung fragen können, findest du nicht?«

Nun wurde auch Momo lauter.

»Was geht es dich denn an, ob er seine Mutter selbst aussucht oder nicht? Schließlich muss er ja mit ihr leben, nicht du!«

»›Ob er seine Mutter selbst aussucht?‹ Das meinst du doch nicht ernst!«

Momo hielt abrupt inne und sagte in ruhigerem Ton: »In Ordnung, was willst du also machen?«

»Ich setze dich hiermit darüber in Kenntnis, dass das Jugendamt Eltern für ihn gefunden hat!«

»Ja, weiß ich. Er hat mir die Liste der Qualitätskontrolle gezeigt«, entgegnete Momo ironisch.

»Wovon sprichst du?«

»Von der alphabetischen Liste! Das ist doch Marketing, keine Liebe.«

Maïa seufzte tief.

»Ich weiß, dass du den Kleinen liebst«, sagte Momo nun voller Mitgefühl. »Er hat dich noch nie enttäuscht. Noch nie. Also gib ihm doch eine Chance.«

»Es gibt Gesetze, Momo. Es ist schwer, ein Kind zu beschützen. Vor allem vor sich selbst.«

Ihren Milchkaffee hatte sie noch nicht angerührt. Nun nippte sie daran und stellte ihn wieder ab. Er hinterließ einen Milchschaumbart.

Momo betrachtete sie lächelnd.

»Was ist?«

Maïa wirkte ernst.

Er nahm die Papierserviette von der Untertasse und wischte ihr damit sanft über die Lippen.

»Dein Kaffee ist übrigens kalt«, sagte sie dann betont vorwurfsvoll, während sie von Gefühlen überwältigt wurde.

»Was willst du jetzt tun?«

»Ich werd ihn nicht trinken.«

»Ich meine wegen des Kleinen.«

»Ich weiß es nicht.«

Maïa stand auf, trank schließlich doch noch ihren Milchkaffee aus, verzog dabei das Gesicht und verabschiedete sich.

»Ich muss los. Ich hab noch zwei andere Jungs, die ich verheiraten muss«, sagte sie und ging davon.

Kapitel 24

An diesem Morgen wurde Lily schon ungeduldig in der Küche erwartet. Alle waren gespannt auf die Details vom vergangenen Abend. Prudence war die Erste, die sie mit Küsschen in der Umkleidekabine begrüßte, aber für den Augenblick zog Lily es vor, die Spannung noch ein wenig in die Länge zu ziehen und nicht sofort von ihrem Missgeschick zu berichten.

»Schon da, Chef?«, sagte sie dann zu Jérôme, überrascht, dass er sogar noch vor ihr gekommen war.

»Jetzt beleidige mich mal bitte nicht wegen meines ehrwürdigen Alters, ich bin immer noch in der Lage, frühmorgens aufzustehen!«

»Ich war mir nicht sicher, ob du pünktlich sein würdest«, flüsterte er ihr dann ein bisschen schelmisch ins Ohr.

Sie zuckte mit den Schultern, tat so, als verstünde sie die Anspielung nicht, und machte sich dann an die Arbeit.

»Damien! Was ist mit dem Kuchen?«

Das Rezept des Pistazienkuchens sollte verbessert werden. Sie hatte dem Lehrling die Aufgabe übertragen, selbst einen zu backen, um ihn zu prüfen.

»Haben wir eigentlich eine Lieferung Pistazien bekommen?«, fragte sie an Prudence gewandt.

»Ja, Chef! Ich hab sie schon geröstet! Also? Miguel?«, bohrte sie nach.

»Er ist nicht gekommen, falls du es genau wissen willst«, erwiderte Lily zugeknöpft und ohne sie anzusehen.

Sie musste irgendwie einen Ausweg finden, ansonsten wäre ein Verhör nach allen Regeln der Kunst unausweichlich.

»Das Schwein!«, rief Prudence. »Nach allem, was er dir geschrieben hat! Dabei hat er so aufrichtig gewirkt ...«

Lily bestätigte ihr, dass sie eine Stunde lang vergeblich gewartet hatte.

»Du hättest ihm deine Handynummer geben sollen!«

»Das mache ich nie vor dem ersten Date.«

»Vielleicht war er dort?«

»Vielleicht. Aber da ich kein Foto hatte, konnte ich ihn auch nicht erkennen. Jedenfalls, wenn er nicht zu mir gekommen ist und sich vorgestellt hat, hab ich wohl nicht in sein Beuteschema gepasst.«

Sie bemerkte, dass Jérôme hinter ihr stand und ihrem Bericht lauschte. Also nahm sie vorweg, was er gleich sagen würde.

»Nein, Jérôme, deinen Soßenchef möchte ich trotzdem immer noch nicht treffen. Übrigens auch sonst niemanden! Ich glaube, ich tauge nur zum Kuchenbacken.«

Dann schnitt sie ein Stück von Damiens Kuchen ab und verkostete ihn mit geschlossenen Augen.

»Bravo, Damien! Die Butter ist perfekt. Cremig, hält aber zusammen. Und man schmeckt gut die Pistazien. Rum in Kombination mit Pistazien, das ist allerdings ein Gräuel. Wenn du stattdessen Limoncello verwendest, gewinnst du haushoch. Jetzt weißt du, was dir fürs nächste Mal zu tun bleibt!«

Damien lief rot an und verhedderte sich in Entschuldigungen. Er hatte etwas probiert und es vermasselt.

»Na, jetzt reicht's aber, das ist doch nicht schlimm!«, rief Lily ihm fröhlich zu. »Du musst mich nicht anschauen, als ob du vor mir stündest, wie Gott dich geschaffen hat.«

Unbewusst hatte sie eine der Formulierungen ihres Chefs benutzt, die so viel bedeutete wie: »Lauf nicht rot an, wenn ich dich kritisiere.« Es klang weniger aggressiv, wenn man es so sagte.

Ach, das Geschmacksempfinden!, sagte sie sich. Sie hoffte immer noch, dass Damien irgendwann die Grundlagen des Konditorhandwerks beherrschen würde, wusste im Grunde aber, dass sein mangelhafter Geschmack ihn immer auf falsche Fährten führen würde.

»Die Konsistenz ist gut, und das ist doch die Hauptsache, oder?«, versuchte sie ihn zu trösten.

Dann machte sie sich Richtung Büro davon, um den frustrierten Blicken von Jérôme und Prudence zu entkommen.

Die Violine war splitternackt, als Victor sie aus ihrem Geigenkoffer holte – ein Anblick, der seinem Lehrer einen kalten Schauer über den Rücken jagte.

»Also wirklich, was …?«, stammelte Monsieur Leriche wütend.

Für ihn war eine Geige ohne Saiten ein seelenloses Stück Holz. Es so in seinem Koffer liegen zu lassen grenzte an ein Verbrechen – fast wie ein Begräbnis!

Victor entschuldigte sich und schwor, dass er beim Musikalienhandel hatte vorbeigehen wollen, aber durcheinandergekommen sei, weil er »neue Eltern« kennenlernen sollte. Er wusste schon, wie man die Mitleidskarte spielte, wenn es nötig war, doch im vorliegenden Fall hatte er alles sorgfältig geplant, um eine Stunde in seinem Terminkalender freizuräumen. Diesmal hatte er nämlich sehr wohl einen

Satz Saiten gekauft, behauptete seinem Lehrer gegenüber jedoch das Gegenteil, der daraufhin gezwungen wäre, die für fünfzehn Uhr angesetzte Stunde auf nächste Woche zu verschieben. Die Strategie ging auf.

Ach, der gute Monsieur Leriche, immer so vorhersehbar ...

Victor mochte ihn gern, selbst wenn er wie jetzt schimpfte. Er kannte den Lehrer seit seinem Eintritt ins Konservatorium und mochte es gar nicht, sein Missfallen zu erregen.

Das ist jetzt aber ein Fall von höherer Gewalt!, dachte Victor, als er das Klassenzimmer verließ. Er hatte einen Plan auszuführen. Und Caroline war seine Komplizin. Gerade hatte sie ihre Cellostunde beendet und wartete an der Tür des Konservatoriums auf Victor. Sie hatten ein Treffen verabredet, sobald Monsieur Leriche Victor hinauskomplimentiert hätte. David und José waren derweil in der Bratschen- beziehungsweise Cellostunde gefangen.

Die beiden liefen zur Metrostation Simplon. Victor bot Caroline an, ihr Cello zu tragen, doch diesmal lehnte sie kategorisch ab. Es war nur ein ¾-Cello, das sie wegen seines leichteren Gewichts ausgesucht hatte. Sie nahmen die Linie 4 bis Châtelet, stiegen dann in die Linie 1 um und bei Saint-Paul wieder aus. Sobald sie in die Rue Vieille-du-Temple einbogen, erspähte Victor Zoran, der an der Kreuzung zur Rue des Rosiers Klarinette spielte. Die beiden Kinder mischten sich unter die Schaulustigen, die ihm zuhörten, wie er Balkanmelodien nahtlos ineinander übergehen ließ, solche, die den Körper bei kaltem Wetter unmittelbar aufwärmen und ihn verbrennen, sobald es heiß ist. Als er mit seinem Konzert fertig war, erntete er in seinem Hut die Spenden zahlreicher bezauberter Passanten. In seinem Viertel schätzte man ihn, er war eine Art UFO, halb professioneller Musiker, halb Obdachloser. Und sobald er mal nicht da war, fehlte er. Wenn das Wetter gut war, umstanden oft zwanzig und mehr Leute ihn und sein Instrument. Seine Musik wärmte die Seelen.

Als er eine Pause machte, zerstreute sich das Publikum. Er legte seine Klarinette ab und erkannte Victor wieder.

»Hey, *Pobednik*! Erinnerst du dich, was das auf Serbisch heißt?«

Victor trat näher zu ihm, während Caroline sich im Hintergrund hielt.

»Sieger.«

»Bravo!«, rief Zoran.

Dann schüttelte er ihm die Hand und bemerkte seinen Geigenkoffer.

»Du bist Musiker?«, fragte er lächelnd.

Victor nickte.

»Kennst du Balkanmusik?«

»Nicht gut, nein.«

»Hol die Geige raus. Ich zeig's dir. Zu zweit können wir gut verdienen!«

»Ich hab keine Saiten mehr!«, erwiderte Victor entschuldigend.

»Kein Geld für Saiten?«

Großzügig holte Zoran ein paar Euro aus seinem Hut, der ihm zum Geldsammeln diente, zählte zehn davon ab und reichte sie Victor.

»Geh Saiten kaufen, Sieger!«

Schüchtern lehnte Victor ab. Da bemerkte Zoran Caroline, die ein paar Meter entfernt wartete.

»Ist das deine Verlobte?«

Caroline spielte die Verlegene. Victor wollte ihm antworten, fand es aber letztendlich gar nicht so schlecht, dass Zoran ihr diesen Spitznamen verpasste. Also begnügte er sich mit einem Lächeln. Das Mädchen bekam rote Wangen.

»Wie heißt du?«

»Caroline.«

Er übersetzte es auf seine Weise.

»Karolina! Ich bin Zoran. Du spielst Cello, Karolina?«

Sie nickte.

»Also, wenn ihr zurückkommt, spielen wir drei Balkanmusik. Wie ein richtiges Orchester!«, sagte er freudestrahlend. »Wir verdienen gut!«

Dann setzte er sich neben seine persönlichen Habseligkeiten auf den Boden, die aus einer abgewetzten Reisetasche und einem alten Koffer hervorquollen. Die beiden Kinder versuchten, in dem ganzen Durcheinander die Macaronschachtel zu erspähen, konnten aber nichts entdecken. Zoran hatte sie vielleicht schon weggeworfen. Diese Möglichkeit hatten sie bereits ins Auge gefasst, als sie ihren Plan geschmiedet hatten.

»Setzt euch«, sagte er und zeigte auf eine alte Matratze.

Sie zögerten. Doch Zoran ließ kein Nein gelten, und so nahmen sie auf der Matratze Platz. Victor blieb wachsam. Falls Lily sich irgendwo in der Gegend aufhielt, würde sie ihm sicherlich kaum abnehmen, dass seine Anwesenheit in solch unmittelbarer Nähe ihrer Haustür ein Zufall war.

Zoran drehte sich eine Zigarette und zündete sie an. Er bot Victor einen Zug an.

»Rauchst du?«

Er verneinte.

»In deinem Alter hab ich im Krieg gekämpft, weißt du?«

»Im Krieg?«, fragte Victor erstaunt.

Zärtlich streichelte Zoran seine Klarinette.

»Die Musik hat mich gerettet. Wie im Film *Der Pianist*! Polanski!«

Den Namen des Regisseurs sprach er mit einem starken osteuropäischen Akzent aus.

»Eines Tages rettet sie auch euch«, fügte er hinzu.

Victor lächelte. Seit er Geige spielte, war er der Meinung, dass ihn die Musik jeden Tag rettete.

»Wo warst du denn im Krieg?«, fragte nun Caroline.

»In Serbien. Belgrad. Eines Tages habe ich in einem Keller bei einer Hochzeit gespielt. Überall waren Bomben. Mein Haus wurde bombardiert. Bumm! Ich bin nicht gestorben, weil ich im Keller war. Wenn ich nicht im Keller gewesen wäre, wäre ich jetzt nicht hier bei euch. Aber ich würde von da oben auf euch runtergucken!«, fügte er lachend hinzu und zeigte zum Himmel.

Die beiden Kinder waren von seiner Geschichte erschüttert, verloren ihr Ziel aber nicht aus den Augen.

»Ich zeige euch Fotos von meinem Haus.«

Er öffnete den alten Koffer, und darin lag die Schachtel. Mit zerdrücktem Deckel. Caroline und Victor tauschten einen verschwörerischen Blick.

»Sind das Kekse?«, wagte Victor sich vor.

»Hast du Hunger, *Pobednik*?«

Zoran nahm die Schachtel hervor und versuchte, sie wieder in ihre ursprüngliche Form zu bringen. Dabei konnten die beiden Kinder die Inschrift auf dem Deckel entziffern:

Royal Eiffel

Zwei Wörter, die *Pobedniks* Sieg bedeuteten! Wenigstens in seiner ersten Schlacht. Zoran wollte ihnen die beiden übrigen Macarons schenken und vergaß darüber die Fotos seines Hauses in Serbien.

»Hier, esst!«

Victor zögerte.

»Hast du kein Vertrauen, Sieger? Ljiljana hat sie mir gegeben. Die Patissière! Sie mag meine Musik. Sie wohnt da oben.«

Er zeigte auf ein Fenster von Lilys Wohnung im dritten Stock des Wohnhauses gegenüber.

»Sie hört mir sonntags zu, wenn sie nicht arbeitet. Sie ist sehr nett. Sie liebt ›Bella Ciao‹!«

Er zeigte auf die Macarons.

»Die hat sie mir gestern gegeben!«

Die beiden Kinder nahmen sich jedes ein Macaron. Da Victor noch immer zögerte, es in den Mund zu stecken, beharrte Zoran: »Das sind gute Kekse. Nicht alt! Iss, *Pobednik*!«

Amüsiert wiederholte Caroline es: »Iss, *Pobednik*!«

Sie musste lachen, als Victor schließlich von dem Macaron abbiss.

Kapitel 25

Ohne weitere Zeit zu verlieren, machten Caroline und Victor sich auf zum Royal Eiffel. Das Mädchen hatte ihrer Mutter die Ausrede aufgetischt, dass sie ihre Hausaufgaben bei Annie Lebien erledigte. Der Hinweis darauf, dass das Victors Pflegemutter war, reichte der Richterin. Sie fragte nicht weiter nach. Nach Victors Einschätzung meisterte Caroline das Lügen ziemlich perfekt.

Er selbst hatte sich allerdings schon seit dem Abgang aus der Küche am Morgen nicht mehr bei Annie gemeldet. Sie würde sich bestimmt Sorgen machen, wenn er nach dem Geigenunterricht nicht gleich nach Hause kam. Als die beiden Kinder gerade vor der Auslage eines Floristen im achten Arrondissement standen, entschloss Victor sich, sie anzurufen.

»Aber wo bleibst du denn, mein Kleiner? Du bist spät dran.«

Sorge schwang in Annies vorwurfsvoller Stimme mit.

»Liebst du mich, Annie?«, fragte Victor nach einer wohlgesetzten Pause, die ein »Hallo? Hörst du mich?« provoziert hatte.

»Natürlich liebe ich dich, Großer! Was ist denn nur los? Hast du irgendeine Dummheit gemacht? Hattest du einen Unfall?«

Für sie bedeutete Victors Frage zwangsläufig irgendein dramatisches Ereignis.

»Annie, die Frau, die ich mir als Mutter ausgesucht habe … um ehrlich zu sein, will sie mich nicht adoptieren. Aber ich gebe nicht klein bei, weißt du, also …«

Erneut machte er eine Pause, bevor er fortfuhr: »Hilfst du mir, Annie?«

»Mein Kleiner, hör zu, komm nach Hause, dann reden wir in Ruhe über das alles und …«

»Nein, Annie«, unterbrach sie der Junge. »Ich brauche nur deine Lügen.«

Annie wog das Für und Wider ab. Wie oft hatte sie die Wahrheit ein wenig zurechtgebogen, um ihn vor dem Jugendamt zu decken? Wie oft hatte sie ungläubigen Eltern gegenüber behauptet, dass ihre Sprösslinge mit Victor Hausaufgaben machten, obwohl sie vor Videospielen klebten? Sobald der Junge sich Verpflichtungen in der Schule und beim Geigenunterricht aufgeladen hatte, machte sie Zugeständnisse. Auch heute würde sie das Spiel ihres Schützlings mitspielen, um ein Auge auf ihn haben zu können.

In wenigen Worten erklärte ihr Victor, dass er Lily davon überzeugen müsse, ihn »auszuprobieren«. Er bat sie darum, diesen Plan noch vor Maïa geheim zu halten.

»Ich verrate nichts«, lenkte Annie schließlich ein, »aber versprich mir wenigstens, dass du eine gute Wahl getroffen hast, Victor!«

Ihre Sorge war durchaus berechtigt. Annie wünschte sich doch nur, dass sich der Übergang in eine andere Familie so glücklich wie möglich vollzog. Dabei spielte es keine Rolle, ob diese Familie die Couturiers oder eben diese andere Frau war, die er sich selbst ausgesucht hatte. Sie hatte einfach nur Angst, dass er enttäuscht würde.

»Ja, Annie, das schwöre ich dir! Ich habe alles überprüft, was du mir gesagt hast.«

Dann erinnerte er sie an die Liste, die sie gemeinsam verfasst hatten und an der er sich orientiert hatte, um seine endgültige Wahl zu treffen. Nun begriff sie, dass die Bitte damals nicht ohne Hintergedanken gewesen war. Bevor Victor auflegte, fügte er noch hinzu, dass Carolines Mutter glaubte, sie würden gerade gemeinsam für eine Schularbeit lernen – womit er ihr zu verstehen gab, dass er auf Annies Diskretion hoffte. Annie erklärte sich einverstanden.

Er beendete das Gespräch. Caroline und er zählten daraufhin die Euros, die sie am Vormittag zusammengekratzt hatten. Auch David und José hatten etwas dazugegeben, um Lily einen Blumenstrauß kaufen zu können. Es war Victors und Carolines Aufgabe herauszufinden, wohin er geliefert werden sollte. Als sie den Blumenladen betraten, erschraken sie über die Preise. Selbst zu viert hatten sie nur fünfundzwanzig Euro zusammenbekommen und waren damit noch weit vom tatsächlichen Preis für einen schönen Strauß entfernt. Am Ende verließen sie den Laden mit einem kleinen Bund zarter weißer Rosen und ein wenig Grün. Da sie für die Lieferung noch einmal zehn Euro hätten hinlegen müssen, schlug Caroline vor, das selbst zu übernehmen.

Aber wie lautete die Anschrift?

»An die Patissière des Royal Eiffel«? Sie kannten ja ihren Nachnamen nicht. Da Zoran sie »Ljiljana« genannt hatte – Lily auf Serbisch –, gingen sie davon aus, dass Lily ihr tatsächlicher Vorname war und sie ihn nicht nur als Usernamen verwendete.

»Also, auf zum Hotel, und dann wurschteln wir uns schon durch!«, rief Caroline.

Auf die beiden Kinder wirkte das Hotel Royal Eiffel ziemlich imposant. Es strahlte weiß, wie viele Steinbauten in Paris, was durch die Fassadenbeleuchtung noch unterstrichen wurde. Wegen der vergoldeten Balkongeländer und des roten Teppichs, der auf gut zwölf Metern den Gehweg vor dem Eingang bedeckte, ordneten sie es sofort als Luxushotel ein.

Vor dem Gebäude herrschte geschäftiges Treiben, Hotelpagen in rot-schwarzer Uniform liefen auf und ab und kümmerten sich um die Taxis für die vielen Gäste. So konnte Caroline unauffällig in die Hotellobby gelangen. Währenddessen wartete Victor ungeduldig auf der gegenüberliegenden Straßenseite.

Hoffentlich wird sie nicht rausgeworfen!

Als Caroline durch die Drehtür trat, begrüßte sie ein Page mit einem einfachen »Guten Tag«. Sie traute sich nicht zu antworten und ging stattdessen schnurstracks auf das zu, was sie für den Empfangstresen hielt. Er sah ein bisschen aus wie im Konservatorium, nur dass hier keine Postkarten von Kollegen mit Reißnägeln an die Wand gepinnt waren.

Da sie sich hinter dem Strauß versteckt hielt, glaubte die Rezeptionistin zunächst, sie hätte es einfach mit einer Person von geringer Körpergröße zu tun, nicht mit einem Kind. Sie trat hinter ihrem Tresen hervor.

»Guten Tag, junge Dame, für wen ist denn dieser hübsche Strauß?«, fragte die Frau freundlich.

»Für … die Chefin.«

»Für welche Chefin denn?«

Das Mädchen wurde rot. »Die … die Pa… die Patissière, Madame«, stotterte sie nur heraus.

»Lily?«

Caroline streckte der Rezeptionistin den Strauß entgegen.

»Könnten Sie ihr den bitte geben, Madame?«

»Das kannst du doch selbst tun«, erklärte die Frau. »Ich heiße übrigens Carine. Komm mit.«

»Äh, nein, aber …«, stammelte Caroline panisch zwischen zusammengebissenen Zähnen hervor, während die junge Frau ihr in Richtung Küche vorausging.

Das war nicht vorgesehen!

Sie durchquerten die Halle, die in einen breiten, von Marmorsäulen gesäumten Korridor überging. Die Arpeggios einer Harfenspielerin und der Luxus, der an diesem Ort herrschte, vermittelten den Eindruck, dass hier nichts Schlimmes passieren konnte. Wunderschöner Schmuck, der von den besten Juwelieren der Place Vendôme stammte, war in den Wandvitrinen ausgestellt. Ein helles weißes Licht brachte sie zur Geltung und Caroline zum Blinzeln. Gäste saßen an niedrigen weiß gedeckten Tischen, halb versunken in Samtsesseln, die so bequem aussahen, dass man sich sofort auf sie fläzen wollte.

Caroline wurde langsamer und blieb schließlich ganz vor dem Wagen mit dem Gebäck stehen, den ein Kellner in beigefarbener Livree gerade abgestellt hatte. Ein zauberhafter Anblick aus Farben, glänzenden Oberflächen und verschiedenstem Gebäck, dass einem das Wasser im Munde zusammenlief. Der berühmte Marmorkuchen mit Pistazien war riesig, Caroline hatte noch nie in ihrem Leben ein so beeindruckendes Gebäck gesehen. Je mehr Appetit sie bekam, desto mehr begannen auch ihre Augen zu strahlen. Da sie bemerkt hatte, dass das kleine Mädchen ihr nicht mehr folgte, hatte Carine angehalten und lächelte über ihre Reaktion.

Caroline war wie gelähmt, gebannt vom Duft der heißen Schokolade, die sämig aus einem silbernen Schokoladenbrunnen sprudelte. Als sie merkte, dass Carine auf sie wartete und eine Tür für sie offen hielt, sagte Caroline sehr höflich: »Entschuldigung, Madame«, und trat dann mit ihr zusammen hinter die Kulissen des Hotels. Um diese Uhrzeit herrschte hier noch der Duft nach süßem Gebäck vor, und der nach getrüffelten Soßen und Spargelcremesuppen, die bereits für das Abendessen köchelten, begann sich sanft damit zu vereinen. Ein wenig später würden die herzhaften Speisen die Oberhand gewinnen, von den Nachspeisen nur ein Hauch bleiben.

Sie gingen durch drei Flügeltüren und gelangten in die Küche, an die die separate Patisserieküche grenzte. Carine hielt Ausschau nach Lily. Jérôme und Prudence waren noch nicht eingetroffen, Damien überwachte das Backen der Napfkuchen; der für den Teig zuständige Koch rollte seine Brioches für das Frühstück am nächsten Tag. Was die Chefpatissière anging, verzierte sie ein großes, leicht mürbes Teegebäck mit einem Tropfen Karamellmousse auf Grundlage einer Pâte à bombe. Es war ein neues Rezept.

»Das sieht gar nicht schlecht aus!«, bemerkte Carine.

Die beiden jungen Frauen schienen gute Freundinnen zu sein.

Lily stand noch immer über den Teller gebeugt da. »Nein, das ist noch nicht perfekt«, entgegnete sie, ohne aufzuschauen. »Schau dir doch nur dieses Gebäck an! Es fällt in sich zusammen wie ich selbst um Mitternacht.«

Sie schnitt ein Stück davon ab und hielt es Carine auf der Spitze ihres Messers unter die Nase.

»Probier das!«

Carine ließ sich nicht zweimal bitten. Sie nahm sich Zeit und schloss die Augen, um die Aromen sich entfalten zu lassen, ganz wie Lily es sie gelehrt hatte.

»Das ist fantastisch. Gibst du mir das Rezept?«, fragte sie ironisch.

Endlich wurde Lily auf das Mädchen hinter dem Blumenstrauß aufmerksam.

»Der ist für dich!«, erklärte Carine. »Von einem Fan, nehme ich an.«

Caroline versteckte sich, so gut es ging, hinter dem Blumenstrauß, den sie Lily scheu hinhielt.

»Wie nett!«, rief Lily und nahm die Blumen entgegen.

Als sie jedoch Carolines Gesicht erkannte, änderte sich ihr Ausdruck plötzlich.

»Aber was machst *du* denn hier?«, rief sie.

Auch Carolines Miene veränderte sich, sie schien hin und her gerissen zwischen stiller Furcht und heller Panik. Carine merkte, dass hier etwas nicht stimmte, und fragte sich, ob es richtig gewesen war, das Kind in die Küche zu bringen.

»Ihr kennt euch?«, fragte sie vorsichtig.

»Kann man so sagen«, erwiderte Lily, sah dann den entsetzten Ausdruck der Kleinen und sprach ruhiger weiter, um sie nicht einzuschüchtern. »Der Strauß ist jedenfalls wunderschön.«

Sie öffnete den beigefügten Umschlag und überflog rasch die Nachricht darin. Es war eine lange Liste von Wörtern, die alle mit einem Buchstaben des Alphabets anfingen, wie die von Sandrine und Fred Couturier. Diesmal hatte Victor seine Erwartungen aufgeschrieben.

Am Ende der Liste stand da: »Wenn Sie einverstanden sind, würde ich Sie jedenfalls gern ausprobieren!«

Unterschrieben war mit »Victor«, und er hatte seine Handynummer unten auf dem Blatt angegeben.

Der Strauß war wirklich sehr schön, Lily war gerührt von Victors aufmerksamer Geste.

»Aber wie habt ihr mich denn …?«, begann sie. Sie fragte sich, wie sie sie gefunden hatten, denn zu keinem Zeitpunkt hatte sie Victor gegenüber erwähnt, dass sie im Royal

Eiffel arbeitete. »Wie heißt du noch mal?«, fragte sie das Mädchen dann.

Victor hatte es ihr zwar schon gesagt, aber der Wein hatte solch einen Stau in ihren Synapsen verursacht, dass sie es kaum zur Kenntnis genommen hatte.

»Caroline, Madame.«

»Danke, Caroline. Bitte richte auch demjenigen, der den Brief verfasst hat, meinen Dank aus«, fügte sie hinzu.

Carine begleitete Caroline wieder aus der Küche hinaus, nachdem Lily ihr noch eine Schachtel mit Macarons geschenkt hatte. Sie durchquerte denselben Raum bis zum Hotelausgang, durch den sie gekommen war. Sie war mitgenommen, aber auch erleichtert, ihre Mission erfüllt zu haben.

Als sie wieder auf den Gehweg hinaustrat, eine Schachtel Macarons in der Hand und ein Lächeln auf den Lippen, begriff Victor, dass sie einen Erfolg erzielt hatten.

Lily wollte den Strauß gerade in der Umkleidekabine verstecken, als Prudence sie überraschte.

»Oh, was für ein schöner Strauß! Weiße Rosen! Sind die von Miguel? Als Entschuldigung dafür, dass er dich versetzt hat? Oder verheimlichst du uns irgendwas?«

Lily war keineswegs froh, sie war sogar wütend, dass diese Kinder ihr gefolgt waren.

»Auf dich wartet Schokolade in der 17, heute früh haben wir eine Palette bekommen. Du musst mir bitte zwanzig Kugeln formen«, ließ Lily sie wissen.

»Woah, da ist aber einer der Hasenbraten nicht bekommen!«, erwiderte Prudence und wandte sich zum Gehen um.

Lily fiel auf, wie unfreundlich sie gewesen war. Sie entschuldigte sich schnell und kehrte dann in die Küche zurück – wo Jérôme bereits auf sie wartete.

Carolines Besuch war nicht unbemerkt geblieben.

»Wer ist das Mädchen?«

»Welches Mädchen?«, entgegnete Lily unschuldig.

»Die Kleine, die mit dem Blumenstrauß hier aufgetaucht ist.«

»Ach die …«

»Ja, die!«

»Die hat die Blumen nur geliefert, das ist alles.«

»Seit wann ist in diesem Land denn Kinderarbeit erlaubt?«, entgegnete Jérôme spöttisch.

»Es wurde wirklich Zeit, Arbeitskräfte sind so teuer geworden!«

Lily versuchte es mit Humor und hoffte, dass Jérôme so aufhören würde, sie zu löchern; aber er war fest entschlossen, mehr zu erfahren.

»Das war nicht zufällig die Tochter des Kerls, mit dem du dein Rendezvous hattest?«

»Man kann einfach nichts vor dir geheim halten, Jérôme!«, log Lily. »Ihr Vater wollte, dass ich ihm vergebe, weil er mich gestern so schnöde hat sitzenlassen, also hat er seine Tochter vorbeigeschickt. Was für eine Idee! Kannst du dir das vorstellen?«

»Die Kleine machte wirklich einen niedlichen Eindruck!«

»Das ist sie auch. Übrigens hab ich mich bedankt und ihr eine Schachtel Macarons geschenkt.«

Der Chef begnügte sich mit einem komplizenhaften Augenzwinkern.

»Miguel, stimmt's?«, wiederholte er vielsagend.

Sie stieß einen langen Seufzer aus und wollte sich an die Arbeit machen, als Jérôme sie fragte, ob sie einverstanden sei, ihn bei einer Veranstaltung zu vertreten. Ein russischer Oligarch feierte seine Hochzeit auf seinem Anwesen am

Cap d'Antibes und legte Wert darauf, dass der Chefkoch des Royal Eiffel alle Süßspeisen zubereitete. Er war ein guter Kunde des Hotels, und Bruno Desrosières, der Direktor, wollte ihm gern den Gefallen tun.

»Ich bin zu alt für diesen Unsinn!«, entfuhr es Jérôme.

Lily wusste nicht, warum ein Wochenende am Cap d'Antibes umgeben von einer Mannschaft aus zehn Konditoren so eine Qual sein sollte. Also nahm Jérôme sie kurz beiseite.

»Ich bin faul. Sechshundert Gäste, davon wird mir richtig schwindlig! Ich habe schon bei Dutzenden von Hochzeiten gekocht, und Antibes kenne ich auch. Wenn es Tokio gewesen wäre, hätte ich mir's vielleicht noch überlegt …«

Sie konnte ein Kichern nicht unterdrücken. Miesepetrig bestand er darauf, dass sie für ihn einsprang. Lily gab zu bedenken, dass der Direktor sicher wieder durchdrehen würde, weil ihr Chef sie einmal mehr ins Rampenlicht rückte. Jérôme war das herzlich egal.

»Außerdem ist es eine gute Übung für dich«, fügte er in leicht belehrendem Ton hinzu. »Du hast dir doch das Thema ›Hochzeit‹ für die MOF-Prüfung ausgesucht, da kommt so eine Trainingseinheit gerade recht!«

Was auch immer Lily erwiderte, dieser Reise ins Unbekannte würde sie nicht entrinnen. Immerhin würde es eine sehr komfortable Mission werden.

In der Metrolinie 2 spielte ein fünfzigjähriger Saxofonist in Dauerschleife »Yesterday«. Caroline und Victor waren bei der Hinfahrt am Ende des ersten Refrains ausgestiegen und betraten nun den Zug zur Rückfahrt am Anfang der zweiten Strophe, hörten das Lied also zeitversetzt einfach weiter.

An der Haltestelle Blanche angelangt, beeilten sie sich, zu Annie zu kommen, hatten allerdings keine Zeit mehr, bei Momo vorbeizuschauen. Sie würden ihm später Bericht erstatten. Caroline wartete hinter der Haustür im Treppenhaus des Wohnblocks auf ihre Mutter. Sie war stolz auf sich. Und an diesem Abend schlug ihr Herz sogar noch lauter für Victor.

Der drehte den Schlüssel im Schloss und rief sofort nach Annie. Der freudige Klang seiner Stimme erfüllte die Wohnung. Wie ein Strahl von Lebendigkeit, ein Stern, der von einem glücklichen Kind verkörpert wurde. Doch die Freude war wie weggeblasen, als er das Wohnzimmer betrat.

»Guten Abend, Victor«, begrüßte ihn Maïa.

Seine Gesichtszüge entgleisten ihm: Annie hatte gelogen! Sie hatte ihn nicht gedeckt! Warum sonst sollte seine Betreuerin hier sein?

Annie goss derweil ihre Zimmerpflanzen, wie sie es immer tat, wenn sie es vermeiden wollte, in ein unangenehmes Gespräch hineingezogen zu werden.

»Annie hat mir erzählt, dass du im Konservatorium geübt hast, das ist gut, Glückwunsch …«

Uff! Danke, Annie …

»Allerdings hättest du mir sagen können, dass Momo dir seine Kreditkarte freiwillig überlassen hat.«

Ertappt. Auf frischer Tat.

»Victor, ich hab noch mal über alles nachgedacht. Da diese Frau damit einverstanden ist, dich zu adoptieren, und du es auch willst, bin ich bereit, mich mit ihr zu treffen«, sagte Maïa in feierlichem Ton.

Maïa führte aus, dass sie Liliane Rémy und Irène Lafage in Kenntnis gesetzt hatte und dass auch sie die Idee nicht grundsätzlich ablehnten, dass er sich seine Mutter selbst aussuchte. Natürlich nur unter der Bedingung, dass die Kandidatin all die Bedingungen erfüllte, die für eine Volladoption vonnöten waren.

Uiuiuiuiui!

Wenn er sich unter dem Teppich hätte verkriechen können, hätte Victor das jetzt getan.

Maïa dachte, sie würde ihn wenigstens zum Lächeln bringen, doch nichts dergleichen geschah. Der Junge versuchte, seine mangelnde Begeisterung mit einem kurzen »Super« zu überspielen.

»In der Zwischenzeit verbiete ich dir, diese Person wiederzusehen, bevor ich sie nicht selbst kennengelernt habe. Hast du mich verstanden?«

Er akzeptierte die Bedingung.

»Wann, glaubst du, könntest du ein Treffen arrangieren? Außer natürlich, es ist dir lieber, dass ich das selbst übernehme.«

»Nein, ist schon gut!«, erwiderte Victor rasch und versprach, so bald wie möglich mit Lily darüber zu reden.

»Siehst du? Ich respektiere deine Wünsche«, fügte Maïa hinzu und wuschelte ihm durchs Haar.

Annie und Victor waren nun beide ins Auge des Sturms geraten. Annie vergaß darüber, die Tülle auf ihre Gießkanne zu stecken, und überschwemmte aus Unachtsamkeit einen Teil des Parketts, als sie ihre Kentiapalme wässern wollte.

»Alles in Ordnung, Annie?«, fragte Maïa beunruhigt.

Sie steckte die Tülle auf.

»Ja, ja, sie war einfach nur so ausgetrocknet!«

Kapitel 26

Drei Tage lang wartete Victor auf eine Nachricht von Lily. Maïa hatte ihn mit Fragen über sie gelöchert: »Wie alt ist sie? Wo wohnt sie? Wo arbeitet sie? Ist sie beim Fernsehen? Veröffentlicht sie Kochbücher?« … Victor hatte ihr erklärt, dass sie darüber nicht so viel geredet habe, doch er wusste, dass seine kurzangebundenen Antworten nicht ausreichen würden, um ihm mehr Zeit zu verschaffen.

Wie konnte er sie nur dazu bringen, geduldiger zu sein? Er beauftragte Momo damit, Maïa in ihrem Eifer etwas zu bremsen. Victor brauchte einfach etwas mehr Zeit, um Lily zu bearbeiten. Also lud Momo Maïa zum Abendessen ein mit der Ausrede, sie um Vergebung bitten zu wollen als kleine Wiedergutmachung für seine Geheimniskrämerei. Er lud sie in ein angesagtes Restaurant auf der Avenue Trudaine ein, was schon etwas war, weil Momo sich genau wie Victor sonst kaum aus seiner vertrauten Umgebung herauswagte.

Sogar ein schickes Sakko und ein Hemd kaufte er sich für den Anlass. Vor Aufregung vergaß Momo, die Kleidung anzuprobieren, und nahm die gewohnte Größe. Doch da er in den letzten zwanzig Jahren zwei Größen zugelegt hatte, zwickten letztendlich die Nähte, und sein runder Bauch zeichnete sich überdeutlich am Hemd ab. Trotzdem sah er in dem Sakko aus königsblauem Kaschmir elegant aus, und das Blassrosa des Hemdes brachte sein weißes Haar zur Geltung, das immerhin voll war wie das eines jungen Mannes.

Von Victor inspiriert, entschied er sich für das Parfum von Caron: *Pour un homme.*

Trotz aller Vorbehalte erlag Maïa Momos Charme. Sie fühlte sich geschmeichelt, dass er sich für sie herausgeputzt hatte. Sie fand ihn elegant, lobte sein Parfum, und er versprach ihr sofort, es niemals mehr zu wechseln. Schließlich ging Maïa bei ihm untergehakt die Rue Lepic hinunter und konnte es nicht lassen, Sophie und Élise ein bisschen zu ärgern, die gerade noch die letzten Strafzettel des Tages verteilten.

Das Restaurant war gut besucht. Obwohl es nur einige Hundert Meter vom Boulevard de Rochechouart entfernt lag, genoss Momo hier keinerlei Sonderbehandlung. Das Gebiet, über das er jahrelang geherrscht hatte, war mit der Ankunft einer neuen Generation von Café- und Restaurantbetreibern zusammengeschrumpft, was es unmöglich machte, ohne Reservierung innerhalb der nächsten halben Stunde einen Tisch zu bekommen. Ihm war das peinlich, doch Maïa versicherte ihm, wie sehr sie es schätzte, dass er seine Komfortzone verlassen hatte und einmal nicht seine übliche immergleiche Rolle spielte – die des Paten von Abbesses.

Also warteten sie bei einem Getränk an der Bar. Momo sah gut aus und fühlte sich dank Maïas Lob auch so. Sie zog mit ihrer strahlenden Schönheit die Blicke auf sich. An diesem Abend würde Momo keine Ausflüchte mehr nötig haben, nichts konnte ihn aufhalten.

»Weißt du, ich hab mich nie mit der Idee abfinden können, dass zwischen uns nie etwas laufen wird. Du sollst also wissen, dass ich warte«, sagte er, als sie mit Champagner anstießen.

Das war nicht seine erste derartige Erklärung, doch es war das erste Mal, dass er sie nicht mit einer seiner üblichen

Zoten garnierte. Er zeigte offen und aufrichtig, was er fühlte. Gerührt hielt Maïa ihm entgegen, dass ihm ein Ruf als Frauenheld vorauseile und sie deshalb nicht so genau wisse, was sie von all dem halten solle. Da gestand er ihr, dass er nur ein Gerücht am Laufen hielt, das in nichts der Wirklichkeit entsprach. Er spielte bei dem Tratsch einfach mit, als Wirt vom *La Désobéissance* wollte er nicht, dass die Leute dachten, er schlafe jeden Abend allein beim Seriengucken vor dem Fernseher ein. Dabei war genau das die Wahrheit! Momo wollte Maïas Hand ergreifen, doch sie zog sie weg und wies erneut auf ihren Altersunterschied hin.

»Du versuchst doch nur, dir das selbst auszureden«, kommentierte Momo enttäuscht.

Sie hatte sich bei ihm untergehakt und ihn mit Lob überschüttet, außerdem war da in ihren Augen dieses untrügliche kleine Leuchten, wenn sie ihn ansah. Wäre da nicht immer noch dieser verdammte Altersunterschied gewesen.

»Ich hab keine Angst vor den Blicken der anderen«, sagte sie da. »Auch nicht vor deinen weißen Haaren. Darum geht es nicht …«

Es ging eher darum, dass sie sich nie die Frage gestellt hatte, welche Liebe sie zu empfangen bereit war. Sie gab den orientierungslosen Kindern welche, und die gaben sie ihr zurück, das genügte ihr. Ihr Zölibat war der eine Vertrag, den sie feierlich mit sich selbst geschlossen hatte.

»Du verweigerst dir das Glück«, bemerkte Momo.

Sie mochte es gar nicht, wenn andere über sie urteilten.

»Nicht, wenn ich andere ein wenig glücklich machen kann«, widersprach sie und legte dabei ihre Hand auf seine.

Was Momo in diesem Augenblick spürte, beraubte ihn aller Sinne – da fragte sie der Kellner, ob sie noch etwas trinken wollten. Sie bestellten das zweite Glas und wandten sich endlich dem »Fall Victor« zu. Maïa zog sich auf ihre Verantwortung als Angestellte des Jugendamts zurück und erinnerte Momo daran, dass eine Waise das Recht darauf habe, so unverzüglich wie möglich adoptiert zu werden, und dass sie keinesfalls vorhabe, den Spatz in der Hand für die Taube auf dem Dach einzutauschen.

»Falls diese Lily ihn nicht adoptieren möchte, ist er sehr gut bei den Couturiers aufgehoben.«

Maïa war nicht naiv. Sie ahnte bereits, dass Momo mehr über die Angelegenheit wusste, als er ihr bisher anvertraut hatte. Er stritt es vehement ab, und so tat sie fürs Erste so, als glaubte sie ihm. Er nahm sich seine Lüge selbst übel und war schon drauf und dran, ihr zu gestehen, dass Lily Victor gar nicht adoptieren wollte, besann sich dann aber eines Besseren, weil er dem Jungen nicht in den Rücken fallen konnte.

»Es ist mir ja auch nicht egal, Momo«, gestand Maïa schließlich.

Sie kam auf sie beide zurück! Sie ließ die Maske fallen! Momo traute seinen Ohren nicht und gestattete sich ein zärtlich verliebtes Lächeln.

»Das verstehst du doch. Ich habe den Jungen zum Teil selbst aufgezogen. Er ist nicht wie die anderen. Er ist so voller Zutrauen … Auch ich habe immer geglaubt, dass Annie ihn letztendlich adoptieren würde. Also verstehst du vielleicht, dass ich auch nicht gerade begeistert von der Idee bin, wenn irgendjemand anderes daherkommt …«

Die große Ernüchterung. Momo war also doch nicht das Zentrum von Maïas Zuneigung. Nicht um ihn und ihre Beziehung ging es ihr – sondern um Victors Zukunft, in der vielleicht kein Platz mehr für sie sein würde.

Kapitel 27

Auf Maïas Drängen hatte Victor ein Treffen mit Lily anberaumt, obwohl er in diesem Moment noch nicht wusste, wie er sie dazu bewegen sollte zu kommen. Die Patissière hatte sich seit dem Blumenstrauß noch immer nicht gemeldet. Victor hatte nun drei Tage Zeit, einen neuen Angriff zu wagen, ihr Interesse zu wecken. Ratlos, wie er war, hoffte er darauf, dass ihm seine Freunde Ideen liefern würden. Er berief eine Krisensitzung im *La Désobéissance* ein. Immerhin: Caroline, David und José begrüßten einhellig seine Entscheidung, nicht aufzugeben.

»Wenn sie deine Wunschkandidatin ist, darfst du nicht lockerlassen!«, betonte auch Momo.

Die Kinder nickten. Nur Victor zeigte sich skeptisch.

»Aber wie denn? Ich habe das Feld behauptet, wie du gesagt hast. Aber es ist ihr egal!«

»Du darfst nicht lockerlassen! So ist es mit den Frauen!«

So einig sie sich waren – keinem der vier wollte eine Erfolg versprechende Strategie einfallen. Schließlich meldete sich David zu Wort, der sich an ein Detail erinnerte, das Victor ihnen erzählt hatte.

»Du hast uns doch gesagt, dass sie dir nicht geglaubt hat, dass du Geige spielst …«

»Er hat recht! Bring ihr ein Ständchen, stell dich vor ihr Fenster! Du weißt doch, wo sie wohnt!«, rief Momo.

»Dürfen wir mitkommen?«, fragte José aufgeregt. »Ich baggere sie für dich an, wenn du Angst hast!«

Auch Caroline war von der Idee begeistert. »Zoran hat uns doch erzählt, dass sie ihm jeden Sonntag zuhört!«

Am Tag darauf, einem Sonntag, begab sich Victor mit seinem Geigenkoffer ins Marais. Als er vor Lilys Haus ankam, war da der junge Serbe. Er spielte praktisch direkt unter dem Fenster der Patissière auf der gegenüberliegenden Straßenseite. Als er Victor sah, lächelte er ihn an. Vielleicht würde Lily ja ihr Fenster öffnen, dachte Victor. Vielleicht würde sie sich von den Klängen rühren lassen – und merken, dass »Ein Stückchen Leben« sie nicht angelogen hatte.

Als er sein Stück beendet hatte, begrüßte Zoran Victor mit Handschlag. Er freute sich, ihn wiederzusehen.

»Hallo, *Pobednik*!«

»Hallo, Zoran.«

»Spielen wir zusammen?«

Victor erklärte ihm, dass er genau deshalb gekommen sei.

»Wir verdienen gut, du wirst sehen.«

Victor spähte zum dritten Stock des Wohnhauses hinauf. Lily stand nicht am Fenster.

»Begleitest du mich?«, rief Zoran. »Schaffst du das?«

Victor nickte. Er war es gewohnt zu improvisieren, wenn er irische Musik spielte. Überrascht, einen Jungen in seinem Alter mit einer Geige auf der Straße zu sehen, blieben einige Passanten vor den beiden Musikern stehen.

»Ich hab's dir ja gesagt!«, rief Zoran zufrieden. »Spielen wir ›Bella Ciao‹! Ein Lied der Revolution! Das geht immer. Kennst du das?«

Victor hatte schon einmal in einer Fernsehserie davon gehört. Doch den Ursprung des Liedes kannte er nicht. Das

Wort »Revolution« gehörte nicht mehr zum Wortschatz seiner Generation.

»Ich spiele die Melodie, du improvisierst dazu.« Zoran gab den Takt vor: »Eins, zwei, drei, vier!«

Dann spielte er die ersten Noten. Victor beobachtete ihn aufmerksam einige Takte lang, dann stieg er ein. Zoran lächelte ihm zu, erfreut darüber, dass Victor ihm leicht folgen konnte. Immer mehr Schaulustige scharten sich um die beiden, klatschten in die Hände, und manche von ihnen sangen auch »Bella ciao! Bella ciao! Bella ciao, ciao, ciao!« mit. Es gab großen Applaus, doch als Victor wieder zu Lilys Fenster hinaufblickte, war da immer noch niemand.

Es regnete Geldstücke in Zorans Filzhut, aber Zoran wollte es nicht dabei bewenden lassen. Er warf Victor einen Blick zu und schloss sogleich eine Balkan-Melodie an, die ebenso mitreißend war wie »Bella Ciao«. Victor hatte keinerlei Schwierigkeiten, sich in den Harmonien zurechtzufinden. Von Zeit zu Zeit warf er einen Blick zum Fenster hinauf; immer noch niemand zu sehen. Er fürchtete, umsonst gekommen zu sein. So konnte er sich kaum über den kleinen Publikumserfolg auf der Straße freuen. Da sah er plötzlich mitten in der lauschenden Menge Lilys Gesicht. Sie lächelte und schüttelte dabei leicht den Kopf. Er hatte offenbar nicht vor, sie in Ruhe zu lassen. Als sie das Stück beendet hatten, warf sie ebenfalls eine Münze in Zorans Hut, der sich bei ihr bedankte. Dann trat sie zu Victor.

»Es ist wohl sinnlos, dich zu fragen, ob du rein zufällig unter meinem Fenster aufgetaucht bist.«

Verlegen sog er die Lippen nach innen, wie er es jedes Mal tat, wenn er sich schuldig fühlte. Dann hob er den Kopf. Seine Wangen glühten. »Ich bin Ihnen neulich abends gefolgt.«

Sie seufzte schwer.

Da mischte Zoran sich ein: »Das ist mein neuer Partner! Er heißt *Pobednik*! Bei uns heißt das ›Sieger‹!«

Zoran ging weiter mit dem Hut herum.

»Na sag mal, du hast ja eine Menge Vornamen!«, scherzte Lily.

Victor sah auf seine Zehenspitzen.

»Du bist also wirklich Musiker. Entschuldige, dass ich das angezweifelt habe. Und du hast wirklich Talent! Stimmt es denn auch, dass du den *Nussknacker* in der Opéra Bastille spielst?«, fügte sie dann nicht ohne Ironie hinzu.

Das brachte Victor zum Lächeln.

»Wirklich, Miguel, du bist nicht wie die anderen Jungen«, sagte sie dann, streichelte ihm über den Kopf und ging davon.

Zoran hatte inzwischen allein weitergespielt und warf Victor schon ungeduldige Blicke zu. Der stimmte sofort mit ein, doch nach dem Stück gab er Zoran ein Zeichen.

»Jetzt spielst du mal meine Musik«, rief er und stimmte die ersten Noten einer traditionellen irischen Weise an.

Überrascht improvisierte Zoran nun seinerseits, und nach vier Takten hatte er den Dreh heraus. Victor sah Lily hinterher, bis sie aus seinem Blickfeld verschwunden war.

Zwei Stunden später bestand Zoran darauf, dass sie ihre Einkünfte teilten. Victor lehnte ab. Deshalb war er nicht gekommen, sondern wegen Lily. Um »das Feld zu behaupten«, wie es ihm Momo geraten hatte. Ohne Zweifel hatte sie seine Entschlossenheit bemerkt, und er hatte nicht den Eindruck, dass sie sie ihm übel genommen hatte. Im Gegenteil. Heute hatte sie ihn schon ganz anders angeschaut. In ihrem Gesicht hatte er Erstaunen gelesen, beinahe Bewunderung.

»Du bist nicht wie die anderen Jungen« klang doch schon viel besser als: »Ich habe nicht vor, ein Kind zu adoptieren.«

Kapitel 28

An diesem Mittwochnachmittag war es für März ungewöhnlich kalt, doch immerhin hatte die Sonne nach Wochen der Dunkelheit aufgehört zu schmollen. Gott hatte zwar das Licht wieder angeschaltet, strafte die Hauptstadt aber weiterhin mit überraschenden Schauern, die unerbittlich auf die Köpfe der Pariser prasselten. Man hätte vom Glauben abfallen können.

Maïa und Victor hatten gerade bei Carette Platz genommen, einer Teestube an der Place du Trocadéro, gegenüber dem Eiffelturm. Sie waren hier um fünfzehn Uhr mit Lily verabredet. Nur dass sie nicht kommen würde. In Wahrheit hatte Victor seine Betreuerin glauben lassen, dass Lily selbst diese berühmte Patisserie als Treffpunkt vorgeschlagen hatte. Ihm war nichts anderes übrig geblieben, auf die eine oder andere Weise musste er die Existenz dieser Adoptivmutter erzwingen. Zeit gewinnen. Immerhin stand seine Zukunft auf dem Spiel.

Sie entschieden sich für einen Tisch auf der Veranda. Der Ort ähnelte einem Bonbonglas mit Art-déco-Elementen, mit all den Stuckaturen, den goldenen Flachreliefs, die auch die zentralen Säulen schmückten, den verspiegelten Mauerstücken, den Kacheln aus rotem Marmor, den rosa Marmortischchen, den Medaillonstühlen im Stil Louis XVI. und einer langen Vitrine mit Gebäck, hinter der die Kellnerinnen in schwarzen Kleidern und weißen Schürzen geschäftig hantierten. Alles gab Anlass zu der Vorstellung, dass Lily gleich in einem Kleid mit Reifrock, bestickt von den Lehrlingen von Michonet im Stil des späten neunzehnten Jahrhunderts, den Raum betreten würde.

Kaum hatte sie sich gesetzt, warf Maïa schon einen Blick auf ihre Armbanduhr. Es war genau fünfzehn Uhr. Victor versicherte ihr, dass Lily pünktlich sein werde. Dabei dachte er besorgt, dass er seinen Unterricht im Konservatorium zum zweiten Mal ausfallen lassen musste. Als er Monsieur Leriche von seiner Abwesenheit unterrichtet hatte, war er erneut mit einem sehr vorwurfsvollen Blick bedacht worden. Diesmal drohte er ihm sogar mit dem Rauswurf aus seiner Klasse. Maïa hatte den Lehrer selbst aufsuchen müssen, um ihm die Situation zu erklären. Er kannte die Geschichte des Jungen, seit er sein Schüler geworden war, und bedauerte es, dass Annie Lebien ihn nicht adoptieren konnte. Für ihn war sie ein Segen, denn ihretwegen hatte Victor im Geigenspiel einen Lebensinhalt gefunden. In den Augen von Monsieur Leriche war dieses Instrument zu einer Art zweitem Herzen des Jungen geworden. Beide, das Organ oder das Musikinstrument, halfen dem jeweils anderen, sobald es einen vorübergehenden Rückschlag erlitt. So stellte sich der Lehrer das Gleichgewicht vor, das Victor für sich hergestellt hatte. Er war der Erste, der bezeugen konnte, dass die Musik den Jungen verändert hatte.

»Familie und Gefühle sind das Wichtigste, Mademoiselle!«, hatte der Lehrer gesagt. »Ich hoffe, dass Victor die Eltern bekommen wird, die er verdient.«

Maïa beobachtete die eintretenden Gäste in der Hoffnung, Lily zu erblicken. Victor hatte ihr ein Foto gezeigt. Er hasste sich selbst für sein hinterlistiges Vorgehen, trotzdem war er bereits dabei, die nächsten Schritte zu planen. Er fragte sich, wie er Lily dazu bringen konnte, ihre Meinung zu ändern. Momo und Annie mochten volles Vertrauen in seine Überzeugungskraft haben, doch Victor machte sich nichts vor. *Man wird nicht Mutter, nur um einem elternlosen Kind einen Gefallen zu tun!*

»Erzähl mir ein bisschen von Madame Lily«, forderte Maïa ihn auf, um die Stille zu durchbrechen. »Wie oft hast du sie denn schon getroffen?«

War das eine Falle? Victor konnte ihr natürlich nicht die Wahrheit sagen.

»Nur ein Mal.«

»Und das hat ihr schon gereicht, um dich adoptieren zu wollen?«

»Sie hatte vorher schon Lust, ein Kind zu adoptieren. Und als sie mich dann getroffen hat …«

»Ja, ich hab auch fast mal eine Katze adoptiert, nachdem ich im Fernsehen eine Sendung über ausgesetzte Tiere gesehen hatte. Vielleicht ist am Tag vor eurem Treffen eine Sendung über Adoptionen gelaufen!«

Den Kindern gegenüber benutzte sie nur selten Ironie, aber sie war fest entschlossen, ihren Stummel zu beschützen, koste es, was es wolle.

»Sollen wir schon mal was bestellen?«, fragte Victor, als Lily schon eine Viertelstunde Verspätung hatte. »Dann kommt sie bestimmt …«

Die Erzieherin entschied sich für eine heiße Schokolade und ein Stück Opern-Torte. Das würde sie bei Laune halten, wo sie doch schon ziemlich ungeduldig war. Victor bestellte auch eine heiße Schokolade, wollte aber lieber an der Kuchentheke etwas aussuchen. Er entschied sich für den Mont Blanc, eine Meringue mit Schlagsahne und Kastaniencreme. Egal, wie gut oder schlecht seine Strategie aufgehen würde, zumindest hatte er Kuchen abgestaubt …

»Eine halbe Stunde Verspätung! Glaubst du wirklich, dass sie noch kommt? Ich will ja nicht Kassandra spielen, Stummel, aber ich fürchte …«

In diesem Moment klingelte Victors Handy. Pünktlich auf die Minute.

Caroline, David, José, Momo und Mathilde waren im *La Désobéissance* auf ihrem Posten.

Victor hob ab. »Ja? Ach, guten Tag, Lily. Ja, Maïa und ich warten schon ewig auf Sie …«

Er setzte unmittelbar eine betrübte Miene auf.

Am anderen Ende der Leitung hatte Mathilde ihre Stimme verstellt. Die Kellnerin hielt sich genauestens an den Text, an dem sie am Vortag alle gemeinsam gefeilt hatten. Sie bat darum, mit Maïa sprechen zu dürfen.

»Ja, ich geb sie Ihnen …«

Er war ein guter Schauspieler, und so reichte Victor sein Handy mit einem Ausdruck des Erstaunens an die überrumpelte Maïa weiter.

»Guten Tag, Madame, gibt es ein Problem?«, fragte sie in betont herzlichem Tonfall.

»Ja, es tut mir furchtbar leid, ich bin wirklich schusselig. Ich hatte eine Besprechung mit meinem Chef und dem Hoteldirektor und konnte Sie deshalb nicht früher anrufen. Jetzt ist es zu spät, ich muss arbeiten, aber ich hoffe, dass wir uns bald kennenlernen …«

Maïa hatte das Gefühl, dass Lily einen Wortschwall losließ, um zu verhindern, dass sie dazwischenfragen konnte. Doch gerade als die Patissière auflegen wollte, gelang es ihr noch, etwas zu sagen …

»Ich hätte nur eine winzige Frage … Victor hat mir erzählt, dass Sie schon eine Adoption ins Auge gefasst hatten, bevor Sie ihn kennengelernt haben … Haben Sie denn schon eine amtliche Genehmigung?«

Mit dieser Frage hatten sie, als sie die Situation durchgespielt hatten, überhaupt nicht gerechnet. Victor geriet in Panik und hoffte inständig, dass Mathilde sie allein meistern konnte.

»Ja, selbstverständlich!«, antwortete sie.

Momo schüttelte hektisch den Kopf und formte mit den Lippen ein stummes »Nein«. Er wusste genau, worum es sich bei einer amtlichen Genehmigung handelte, denn dank Maïa war er bestens über Adoptionen informiert.

Als sie Momos Mimik bemerkte, verbesserte Mathilde sich schnell. »Äh, nein! Nein, natürlich habe ich noch keine amtliche Genehmigung! Entschuldigung, ich hatte Sie falsch verstanden.«

Die Erzieherin blieb misstrauisch.

»Gut, ich muss dann mal weitermachen«, sagte Mathilde. »Ich muss mich um meine Croissants kümmern.«

»Wann können wir denn ein neues Treffen ansetzen?«, fragte Maïa. »Wenn Sie sehr beschäftigt sind, können wir uns auch in der Nähe Ihrer Arbeit treffen.«

Victor saß wie auf glühenden Kohlen, konnte es kaum erwarten, dass Mathilde auflegte. Es galt, jede weitere unkontrollierte Abweichung vom geprobten Text zu vermeiden. Tatsächlich musste Mathilde improvisieren – während Momo ihr bedeutete, das Gespräch zu beenden.

»Ach ja, Entschuldigung, das muss ich mit meinem Chef besprechen … Aber natürlich können wir uns auch in meiner Gegend treffen, wenn Sie das wünschen.«

»Wo arbeiten Sie denn?«

Das war der Augenblick, in dem Victor absichtlich ungeschickt die heiße Schokolade umstieß. Das Getränk tropfte auf die Turnschuhe, die ihm Maïa zu diesem Anlass geschenkt hatte.

»Oh nein! Die neuen Turnschuhe!« In der Aufregung legte sie das Handy auf dem Tisch ab und nahm eine Serviette, um die triefende Schokolade aufzuwischen.

Victor nutzte die Gelegenheit, um sich das Smartphone zu schnappen, sich von »Lily« zu verabschieden und aufzulegen.

Trotz des geplatzten Treffens versprach Maïa ihm, dass sie nichts gegen seinen Willen unternehmen werde.

Am folgenden Tag wollte sie Victor gerade mit dem Auto abholen, als sie ihn mit Caroline, David und José den Montmartre hinauflaufen sah. Sie bat ihn einzusteigen.

»Wir treffen uns bei Momo«, rief er seinen Kameraden zu, bevor er die Tür zuschlug.

Das hoffe ich wenigstens …

Maïa entschuldigte sich, ihn an seinem geliebten Donnerstagnachmittag zu stören, aber sie musste unbedingt mit ihm reden. Sie erklärte ihm, dass sie keine Zeit mehr verlieren wolle. Sie hatte sich noch weitere Akten von möglichen Adoptiveltern angesehen, doch außer Fred und Sandrine war niemand darunter, der zur Adoption eines älteren Kindes bereit wäre.

»Ich will einfach nicht, dass du bis zu deiner Volljährigkeit zwischen Pflegefamilien und Heimen hin- und hergeschoben wirst, Stummel.«

Genau das konnte passieren, falls er nicht adoptiert wurde, bevor Annie in Rente ging.

»Das alles kann doch nicht umsonst gewesen sein, verdammt!«, rief sie enttäuscht.

Das Geholpere, das das Pariser Straßenpflaster unterstützt durch die uralten Stoßdämpfer ihres Polos verursachte, spiegelte die Unordnung wider, die seit Tagen in Maïas Kopf herrschte. Wenigstens überdeckte es das Zittern, das in ihrer Stimme lag, als sie weitersprach.

»Mir ist es völlig egal, ob du von den Couturiers oder Madame Lily adoptiert wirst, solange sie dir das Leben bieten, das du verdienst! Heute bist du ein wohlerzogenes Kind und ein begabter Musiker und hast die Möglichkeit, zu einem großen Virtuosen heranzureifen. Für ein Kind in staatlicher Obhut hast du einen außergewöhnlichen Weg hinter dir. Du hast immer die gute Seite in allem gesehen, hast immer gelächelt, weil tief in dir drin ein ewiges Lächeln steckt, du hast Humor, und schau dich doch mal an …«

Sie strich ihm die blonde Locke beiseite, hinter der sich in diesem Moment ein sehr ernster Blick verbarg.

»Du bist ein so hübscher Junge! Ich bin mir sicher, dass die kleine Caroline in dich verliebt ist. Und auf sie werden noch viele weitere folgen, da mach ich mir keine Sorgen. Du wirst sogar richtige Fans haben, da bin ich mir sicher!«

Dann kehrte sie zur verwaltungstechnischen Seite seiner Situation zurück.

»All diese Angelegenheiten brauchen Zeit, das weißt du sehr gut. Daher haben wir unsere Suche nach geeigneten Eltern ein wenig beschleunigt.«

Maïa parkte auf der Rue des Abbesses, ein paar Meter von der Einmündung der Rue Lepic entfernt. Sie erklärte Victor, dass er Gefahr lief, eines Tages in einem Kinderheim in der Pariser Banlieue zu landen, dass er die Schule würde wechseln müssen, womöglich nicht mehr aufs Konservatorium gehen könnte, dass er vielleicht sogar das Geigenspiel aufgeben und seine Träume und Freunde verlieren würde – und alles andere, was sein Leben jetzt so schön machte.

»Musiker gehören nicht ins Kinderheim.«

Da er den Kopf gesenkt hielt, legte Maïa sanft beide Hände auf Victors Wangen und schaute ihn dann direkt an. Er weinte. Sie trocknete seine Tränen mit den Daumen.

»Du hast mir mal erzählt, dass du den Sternen zuhörst. Dein guter Stern sind heute Sandrine und Fred. Oder vielleicht auch Madame Lily, ich weiß es nicht. Sag dir einfach, dass du zwei gute Sterne hast. Und dass der beste von ihnen gewinnen möge! Aber lass sie beide an deinem Himmel strahlen!«

Er erwiderte ihr Lächeln und nickte.

»Sag Madame Lily, dass ich jederzeit bereit bin, sie zu treffen. In der Zwischenzeit arrangiere ich ein Treffen mit Sandrine und Fred. Bist du damit einverstanden?«

Victor akzeptierte. Maïa hatte die richtigen Worte gefunden. Er wollte nicht bis zu seiner Volljährigkeit von Heim zu Heim geschoben werden. Und falls Lily sich wirklich weigern sollte, ihn zu adoptieren, war es genau das, was ihm drohte.

»Also, geh schon!«, sagte Maïa. »Du hast nur noch zwei Stunden Ausgang«

Er stieg aus dem Auto, lief die Rue des Abbesses hinunter und bog dann in die Rue Lepic. Es war, als würde er sich plötzlich zwischen zwei Geliebten aufteilen. Zwischen derjenigen, die man für ihn ausgewählt hatte, und derjenigen, die er sich selbst ausgesucht hatte und um die er sich so lange bemühen würde, bis sie sich endlich auch für ihn interessierte.

Kapitel 29

Ein Page in rot-goldener Uniform betätigte die Drehtür für die Gäste. Es war *Tea Time* im Royal Eiffel.

Caroline trat als Erste ein. Zuerst mischte sie sich unauffällig unter die Gäste, um nicht von Carine, der Rezeptionistin, wiedererkannt zu werden. Sie verbarg ihr Gesicht hinter ihrem Cellokoffer und durchquerte ohne zu zögern den Eingangsbereich. Endlich verschwand sie in der Damentoilette, die sie sich von ihrem ersten Besuch gemerkt hatte.

Nach ihr ging José durch die Hoteltür. Er hatte in einiger Entfernung auf dem Gehweg gewartet und sich dann unter eine Gruppe von Touristen gemischt, die gerade aus einem schwarzen Kleinbus gestiegen war. Zielstrebig durchquerte er ebenfalls den Eingangsbereich in der Richtung, die Caroline ihm aus dem Gedächtnis und mithilfe einiger Bilder aus dem Internet beschrieben hatte. Er ging auf direktem Weg zu den Herrentoiletten.

Es folgten David und schließlich Victor. Ein paar Minuten später standen die drei Jungs vor den blitzsauberen Urinalen. Wortlos holten sie die Instrumente aus ihren Koffern, die sie zusammen mit ihren Daunenjacken in den Schränken unter den Waschbecken verstauten. Dann sprachen sie einander Mut zu und gesellten sich zu Caroline, die sie bereits in der Nähe des großen Saals hinter einer Marmorsäule erwartete.

Mit ihren Instrumenten bewaffnet, waren sie bereit loszulegen. Sie hatten ihren Plan am Vortag bei Momo entworfen und sogar Annie als Komplizin gewonnen. Sie würde sich ein Alibi für die Eltern der Kinder ausdenken.

Die Titelmelodie von *Titanic* erfüllte die Luft in dem Raum, in dem die Gäste ihr Gebäck aßen. Die Harfenistin hatte die Anweisung, »leise« zu spielen, und so war eine der schönsten Melodien der Welt zu einem faden, kaum hörbaren Sirup geworden. Victor trat als Erster hinter einer der Säulen hervor, die den Saal einrahmten. Er stimmte in die Melodie ein und verlieh dem Stück dabei eine ganz eigene Dynamik, trieb die überraschte Harfenistin zu einem höheren Tempo an. Die keltischen Harmonien des Lieds beherrschte er problemlos.

Zunächst irritiert, nahm die Musikerin, die zu dem blutleeren Spiel verdonnert worden war, nun ihrerseits etwas Tempo auf. Die Gäste blickten sich neugierig nach der Quelle der Geigenklänge um. Victor durchquerte den Saal, wobei er die erstaunten, teils entsetzten Blicke der Kellner einfach ignorierte. Sobald er bei der Harfenistin angelangt war, bewegte sich auch Caroline auf die Musikerin zu, setzte sich neben sie und stimmte ihrerseits mit dem Cello ein. Dann folgten José und David, die aus unterschiedlichen Ecken des Saals kamen. Sie gesellten sich zu der Gruppe, und das Zusammenspiel entwickelte sich zu einem kleinen improvisierten Konzert.

Die Musik wurde lauter. Die Harfenistin freute sich offenkundig über etwas Abwechslung und grinste bis über beide Ohren. Sie spielten eine irische Suite, wie Victor und seine Freunde es sonst in Annies Wohnung taten. Die Gäste schienen ganz entzückt darüber, dass das Hotel ihnen so eine Vorstellung bot – umso mehr, da es sich bei den Musikern mehrheitlich um Kinder handelte.

Der Oberkellner fragte sich, wer diese Kinder wohl seien. Hatte die Veranstaltungsmanagerin sie eigens für diese Gelegenheit engagiert? Einer der Kellner vermutete, dass sie vielleicht selbst Hotelgäste waren – junge Musiker auf Tournee oder einfach die Kinder vornehmer Gäste.

Als die Gruppe gerade ein Stück beendete, nutzte der Oberkellner die Gelegenheit und fragte direkt denjenigen, der ihr Bandleader zu sein schien.

»Ich bin ein guter Bekannter von Lily!«, antwortete Victor ohne zu zögern.

Das war die Zauberformel. Jedenfalls glaubte er das.

»Lily?«

»Die Patissière!«

»Weiß sie denn, dass du hier bist?«

»Ja, natürlich!«

Er log schamlos, aber ziemlich gut, so wie immer. Wie es ein Kind eben tut, das davon überzeugt ist, mit seinem Charme und seiner Unschuld durchzukommen. Doch der Oberkellner blieb misstrauisch.

»Wie heißt du denn, junger Mann?«

»Vic… äh … Miguel.«

Er hoffte, dass der Oberkellner Lily Bescheid sagen würde. Beim ersten Versuch mit Zoran hatte sich diese Taktik nicht als erfolgreich erwiesen, doch vielleicht wäre das Ergebnis nun, mit einer ganzen Kavallerie an seiner Seite, ein anderes.

In ihrem Überschwang stimmten die Musiker nun das Stück an, das sie schon so oft geprobt hatten: »Toss The Feathers«.

»Miguel!«, rief Lily entsetzt, als der Oberkellner ihr mitteilte, was sich gerade im Saal abspielte.

Ohne die Schürze abzunehmen, stürmte sie aus der Patisserieküche. Die Kinder waren gerade mitten im Stück, als sie durch die Schwingtür kam, die den Saal mit der Küche verband. Zahlreiche Gäste klatschten, von Refrain und Rhythmus mitgerissen, mit. Im selben Moment wie Lily traf auch Carine, ein, alarmiert durch einen ebenso ungewöhnlichen wie unangemessenen Geräuschpegel. Lily gab ihr ein Zeichen, dass sie sich darum kümmern werde, und ging dann geradewegs auf die Gruppe zu. Schäumend vor Wut, baute sie sich mit verschränkten Armen vor Victor auf, musste aber warten, bis sie ihr Stück beendet hatten. Die Gäste applaudierten frenetisch. Die Kinder und die Harfenistin verbeugten sich. Statt wie geplant loszuschimpfen, zögerte Lily. Die Begeisterung des Publikums hatte sie aus dem Konzept gebracht. Victor bemerkte das. Sie lächelte gequält, um ihren Unmut zu überspielen, nahm Victor dann aber beiseite und zog ihn hinter eine der Säulen.

»Nein, also, ich träume wohl! Ich finde, du schuldest mir ein paar Erklärungen, denkst du nicht?«

Er berichtete ihr, wie er Detektiv gespielt und den Namen des Hotels auf Zorans Macaronschachtel gelesen hatte. Sie war erschüttert darüber, mit welcher Hartnäckigkeit der Junge sich seiner Sache verschrieben hatte.

»Victor …«

Lily redete ihn mit seinem richtigen Vornamen an; sie klang nicht mehr verärgert, nur ernst. Sie kauerte sich vor ihn hin, um auf Augenhöhe mit ihm zu sein.

»Es hat keinen Sinn, mich zu bedrängen. Du bist sehr beeindruckend, du bist klug, sehr talentiert, du bist ganz sicher ein wundervoller kleiner Junge, aber ich werde niemals deine Mama.«

Als er etwas erwidern wollte, schnitt sie ihm das Wort ab: »Und nein, ich will dich noch immer nicht ›ausprobieren‹. Ich hoffe stattdessen, dass du eines Tages ebenso große Energie an den Tag legst, wenn es um die Frau deines Lebens geht. Ich bin sicher, sie wird dir nicht widerstehen können. Und jetzt packt ihr das alles wieder zusammen, bevor der Hoteldirektor hier auftaucht, denn bei ihm kommt ihr nicht so glimpflich davon!«

Victor sah gekränkt zu Boden.

»Kennen Sie diese Kinder?«

Lily kauerte noch immer, als sie den Kopf hob und Bruno Desrosières erblickte. Der Direktor trug einen dunklen Anzug und warf, das Licht des Kronleuchters verdeckend, einen bedrohlichen Schatten auf sie.

Selbst als sich Lily aufrichtete, überragte er sie noch um ein gutes Stück.

»Ja, na ja, wenn man so will …«

»Nein, Monsieur, wir kennen uns nicht«, mischte Victor sich ein. »Sie wollte uns gerade bitten zu gehen.«

»Also, kennen Sie ihn jetzt oder nicht?«, wiederholte Desrosières an Lily gewandt seine Frage.

»Ja, ich kenne ihn«, murmelte sie. »Er … er ist ein Junge aus dem Viertel, er spielt mit seinen Freunden bei der Metrostation …«

»Wir wollten nur um ein bisschen Geld betteln!«, erklärte Victor und hielt das für ein ehrbares Motiv.

»Betteln? In *meinem* Hotel?«

Lily ging dazwischen, als er Victor befahl, ihm in sein Büro zu folgen, um die Angelegenheit zu bereinigen.

»Sie wollten gerade gehen, Monsieur. Wollen wir sie wirklich in eine solch unangenehme Lage bringen? Es sind doch noch Kinder.«

»Für den Moment ist es mir vor allem unangenehm vor meinen Gästen«, erwiderte Desrosières trocken.

Nachdem Victor erklärt hatte, dass es allein seine Idee gewesen war, schickte der Direktor die anderen Kinder unter Androhung, beim nächsten Mal die Polizei zu rufen, weg. Dann nahm er Victors Geige an sich und forderte Lily und Victor auf, ihm zu folgen.

Sie durchquerten wieder den Eingangsbereich des großen Dampfers, Schauplatz so vieler Alltagsdramen und -komödien. Desrosières sah sich als Hüter von Recht und Ordnung; er liebte die Macht, die ihm aufgrund seiner Position zufiel. Seine Angestellten fürchteten ihn, außer in der Küche, denn dort war das Verhältnis umgekehrt: Die Köche und ihre Belegschaft sicherten den Ruf des Royal Eiffel. Große Chefs in der Küche und ein kleiner Chef, der das Hotel verwaltete. Nur Jérôme fand in seinen Augen Gnade. Sobald Desrosières seine Autorität ausspielen konnte, tat er das auch, wütend, dass er nicht die Hoheit über die Küche besaß.

Jetzt hatte der Direktor hinter seinem Schreibtisch Platz genommen, während Victor und Lily vor ihm stehen blieben. Seit sie ihren Arbeitsvertrag unterzeichnet hatte, hatte sie nie mehr einen Fuß in dieses Büro gesetzt.

»Gib mir die Telefonnummer deiner Eltern!«

Der Junge spürte, wie sein Herz zu rasen begann. Eisiges Schweigen breitete sich aus, kalt und so erdrückend, dass man den eigenen Atem hören konnte.

»Ich habe keine.«

Der Direktor seufzte einmal lang und entnervt und legte den Hörer des Festnetztelefons, den er gerade abgenommen hatte, wieder auf.

»Du bist nur ein kleiner Geschichtenerzähler! Es ist erstaunlich, jedes Mal wenn wir im Hotel einen Dieb schnappen, ist er wie zufällig minderjährig und Waise. Bist du Franzose?«

»Sie sollten sich schämen!«, rief Lily außer sich. »Gleich behaupten Sie noch, der Junge wäre Mitglied einer Bande von Taschendieben!«

Victor staunte, dass sie sich so für ihn in die Bresche warf.

»Wie sollte ich denn Ihrer Ansicht nach auf eine Bande von Gören reagieren, die den Hotelgästen Geld abpresst?«

»Abpresst?«, brauste sie auf. »Sie sind wirklich ein wandelndes Klischee!«

»Sie sollten in einem anderen Ton mit mir sprechen, Mademoiselle Vernet!«

Es war das erste Mal, dass Victor Lilys Familiennamen hörte.

»Mit Vergnügen«, erwiderte sie. »Sobald Sie in einem anderen Ton mit dem Jungen sprechen.«

»Aber Sie sehen doch selbst, dass dieser Junge nichts als ein Lügner ist. Ein schamloser Unruhestifter!«

Victor senkte den Kopf, musste aber dennoch lächeln. Die Art und Weise, wie Lily sich mit ihrem Vorgesetzten stritt, um ihn zu schützen, bewies, dass sie eine großartige Mutter abgeben würde. *Seine* Mutter.

Dem Direktor fiel das Grinsen des Kindes auf.

»Bringt dich das zum Lachen, du Rotzlöffel? Unverschämtheit! Ich habe den Eindruck, dass man dich da, wo du herkommst, nicht viel über die Regeln des Anstands und der Höflichkeit gelehrt hat.«

Victor fühlte sich erniedrigt. Nicht weil seine Erziehung infrage gestellt wurde, sondern weil es um seine Herkunft ging. Was Lily betraf, so gab es wenige Dinge, die sie unerträglicher fand als Ungerechtigkeit.

»Wie können Sie es wagen, so mit einem Kind zu sprechen!«, empörte sie sich. »Sie klingen wie Javert in *Die Elenden*!«

»Wilde Tiere entlässt man auch nicht wieder in die Freiheit, Mademoiselle Vernet.«

»Man könnte meinen, dass das hier gar nichts mit den Kindern zu tun hat, sondern dass Sie nur offene Rechnungen mit mir begleichen wollen!«, entfuhr es ihr.

Desrosières sagte nichts. Er mochte Lily nicht mehr oder weniger als Prudence oder die anderen Küchenangestellten. Sein autoritäres und bisweilen cholerisches Verhalten gründete eher auf einem allgemeinen Minderwertigkeitskomplex.

»Was haben sie denn schon angestellt?«, hakte Lily nach. »Sie haben ein Stegreifkonzert in Ihrem Speisesaal gegeben! Und dabei Riesenerfolg gehabt! Ich wette, die Gäste würden sich über eine Zugabe freuen!«

Angesichts des Beifalls, den die Gruppe erhalten hatte, fiel dem Direktor keine Erwiderung ein. Verzweifelt suchte er nach einer Antwort, kam aber auf keine.

Lily zeigte auf Victor. »An seiner Stelle würde ich eine Gage für diese Leistung von Ihnen verlangen.«

»Sie sind ja noch schlimmer als er!«, rief Desrosières.

Lily hatte genug und wurde erneut laut. »Und jetzt geben Sie ihm seine Geige zurück. Sie haben kein Recht, sie einzubehalten. Dann bringe ich ihn höchstpersönlich zu seinen Eltern zurück.«

»Ich dachte, er hätte keine!«

»Glauben Sie etwa, er wohnt in einem Karton an der Straßenecke?« Sie griff sich die Geige und reichte sie Victor. »Komm mit!«

Sie verließen das Büro. Lily machte sich nicht die Mühe, die Tür hinter sich zu schließen, sodass der Hoteldirektor im Durchzug sitzen blieb.

Lily begleitete Victor in die Hotelhalle.

»Danke«, sagte er.

»Ich habe nur getan, was ich für richtig hielt. Dieser Mann ist ein richtiger Rüpel, wenn er sich anstrengt.«

»Er wird Ihnen jetzt böse sein …«

»Ach, weißt du, der ist mir schon lange böse.«

Das führte sie nicht weiter aus.

»Stimmt es, dass Sie mich zu Annie bringen?«

»Nein, Victor, das hab ich nur gesagt, damit er nicht die Polizei ruft. Dazu ist er durchaus fähig! Ich denke, dass es das Beste für alle Seiten ist, wenn du allein nach Hause gehst.«

Victor holte die Sachen, die er in der Herrentoilette deponiert hatte. Dann schnallte Lily ihm den Gurt seines Geigenkoffers über die Schulter und legte ihm sorgfältig den Schal um den Hals. Was passiert war, war ihr peinlich und tat ihr leid. Sie gab sich selbst die Schuld daran, weil sie damals auf »Ein Stückchen Leben« geantwortet hatte – erst das hatte die ganze Sache ins Rollen gebracht.

»Ich bin mir sicher, dass es irgendwo eine Mutter gibt, die dich verdient«, sagte sie und küsste Victor sanft auf die Wange.

Er bedankte sich mit einem Kopfnicken und fühlte, wie ihn ein Strom der Trauer ergriff, ein Gefühl, im Stich gelassen zu werden.

»Also … Auf Wiedersehen, Victor. Pass auf dich auf, und viel Glück.«

»Auf Wiedersehen, Madame.«

»Lily.«

Er bestätigte das wieder mit einem knappen Nicken und ging dann schnell durch die Drehtür, ohne sich noch einmal umzusehen.

Sobald er das Hotel verlassen hatte, schickte Victor eine SMS an Caroline, José, David und Annie, dass sie sich keine Sorgen zu machen brauchten. Dann blieb er stehen.

Nein, so kann es nicht enden.

Der Junge hatte in Lilys Augen gesehen, dass er ihr nicht gleichgültig war. Die Art, wie sie ihn gegen die Vorwürfe des Hoteldirektors verteidigt hatte, war für ihn eine Bestätigung, dass er richtiglag. Aber er musste sicher sein.

Beim Umrunden des Hotels entdeckte er den Dienstboteneingang. Er zögerte kurz und lief dann darauf zu. Die Tür stand offen. Ein Lieferant hatte gerade eilig eine Kiste Kaviar von seinem Laster geladen und trat nun ein, indem er die Tür mit dem Fuß aufdrückte. Victor nutzte die Gelegenheit, um hinter ihm hindurchzuschlüpfen, und ging dann zum Empfang. Ein Wachmann fragte ihn, was er wolle, und er erwiderte, dass er Madame Vernet besuchen wolle. Der Wachmann rief sie an.

Dreißig Sekunden später tauchte Lily auf.

»Victor? Hast du was vergessen?«

Der Junge setzte alles auf eine Karte.

»Sie haben dem Direktor vorhin doch gesagt, dass ich eine Gage verdiene, und da ich ein bisschen Hunger habe, hab ich mich gefragt, na ja … Ich lasse mich gern in Macarons bezahlen …«

Sie lachte auf. »Du hast wirklich Mut! Ich weiß nicht, ob ich noch welche habe, aber wir sollten schon etwas finden, was als Bezahlung taugt. Komm mit in die Küche. Aber in einer Viertelstunde verschwindest du dann wirklich. Ich muss die Spätschicht übernehmen, und außerdem gehe ich davon aus, dass dich deine ganze Clique erwartet. Sie brennen doch bestimmt darauf, dass du ihnen von deinem Abenteuer berichtest …«

Victor nahm das Angebot an. Lily mochte diesen Jungen wirklich. Etwas in seinem Blick war ihr sehr vertraut. Sie legte ihm den Arm um die Schulter und führte ihn in die Küche.

»Ich habe auch meinen Papa verloren, weißt du«, gestand sie ihm unterwegs.

Er traute sich nicht, etwas darauf zu erwidern, und hielt diese Bemerkung für einen ersten Vertrauensbeweis. Sie gingen durch die Schwingtür, die hinter die Kulissen des Hotels führte. Dann näherten sie sich der Patisserieküche. Der immer stärker werdende verlockende Duft nach Gebäck und Konditorcreme ließ Victor das Wasser im Mund zusammenlaufen.

Er warf Lily einen seligen Blick zu. »Das riecht gut!«

Stolz zeigte sie ihm ihr Reich, wie eine Zauberin, die ihre Tricks enthüllt.

»Das alles braucht man zum Kuchenbacken?«, fragte er mit großen Augen.

Da Victor alles bestaunen musste – von den »Küchensoldaten« in Weiß, die hochkonzentriert bei der Arbeit waren, über die Öfen, die Arbeitsutensilien, Rührgeräte und Knetmaschinen, die riesigen Schüsseln, die Schneeschlagkessel aus Edelstahl in allen Größen bis hin zu den Auslagen voller Tortenböden –, vergaß er weiterzugehen. Lily nahm ihn bei der Hand, zog ihn mit sich. Er folgte ihr und beobachtete Jérôme dabei, wie er, mit dem Rücken zu ihm stehend, Damien zurechtwies.

»Darf ich euch Victor vorstellen«, erklärte Lily mit lauter Stimme an die gesamte Mannschaft gewandt.

Jérôme drehte sich um. Der Junge sah zu ihm auf.

»Du bist also derjenige, der den Speisesaal für das Olympia hält!«, brummte er mit übertrieben bedrohlicher Miene.

Doch dann setzte Jérôme wieder seinen schelmischen Gesichtsausdruck auf und schüttelte dem Jungen die Hand.

»Die Feinde des Chefs sind meine Freunde, mein Kleiner. Ich bin Jérôme Divan. Jérôme für den engsten und ›Kanapee‹ für den allerengsten Kreis!«

Victor warf Lily einen fragenden Blick zu. Er hatte absolut nichts von der Anspielung auf das »Kanapee« verstanden und fragte sich noch immer, wen er vor sich hatte, außer dass es sich offensichtlich um das älteste Mitglied der Belegschaft handelte. Außerdem konnte er es kaum fassen, wie sehr Jérôme ihn an Momo erinnerte.

Victor schaute sich um. Über einem Arbeitsplan hingen große Skizzen an der Wand. Eine zeigte den Mast einer Galeone mitsamt Aussichtskorb, die zweite eine Hochzeitstorte mit Fabergé-Eiern, die dritte ein schwereloses Hochzeitspaar inmitten zweier miteinander verbundener Ringe, die wie Planetenringe wirkten. Jérôme merkte, dass sich der Junge über die Skizzen zu wundern schien. Er erklärte ihm, dass Lily sich diese Dekorationen ausgedacht hatte, die anlässlich der Hochzeit eines russischen Milliardärs am Cap d'Antibes aus Zucker entstehen würden. Er nutzte die Gelegenheit, einmal mehr das Talent der Patissière zu rühmen.

»Wenn das mal keine Spitzenkraft ist!«

Da erhielt Lily einen Anruf auf dem Festnetztelefon des Hotels. Eine Sekretärin wollte mit ihr die logistischen Details ihrer Reise nach Antibes besprechen. Sie bestätigte die Abflugzeiten und das Datum und legte dann wieder auf.

Jérôme rief sie zu sich.

»Wir sind hier noch nicht fertig. Woher kennt ihr beiden euch eigentlich?«

Lily zögerte mit der Erklärung, ihr fiel keine glaubwürdige Geschichte ein, die sie hätte erzählen können.

»Also, Victor, der junge Mann vor dir … Victor ist …«

»Ja?«, fragte Jérôme.

Sie wand sich und suchte nach Worten.

»Er ist Miguel.«

»Super! Und wer ist Miguel?«, fragte der Chef.

Dann wandte er sich direkt an den Jungen: »Heißt du jetzt Victor oder Miguel?«

Jérôme hatte den Zusammenhang zwischen ihm und dem Miguel von der Datingseite noch nicht hergestellt.

»Miguel? Meinst du etwa *den* Miguel?«, mischte sich Prudence in diesem Moment ein, die mit einem Ohr gelauscht hatte.

Dann trat sie neugierig näher. Lily bestätigte ihre Worte mit einem Nicken.

»Nein!«, rief Jérôme.

Er konnte es nicht fassen und betrachtete verblüfft den kleinen Mann, den er sich dann doch um einiges älter vorgestellt hatte. Da er nicht mehr schauspielern musste, fiel eine Riesenlast von Victor ab. Lily nutzte die Gelegenheit, ihn Prudence vorzustellen. Und da sie und Jérôme nun schon über die Grundlage ihrer Bekanntschaft Bescheid wussten, kam sie nicht umhin, alles offenzulegen.

Beide lauschten ihr mit offenem Mund, als Lily ihnen wie staunenden Kindern die ganze Abenteuergeschichte erzählte.

»Das ist ja mal 'ne Geschichte!«, rief Prudence. Lily tat es als »großes Missverständnis« ab, fuhr dann aber fort.

Sie hatte sich in eine Chronistin verwandelt, und bei jeder unerwarteten Wendung der Geschichte richteten sich zwei Augenpaare auf Victor, der sich damit begnügte, Jérôme und Prudence, die aus dem Staunen nicht herauskamen, ein verlegenes Lächeln zu schenken. Als Lily fertig war, verdrückte Prudence sogar eine Träne. Auch Jérôme war gerührt. Er nahm Victor bei der Hand und zeigte ihm seine Küche.

»Aber dieser Kleine ist ja zum Anbeißen!«, rief Prudence überwältigt.

»Ja, der ist sogar zum ›Schwachwerden‹!«, erwiderte Lily lächelnd. »Und ich sag dir, wenn er dreißig Jahre älter wäre und eine Frau suchen würde, und keine Mutter, würde ich mir das mit dem ›Anbeißen‹ überlegen«, scherzte Lily.

»Ich kann mir dich gut mit Kind vorstellen.«

»In nicht mal zwei Monaten bin ich beim MOF-Finale, wenn ich dich daran erinnern darf!«

Prudence machte eine Pause, dann fügte sie hinzu: »Was ich dir damit sagen will, ist, dass du dich mit einem Kind viel besser fühlen würdest.«

»Aber mir geht es doch auch so gut!«, protestierte Lily.

»Wir haben alle unsere Schwächen, meine Schöne.«

»Eben! Ich habe Wunden, die noch nicht vernarbt sind, und das ist doch ein guter Grund, sie nicht einem Jugendlichen zuzumuten, der auch so schon genug Probleme hat.«

»Ganz im Gegenteil, ihr könntet euch gegenseitig heilen!«, erklärte Prudence.

»Wenn ich eines Tages ein Kind bekomme, möchte ich, dass es eine Mutter und einen Vater hat!«

Damit wandte sich Lily Jérôme und Victor zu. Der Konditormeister hatte dem Jungen eine Augenbinde verpasst, damit er die Kuchen, die er kostete, nicht sehen konnte.

»Übernimmst du jetzt schon seine Ausbildung?«, fragte Lily.

Auf diese Weise hatte Jérôme selbst gelernt, seinen Geschmackssinn zu schärfen. Und dieselbe Tortur hatte er wiederum Lily auferlegt, als sie bei seiner Truppe angeheuert hatte. Alle mussten da durch, und alle hassten es – außer Victor, der sich dafür begeisterte. Er schlug sich den Bauch voll, ohne die verschiedenen Geschmäcker noch allzu sehr voneinander unterscheiden zu können. Hauptsache, er hatte stets einen vollen Mund. Jérôme konnte ihm so viel raten, die Schlagzahl zu verringern, wie er wollte, der Junge war einfach ein Vielfraß.

Lily lachte. Es war das zweite Mal, dass Victor sie lachen hörte, seit er durch den Lieferanteneingang gekommen war. Es gefiel ihm, selbst wenn sie sich freundlich über ihn lustig machte.

»Wenn du deinen Mund sehen könntest … schokoladig, krümelig, cremig, fruchtig! Oh ja, man könnte sagen, dass du unser Haus gut repräsentierst!«

Er nahm die Augenbinde ab, betrachtete sein Spiegelbild in einem glänzenden Topf und brach dann seinerseits in Gelächter aus.

»Wenn du nicht Musiker wärst, würdest du einen guten Konditor abgeben«, erklärte Jérôme.

»Mein Geigenlehrer hat es genau wie Sie gemacht. Als ich noch klein war, hat er mir die Augen verbunden, damit ich auswendig spielen lerne.«

Lily hielt ihm eine Papierserviette für seinen verschmierten Mund hin und machte ihn darauf aufmerksam, dass es schon fast sieben war. Zeit heimzugehen. Dann begleitete sie ihn zum Lieferanteneingang.

»Ich sage jetzt nicht ›bis später‹«, scherzte sie.

»Auf Wiedersehen, Mada…« Er stockte und verbesserte sich: »Auf Wiedersehen, Lily.«

Nach einem Wangenkuss verschwand er.

»Ich werde niemals deine Mama.«

Victor begann allmählich, das zu akzeptieren. *Wer weiß, vielleicht könnte sie ja etwas anderes als eine Mutter werden,* dachte er auf dem Nachhauseweg.

Er war zwar schon zu spät, schaute aber noch im *La Désobéissance* vorbei. Gespannt auf Neuigkeiten, hatte Momo ihm mehrere Nachrichten geschickt. David, José und Caroline hatten ihm bereits berichtet, und er hatte sich nur mit Mühe davon abbringen lassen, zum Royal Eiffel zu rasen, um Victor eigenhändig aus den Klauen seiner »Entführer« zu befreien.

Da es bereits halb acht war, schlug er vor, Victor mit dem Auto zu Annie zu fahren. Der Junge erzählte ihm von den Unannehmlichkeiten, in die er geraten war, war aber entschlossen, das Ganze nicht als Misserfolg zu betrachten. Er hatte nun die Hoffnung, in Lily eine neue Freundin gefunden zu haben. Zudem konnte er die besten Kuchen von ganz Paris probieren – für lau. Momo sah ihm hinterher, als er die Autotür zuschlug und mit gesenktem Kopf zu dem Wohnhaus in der Rue Chappe lief. Er glaubte kein Wort von dem angeblichen Verzicht des Jungen.

Victor betrat den Hausflur. Da der Fahrstuhl mal wieder defekt war, benutzte er die Treppe. David lag mit dem Auge gegen den Türspion gepresst auf der Lauer, schoss ins Treppenhaus hinaus, sobald er seinen Freund entdeckte, und blickte ihn fragend an.

»Es ist vorbei«, antwortete Victor und senkte den Daumen.

Enttäuscht ging David in die Wohnung zurück. Victor stieg weiter die Treppen zur obersten Etage hinauf und schickte eine Nachricht an Caroline und José, um auch sie über das Desaster zu informieren.

Er war zu spät, doch Annie machte ihm keine Vorwürfe. Sie merkte sofort, wie enttäuscht Victor war. Sie hätte gern mehr darüber erfahren, doch da sie an diesem Abend selbst völlig erschöpft war, fehlte ihr einfach die Energie, genauer nachzufragen.

»Hast du einen Mittagsschlaf gemacht, Annie?«, fragte Victor.

Auf der Sofalehne lag eine unordentlich zusammengefaltete Fleecedecke, die Kissen waren eingedrückt. Auf dem Couchtisch stand eine geöffnete Packung Tabletten.

Ohne zu antworten, wackelte sie in Richtung Küche.

»Hinkst du, Annie?«, hakte er nach.

»Ach, wann hörst du endlich auf, mich wie eine alte Frau zu behandeln!«, schalt sie ihn lächelnd. »Ich habe nur einen Krampf. Wie du, als du mit dem Geigenspielen angefangen hast, erinnerst du dich?«

Sie spielte damit auf die Schmerzen an, die Victor im Arm gehabt hatte, als er lernen musste, das Instrument zu halten.

Sie hatte ihm Cordon Bleu zubereitet, doch diesmal hatte sie es, anders als sonst, fertig gekauft. Sie erklärte, zu viel mit Bügeln zu tun gehabt zu haben. Beim Abendessen war sie nicht allzu gesprächig. Erschöpft begnügte sie sich damit, ihren Schützling darauf hinzuweisen, dass er in den letzten Tagen sehr wenig Geigespielen geübt habe. Victor konnte dem nicht widersprechen. Sie erinnerte ihn daran, dass Monsieur Leriche ihm eine neue Aufgabe gegeben hatte: das *Concerto Opus 64* von Mendelssohn. Wenn man seinem Lehrer glaubte, war er der Einzige aus seinem Jahrgang, der in der Lage war, diese Herausforderung zu meistern. Er gab zu, dass er viel zu viel Zeit auf den Versuch verschwendet hatte, Lily des Lilas herumzukriegen – hütete sich aber, vom letzten Teil seiner unmöglichen Eroberung zu berichten.

»Ich vertraue dir«, sagte Annie und lächelte erschöpft.

Victor fragte sich, worauf sich dieses Vertrauen wohl bezog – auf Lily des Lilas' Eroberung oder auf das Meistern des Mendelssohn-Concertos.

Nach dem Abendessen zog er sich in sein Zimmer zurück und lehnte Annies Bitte ab, noch ein wenig im Wohnzimmer zu üben, wo sie zuhören konnte. Heute Abend wollte er lieber allein sein. Er öffnete die Partitur auf seinem Notenständer, presste entschlossen den Hals gegen die Kinnstütze der Geige und machte sich an die Arbeit. Eine ganze Stunde lang legte er den Bogen nicht mehr aus der Hand, wiederholte vielfach die schwierigsten Passagen, wuchs über sich hinaus. Er ließ das Instrument seine Traurigkeit, seinen Zorn und seine Tränen in sich aufnehmen und für ihn zum Ausdruck bringen.

Die Übung diente als Wiedereingliederungsmaßnahme. Victor war wieder auf dem Boden angekommen, hatte seinen Alltag, seine Ziele und Rituale wiedergefunden. Als er im Bett lag, richtete er den Blick fest auf die Sterne, die durch das Dachfenster zu ihm hereinfunkelten. Ihm fiel auf, dass er schon lange nicht mehr für sie gespielt hatte.

Letztendlich ist das wohl doch nicht mein Himmel, dachte er desillusioniert. Er hatte geglaubt, die Sterne stünden auf seiner Seite, vermutete aber, dass sie sich inzwischen feige von ihm abgewandt hatten. Warum hatten sie ihn nur in

Lilys Arme getrieben, obwohl sie doch nicht für ihn bestimmt war? Victor beschloss, sich nicht mehr auf sie zu verlassen, und ließ die schwarze Jalousie herunter. Kurz vor dem Einschlafen erreichte ihn noch eine SMS von Caroline.

»Weißt du, bei den Liebesfilmen ist es so, dass die Paare sich immer erst ganz am Schluss finden.«

Vierter Teil

»Du wirst für mich einzigartig sein. Und ich werde für dich einzigartig sein in der ganzen Welt …«

Antoine de Saint-Exupéry, Der kleine Prinz

Kapitel 30

Eine Woche später, an einem Mittwoch, trafen Sandrine und Fred Couturier eine Viertelstunde zu früh bei Bofinger ein, einer schicken Brasserie nahe der Place de la Bastille. Fred arbeitete bei einem Magazin, dessen Geschäftsräume nicht weit entfernt lagen. Ihr üblicher Tisch in einer Ecke des Lokals war für sie reserviert worden. Doch als ihnen die Garderobenfrau die Mäntel abnahm, teilte ihnen der Ober mit, dass ihre Gäste bereits da seien und sich an einen anderen Tisch gesetzt hätten. Victor wollte sie ankommen sehen und hatte sich für das mit schwarzem Leder gepolsterte Chesterfield-Sofa gegenüber dem Eingang entschieden.

Dieses Essen sollte in einer lockeren Atmosphäre stattfinden, und da sie nun einmal die offizielle Seite repräsentierte, hatte Liliane Rémy bewusst darauf verzichtet, dabei zu sein. Annie war müde und hatte es vorgezogen, ihnen nicht als tattriges Mütterchen zur Last zu fallen. Sie hatte aus Victors Kleiderschrank die Sachen herausgesucht, die am besten zu dieser Art Restaurant passten, doch Maïa hatte darauf bestanden, dass er sich wie ein gewöhnlicher Junge seines Alters kleiden sollte.

Victor und Maïa fielen in diesem Umfeld auf, Sandrine und Fred konnten sie nicht verfehlen. Sie waren so nervös, dass ihnen die paar Meter vom Eingang zum Tisch wie eine lange Reise vorkamen. Sandrine war 42 Jahre alt und hübsch, dunkles Haar, wenig Make-up, fast eins siebzig groß. Sie trug eine ebenso schlichte wie elegante Kombination aus Rock und Pullover in Schwarz- und Grautönen. Ihre rote Handtasche setzte einen Farbakzent, ihr langer Stufenschnitt ließ sie lässig erscheinen. Fred war ein großer Mann in Jeans und schwarzem Rollkragenpullover unter dem gemusterten Sakko. Seine etwas längeren, zerzausten, mit Grau durchsetzten Haare hätten auch zu einer Cartoonfigur gepasst und dienten vielleicht dazu, eine beginnende Glatze zu verdecken. Als Victor sie anlächelte, entspannten sie sich ein wenig.

Wer fühlt sich in solch einer Situation wohler? Das Kind, das diejenigen trifft, deren Namen es bald tragen und von deren Herkunft es profitieren wird, oder die künftigen Eltern, die einen neuen Menschen in ihrer Mitte aufnehmen?

Trotz der ernüchternden Erfahrungen, die er gemacht hatte, blieb Victor gelassen. Schicksalsergeben. Die Couturiers waren gekommen, um ihm die Hand zu reichen, und er hatte nicht die Absicht, sie auszuschlagen. Zweifellos war er der Star dieses Mittagessens.

Sandrine und Fred bewegten sich langsam, aber sicheren Schrittes auf ihr neues Schicksal zu. An dem Tag, an dem sie einen Hund bei sich aufgenommen hatten, hatten sie sich dem Käfig, in dem das Tier auf- und abgesprungen war, wie Retter genähert. Heute hatten sie das Gefühl, selbst in diesem Käfig zu stecken. Sie waren diejenigen, die gerettet wurden. Endlich würden sie die Familie gründen können, die ihnen das Leben bisher versagt hatte.

»Guten Tag, Maïa«, sagte Fred und streckte ihr die Hand entgegen. »Guten Tag, Victor.«

Der Junge schüttelte ihm die Hand.

»Guten Tag, Monsieur.«

Sandrine tat es ihrem Ehemann gleich.

»Guten Tag, Madame.«

Verunsichert warfen sie Maïa einen fragenden Blick zu.

»Du kannst sie mit ihren Vornamen ansprechen, wenn du willst«, flüsterte sie Victor ins Ohr.

Niemand wusste, womit man am besten anfangen sollte, und da alle zögerten, schlug Fred vor, erst einmal mit Champagner anzustoßen, schließlich war ja heute ein großer Tag. Er bestellte vier Gläser und beachtete dabei gar nicht, dass Victor ja noch ein Kind war. Sandrine wies ihn auf seinen Fauxpas hin.

»Also drei Gläser und eine Limonade!«, rief er nervös.

Der Kellner erkundigte sich, ob sie bereits gewählt hatten. Victor kannte die Gerichte auf der Karte nicht und ließ Maïa für ihn bestellen. Die Couturiers waren vorgewarnt worden: In einer Pflegefamilie sind Kinder eher an Hausmannskost gewöhnt. Annie war mit ihm allenfalls mal in eine Crêperie in ihrem Viertel gegangen, und ab und zu kaufte er sich von seinem Taschengeld etwas bei McDonald's.

»Also, was hältst du von unserer Liste?«, begann Sandrine.

»Die Qualitätskontrollliste? Die ist cool«, erwiderte Victor.

Die Bezeichnung brachte sie zum Lächeln, Maïa meinte dennoch, darauf hinweisen zu müssen, dass das nicht ironisch gemeint war.

»Deine Betreuerin und die Psychologin vom Jugendamt haben uns sehr viel über dich erzählt, weißt du? Wir wissen fast alles über deinen Werdegang«, erklärte Fred.

»Cool«, erwiderte Victor.

Die Couturiers fühlten sich ein wenig unwohl, Victors Antworten blieben knapp, er hielt das Gespräch wirklich nicht am Laufen. Maïa lächelte verlegen.

»Wie hast du dir uns denn vorgestellt?«, fragte Sandrine.

»Wie auf den Fotos. Können Sie Kuchen backen?«

Maïa verstand den Sinn dieser Frage sehr wohl: Victor war schon mitten in der Übergangsphase.

»Äh, ich koche eigentlich gar nicht«, erwiderte sie. »Ich bin sogar eine ziemliche Niete in der Küche!«

»Wir gehen oft essen«, fügte Fred hinzu. »Bei uns gibt es eine ganze Menge kleiner Bistros.«

»Ich verspreche dir, dass ich, sobald ich Zeit dazu habe, lerne, wie man Kuchen backt!«, erklärte Sandrine mutig.

»Sie haben mir doch erzählt, dass Ihr Mann gern kocht …«, mischte Maïa sich nun ein.

»Ja, sonntags«, entgegnete Sandrine spöttisch.

»Unser Gefrierfach ist immer gut gefüllt, mach dir da keine Sorgen!«, sagte Fred, weil er glaubte, Victor beruhigen zu müssen.

»Wir haben eine super Mikrowelle!«, legte Sandrine nach.

Außer Fred und Sandrine lachte niemand, also zwang Victor sich zu einem Lächeln und schaute Maïa an.

»Aber glücklicherweise gibt es ja noch Kaja, sie kocht sehr gut«, sagte Sandrine nun in ernsterem Ton.

»Wer ist das denn?«, fragte der Junge.

»Kaja kümmert sich um den Haushalt, hält Ordnung, kauft ein. Sie wird ein bisschen wie dein Kindermädchen sein.«

»In meinem Alter brauche ich doch kein Kindermädchen mehr.«

»Nein, natürlich nicht!«, stimmte ihm Fred zu, der begriff, dass der Junge gekränkt war.

Maïa wusste, wie sehr solche Beschreibungen Victor abschrecken konnten. Der wusste allerdings auch, dass in der Schmollecke nichts zu gewinnen war, und wollte deshalb offen bleiben. Sandrine wechselte das Thema, um ihn zu beruhigen.

»Wir wissen, wie viel Annie dir bedeutet …«

Er unterbrach sie: »Ja, sehr viel.«

»Genau deshalb bieten wir dir an, dass du sie zum Abendessen einladen kannst, wann immer du willst.«

»Danke, Madame.«

Er schaffte es immer noch nicht, sie mit Vornamen anzureden.

Dann kamen Sandrine und Fred auf die Freunde und Freundinnen zu sprechen, die Victor in seinem Brief erwähnt hatte. Victor beschrieb David und José als zwei mögliche Brüder und machte so deutlich, dass sie Teil des »Packages« waren. Es war klar, dass er ihnen in diesem Punkt keine Wahl ließ. Zugleich fanden sie diesen Begriff – »Package« – amüsant. Victor dankte José in Gedanken dafür, ihn ihm an die Hand gegeben zu haben.

»Unser Haus ist groß. Wenn du Lust hast, sie einzuladen oder eine Übernachtungsparty zu geben, kannst du das gern tun.«

Victor war entzückt, beschrieb ihnen seine beiden Musikerkollegen und vergaß auch nicht ihre Familien. Dann fügte er noch hinzu, dass er ein bisschen zu beiden gehörte. Froh darüber, dass Victor sich nun gesprächiger zeigte, versuchte Sandrine, mehr über die Freundin herauszufinden, die Victor in seinem Brief erwähnt hatte und die ebenfalls ein unvermeidlicher Teil des Packages zu sein schien.

»Sie heißt Caroline«, warf Maïa ein. »Aber sie ist nicht wirklich wie eine Schwester. Oder, Victor?«

Er wurde rot. Sandrine und Fred begriffen umgehend, welche Art von Band sich zwischen ihm und diesem Mädchen entwickelt hatte, und vermieden es, ihn damit zu piesacken.

»Sie sind alle herzlich willkommen bei uns«, wiederholte Fred. »Sie könnten sogar mit uns in die Ferien fahren, wir haben ein Landhaus in der Normandie.«

»Annies Tochter lebt auch in der Normandie!«

»Unser Haus steht fünfhundert Meter vom Strand entfernt«, präzisierte Sandrine, ohne auf Victors Bemerkung einzugehen.

»Es gibt dort auch ein großes Schwimmbecken«, fügte Fred eilig hinzu.

»Und ein Pferd«, legte seine Frau stolz nach.

Fred suchte sofort nach Fotos des Tiers auf seinem Handy.

»Das ist aber groß!«, rief Victor. »Ich habe Angst vor Pferden.«

»Wir bringen dir schon bei, wie man reitet«, beruhigte Fred ihn.

»Ich weiß nicht, danke, aber ich glaube, das möchte ich lieber nicht.«

Fred zeigte ihm noch mehr Fotos. Auf ihnen waren er und seine Frau zu sehen, wie sie auf stattlichen Pferden an weißen Sandstränden entlangritten.

»Das ist in Vietnam. Sieh mal …« Er wischte über das Handydisplay.

Victor sah sich die Reisebilder der Couturiers mit unbewegter Miene an, doch Fred fuhr begeistert fort.

»Das da ist in Brasilien, der Zuckerhut und die große Christusstatue. Und das ist die Copacabana, der Strand!«

»Brasilien kenne ich!«, unterbrach Victor ihn. »Neymar! Der Fußballer, er ist Brasilianer.«

Fred fuhr einfach fort, ohne der Bemerkung über Fußball Beachtung zu schenken.

»Und das hier ist in New York …«

»Magst du denn Reisen?«, fragte Sandrine.

Victor schüttelte den Kopf.

»Keine Ahnung, ich bin noch nie verreist. Aber ich probiere es gern mal aus.«

»Wenn man einmal auf den Geschmack gekommen ist, kann man es nicht mehr lassen, du wirst schon sehen.«

Leiblich oder adoptiv, die perfekte Familie existierte nicht, das hatte Maïa nur allzu oft erfahren müssen. Also war sie zufrieden, dass Victor immerhin von Eltern adoptiert würde, die ihm die Welt zeigen wollten. Sie sagte sich, dass er so zumindest ein bequemes Leben führen würde und dass sich die Gefühle mit der Zeit sicherlich noch einstellen würden.

Der Kellner brachte ihre Bestellungen.

Victor sah zu, wie Sandrine und Fred sich mit Appetit erst über Schnecken und dann über Froschschenkel hermachten. Sie boten ihm an, davon zu probieren, doch er lehnte ab. Er hatte nicht einmal gewusst, dass man so etwas essen konnte! Er aß sein Steak mit Pommes frites und schlug sich danach mit Profiteroles den Bauch voll. Um einen Nachtisch auszusuchen, brauchte er niemandes Hilfe, die kannte er alle. Sandrine bemerkte seine Begeisterung für Süßspeisen und fragte ihn, ob er später einmal Konditor werden wolle.

»Nein, Geiger. Aber ich habe eine Freundin, die super Kuchen backt.« Er warf Maïa einen verschwörerischen Blick zu.

»Aber ja doch, Geiger, natürlich!«, rief Sandrine verwirrt. »Wo war ich nur mit meinen Gedanken!«

Victor tat so, als störte ihn das gar nicht. Sie hatte seit dem Beginn der Mahlzeit bereits so viele andere wichtige Dinge übergangen, dass es auf eine Enttäuschung mehr oder weniger nicht mehr ankam.

Kapitel 31

Lily stand am darauffolgenden Samstag morgens um Viertel nach sechs am Check-in-Schalter von Air France am Flughafen Orly. Als sie die Maschine bestieg, war sie guter Dinge, denn am Vortag hatte sie noch die Bestätigung erhalten, dass sämtliche bestellte Zutaten sowie die Dekorationen aus Zucker, die sie bereits angefertigt hatte, auf dem Weg nach Antibes waren.

Sie verstaute ihre Reisetasche im Gepäckfach, setzte sich auf ihren Platz am Gang und grüßte höflich ihre Sitznachbarin, eine ältere Dame. Sobald die Maschine abgehoben hatte und über den Wolken auf stabiler Flughöhe angekommen war, holte sie ihren Skizzenblock hervor. An Bord eines Flugzeugs war sie nie sonderlich entspannt, sie bevorzugte den Zug. Auf einmal streckte sich ein Arm in Richtung der Dame aus, die auf dem mittleren Sitz saß. Der Sitznachbar auf dem Fensterplatz zu ihrer Rechten bot ihr Gummibärchen an. Die Dame lehnte dankend ab. Lily vertiefte sich in ihre Kuchenskizzen. Nach einer Weile tätschelte jemand ihre Hand. Es war die Sitznachbarin.

»Madame …«

»Ach, Entschuldigung!« Lily sah die Dame neben sich an, die auf eine Tüte mit den Gummibärchen zeigte.

»Das ist nett, vielen Dank.« Lily steckte vorsichtig die Hand in die Tüte.

»Oh, die sind nicht von mir, sondern von dem jungen Mann dort.« Die Dame zeigte auf den Passagier, der zu ihrer Rechten am Fenster saß.

Lily beugte sich vor, um sich bei ihm zu bedanken.

»Danke, junger Ma... Victor?«

»Keine Ursache«, erwiderte der Junge und lächelte sie zufrieden an.

Lily war fassungslos. »Was machst du denn hier? Woher wusstest du, dass ...?«

Victor erklärte, dass er am Tag seiner Küchenbesichtigung im Royal Eiffel gehört hatte, wie sie am Telefon ihre Reservierung bestätigt hatte. »Ich schwöre Ihnen, ich wollte nicht kommen! Aber ich habe die Couturiers kennengelernt und ...«

»Wen?«

»Die Katalogeltern vom Jugendamt ... Na ja, sie sind schon cool, sie haben ein Haus in Paris, ein Landhaus mit Pool, ein Pferd und einen Hund, sie machen die ganze Zeit Weltreisen und haben ein polnisches Kindermädchen, aber ich mag einfach keine Pferde, ich hab in meinem Alter keine Lust mehr auf ein Kindermädchen, und Flugangst hab ich auch.«

Dieses Gespräch fand über die Dame auf dem mittleren Sitz hinweg statt. Da es den Anschein hatte, dass es nicht allzu bald enden würde, bot sie Victor an, den Platz mit ihr zu tauschen. Nach dem Umsetzen schnallte er sich wieder an und zog den Gurt so fest wie möglich.

Lily lächelte amüsiert. »Ich habe übrigens auch Flugangst.«

»Und fürchten Sie sich auch vor Pferden?«, fragte Victor.

Auch das bestätigte sie mit einem Kopfnicken.

»Ich wusste gar nicht, dass ein Kind allein verreisen darf«, sagte Lily wie zu sich selbst.

»Erst ab zwölf. Und ich bin zwölf.«

»Ich frage besser nicht nach, wie du das Ticket bezahlt hast …«

»Das war Momo. Eine Freundin von ihm arbeitet im Reisebüro. Sie hat herausgefunden, auf welchem Platz Sie sitzen.«

Schließlich habe er doch gehört, wie sie der Hoteldirektor mit ihrem Nachnamen angesprochen habe, erklärte Victor.

»Und Annie? Weiß sie Bescheid?«

Er nickte.

»Maïa haben wir aber nicht informiert!«

Ihre Nachbarin, die sich für sie ans Fenster umgesetzt hatte, hatte offenbar versucht, ihr Gespräch mitzuverfolgen, gab es jetzt aber auf und döste vor sich hin.

»Gut, wo du nun mal hier bist: Verrate mir mal, wie das deiner Meinung nach jetzt weitergehen soll«, sagte Lily.

»Ich habe nur ein Ticket für den Rückflug, das ist alles.«

»Du kannst aber nicht bei mir bleiben, Victor, ich muss arbeiten, daran erinnerst du dich doch.«

»Ja, ich weiß, aber ich störe Sie bestimmt nicht, versprochen. Außerdem kann ich meinen Rückflug nicht umbuchen.«

Lily schüttelte seufzend den Kopf. *Dieser Junge gehört wirklich zur dickköpfigen Sorte,* sagte sie sich und musste in sich hineinlächeln.

»Selbst wenn ich mich damit einverstanden erkläre, dass du bei mir bleibst, bist du immer noch minderjährig und nicht mein Kind. Ich kann nicht die Verantwortung für dich übernehmen. Wenn dir etwas passiert und deine Betreuerin nicht Bescheid weiß … Es tut mir wirklich leid, kleiner Mann, aber ich setze dich ins nächste Flugzeug nach Paris zurück. Und ich zahle das Ticket.«

Victor war enttäuscht. Er schloss kurz die Augen, als wollte er schlafen. Dann öffnete er sie wieder einen Spaltbreit und bemerkte den Umschlag, der als Lesezeichen in Lilys Skizzenbuch steckte. Er zeigte darauf.

»Haben Sie ihn gelesen?«

»Wen?«

»Meinen Brief«, antwortete er und berührte den Umschlag mit dem Finger.

»Ja, natürlich«, log sie.

»Ah …«

Es war der Brief, den Caroline ihr im Hotel zusammen mit den Blumen überbracht hatte. Sie hatte ihn an jenem Tag gleich geöffnet und überflogen, ohne ihn wirklich zu lesen.

Das Flugzeug geriet in eine Turbulenz, Lily und Victor klammerten sich beide sofort an ihren Sitzen fest.

»Du bist ja noch schlimmer als ich!«, rief Lily.

»Das ist mein erster Flug«, erwiderte Victor, der seine Augen fest geschlossen hielt.

»Warum machst du denn die Augen zu?«

»Ich stelle mir vor, ich sitze im Zug. Dann habe ich weniger Angst.«

Sie lächelte.

Dann versicherte sie sich, dass seine Augen auch wirklich geschlossen waren, zog den Brief aus dem Umschlag und las ihn:

QUALITÄTSKONTROLLLISTE

A: Abstammung, Annie
B: blaue Flecken auf der Seele, berühmt, Bruder, Buch
C: cool, Caroline
D: direkt, David

E: Erfolg
F: Familie, Fieber, Frau, Faktor, Freude
G: Geburtstag, Geschenke, ganz, groß, Gold, gefallen
H: hart, Hupe, Hälfte
I: im Stich lassen, Insel
J: jung, José
K: Kuchen, komische Type
L: Liebe, Lust haben, leicht, Lüge, lachen, Leben
M: Mann, Mutter, Musik, Momo, Maïa
N: neugierig, Name, Nacht
O: Optimist
P: Papa, probieren
Q: Qualitätskontrolle
R: Recht
S: ein Stückchen Leben, Schokolade, sanft, Sterne, Sandkorn, Spiel, Sieger
T: Tischfußball, Ton
U: unerschütterlich, unschuldig, unentschlossen, unvollständig
V: Vorfahren, Verbindung, Vater, verbunden, Virtuose
W: Wärme, Wer?, Wann?, Was?, Wurzeln, WLAN
X: XXL
Y: yeah!
Z: zögern, Zärtlichkeit, Zuneigung

Darunter stand: »Wenn Sie mich ausprobieren wollen, ich würde Sie jedenfalls gern ausprobieren!« Es folgte seine Handynummer. Lily steckte das Blatt zurück in den Umschlag und lächelte, als sie sah, dass der Junge inzwischen tatsächlich eingeschlafen war.

Vor der Landung überprüfte die Stewardess noch einmal, dass die Passagiere ordentlich angeschnallt waren, und stellte belustigt fest, dass Lily und Victor sich geradezu mit ihren Sitzen verknotet hatten. Als die Räder aufsetzten, schloss Lily die Augen.

Nachdem die Sicherheitslichter verloschen waren, nahm Victor seinen Rucksack, der nur das Nötigste fürs Wochenende enthielt, und folgte Lily. Vorne am Ausgang reichte ihm eine Stewardess noch seinen Geigenkoffer, den er ihr vor dem Flug anvertraut hatte. Sie liefen durch verglaste Gänge auf den Ausgang zu. Victor hielt kurz an und stellte sich so hin, dass man hinter ihm das Rollfeld und das Meer sehen konnte. Dann holte er sein Handy hervor und machte ein Selfie.

»Beeil dich, Victor, ich werde schon erwartet!«

»Das ist für Annie, damit sie weiß, dass ich sicher gelandet bin.«

»Dann kannst du die Gelegenheit ja gleich nutzen, um ihr zu sagen, dass du mit dem nächsten Flieger wieder zurückkommst.«

Er schickte die SMS ab und eilte dann schmollend Lily hinterher. Als sie durch die Automatiktür in die Empfangshalle traten, stand da ein großer Kerl mit rasiertem Schädel in einem schwarzen Anzug. Er hielt gut sichtbar ein Schild mit der Aufschrift »Lily Vernet« in der Hand. Sie ging auf ihn zu.

»Guten Tag, Monsieur, ich bin Lily Vernet.«

Victor hing noch immer an ihren Rockschößen.

»Guten Tag, Madame«, sagte der Mann freundlich mit einem unbestimmbaren Akzent.

Gleichzeitig sah er das Kind an. Natürlich hatte ihm niemand mitgeteilt, dass sie zu zweit kommen würden. Doch für den Moment stellte er keine Fragen.

»Würden Sie bitte kurz warten? Ich muss noch etwas erledigen. Es dauert nicht lange«, versicherte ihm Lily.

»Kein Problem, ich warte draußen vor dem Kleinbus.«

Sie behielt ihren Rollkoffer erst einmal bei sich und schob den Jungen in Richtung Schalter.

»Beeilung, auf mich wartet eine ganze Küchenmannschaft, und ich bin nicht gerade früh dran!«

Sie nahmen die Rolltreppe zum Schalter von Air France im ersten Stock. Lily fand ohne Schwierigkeiten einen Platz auf einem Rückflug nach Paris und konnte Victors ursprünglichen Flug gegen einen Aufpreis sogar umbuchen. Dann begleitete sie ihn bis zur Sicherheitskontrolle. Dort gab er vor, unbedingt noch mal auf die Toilette zu müssen. Ziemlich genervt ließ sie ihn gehen, warnte ihn aber vor, besser keine Dummheiten mehr zu machen. »Sonst sind wir keine Freunde mehr«, drohte Lily. »Du siehst ja selbst, dass ich mich nicht um ein Kind kümmern kann. Ich habe einfach keine Zeit!«

Sie strich ihm die Stirnlocke beiseite und drückte ihm einen Kuss auf die Stirn. »Und vergiss nicht, Momo anzurufen, damit er dich in Orly abholt!«

Victor zog Richtung Toiletten ab, doch sie rief ihn noch einmal zurück: »Victor! Schick mir eine SMS, damit ich weiß, dass du gut angekommen bist.«

Er lächelte bei dem Gedanken, dass sie sich doch Sorgen um ihn machte.

Als Lily sich auf der Rolltreppe stehend noch einmal umdrehte, war der Junge bereits verschwunden.

Draußen vor dem Terminal wartete der Chauffeur vor einem schwarzen Kleinbus. Sobald er Lily erblickte, öffnete er den Kofferraum, schnappte sich ihr Gepäck und legte es vorsichtig hinein, bevor er den Arm ausstreckte, um noch ein weiteres Gepäckstück entgegenzunehmen. Erstaunt drehte Lily sich um … und da stand Victor mit seinem Rucksack.

»Aber was machst du denn noch hier?«

»Ich hab meinen Ausweis verloren, ich kann nicht einchecken.«

Sein Engelsgesicht und sein reumütiger Tonfall machten sie noch wütender.

»Was ist das für ein Albtraum! Vorhin hattest du ihn doch noch.«

»Ja, aber jetzt hab ich ihn nicht mehr, ich hab überall gesucht …«

Der Chauffeur geduldete sich und beobachtete belustigt die Szene, die sich vor ihm abspielte.

»Gib mal her!«, rief Lily verzweifelt und schnappte sich Victors Rucksack. Innerhalb von zehn Sekunden leerte sie seinen Inhalt direkt in den Kofferraum des Kleinbusses aus, um dann alles zu durchsuchen, sogar den Kulturbeutel, den Annie sorgfältig gepackt hatte. Nichts! Sie unterzog Victor einer regelrechten Leibesvisitation und drehte all seine Taschen um. Immer noch nichts!

»Wo hast du ihn versteckt?«

»Nirgends! Ich hab ihn verloren!«, log Victor mit all der Überzeugungskraft, die er aufbringen konnte.

»Madame, ich glaube, wir müssen jetzt wirklich aufbrechen«, drängte der Chauffeur. »Bei der Hochzeit gibt es noch andere Kinder, Sie können Ihren Sohn ruhig mitbringen.«

»Meinen Sohn?«, wiederholte Lily.

Victor lächelte sie an.

»Okay, dann also los!«, sagte sie widerwillig.

Sie stopfte die Sachen unordentlich in den Rucksack zurück, verschloss ihn wieder und stieg ins Auto.

»Kommst du?«, rief sie ihm dann ungeduldig zu.

Victor ließ sich nicht zweimal bitten, stieg durch die Schiebetür ein, die ihm der Chauffeur aufhielt, und setzte sich neben sie auf die Rückbank.

Während der gesamten Fahrt von Nizza nach Antibes presste Victor die Nasenspitze gegen die Autoscheibe. Auf Lilys Handy kam eine Mail nach der anderen an.

»Die Feigen sind noch nicht eingetroffen, außerdem fehlt mir ein Konditor. Mist!«, sprach sie vor sich hin.

»Was schaust du dir denn die ganze Zeit an?«, fragte Victor.

Dann flüsterte er ihr leise ins Ohr: »Das ist das erste Mal, dass ich das Meer sehe.«

»Ach ja?«, staunte Lily.

»Ja, na ja, das andere hab ich schon gesehen, das England gegenüber, das graue. Aber das hier noch nie.«

»Es ist das Mittelmeer.«

Er ließ das Fenster hinunter, um die Seeluft einzuatmen.

»Es ist blau. Das andere ist hässlich.«

»Das hier ist vor allem sehr viel wärmer.«

»Können wir baden?«

»Es ist doch erst März, da ist es sicher noch eiskalt.«

Victor rückte erneut nah an Lilys Ohr, die gerade auf eine Mail antwortete.

»Sagen Sie mal, ist es besser, wenn ich Sie duze? Heutzutage siezt man seine Mutter doch nicht mehr …«

Sie hielt inne und musterte ihn. »Weißt du eigentlich, dass du dich ziemlich was traust, Victor?«

»Mein Kumpel Zoran nennt mich Pobednik. Das heißt Sieger auf Serbisch.«

»Ich weiß. Aber vergiss nicht, er ist auch mein Kumpel.«

Der Kleinbus fuhr durch die Pinienwälder am Cap d'Antibes. Es roch nach Harz und Eukalyptus. Das Fahrzeug hielt vor einem riesigen schwarzen schmiedeeisernen Tor, das mit vergoldeten Spitzen gekrönt war. Einige Lieferwagen warteten ebenfalls darauf, eingelassen zu werden. Zwei Wachleute kontrollierten die Ausweispapiere der Lieferanten und die Bestellscheine, dann durchsuchten sie jeden Lieferwagen, bevor sie ihn aufs Grundstück ließen. Victor hatte acht Stück davon gezählt, die noch vor ihnen standen. Lily und er fragten sich, wer dieser geheimnisvolle Kunde wohl sei. Entweder war er sehr vorsichtig, oder er hatte viele Feinde.

Einer der Wachleute machte ihrem Chauffeur ein Zeichen, aus der Warteschlange auszuscheren, und gab Anweisung, das große Tor zu öffnen. Der Wagen fuhr in den Park des Anwesens und dann einige Hundert Meter weit durch eine Pinienallee, bevor er vor einer riesigen Villa im viktorianischen Stil anhielt. Ein paar Meter entfernt waren drei Sattelschlepper am Lieferanteneingang geparkt. Ein grüner Rasenteppich reichte vom Hauptgebäude bis zum Ende des Grundstücks, das direkt ans Meer grenzte. Das plätscherte leicht gegen die Felsen, kaum zehn Meter unterhalb des Hauses. Außer zwei flachen, symmetrischen Becken aus weißem Carrara-Marmor gab es nichts, was die Aussicht störte. Das Mittelmeer war offenbar das einzige Kunstwerk, das der Herr dieses Anwesens bestaunen wollte.

Der Eingang befand sich auf einer Art Terrasse, deren Überdachung von Säulen getragen wurde. Dort wurde Lily von einem eleganten, etwa vierzigjährigen Mann begrüßt. Er war blond und trug einen gepflegten Dreitagebart, in dem sich kaum sichtbar ein paar weiße Haare abzeichneten. Er streckte ihr die Hand entgegen, als sie aus dem Kleinbus stieg.

»Madame Vernet, was für eine Ehre!«, sagte er mit starkem russischem Akzent.

Lily schüttelte ihm die Hand. »Guten Tag, Monsieur …«

Sie kam gerade nicht auf seinen Namen.

»Lazarev, Andrej Lazarev. Ich habe bisher vor allem mit Monsieur Jérôme zu tun gehabt, ich bin ein guter Kunde Ihres Hotels. Er geht nun also bald in Rente, hat er mir gesagt?«

Sie konnte ihre Überraschung kaum verbergen.

»Ja, ja, das erwartet uns alle irgendwann.«

»Anscheinend sind Sie noch besser als er, das hat er wenigstens behauptet.«

»Monsieur Jérôme ist unerreichbar, aber ich werde versuchen, Sie nicht zu enttäuschen.«

»Meinerseits gibt es da gar keine Bedenken!«

Nun bemerkte er auch Victors Anwesenheit.

»Mein Leibwächter hat mich benachrichtigt, dass Sie Ihren Sohn mitgebracht haben!«

»Ach ja … Tut mir leid …«

Sie suchte nach einer glaubwürdigen Ausrede.

»Es hat ein Missverständnis mit seinem Vater gegeben …«

»Oh, alles gut! Es gibt viele Kinder auf dem Fest.«

Dann schüttelte er Victor die Hand. »Guten Tag, junger Mann. Wie heißt du denn?«

»Pobednik!«

»Ach, sprichst du Russisch?«

»Nein, ein Freund hat mir das Wort beigebracht. Es bedeutet ›Sieger‹.«

»Bravo. Ich nenne dich einfach Viktor, das bedeutet dasselbe!«

Bei der Aussprache des Namens hatte er seinem russischen Akzent absichtlich ein wenig mehr Raum gegeben.

Der Junge konnte es kaum glauben: Die slawische Kultur hing ihm seit seiner Begegnung mit Zoran wirklich an! Vielleicht konnte er sich sogar entsprechende Wurzeln erfinden? Eventuell stammte seine Mutter ja aus Osteuropa …

Ein steif wirkender Hausangestellter hatte sich um das Gepäck gekümmert. Er trug einen schwarzen Anzug mit grauer Weste, weißem Hemd und schwarzer Krawatte.

»Darf ich Ihnen Sergej vorstellen, meinen Haushofmeister. Zögern Sie nicht, ihn um alles zu bitten, was Sie benötigen.«

Sergej zog die weißen Handschuhe aus, verbeugte sich leicht und gab Lily und Victor die Hand. Er hatte einen festen Händedruck. Dann zog er die Handschuhe wieder an und schnappte sich den kleinen Rollkoffer und den Rucksack. Den Geigenkoffer wollte der Junge lieber selbst tragen.

»Ich sehe, wir haben einen Musiker unter uns«, bemerkte Lazarev. »Sergej zeigt Ihnen Ihr Zimmer.«

Dann wandte er sich an Victor: »Du wirst bei deiner Mama schlafen müssen, wir sind voll belegt. Selbst die Gästehäuser sind alle besetzt.«

Victor nahm diese Nachricht natürlich mit Begeisterung auf, Lily weniger. Andrej Lazarev erklärte ihr nun, dass er die besten Konditoren der Gegend als Assistenten für sie engagiert habe, und versicherte ihr, dass die Mannschaft inzwischen vollzählig war.

»Meine Frau werde ich Ihnen heute Abend vorstellen.« Damit verabschiedete er sich und überließ Lily und Victor der Obhut seines Haushofmeisters Sergej.

Zunächst durchquerten sie die Eingangshalle, dann den großen Ballsaal, der mindestens fünfhundert Quadratmeter Fläche haben musste. Ein Schwarm von Hausangestellten war dabei, ihn mit großen Sträußen aus weißem, blauem und rotem Flieder zu dekorieren und die Bühne für das Orchester aufzubauen. Lily hätte gedacht, dass der Saal selbst ausreichen würde, doch es gab noch einen weiteren, der durch ein System von Zwischenwänden und Schiebetüren vom ersten abgetrennt war. Dieser war noch einmal so groß und ebenso geschmückt, nur diesmal mit Rosen statt Flieder.

»Die russische Flagge ist weiß, blau und rot«, erklärte Sergej die Farbauswahl.

»Genau wie die französische!«, rief Victor.

Dann liefen sie durch zahlreiche Korridore. An den Wänden der Villa hingen Gemälde von Picasso, Degas, Pissarro, Chagall und sogar Renoir. Victor fragte, ob sie sich in einem Museum befanden. Sergej lächelte nur, da er an die bewundernden Reaktionen der Gäste gewöhnt war.

Ihr Zimmer lag nach hinten raus. Es gab zwei Betten, Victor suchte sich eins aus und warf sich einfach darauf. Lily nahm den Geigenkoffer und verstaute ihn auf einem der Schränke.

»Und du versprichst mir, sie nicht anzurühren!«

Er nickte.

Sergej zeigte ihnen die gesamte Ausstattung, das Bad und die angeschlossene Toilette, demonstrierte ihnen die Bedienung des Fernsehers und erklärte dem Jungen, dass die besten Kinderprogramme voreingestellt waren und es in der Schublade eine Videokonsole gab.

»Gut, Miguel …«

Lily verbesserte sich sofort, als sie Sergejs fragenden Blick bemerkte.

»Victor … du wartest hier brav auf mich, Victor. Bei all den Sachen wirst du dich sicher nicht langweilen.«

»Aber Ihr Sohn kann doch auch schauen, was die anderen Kinder so machen, ich denke, das wird lustiger für ihn.«

»Ja, toll!« Victor sprang vom Bett auf.

Sergej führte die Patissière in die Küche, dann begleitete er Victor persönlich bis zum Spielzimmer. Lily sah ihm leicht beunruhigt nach – sie wusste, dass er unberechenbar war.

»Sergej, wer ist eigentlich Monsieur Lerêve?«, fragte der Junge.

Der Haushofmeister lächelte und verbesserte ihn: »Mein Arbeitgeber heißt Lazarev, Victor. Er ist ein russischer Senator.«

»Was ist denn ein Senator?«

Sergej überlegte einen Augenblick, während sie vor die Haustür traten.

»Das ist ein sehr wichtiger Mann«, sagte er dann nur. »Was macht dein Papa denn, mein Junge?«

»Er ist ...« Victor hielt inne und änderte die spontane Antwort, die er dem Haushofmeister hatte geben wollen. »Er ist ein sehr wichtiger Mann.«

Sergej musste über Victors Scharfsinn lachen.

Sie durchquerten den Park und bogen dann in eine Allee ein, die von Mimosen gesäumt war und auf eine Art Klubhaus zuführte, das von Lavendelbeeten umgeben war. Ein Raum des Gebäudes diente als Spielzimmer. Sergej stellte Victor den gleichaltrigen Kindern vor. Alle hatten russisch klingende Namen, er war überzeugt davon, dass er sich keinen würde merken können. Sie saßen vor einem riesigen Bildschirm, ganz gebannt von einem Videospiel. Andere etwas ältere Jugendliche spielten Billard. Victor fragte nach einem Kicker, doch Sergej antwortete, dass er hier noch keinen gesehen habe. Allerdings gab es einen Kinosaal im Keller, wo am Nachmittag der neue *Superman* laufen würde.

Was? Der ist doch noch nicht mal in den Kinos!

Sergej ließ ihn dann bei seinen neuen »Freunden« – Freunde, die kein Französisch sprachen und ihm unwirklich vorkamen, denn keiner von ihnen hatte ihn bisher auch nur eines Blickes gewürdigt, auch nicht als Sergej ihn vorgestellt hatte. Neugierig stieg er die Treppe hinab und entdeckte ein beheiztes Hallenbad, das Sergej nicht erwähnt hatte und das auch niemand benutzte. Er lief weiter – es kam ihm vor wie in einem Labyrinth – und blieb vor einer Art Holzverschlag von der Größe eines gewaltigen Wandschranks stehen, der durch eine Tür mit Sichtfenster betreten werden konnte. Vorsichtig öffnete er ihn – die Hitze darin war unerträglich. Er hatte bis dahin noch nie eine Sauna gesehen. Beim Öffnen weiterer Türen entdeckte Victor einen Fitnessraum voller Geräte, einen mit Bastmatten ausgelegten Raum, offenbar fürs Kampfsporttraining, und schließlich einen Boxring! Ja, einen Ring, dem Gitter nach zu urteilen für *Free Fight*. An den Wänden ringsum prangten Poster, auf denen Andrej Lazarev in Shorts und mit nacktem Oberkörper Pokale in die Höhe stemmte.

Victor sagte sich, dass dieser Senator wirklich sehr wichtig sein musste. Und dass es sicher besser war, ihn nicht zu provozieren. Victor war zufrieden mit seiner Besichtigung und hatte kein dringendes Bedürfnis, neue Freunde zu finden – die noch dazu seine Sprache nicht sprachen. Also machte er sich wieder auf den Weg in Richtung Hauptgebäude.

Ohne den Gemälden der alten Meister oder den Skulpturen von Giacometti auch nur die geringste Beachtung zu schenken, lief er geradewegs zur Küche. Als er sie betrat, hatte er den Eindruck, dass hier die Truppen für ein Gefecht zusammengezogen wurden. Der Besitzer des Anwesens mochte seine Renovierungsarbeiten großzügig geplant haben, aber die Küche war offenbar nicht dafür gedacht, gleichzeitig eine ganze Mannschaft für das Essen und eine weitere für die Süßspeisen zu beherbergen. Es herrschte ein solch emsiges Treiben, dass niemand die Anwesenheit des Kindes bemerkte. Victor nutzte die Gelegenheit und wandte sich an eine Hilfskraft an der Spüle.

»Kann ich dir helfen?«

»Wer bist du denn?«

Er blickte zu Lily hinüber. »Das ist meine Mutter.«

»Du kommst gerade recht, uns fehlt noch eine Person. Okay, hier!«

Er drückte ihm die Geschirrbrause in die Hand, mit der er gerade einen Topf säuberte. Das Spülbecken war recht hoch, aber was machte das schon. Victor betätigte den Griff und bekam – überrumpelt vom Druck des Strahls – einen Schwall Wasser ins Gesicht. Es gab einen Stapel von etwa einem Dutzend Behältnissen, Wannen, Schüsseln, Abtropfgittern, und je mehr er davon spülte, desto besser gelang es ihm. Er arbeitete immer weiter, und bald hatte er seinen Rhythmus gefunden. Niemand war bisher auf die Idee gekommen, sich zu fragen, warum ein Kind sich so hingebungsvoll dieser Aufgabe annahm. Da Lily sich recht weit entfernt vom Spülbecken aufhielt, hatte auch sie ihn noch nicht bemerkt.

Sie leitete die Konditoren an und machte ordentlich Tempo. Ein Teil der Mannschaft kümmerte sich um die Herstellung der Petits Fours, der Macarons und des Kaffeegebäcks, insgesamt dreitausend Stück hatte der Senator bestellt. Ein weiterer baute drei Hochzeitstorten zusammen, von denen jede einzelne zwei Meter hoch war. Die Chefin war sehr stolz auf ihre Kreationen, eine perfekte Umsetzung ihrer Skizzen. Die Idee mit der Galeone war ihr gekommen, als sie gehört hatte, dass Andrej Lazarev einen Dreimaster aus Holz besaß, der im Hafen von Antibes vor Anker lag. Jede Opern-Torte würde in einem Mastkorb platziert werden. Nun musste sie nur noch die Segel aus Pastillage und die Takelage aus Seidenzucker anbringen. Diese Art von Verzierung war ihr Steckenpferd – genau deshalb hatte Jérôme sie auf diese Mission geschickt.

Die Dekoration der zweiten Hochzeitstorte bestand aus Windbeuteln, die wie Fabergé-Eier geformt und unterschiedlich eingefärbt waren. Die Farben zeigten die Geschmacksrichtung und die jeweilige Füllung an. Die russischen Zaren Alexander III. und Nikolaus II. hatten ihren Ehefrauen solche Eier aus Edelmetallen zu Ostern geschenkt. Um sie zu reproduzieren, hatte Lily extra Silikonformen nach maßstabsgetreuen Bildern anfertigen lassen. Gekrönt wurde das Ganze durch ein Fabérge-Ei aus Krokant, das mit weißer und goldener Pastillage umhüllt war. Die dritte Torte symbolisierte das Band der Liebe und war von Natalja – Lazarevs junger Braut – selbst genehmigt worden. Lily hatte sich genau an die Skizze gehalten, die sie der Braut übermittelt hatte. Die Verbindung wurde von zwei Figuren symbolisiert, die zwischen zwei ineinander verschlungenen Planetenringen schwebten. All das thronte über einer riesigen Erdbeertorte, die sie gerade aufbauten.

Der junge Gehilfe fragte Victor, ob er ihm dabei helfen würde, die Mülleimer auszuleeren, und er tat es, ohne zu murren, auch als er gebeten wurde, zu fegen, die Arbeitsflächen zu wischen, die in den Lieferwagen vor dem Lieferanteneingang aufgestapelten Bleche und Kartons voller Zutaten hereinzubringen. Victor entdeckte eine ganz neue Welt und das dazugehörige Vokabular – und er schlug sich dabei wie ein Profi.

Lily bemerkte auf einmal, dass trotz des ungewöhnlich regen Treibens in der Küche das Geschirr gespült war und der Boden und die Arbeitsflächen picobello glänzten. Sie wandte sich an die Küchenhilfe, um ihn zu loben.

»Wir nennen dich bald X-Man!«, rief sie.

»Ich habe einen guten Lehrling, Chef!«, erwiderte er und wies mit einer Kopfbewegung auf seinen kleinen Praktikanten.

»Victor?«

Lily konnte es nicht fassen, dass er hier die ganze Zeit unbemerkt mitgemischt hatte.

»Er ist top! Er hat ja auch ein gutes Vorbild, Chef!«

»Ja, sicher«, erwiderte sie erstaunt.

»Ich hab mich ganz klein gemacht, um niemanden zu stören«, entschuldigte Victor sich.

Dann berichtete er ihr kurz von seiner Erkundungstour durch das Poolhaus und erklärte, warum er in die Küche gekommen war. »Das echte Leben mag ich lieber.«

Für die Pause hatte der Chefkoch warme Hefebrötchen mit Gänseleber vorbereitet. Victor verschlang sie, ohne darauf zu achten, was er da aß, und fand, die »Pastete« habe einen komischen Geschmack. Dann setzte er sich zusammen mit Lily in den Park. Sie hatten eine knappe Stunde Pause und wollten ein wenig die Sonne genießen. Der Anblick des Meeres war herrlich, also entschlossen sie sich, zum Wasser zu gehen. Sie verließen das Anwesen, liefen durch den Pinienwald und gelangten an die Felsen auf der anderen Seite der Mauer, die Andrej Lazarevs Grundstück umgab. Dort setzten sie sich.

»Haben Sie gesehen, ich habe gut geholfen.«

»Ich dachte, du duzt mich jetzt.«

»Ja, vor den Leuten …«

»Du kannst das auch machen, wenn sonst keiner da ist, weißt du?«

Statt einer Antwort lächelte Victor nur.

»Wie ist dein Papa denn gestorben?«, fragte er Lily unvermittelt.

Sie blickte aufs Meer. In der Ferne konnte sie die Îles de Lérins sehen – ein Anhaltspunkt, an dem man sich inmitten dieses blauen und gleichförmigen Nichts festhalten konnte, gesegnet von den Göttern des Mittelmeers. Sie klammerte sich daran fest, um sich von der Frage nicht überwältigen zu lassen. Verzweifelt suchte sie nach einem Ausweg, um nicht achtzehn Jahre zurückgehen zu müssen, zurück zu dieser Nacht, in der sie vom Tod ihres Vaters und Nicolas' erfahren hatte, ihres Verlobten. Diesmal hatte sie nicht das Recht auszuweichen, Victor hatte sich ihr auch anvertraut. Er wartete geduldig. Sie musste stark sein und den Gespenstern gegenübertreten, die sie verfolgten. Für ihn.

»Mein Vater ist gestorben, als ich achtzehn war, das ist nun schon fast zwanzig Jahre her. Er starb bei einem Verkehrsunfall. Er war mit dem Mann unterwegs, den ich geliebt habe. Sie wollten Morcheln kaufen.«

»Was ist das?«

»Pilze. Mein Vater war der König der Morchel-Omelettes und der Morchel-Soufflés. Er war Chefkoch.«

Victor hörte ihr aufmerksam zu. Sie erzählte, dass sie diese Pilze seitdem immer mit dem Unfall ihres Vaters in

Verbindung gebracht hatte. Zu jener Zeit hatte es in der Gegend wenig Morcheln gegeben, doch Max Vernet hatte erfahren, dass auf dem Markt von Dijon noch genügend verkauft wurden. Damit sie ihm niemand vor der Nase wegschnappte, war er mitten in der Nacht aufgebrochen, um gleich bei der Öffnung des Marktes vor Ort zu sein. Nicolas, sein Lehrling, hatte ihn begleitet. Sie waren nie in Dijon angekommen. Es war eine ganz gewöhnliche Verkehrstragödie, wie sie tagtäglich passiert, die den Verlauf ihres ganzen Lebens auf den Kopf stellen sollte. Seit sie die Morcheln mit dem Unfall assoziierte, zwang Lily sich, jede Erinnerung an den Geschmack und den Geruch dieser Pilze aus ihrem Gedächtnis zu verbannen. Es braucht aber viel Zeit, um ein schmerzhaftes Ereignis nicht mehr spontan mit einer Sache, einem Menschen oder einem Ort in Verbindung zu bringen.

Lily richtete den Blick fest auf den Horizont.

»Meiner Familie gehörte ein Gasthof in der Bourgogne, das *Maison de Courban*.«

Sie erklärte ihm, wo diese Region lag, und sprach seit sehr langer Zeit zum ersten Mal wieder mit Wehmut davon. Sie erzählte Victor von ihren ersten Schritten in der Küche, als sie fünf Jahre alt gewesen war, den ersten Tartes, die sie aus den Teigresten herstellte, die ihre Großmutter absichtlich auf der Arbeitsplatte liegen ließ. Sie erinnerte sich daran, dass sie beim Duft von Kuchen und Croissants eingeschlafen und wieder aufgewacht war. Bei ihnen war alles hausgemacht gewesen, sogar die Marmeladen und das Brot. Plötzlich wollte Lily von ihrem Verlobten Nicolas erzählen, einem talentierten Lehrling, der davon geträumt hatte, Soßenkoch zu werden. Nur wenige Monate vor dem Drama hatten sie sich verlobt, sie waren beide gerade achtzehn Jahre alt geworden. Sie waren fast wie Zwillinge, ihren ersten Kuss hatten sie sich in der Grundschule gegeben. Lily sprach, worüber sie mit noch niemand anderem geredet hatte – über Nicolas' Augenfarbe, die Farbe seiner Haare. Dann machte sie ihren Vater nach, wie er in der Küche einen Tobsuchtsanfall bekommen hatte, und erklärte Victor, wie sehr es ihre Mutter bekümmerte, immer nach Paris kommen zu müssen, um ein wenig Zeit mit ihrer Tochter zu verbringen. Denn seit dem Tod ihrer Großmutter war Lily nie mehr in die Bourgogne zurückgekehrt. Sie verdrängte die Erinnerung an diese Zeit ihres Lebens, ihrer Kindheit und Jugend. Nur ganz selten kam alles zurück, wenn sie Dinge schmeckte, die mit damals verbunden waren und ihr unauslöschlich in Fleisch und Blut übergegangen waren.

»Seit dem Begräbnis war ich nie mehr am Grab meines Vaters oder an Nicolas'. Ich schaffe es einfach nicht.«

»Warum denn? Ich war froh, als ich meinen Vater auf dem Friedhof gesehen habe!«

»Dort steigen so viele Erinnerungen in mir auf, es ist einfach zu traurig.«

»Aber Erinnerungen machen doch auch glücklich. Sogar die schlimmen. Auch wenn dein Papa tot ist, hast du ihn doch wenigstens gekannt! Ich muss mir ständig irgendwelche Eltern erfinden!«

Victor befürchtete, dass sie ihn nach solch einem spontanen Ausbruch bemitleiden würde, also fügte er schnell hinzu: »Ich bin nicht unglücklich, Lily, weißt du. Auch wenn ich keine Familie habe. Aber manchmal ist es ein bisschen ermüdend, sich darum zu bemühen, geliebt zu werden. Und so ist es seit meiner Geburt.«

Lily blickte noch immer starr in die Ferne. Sie legte Victor einen Arm um die Schultern und drückte ihn an sich. Er nutzte die Gelegenheit, um sein Handy herauszuziehen und ein Selfie zu machen.

»Das ist für Annie. Sie möchte, dass ich ihr jede Stunde eine SMS schicke.«

Die Gischt spritzte, auf dem Selfie waren kleine Tropfen zu sehen.

»Du weißt aber wirklich, wie man Frauen zum Reden bringt!«

Kapitel 32

Und wenn wir die Haare zurückkämmen würden?«, schlug Lily vor, als sie gemeinsam mit Victor vor dem Spiegel stand.

Er zuckte mit den Schultern.

»So sehen wir gleich, wie du mal aussehen wirst, wenn du größer bist.«

»Ach ja?«

»Diese Art von Frisur macht einen immer ein bisschen älter«, erklärte sie, während sie auf die Geltube drückte, die ihr Sergej gegeben hatte.

Der Haushofmeister hatte ihm außerdem einen Smoking in seiner Größe gebracht, denn das war der Dresscode für den Abend. Lily bestand darauf, dass Victor sich auf diesem wunderbaren Fest amüsierte und nicht mit ihr hinter den Kulissen blieb. Sie verrieb ein wenig Gel auf ihren Handflächen und versuchte damit, sein langes blondes Haar nach hinten zu frisieren. Dann betrachtete sie das Spiegelbild des Jungen.

»Wie ein richtiger kleiner Dirigent!«

Victor zog die Mundwinkel herunter. »Ich kann mich gar nicht mehr bewegen.«

Es gefiel ihm gar nicht, dass er weder den Kopf locker schütteln konnte, um seine Haarsträhne aus dem Gesicht zu befördern, noch die Arme in seinem zu taillierten Jackett heben konnte.

»Muss ich das Ding denn unbedingt anbehalten?«, fragte er.

»Nein, Victor, musst du nicht …«

Sie sah ihn fest an und wartete einen Moment, bevor sie fortfuhr.

»Du kannst den Smoking auch wieder ausziehen, wenn du willst, aber das wäre schade, ich finde dich darin sehr hübsch.«

Darauf fiel ihm keine Entgegnung ein. Abgesehen von Maïa und Annie – die er beide nicht für objektiv hielt – hatte ihm noch keine Frau ein solches Kompliment gemacht. Bevor er das Zimmer verließ, sprühte er sich noch großzügig mit Parfum ein. Caroline hatte ihm kurz vor seiner Abreise einen Flakon *Pour un homme* geschenkt. Er machte noch ein Selfie mit Lily und schickte es an Momo, Annie und seine Freunde in Paris.

Die Patissière begleitete ihn bis zum Festsaal und verschwand dann Richtung Küche. So stand er da, allein, staunender Zuschauer einer Welt, die nichts mit der ihm vertrauten zu tun hatte. Sechshundert Gäste, größtenteils Männer in Smoking, und die schönsten Frauen der Welt in den schönsten Haute-Couture-Roben. Die russische Flagge war aus Flieder nachgebildet, das Orchester trug Pailletten-Outfits, der Kaviar quoll aus massivsilbernen Kelchen auf den Büfetts, die sich unter Lachs und Gänseleberpastete regelrecht bogen. Auf mobilen Platten bereiteten Köche warme Vorspeisen aus Jakobsmuscheln zu. Runde Tische standen nun überall im Saal verteilt, der vor wenigen Stunden noch vollkommen leer gewesen war, alle gedeckt mit weißen Blumen und Spitzentischdecken. Überall funkelten und glänzten prunkvolles Geschirr, Tafelsilber, Gläser und Kronleuchter aus Baccarat-Kristall. Überall strahlendes Lächeln, teurer Schmuck, aufwendiges Make-up und kunstvolle Frisuren wie bei Hollywoodstars.

Victor glaubte kurz, dass die Hochzeit im Fernsehen übertragen würde, denn mehrere Kameramänner filmten das Ereignis, sogar zwei Kamerakräne waren im Einsatz. Vor dem Gebäude stand ein Übertragungswagen, in dem der Regisseur vor Kontrollbildschirmen saß. Der Aufwand wäre einer Fernsehproduktion würdig gewesen, doch das Ganze diente nur dem persönlichen Vergnügen Andrej Lazarevs und seiner Braut. Ein kleines Andenken.

Kinder jeden Alters wuselten zwischen den Erwachsenen herum, und alle amüsierten sich. Die wenigen Gäste, die Französisch sprachen, waren Honoratioren aus der Region, die ihre Ordensbänder der Ehrenlegion trugen und Natalja und Andrej Respekt zollten. Bei den anderen überwog Russisch, an zweiter Stelle kam Englisch.

Der kleine Pariser vom Montmartre irrte zwischen all den Fremden umher, die er nicht kennenlernen wollte. Er hatte noch nie Kaviar probiert, fand aber, dass er nach verdorbenem Fisch roch. Einer der Kellner hielt ihm ein Silbertablett voller Blinis mit Räucherlachs hin; er probierte, war aber nicht wirklich begeistert.

»Wissen Sie vielleicht, ob es irgendwo Hamburger gibt?«

Der Kellner lächelte nur und setzte seinen Slalomkurs zwischen den Gästen hindurch fort. Nachdem er dem Hausherrn über den Weg gelaufen war, der ihm ein Kompliment für sein Outfit machte, trat Victor ans Orchester heran. Es war groß und spielte während des Empfangs traditionelle Musik. Der kleine Geiger mit dem geübten Ohr fand die Musiker nicht gerade großartig.

Victor verließ den Saal, trat vor das Haus und ging nach hinten Richtung Küche. Er konnte Lily durch ein Fenster beobachten, wie sie in der Patisserieküche zugange war. Sie ähnelte einer Künstlerin mit einer Spraydose in der Hand, während sie dem Segel des Hauptmastes noch etwas Glanz verlieh. Die Windbeutel-Fabergé-Eier hätten auch auf eine Auktion in Monaco gepasst. Das Hochzeitspaar schien zwischen den beiden silbernen und goldenen Planetenringen ein Rad zu schlagen.

»Du kannst stolz sein auf deine Mutter«, sagte der junge Gehilfe, der nach draußen gekommen war, um eine Zigarette zu rauchen.

»Oh … danke!«

Er hatte ihn überrascht.

»Wolltest du heute Abend nicht mehr mit uns arbeiten?«

»Es … ist nur wegen meiner Mutter. Sie mag es nicht so sehr, wenn ich ihr am Rockzipfel hänge.«

Der Gehilfe lachte.

»Willst du später auch mal Konditor werden?«

»Nein, na ja …«

»Normalerweise wird das ja vom Vater an den Sohn weitergegeben! Mein Vater zum Beispiel ist Bäcker in Antibes. Sind deine Eltern geschieden?«

»Äh … ja …«

»Na dann, ich muss wieder rein, bis später.«

Er drückte seine Zigarette aus und ging in die Küche zurück.

Victor wanderte ein paar Minuten durch den Park, doch überall störte er unbeabsichtigt irgendwelche Pärchen, die sich heimlich aus dem Staub gemacht hatten. Also folgte er dem Mond, der ihn zu den Felsen führte, bei denen er mit Lily gewesen war. Dort war er mit dem Himmelskörper allein, der sich als gelbes Leuchtfeuer in der schwarzen Unendlichkeit des Meeres spiegelte. Nie zuvor hatte er so ein Bild gesehen. Das Meer war noch da, es hatte sich nicht zurückgezogen wie in Brighton Beach, wo Christopher lebte,

Annies Sohn. Es war immer da, bereit für all diejenigen, die träumen wollten. In seinen Augen war es dadurch noch sympathischer. Er dankte ihm dafür, sich nicht zu verziehen, sondern ihm stattdessen ein solches Spektakel zu bieten. Für Victor fand das Fest heute Abend hier statt. Er war bei den Sternen, die ihm ganz persönlich dieses Geschenk machten. In Gedanken entschuldigte er sich beim Mond dafür, ihn über die letzten Wochen im Stich gelassen zu haben. Wenn er heute Abend so glücklich war, dann nur weil die Sterne nicht mehr böse waren, sondern ihn beschützten, daran hatte er keinen Zweifel. Victor streckte den Arm nach der leuchtenden Kugel aus, als wollte er sie mit dem Finger berühren. Ja, sein Himmel war dieser hier, heute Abend!

Auf dem Weg zurück zum Gebäude hielt er auf Höhe eines kleinen Schuppens inne. Durchs Fenster meinte er einen alten Kicker erkennen zu können. Er trat einen Schritt beiseite, damit das Licht des Scheinwerfers, der in einer der Palmen angebracht war, ins Innere leuchten konnte. Dann drückte er die Tür des Schuppens kräftig auf – sie war nicht abgeschlossen, hatte sich wegen der Feuchtigkeit allerdings ein bisschen verzogen. Victor freute sich wie ein Schneekönig und drehte an den Griffen des Tischfußballspiels: Sie ließen sich gut bewegen. Da auch Bälle in dem seitlich angebrachten Behälter lagen, fragte er sich, warum der Kicker nicht im Poolhaus aufgestellt worden war. In diesem Moment betrat ein weiterer Junge den Schuppen und stellte sich ihm einfach mit ausgestreckter Hand vor. Es war einer von denen, die ihm ein paar Stunden zuvor keinerlei Beachtung geschenkt hatten.

»Hallo, ich heiße Aleksei.«

»Hallo, Victor. Du sprichst ja Französisch, cool.«

»Ich gehe in Moskau auf die zweisprachige Schule.«

»Kannst du spielen?«

»Warte ...«

Aleksei suchte nach einem Lichtschalter und betätigte ihn. Dann stellte er sich Victor gegenüber an die Griffe, der einen Ball zwischen die Mittelfeldspieler warf. Die eisernen Figuren traten in Aktion.

»Du spielst gut«, bemerkte Aleksei.

»Ich spiele ganz gerne. Spielen wir eine Partie?«

»Okay.«

Victor fertigte seinen Kontrahenten in nicht mal zehn Minuten mit 11:0 ab. Aleksei war bass erstaunt und schickte eine SMS an seine Freunde, die sofort herbeieilten und nur zu glücklich darüber waren, diesem für sie bisher so langweiligen Abend einen neuen Dreh zu geben. In Victor entdeckten sie einen starken Gegner. Aleksei war schlau genug, mit ihm zusammenzuspielen. Zwei Stunden später hatten sie die Griffe kein einziges Mal aus der Hand gegeben und jedes Spiel gewonnen.

Der immer stärkere Lärm aus dem Schuppen lockte Sergej an, der im Park nach Victor gesucht hatte. Er schalt die Kinder mit seiner dröhnenden Stimme auf Russisch. Victor verstand zwar kein einziges Wort, aber der vorwurfsvolle Ton bedurfte keiner Übersetzung. Victor gab sich die Schuld dafür, alle in den Schuppen gelotst zu haben.

Nun wandte sich Sergej an Victor und forderte ihn auf, ihm auf der Stelle zu folgen. Andrej Lazarev suche ihn.

»Mich?«

Gehorsam und mit hängendem Kopf trottete Victor Sergej hinterher und fragte sich, warum er plötzlich wie ein entflohener Sträfling behandelt wurde.

»Sogar deine Mutter sucht dich! Man darf seinen Eltern keine Sorgen bereiten«, rügte Sergej ihn augenzwinkernd.

Eltern! Dass er nicht lachte!

»Hast du dein Handy denn nicht dabei?«, fragte er.

»Nein, das hat nicht in meine Tasche gepasst«, erwiderte Victor und demonstrierte, dass sein Jackett ziemlich eng saß.

Da hatte er nicht unrecht.

»Ich habe keinen anderen Anzug für dich gefunden, tut mir leid, es war der letzte, der noch in einer Kindergröße übrig war«, entschuldigte sich Sergej.

Der Haushofmeister war wütend, denn keins der Kinder aus dem Schuppen war zum Abendessen erschienen. Ihre Plätze an den Tischen waren leer geblieben, und niemand wusste, wohin sie verschwunden waren.

»Tut mir leid, das war meine Schuld«, sagte Victor.

»Deine Schuld?«

Sergej hielt abrupt an. »Sieh mich an, *Pobednik*!«

»Sprechen Sie denn auch Serbisch?«

»Es ist fast dasselbe Wort wie im Russischen, es bedeutet Gewinner, Sieger. Und man sagt nicht ›Es ist meine Schuld‹, wenn man ein Sieger ist. Wärst du kein so guter Spieler, wären die anderen Kinder dir nicht gefolgt. Das ist nicht deine Schuld. Also los, komm jetzt!«

Sergej legte einen Zahn zu, und Victor hatte Schwierigkeiten, mit seinen Riesenschritten mitzuhalten.

Andrej und Lily erwarteten ihn auf der Treppe vor der Villa.

»Ach, da ist er ja!«, rief der Hausherr. »Er konnte ja nicht weit sein!«

Lily eilte ihm entgegen. Sie kniete sich vor ihn hin und flüsterte ihm ins Ohr: »Ich hab dich zehnmal auf dem Handy angerufen! Jag mir nie mehr so einen Schrecken ein! Wo bist du denn gewesen? Stell dir vor, wenn dir was passiert wäre? Wie sollte ich das denn Annie erklären?«

Andrej beobachtete die Szene, die er für ein rührendes Wiedersehen zwischen Mutter und Sohn hielt. Sergej erhielt derweil ein Signal auf seinem Pager und verschwand ins Haus.

»Du hast wirklich Glück, so eine Mutter zu haben, weißt du das?«, rief Andrej Lazarev.

Während Lily ihn noch immer in den Armen hielt, rückte Victor ein wenig von ihr ab, schaute sie an und antwortete: »Ja, stimmt. Entschuldige, Mama.«

»Ist schon gut, mein Sohn«, spielte Lily mit.

Sie stand auf und ging in die Küche, denn bald würde ihr großer Auftritt folgen. Victor wollte das um nichts auf der Welt verpassen. Sergej kam eilig wieder und wandte sich sehr hastig auf Russisch an seinen Arbeitgeber. Als er die Treppe wieder hinaufstieg und die anderen Kinder ihrerseits erschienen, rief Andrej Victor zu sich.

»Bist du ein guter Musiker, Kleiner?«

»Ja, Monsieur! Ich bin in der zweiten Klasse am Konservatorium. Eines Tages hoffe ich, ans Conservatoire national zu kommen. Anscheinend bin ich gut genug.«

»Bravo, bravo … Komm mal mit.«

Victor begriff nicht, was er schon wieder Falsches gesagt oder getan hatte. Doch Sergej zwinkerte ihm nun zu.

»*Pobednik!* Vergiss das nicht!«

Sie betraten den Ballsaal. Der Beleuchter hatte ihn in eine Bühne verwandelt. Das Orchester war durch den berühmten DJ David J. ersetzt worden, der die Gäste mit einer Mischung aus Disco, Soul und elektronischer Musik zum Tanzen brachte. Andrej stellte ihm Victor vor. Der Junge war außer sich, dem Star der Plattenteller die Hand zu schütteln.

»Andrej hat mir verraten, dass du deine Geige mitgebracht hast …«

»Ja, warum?«

Er erklärte, dass er vorgehabt habe, mit Geigenbegleitung aufzulegen, doch der Musiker hatte gerade abgesagt, und das Orchester, das für den Empfang engagiert worden war, war schon weg. Der DJ wollte, dass Victor ihn bei der Ankunft der Torten ersetzte. Der Geiger sollte »L'Hymne à l'amour« von Edith Piaf spielen. Es war eine Überraschung von Andrej für seine Braut.

»Kennst du das?«, fragte David J.

»Ja, ja klar«, antwortete Victor aufgeregt.

»Top! Dann hol mal deine Geige!«

Was für ein Glückstreffer: »L'Hymne à l'amour« hatte er Dutzende Male für Annie gespielt, es war ihr Lieblingslied. Es hätte nicht besser laufen können. Allerdings hatte er Lily doch versprochen, dass er nicht spielen würde.

»Ich muss meine Mutter um Erlaubnis fragen.«

»Nein, du bist wohl verrückt! Dafür haben wir keine Zeit! Du hast zwei Minuten, dann bist du mit deiner Geige wieder hier. Ansonsten deportiert er uns nach Sibirien!«, scherzte der DJ.

Victor ließ sich überreden und lief in sein Zimmer am anderen Ende des Hauses, um sein Instrument zu holen.

In der Küche wurden die Hochzeitstorten schon auf versilberte Rolltische gestellt, sämtliche Konditoren der Mannschaft waren bereit für den Einzug, alle hatten makellos weiße Kleidung angezogen. Auf seinem Platz überprüfte Victor noch einmal den Sitz der Kinnstütze und rückte sein Instrument entsprechend zurecht. David J. versah die Violine mit einem schnurlosen Mikrofon. Er ermunterte Victor, nicht zu zögern und sich ruhig von der Bühne weg in die Menge zu bewegen, um mitten unter den Gästen zu spielen. Der Kurzwellensender, den er ihm auf den Rücken geschnallt hatte, hatte eine Reichweite von einigen Dutzend Metern. Wenn seine Vorstellung beendet wäre, könnte er sich so diskret zurückziehen. Der DJ versprach ihm ein kleines Scheinchen als Bezahlung. Alles war klar für Victor. Da er sein Handy nun wieder bei sich hatte, machte er noch ein Selfie mit David, und zwar so, dass man auch den Saal und die Gäste hinter ihnen sehen konnte. Dann schickte er es einmal mehr an Annie, Momo und seine Freunde.

Ein Kellner gab David J. Bescheid, dass die Konditoren bereit für ihren Auftritt seien. Er drehte die Lautstärke herunter und bat die tanzenden Gäste, ein wenig Platz für eine »Überraschung« zu machen. Dann bat er Andrej und Natalja in die Mitte der Tanzfläche. Er gab einen Viervierteltakt vor und damit Victor das Startsignal. Der Junge begann mit »L'Hymne à l'amour«, musste sich sehr konzentrieren, da er das Gefühl hatte, sämtliche Blicke auf sich zu ziehen. Und so war es auch: Von den ersten Noten an waren alle von dem kleinen Kerl im Smoking mit den langen blonden, nach hinten gegelten Haaren überwältigt.

Begleitet von einem kleinen Schwarm weiß gekleideter Köche, wurden nun die drei köstlichen Kunstwerke, die mit so viel Geduld, Leidenschaft und Präzision hergestellt worden waren, der Öffentlichkeit präsentiert. Der Beleuchter ließ sie mit seinen Projektoren noch erhabener wirken. Das Patisserieteam lief vor Lily her, die als Letzte nach draußen trat, wie bei einer Modenschau. Sie wurde begeistert mit stürmischem Beifall begrüßt. Sie verbeugte sich. Währenddessen sang die Geige in einem rührenden Crescendo. Geblendet vom Scheinwerfer und von ihrer inneren Aufgewühltheit, hatte Lily noch gar nicht bemerkt, was sich da auf der Bühne abspielte, als Andrej und Natalja ihr gratulierten.

»Danke, Madame, das ist wirklich außergewöhnlich«, sagte Natalja, nahm sie in die Arme und küsste sie auf beide Wangen.

»Und Ihr Sohn hat ebenso viel Talent an der Geige wie seine Mutter in der Küche!«, rief Andrej und nickte hinüber zu der Stelle, an der Victor spielte.

»Mein Sohn? Aber …«

Andrej gestikulierte in Richtung Bühne. Die Patissière drehte sich um, beschirmte die Augen mit der flachen Hand und erkannte Victor. Sie konnte es nicht fassen, war stolz und verärgert zugleich, dass er ihr nicht gehorcht hatte. Als er das Stück beendete und die Augen wieder öffnete, trafen sich sein betretener und Lilys staunender Blick.

»Verbeug dich!«, rief ihm David J. zu. »Mach schon, verbeug dich, Victor!«

Er gehorchte unter Bravorufen und tosendem Applaus. Er konnte nicht glauben, wie ihm geschah, verbeugte sich immer und immer wieder. Dann trat Sergej zum DJ, flüsterte ihm rasch etwas ins Ohr, bevor er die Bühne wieder verließ. Als Victor sich ebenfalls wie geplant zurückziehen wollte, hielt David ihn fest.

»Victor! Spiel! Andrej möchte, dass du weitermachst!«

»Ich? Aber was denn?«

Die Gäste begannen schon, sich zu unterhalten, es wurde lauter.

»Mach schon weiter! Spiel, was du willst, ich mach dann schon mit …«, drängte David J.

Victor stimmte spontan »Ben« von Michael Jackson an, eins seiner Lieblingslieder, das er einem Dreivierteltakt anpasste. Schon nach den ersten Noten brandete erneut Applaus auf, und das Brautpaar eröffnete den Ball mit ein paar Walzerschritten. Bald taten es ihnen ihre Gäste gleich. Gebannt ließ Lily den Jungen nicht mehr aus den Augen, wollte am liebsten zu ihm laufen und ihn in ihre Arme nehmen.

Gegen Ende des Stücks variierte David J. leicht das Tempo und mischte einen weiteren romantischen Song hinzu, »I Dreamed A Dream« aus dem Musical *Les Misérables*. Victor wollte seine Geige schon absetzen, aber der DJ gab ihm ein Zeichen weiterzuspielen. Das ließ er sich nicht zweimal sagen. Er blickte zu Lily, die ihn zärtlich anlächelte. Wie die Sterne schien auch sie ihm nicht mehr böse zu sein.

Während die Konditoren die Süßspeisen anschnitten und die Hochzeitstorte von den Windbeuteln befreiten, die in »Fabergé-Windbeutel« umgetauft worden waren, während die Kellner eilig ungefähr sechshundert Dessertteller auf den Tischen verteilten, tanzten die Gäste weiter, mitgerissen von David J. und Victor. Das Programm, das so romantisch begonnen hatte, nahm nun Tempo auf. Victor garnierte ein paar Discoklassiker mit keltischen Geigenpartien, seinem Markenzeichen. Angestachelt von Aleksei, skandierte eine Gruppe von Jugendlichen Victors Namen. Seine neuen Fans. David J. wäre beinahe eifersüchtig geworden, ließ sich aber mit Blick auf seine großzügige Gage nicht die Laune verderben. Das Fest sollte bis zum Morgengrauen dauern – aber nicht für Victor und Lily, die sich gegen drei Uhr zum Schlafen zurückzogen.

Sie lagen noch lange wach, überwältigt von all den Eindrücken. Lily war restlos begeistert von Victors Leistung. All die Maßnahmen, die er ergriffen hatte, um ihre Aufmerksamkeit zu erregen, erschienen ganz unvermittelt in einem neuen Licht. Sie vergaß das naive Kind, das eine Mama suchte; an seine Stelle trat ein wunderbares Stückchen Mensch.

»Warum hast du dir dieses Pseudonym ausgesucht? Ein Stückchen Leben?«

»Weil es dieses Stückchen ist, das mir zu meinem Glück fehlt. Sie wissen … du weißt schon … die Kindheit«, erläuterte er und wandte ihr den Rücken zu.

»Sie ist ein langes Stückchen Leben, oder? Die Kindheit.«

»Ja, für mich dauert sie schon ewig. Aber ich habe die Stückchen Leben gemeint, die man mit einer richtigen Mutter verbringt.«

Er drehte sich wieder zu ihr um. »Verstehst du?«

Natürlich verstand sie.

»Vielleicht hätte ich es in der Mehrzahl schreiben sollen«, überlegte er.

»Wie hat es dir denn gefallen, mich auszuprobieren?«, fragte er plötzlich.

Lily ahnte, was er hören wollte, und er ahnte, was sie antworten würde, also ließ er ihr gar keine Gelegenheit dazu.

»Weißt du, ich bin ja nicht dumm. Ich wusste schon, bevor ich gekommen bin, dass du deine Meinung nicht ändern würdest. Ich hatte einfach nur Lust, mit dir Zeit zu verbringen. Ich bin gern mit dir zusammen, Lily des Lilas. Magst du eigentlich lila Flieder?«

Sie erklärte ihm, dass sie in Les Lilas gewohnt hatte, als sie zuerst nach Paris gezogen war, und dass der Username einfach gut klang.

»Ich weiß, dass du mich nicht adoptieren willst, mach dir keine Sorgen, ich bitte dich auch nicht mehr darum. Bevor ich dich kennengelernt habe, wusste ich nicht mal, wie es sich anfühlt, eine richtige Mama zu haben. Jetzt kenne ich deinetwegen sogar das Rezept. Du wirst eine super Mama, wenn du eines Tages Kinder kriegst.«

Zu Tränen gerührt, suchte Lily nach einer Antwort. Sie konnte es nicht ertragen, dass er mit diesem Gedanken einschlief. Sollte sie noch einmal die Hochzeit erwähnen? Das Fest? David J.? Aleksei, seinen neuen russischen Kumpel? Nach solchen Vertraulichkeiten wäre es idiotisch, von diesen Dingen zu reden.

»Du hast mir nie erzählt, wie dein Papa eigentlich gestorben ist«, sagte sie schließlich.

»Es war ein Unfall mit einem Bären.«

»Was?«

Victor kämpfte mit dem Schlaf, seine Stimme war schwach.

»Du musst nicht darüber reden, weißt du?«

»Aber es stimmt ja nicht ... Ich hab meine Freunde angelogen, er ist gar nicht von einem Bären getötet worden ...«

Lily hatte Schwierigkeiten, ihm zu folgen. »Was denn überhaupt für ein Bär?«

Doch Victor war eingeschlafen.

Lily löschte die Nachttischlampe.

Victor träumte davon, immer noch auf der Bühne zu stehen, zu spielen, aber immer mehr aus dem Takt zu geraten. David J. gab ihm zu verstehen, dass er nachließ, und unterstützte ihn, indem er den Takt klopfte, doch schließlich kläffte er ihn entnervt an. Der Junge fühlte sich nicht gut. Ihm war schlecht, und sein Körper rebellierte, die Übelkeit begann, ihn in Geiselhaft zu nehmen.

Victor schlug die Augen auf: Er lag im Bett in einem Zimmer in der Villa von Andrej.

»Ich muss brechen ...«

Lily schlief tief und hörte ihn nicht.

Er stand auf und taumelte verstört zur Toilette. Das Quietschen der Tür weckte Lily auf. Sie schaltete das Licht an und bemerkte, dass der Junge nicht mehr in seinem Bett lag.

»Victor?«

Sie schlüpfte unter der Decke hervor und stürzte ins Badezimmer. Da hörte sie durch die Toilettentür, wie er versuchte, sich zu übergeben. Sie fragte besorgt, ob es ihm gut gehe. Er trat heraus.

»Ich habe nicht gebrochen.«

Allerdings hatte er die Farbe gewechselt. Langsam wie ein Zombie legte er sich wieder hin.

»Alles dreht sich«, klagte er mit geschlossenen Augen.

»Hast du irgendwo Schmerzen?«

»Mir ist schlecht.«

»Hast du Alkohol getrunken?«

Er schüttelte den Kopf.

»Sag mir jetzt nicht, dass dir dieser hippe DJ irgendwelche Drogen gegeben hat?«

»Mir geht's nicht gut.«

»Wo tut's dir denn weh, Victor?«

Erneut stürzte er auf die Toilette, schaffte es aber nicht rechtzeitig … und übergab sich auf den Boden. Lily lief ins Badezimmer und kehrte mit einem nassen Waschlappen und ein paar Handtüchern zurück. Dann wischte sie ihm mit dem Lappen Mund und Gesicht ab.

»Geht's dir wieder besser?«

Victor schüttelte erneut den Kopf. Lily stützte ihn, brachte ihn zurück zum Bett, deckte ihn zu, doch er strampelte Laken und Decke von sich.

»Mir ist heiß!«

Ein wenig ratlos fühlte sie seine Stirn. »Du hast ja Fieber!«

»Ich habe Durst!«

Sie holte ein Glas Wasser von der Kommode. Er griff danach, doch es rutschte ihm aus der Hand, sodass Decke und Laken nass wurden.

»Als Mutter taugst du echt nichts!«, rief er und begann zu schluchzen.

Lily drückte ihn gegen ihre Brust und legte ihm eine Hand aufs Haar, das sich vom Gel noch immer ganz starr anfühlte.

Kapitel 33

Auf dem Weg zum Check-in-Schalter zog Victor seinen Personalausweis aus dem Futter seiner Daunenjacke, da, wo es sich an einer Stelle gelöst hatte. Er war damit irgendwann mal hängen geblieben, und seitdem besserte Annie sie in regelmäßigen Abständen aus, doch da die Jacke auch als Torpfosten diente, wenn er auf der Straße Fußball spielte, musste sie sie immer wieder flicken. Er hatte nur ein bisschen stärker daran gezogen, damit der Ausweis hindurchpasste. Lily war nicht überrascht, ihn nun wie durch Zauberei wiederauftauchen zu sehen.

Victor hatte sich in der Nacht nach seinem dramatischen Aufwachen nicht mehr übergeben, auch das Fieber war am Morgen wieder verschwunden. Er fühlte sich fit und sagte sich immer wieder, dass der Abend kein Traum gewesen war. Der Hunderteuroschein, den er von David J. bekommen hatte, war ein klarer Beweis. Lily fand, dass das ein ziemlicher Dumpinglohn war, sagte aber nichts. Für den Jungen bedeutete diese erste Gage viel.

Als das Flugzeug vom Flughafen Nizza abhob, sah Victor durch das Bordfenster, wie sich die Erde langsam entfernte.

»Ich kenne Paris, und jetzt auch Antibes, aber was zwischen den beiden liegt, weiß ich nicht. Im Leben fehlt halt immer ein Stückchen von irgendwas.«

Lily wusste das nur allzu gut.

»Weißt du, es stimmt nicht, dass du als Mutter nichts taugst. Das hab ich nur gesagt, weil …«

Sie fiel ihm ins Wort: »Du musst mir nichts erklären, Victor. Ich weiß schon.«

Vor der Landung in Orly gab sie ihm noch ihre Handynummer.

»Du kannst mich anrufen, wann immer du willst.«

Für sie war das keine bedeutungslose Geste, ihre Nummer gab sie nicht leichtfertig heraus, und Victor wusste das. Er war gerührt. Sie hatte Zuneigung für ihn entwickelt.

»Ich muss gestehen, ich hätte nie gedacht, dass ich eines Tages einen Freund in deinem Alter haben würde! Wie man sich täuschen kann …«

Momo hatte sich die Ankunftszeit zwar notiert, den Zettel aber irgendwo verschlampt und verspätete sich. Victor, der eigentlich erwartet hatte, ihn direkt nach der Landung am Flughafen zu sehen, war entzückt darüber, noch etwas mehr Zeit mit Lily verbringen zu können. Er schickte eine SMS an Momo, dass Lily ihn mit dem Taxi heimbringen werde. Die Fahrt verlief schweigend. Als sie vor dem Häuserblock angelangt waren, bestand er darauf, dass sie mit nach oben kam. Er wollte ihr unbedingt Annie vorstellen. Doch Lily lehnte ab. Das Band, das sie zwischen sich und Victor geknüpft hatte, schien ihr ausreichend. Sie wollte dem Ganzen keine unnötigen weiteren Figuren hinzufügen.

Sie stieg aus, um sich zu verabschieden. David und José beobachteten sie durch das Fenster der Hausmeisterwohnung.

»Das Package liegt auf der Lauer«, kommentierte Lily.

Victor winkte ihnen lächelnd zu, stolz darauf, ihnen vorführen zu können, dass er Lily gezähmt hatte. Seine Freunde winkten zurück, legten dabei allerdings nicht denselben Enthusiasmus an den Tag. Irgendetwas schien sie zu bedrücken.

»Fehlt da nicht jemand?«, fragte Lily.

Victor erklärte, dass Caroline nicht bei ihnen im Haus wohne.

Dann drückte Lily ihm einen Kuss auf die Stirn und stieg wieder ins Taxi, das umgehend davonfuhr und Victor mit seinen Erinnerungen allein ließ. Der Fahrstuhl war zwar nicht außer Betrieb, doch Victor benutzte, ohne nachzudenken, die Treppe, nahm freudestrahlend mehrere Stufen auf einmal. Die beiden Tage mit Lily hatten ihm Flügel verliehen, und er konnte es nicht erwarten, Annie von allem zu berichten.

Vor der Wohnungstür angekommen, kramte er nach dem Schlüssel. Er bemerkte, dass er ihn in der Hektik des Aufbruchs vergessen hatte, und klingelte stattdessen.

Maïa öffnete ihm stumm. Sie schaute sehr ernst, war weder geschminkt noch parfümiert. Victor trat ein. Er fühlte sich unwohl, war überrascht, sie hier an einem Sonntag anzutreffen. Er rechnete damit, dass Maïa von seiner Eskapade erfahren hatte, und machte sich auf ein verdientes Donnerwetter gefasst. Nachdem sie die Tür geschlossen hatte, bat sie ihn, ihr ins Wohnzimmer zu folgen, und legte einen Arm fest um Victors Schultern.

Annie muss sich eine ganz schöne Standpauke eingefangen haben!

Auch Momo war da.

»Annie ist im Krankenhaus, Victor«, erklärte Maïa.

Victor stand starr da und begann dann, lautlos zu weinen. Maïa drückte ihn an sich. »Sie hatte einen Herzinfarkt und gerade noch Zeit, Josés Mama Bescheid zu geben.«

»Wird sie sterben?«, fragte Victor.

»Aber nein, Kleiner!«, rief Momo.

»Sie musste notoperiert werden, aber sie kommt schon durch.«

Victor bereute nun zutiefst, die Reise gemacht zu haben. Wäre sie gestorben, hätte er sie nie wiedergesehen! Warum war er nur so egoistisch gewesen?

»Ist es meine Schuld?«

Maïa tröstete ihn: Diesen Anfall hätte sie auch auf dem Markt oder sonst wo erleiden können, er dürfe sich keine Vorwürfe machen.

»Hörst du?«, beharrte Maïa und blickte ihm fest in die Augen. »Du kannst nichts dafür. Alles klar?«

Er nickte, blieb aber wie gelähmt. Sie drückte ihn nochmals an sich, wollte ihn aus dem Schockzustand befreien, in den er verfallen war. Das Leben hatte ihn gelehrt, schicksalsergeben zu sein, sich nicht zu beklagen. Die Dinge würden sich wieder ändern, und er hatte seine eigenen Überlebensstrategien entwickelt, um sich gegen den Untergang zu schützen. Dennoch würde ihn dieser Moment für immer begleiten.

»Wo muss ich jetzt hin?«, fragte er schniefend.

Victor kannte die Vorgehensweise. Er würde vorübergehend in eine neue Pflegefamilie kommen, bis Annie wieder gesund wäre. Maïa legte ihm eine Hand auf die Stirn und wischte ihm die tränennassen Wangen ab. Momo bot an, ihn heimlich bei sich aufzunehmen. »Heimlich, still und leise«, wie er sich ausdrückte.

»Du musst doch nicht immer gleich das Jugendamt einschalten«, beschwor er die Erzieherin.

Doch in Bezug auf ihre Schützlinge hatte Maïa sich stets geweigert, das Recht zu beugen. Außerdem konnte ihr das Jugendamt auch bei der kleinsten Abweichung sofort die Zulassung als Betreuerin entziehen.

Sie begleitete Victor in sein Zimmer, wo er ein paar Sachen zusammenpacken sollte. Dann bat sie ihn, sich neben sie aufs Bett zu setzen, und berichtete ihm, was passiert war: Nachdem der Notarzt eingetroffen war, hatte sie seine Abwesenheit bemerkt. Da Annie nicht bei Bewusstsein war, war sie schon drauf und dran gewesen, die Polizei zu rufen.

»Du weißt, was das bedeutet?«

Ja, das wusste er: Er hätte als Kind gegolten, das Probleme mit der Disziplin hat, und jedes Adoptionsvorhaben wäre von den Behörden gestoppt worden.

Maïa berichtete, dass José und David heraufgekommen waren und ihr alles erklärt hatten. Auch die Fotos, die Victor ihnen geschickt hatte, hatten sie ihr gezeigt. Sie hatte sich gefreut, war sogar in der Hoffnung bestärkt, die Verbindung mit Lily könne allmählich konkrete Formen annehmen.

»Möchte diese Frau dich denn wirklich adoptieren?«, fragte Maïa und strich Victor die Strähne aus dem Gesicht.

Er schüttelte den Kopf.

»Dann möchte ich nicht, dass du dich weiterhin mit ihr triffst oder überhaupt in Kontakt mit ihr bleibst.«

»Aber sie ist doch nur eine Freundin!«

»Sie ist erwachsen, Victor! In deinem Alter ist man nicht mit einer Frau aus ihrer Generation befreundet. Es tut mir leid, aber sie wirkt auf mich nicht sehr verantwortungsbewusst! Sie hätte dich in den ersten Flieger zurück nach Paris setzen müssen.«

»Das wollte sie auch, aber …«

An seinem spitzbübischen Blick, der nun trotz seines roten und geschwollenen Gesichts durch die Tränen hindurch aufblitzte, merkte Maïa, dass er wieder einmal seinen Kopf durchgesetzt hatte. Irgendwie verstand er es, sich immer wieder durchzuwursteln, das war üblicherweise, was ihn rettete. Wie an jenem Tag, an dem er Mathilde gebeten hatte, sich am Telefon als Lily auszugeben. Das hatte Momo Maïa gerade erst vor ein paar Stunden gestanden.

Er hatte gespürt, dass diese Geheimnisse einem solchen Tag wie heute nicht angemessen waren. Momo war erleichtert gewesen, ihr alles gestehen zu können. Maïa fühlte sich hinters Licht geführt, ja, in gewisser Weise hatte die ganze Truppe sich fast über sie lustig gemacht.

Victor bat sie um Verzeihung. Doch sie hatte ihm schon vor langer Zeit verziehen: an dem Tag, an dem sie begriffen hatte, dass sein Herz viel größer war als der Platz, an dem es schlug. Damals hatte sie gewusst, dass sie ihm alles vergeben würde.

»Ich hab die Videos gesehen. Das war ja wirklich ein Riesenerfolg, sag mal. Ich weiß, dass du dich gut mit Lily verstanden hast ... Wer weiß, vielleicht sehen wir sie eines Tages wieder, aber für den Moment musst du sie vergessen. Verstehst du das?«

Er nickte.

Maïa blickte ihn ernst und entschlossen an. »Victor. Jetzt musst du dich entscheiden.« Sie machte eine Pause, bevor sie ihre Frage stellte: »Willst du, dass die Couturiers deine Eltern werden?«

Auf seinem Bett sitzend, blickte er durch das Dachfenster und sah einen mit Verwirrung getränkten Himmel.

»Ich weiß nicht«, antwortete er schließlich.

»Was sie angeht, sie mögen dich und wollen versuchen, mit dir zusammen zu einer Familie zu werden. Ich bin mir sicher, dass du Zuneigung zu Sandrine und Fred entwickeln könntest, genauso wie du Zuneigung zu Annie entwickelt hast – und zu Lily.«

»Wann kommt Annie denn wieder heim?«

Maïa konnte nicht antworten, weil ihr Handy klingelte. Sie ging aus dem Zimmer und ließ Victor packen.

Er brauchte nicht lang, um seine Habseligkeiten zusammenzusuchen. Er besaß nicht viel. Zuerst löste er alle Postkarten von der Wand, die sein Vater ihm geschickt hatte, und stopfte sie in seinen Rucksack. Dann holte er sein Tablet und seine Geige – seinen Computer konnte er nicht mitnehmen, der war zu groß. Als er sich zwischen ein paar Partituren und ein paar Klamotten entscheiden musste, verzichtete er lieber auf ein paar der Letzteren.

Maïa kam zurück und erklärte, dass sie noch kein Glück gehabt hatten: Keine der zugelassenen Familien hatte Platz, um ihn aufzunehmen. Es blieb nur ein freies Bett in einer Notunterkunft in der Banlieue im Osten von Paris, in der Nähe von Pantin. Immerhin gab es eine direkte Metroverbindung dorthin, mit der er zur Schule und zum Konservatorium fahren könnte.

»Wenigstens bin ich dann in der Nähe des Friedhofs, auf dem mein Papa liegt«, erklärte Victor resigniert.

Momo war erstaunt, dass er die Wohnung mit so leichtem Gepäck verließ. »Er hatte noch weniger, als er zu Annie kam«, bemerkte Maïa. Diese Kinder häuften keine großen Besitztümer an. Sie bekamen selten neue Kleidung, und sie besaßen kaum persönliche Gegenstände, denn wenn sich die Pflegefamilie darum nicht kümmerte, machte ihnen niemand Geschenke.

Victor fragte Maïa noch einmal, wann Annie aus dem Krankenhaus entlassen würde. Sie wusste es nicht. Er bekam eine Riesenangst, nie mehr in diese Wohnung zurückzukehren. Der überstürzte Aufbruch traf ihn bis ins Mark. Er hatte noch nicht einmal Gelegenheit, sich von José und David zu verabschieden, auch nicht von ihren Familien.

Glücklicherweise wusste er ja, dass er seine Freunde am kommenden Tag in der Schule wiedersehen würde.

Momo hatte darauf bestanden, sie zur Notunterkunft zu begleiten. Als sie den Montmartre hinunterfuhren, sah Victor sein Leben seit seiner Ankunft hier vor seinem inneren Auge vorüberziehen. Wie in einem Tunnel ohne Ausgang. Erneut wurde er dem entrissen, was er liebte, und denen, die ihn liebten. Letztendlich bewies es nur, dass er auf diesem Planeten nicht allzu viel zählte. Er war nur eine Spielfigur, die von einer Familie in die nächste verschoben wurde, von einem Dach mit Fenster zu einer Decke ohne Fenster. An diesem Abend kam er sich selbst überflüssig vor.

»Wann kann ich Annie denn besuchen?«, fragte er.

»Sobald sie aus der Intensivstation rauskommt.«

»Und wenn sie vorher stirbt?«

Er sprach so selbstverständlich vom Tod wie von der Abwesenheit.

»Aber nein!«, rief Maïa. »Sie wird sich schnell wieder erholen.«

Daran glaubte sie selbst nicht. Ihr war sehr wohl klar, dass Annie nach diesem Vorfall ein langer Genesungsprozess bevorstand.

Als Momo vor dem Zaun der Unterkunft anhielt, begann Victors Herz, ein wenig schneller zu schlagen, ein wenig heftiger, bis es einen ohrenbetäubenden Lärm machte.

Das Tor, die Gefangenschaft. Die Verdammnis. Wie lange würde er hierbleiben müssen?

Es war ein orangefarbener Neubau mit Flachdach. Außer dem Erdgeschoss gab es nur noch ein weiteres Stockwerk, das Gebäude war lang gestreckt. Hinter dem Tor lag ein roter asphaltierter Parkplatz, und in der Ferne war ein Park zu sehen – mit ein paar verloren wirkenden Baumgruppen. In dem Gebäude waren Kinder untergebracht, denen man nur das Nötigste bot, das sie für ihren Alltag brauchten. Für den Rest mussten sie selbst sorgen, was bei der Mehrheit dazu führte, dass sie ihren Körper von ihrem Herzen trennten und vergaßen, sich um Letzteres zu kümmern.

Momo war ausgestiegen und sah sich um. Es bereitete ihm ebenso viele Schmerzen wie Maïa, Victor in dieser Unterkunft abzusetzen, nur dass es ihm auch anzumerken war. Maïa ertrug die Prüfung mit einer professionellen Haltung. Sie war dafür verantwortlich, dass ihre Schützlinge nicht den Mut verloren.

»Mach dir keine Sorgen, du wirst hier nicht versauern«, versuchte sie, Victor zu beruhigen.

Ihm war nur zu klar, dass das Leben einer Waise einerseits vom Faktor Glück und andererseits von der Fähigkeit abhing, sein Schicksal selbst in die Hand zu nehmen. Was seinen freien Willen anging, so war er seit Langem schon sein eigener Herr, doch seine guten Sterne, schätzte Victor inzwischen, hatten ihn auf jeden Fall im Stich gelassen.

Maïa klingelte an der Tür mit Gegensprechanlage und Kamera. Man bat sie darum, sich auszuweisen, dann wurde die Tür geöffnet. Gemeinsam mit Victor trat sie ein. Er machte keinen Mucks. Einer der Erzieher nahm sie in Empfang: »Hallo, ich heiße Gilles.«

Auch Maïa und Victor stellten sich vor. Gilles bat sie, ihm zu folgen. Es war ein gesichtsloser Ort. Der Flur war in einen Aufenthaltsraum mit Fernseher und Spielen umgestaltet worden.

Wenigstens gibt es einen Kicker.

Es war ungefähr einundzwanzig Uhr, nur noch wenige der Kinder saßen im Aufenthaltsraum. Nur drei Jugendliche im Alter von etwa fünfzehn Jahren schauten noch fern – ohne Ton, sie begnügten sich mit den Untertiteln. Keiner der drei schenkte Victors Ankunft irgendeine Beachtung. Als sie in Gilles' Büro angekommen waren, schilderte Maïa ihm die Situation. Der Erzieher machte sich einige Notizen, betonte, dass die Hausordnung genau einzuhalten sei, dass man keine Wertgegenstände in seinem Spind lassen solle und vor allem gleich nach dem Unterricht wieder in der Unterkunft zu erscheinen habe. Geduscht wurde entweder abends oder morgens, da hatte man die Wahl, überprüft wurde das nicht ... Die Mahlzeiten wurden zu festen Zeiten in einem Gemeinschaftsraum eingenommen.

Natürlich dürfe Victor weiterhin seine Kurse am Konservatorium besuchen. In der Unterkunft üben könne er allerdings nicht, da habe das Ruhebedürfnis der anderen Kinder Vorrang. Wenn Victor ein paar Stunden Ausgang haben wolle, müsse Maïa das durch ihre Vorgesetzten genehmigen lassen. Das werde streng gehandhabt.

Gilles zeigte Victor sein Zimmer im ersten Stock. Er würde es mit zwei anderen Jungen teilen müssen, Romain und Karim. Ihm wurden ein Bett und ein Schrank zugewiesen, eine Art lange, senkrecht stehende Kiste; außerdem war da ein kleiner Tisch, an dem er seine Hausaufgaben erledigen konnte.

Maïa traute sich nicht, ihn zum Abschied zu umarmen, sie wollte ihn vor dem Erzieher nicht in Verlegenheit bringen. Sie begnügte sich damit, ihm über den Kopf zu streicheln, und versprach ihm, in ein paar Tagen wieder vorbeizukommen.

»In ein paar Tagen? Aber ich will doch Annie besuchen!«

Sie versprach erneut, dass sie mit ihm zum Krankenhaus fahren werde, dann verließ sie die Unterkunft und stieg zu Momo ins Auto, der draußen auf sie gewartet hatte.

»Fahr los«, sagte sie nur.

Als er zögerte, wiederholte sie in schärferem Ton: »Fahr los, Maurice!«

Es war das erste Mal, dass sie ihn beim Vornamen nannte. Ein paar Hundert Meter weiter brach sie in Tränen aus. Momo hielt am Straßenrand an und drückte sie so lange an sich, bis sie nicht mehr schluchzte. Als sie die Fassung wiedererlangt hatte, sagte sie: »Ich kann eure Vorgehensweise nicht gutheißen, aber ich habe Victor noch nie so glücklich gesehen wie auf den Fotos der letzten zwei Tage. Was ihm passiert, ist ungerecht. Wirklich ungerecht.«

Am allermeisten war sie dieser Lily des Lilas dafür böse, dass sie ihren Stummel nicht adoptieren wollte.

Karim war zehn Jahre alt, Romain dreizehn. Das waren seine beiden Zimmergenossen. Sie hatten sich schlafend gestellt, als der Erzieher Victor hereingebracht hatte. Er hatte die Taschenlampe seines Handys angeschaltet.

»Hallo, ich heiße Karim.«

»Und ich Romain.«

»Und wer bist du?«, fragte Karim.

»Victor.«

Er hatte kein Bedürfnis, neue Freundschaften zu schließen. Und er hatte auch keine Lust, hier zu sein. Er hatte genug davon, bestraft zu werden. Auch wenn diese beiden seine Aufmerksamkeit verdienten, hatte er keine mehr für irgendwen übrig.

Er zog seinen Schlafanzug an, verstaute seine Sachen im Spind und legte sich hin. Den Geigenkoffer behielt er bei sich. Wie Zoran es ihm beigebracht hatte.

Kapitel 34

Am nächsten Morgen hämmerte der Erzieher heftig gegen die Zimmertür. Um sechs Uhr. Karim und Romain schälten sich widerwillig aus dem Bett. Sie rieten Victor, nicht noch lange liegen zu bleiben, um nicht Gilles' Zorn auf sich zu ziehen, und machten sich dann auf zur Dusche. Doch Victor war noch müde, es war zu früh für ihn. Er zog noch einmal die Sachen vom Vortag an und ging dann zu den anderen in den Speisesaal mit vier großen runden Tischen. An einem Tresen gab es Schüsseln, Frühstücksflocken, Brot, Butter und Marmelade.

Weder Karim noch Romain gelang es, Victor auch nur ein einziges Wort zu entlocken.

»So ist das am ersten Tag. Man nennt das anscheinend die posttraumatische Belastungsstörung der Einweisung«, sagte Romain zynisch.

»Warum bist du denn hier?«, fragte Karim und tunkte ein Butterbrot in seine heiße Schokolade.

»Weil im Ritz kein Zimmer mehr frei war.«

Sie lachten laut auf, Victor allerdings nicht.

»Bist du Musiker?«, fragte Romain. »Was ist da drin?« Er zeigte auf den Geigenkoffer, den der Neuankömmling nicht aus den Augen ließ.

»Eine Kalaschnikow in Einzelteilen«, erwiderte Victor. »Fass das nicht an.«

Die beiden anderen zuckten mit den Schultern und wandten sich von ihm ab.

Es war das erste Mal, dass Victor mit der Metro zur Schule fuhr: von der Station Église-de-Pantin bis nach Marcadet-Poissonniers, nach einem Mal Umsteigen an der Gare du Nord; das Ganze dauerte ungefähr zwanzig Minuten. Den Rest ging er zu Fuß und benötigte so ein bisschen länger als üblich. Den Schulweg legte er gemeinsam mit Romain zurück, der ihm noch nie zuvor am Collège in der Rue Boinod aufgefallen war. Sie wurden vom selben Jugendamt verwaltet, waren einander in der Schule aber noch nicht über den Weg gelaufen, da Romain schon in die achte Klasse ging und damit zu den »Großen« gehörte.

»Warum bist du denn in der Unterkunft?«, fragte Victor.

»Wegen meinem Vater, *er* säuft, aber *mich* macht es krank!«, antwortete Romain und lachte dabei freudlos, um sich gegen die Wirklichkeit zu schützen, der er ausgesetzt war.

Romains Eltern wohnten im Viertel. Der Jugendliche durfte am Wochenende nur dann nach Hause, wenn die Betreuer es für erwiesen hielten, dass sein alkoholabhängiger, gewalttätiger Vater die Woche über nüchtern gewesen war.

Als sie in der Rue Boinod ankamen, verzog Romain sich zu seiner Clique und Victor zu seiner. Caroline, David und José erwarteten ihn am Schultor. Sie bemerkten, dass sein Haar zerzaust war und er nicht so gut roch wie sonst. Er hatte *Pour un homme* bei Annie zurückgelassen, nachdem ihm Maïa geraten hatte, keine Dinge mitzunehmen, die attraktiv für Diebe sein könnten. Seine Freunde wollten keine unangenehmen Fragen stellen.

»Ich bin jetzt im Heim«, erklärte Victor lakonisch.

Alle, sogar José, der normalerweise die größte Klappe hatte, schwiegen. Sie wussten schon aus früheren Schilderungen Victors, was das bedeutete. José stellte sich ein Heim wie ein Gefängnis ohne vergitterte Fenster vor. Victor erklärte ihnen, dass er donnerstags nicht mehr Tischfußball spielen und nicht mehr mit ihnen üben könne. Auch für seine Freunde brach eine Welt zusammen.

Früh am selben Morgen erzählte Jérôme Lily, dass er gerade im Büro des Hoteldirektors gesessen habe, als dieser einen Anruf von Andrej Lazarev erhalten hatte. So hatte er erfahren, dass der kleine Victor in Antibes dabei gewesen war.

»Du hättest sein Gesicht sehen sollen, als Lazarev ihm Komplimente über ›deinen Sohn‹ gemacht hat!«

Der Chefkoch schilderte Lily das Gespräch und konnte es sich nicht verkneifen, dabei Desrosières' schmeichlerischen, scheinheiligen Ton nachzuäffen.

»›Ihr Sohn? Ach ja, der kleine Geigenspieler … Natürlich können sie an Ihrem Geburtstag wieder zu Ihnen kommen, Monsieur Lazarev … Ja, ein ganz bezauberndes Kind, sehr höflich … Ich werde das an Madame Vernet weitergeben … Danke, Senator …‹ Was für ein Schleimscheißer!«

Lily genoss ihre Rache, während sie ihre Schürze zuband. Dann zeigte sie Jérôme das Handyvideo von Victors Auftritt. Ein magischer Augenblick! Fast die gesamte Belegschaft hatte sich um sie versammelt.

Sie betrachtete stolz das Display, was Jérôme und Prudence gleich auffiel. Sie hatten Lily noch nie so glücklich lächeln sehen. Lily stoppte das Video und ließ das Handy in ihrer Schürzentasche verschwinden. Sie wollte nicht weinen.

Die Konditoren machten sich wieder an die Arbeit. Der Termin für den MOF-Wettbewerb rückte näher, und Lily wollte ihrem Chef in den nächsten Tagen das gesamte geforderte Büfett präsentieren. Bis dahin galt es allerdings noch, den Teil zu perfektionieren, der ihr Dessert krönen sollte. Sie füllte einen Topf mit Zucker und machte sich an die Herstellung des Pistaziennugats, dessen Geheimnis nur Oma Rose kannte.

»Du solltest ihn behalten«, raunte Prudence ihr zu.

»Sie hat recht!«, stimmte Jérôme ihr zu.

»Ihr redet ja, als stünde ich kurz vor einer Abtreibung! Ich bin aber nicht schwanger, dieses Kind ist schon vorhanden, wie ihr wisst! Außerdem darf ich euch daran erinnern, dass ich einen Kerl suche, kein Kind.«

Jérôme winkte ab und ging dann die Zubereitung des Teigs mit den Menton-Zitronen überprüfen, für die Damien zuständig war.

»Es ist das erste Mal, dass du für jemand anderen als dich selbst verantwortlich bist, Lily, und das passt gut zu dir. Es ist doch schmeichelhaft, die Mutter eines kleinen Wunderkinds zu sein!«

Prudence beträufelte die Ganache-Pralinen mit Karamell, die als Geschenk für die Hotelgäste gedacht waren.

»Denk drüber nach, es ist eine unglaubliche Gelegenheit.«

»Ich sehe nicht, in welcher Hinsicht.«

»Weißt du, wir glauben doch alle, dass wir fruchtbar sind, und eines Tages ...«

»Und eines Tages was? Glaubst du, dass ich unfruchtbar bin? Ist es das? Danke, Prudence! Du bist doch wirklich eine gute Freundin!«, fügte sie sarkastisch hinzu.

»Was ich sagen will ... man kann sich nie sicher sein. Ich habe drei Jahre gebraucht, bis ich mein Baby bekommen habe ...«

Lily hatte sich weggedreht. Sie weigerte sich, dieses Gespräch zu führen.

Jeden Abend vor dem Einschlafen schaute Victor sich wehmütig die Fotos von Antibes an. Auch wenn er Lily nie mehr wiedersehen würde – diese wunderschönen Erinnerungen machten ihm die Nächte im Heim etwas erträglicher.

Am 1. April waren es drei Wochen, die er allein an diesem anonymen Ort verbracht hatte. Es hatte sich noch keine Familie gefunden, die ihn aufnehmen konnte. Momo hatte sich als Pate für den Jungen beworben. Bei einem Paten konnte eine Waise immerhin mal übernachten, ein Wochenende verbringen, in den Ferien auch eine Woche oder länger. Doch das Jugendamt hatte Momos Antrag mit der Begründung abgelehnt, dass er über zwölf Stunden am Tag in seinem Café arbeite, Samstag und Sonntag inbegriffen. So war Victor weiterhin allein, als wollte ihn das Schicksal zum x-ten Mal daran erinnern, dass er ein Niemand war.

In der folgenden Woche holte Maïa ihn um siebzehn Uhr von der Schule ab, um ihn mit ins Krankenhaus Pitié-Salpêtrière zu nehmen, zu Annie. Es hatte zahlreiche Komplikationen gegeben, sie war in einem Isolierzimmer untergebracht. Victor war schockiert, als er sie so schwach und abgemagert sah.

»Entschuldige, mein Kleiner«, sagte sie. »Ich hab dir wirklich übel mitgespielt!«

»Wann gehen wir wieder nach Hause, Annie?«

Ihr Blick verriet, dass sie schlechte Neuigkeiten für Victor hatte. Die nächsten Wochen würde sie in einer Rehaklinik außerhalb von Paris verbringen müssen. Und sobald sie wieder auf den Beinen wäre, würde sie zu ihrer Tochter in die Normandie ziehen.

»Ich kann mich nicht mehr um dich kümmern, mein Großer. Aber du weißt, dass du jederzeit zu Fleur kommen kannst.«

Mein Kleiner ... mein Großer ... Diese Worte, die von so viel Zuneigung zeugten, brachten ihn diesmal nicht zum Lächeln. Es war endgültig. Er würde nie mehr in die Rue Chappe zurückkehren.

»Ich habe ihn nicht bis zum Ende begleitet«, hatte Annie Maïa gegenüber erklärt. Sie hielt ihre Mission für gescheitert.

»Ihretwegen ist er doch nur, wer er ist«, hatte ihr Maïa widersprochen.

Victor hatte seine Geige mitgebracht. Er wollte Annie eine Freude machen, viel zu lange hatte er nicht mehr für sie gespielt. Leider nickte sie schon zu Beginn der *Vier Jahreszeiten* von Vivaldi ein. Der Frühling kam dieses Jahr ein wenig zu spät, aber was machte das schon, das Herz dieser Herzdame würde dennoch wieder erblühen. Sie würde wieder gesund werden, versuchte sich Victor einzureden.

Die Sonne begann die Luft zu erwärmen, es duftete nach frischem Laub, als sie den friedlichen Krankenhausgarten auf dem Weg zum Ausgang durchquerten. Sie fuhren in Maïas Auto auf den Boulevard périphérique in nördlicher Richtung zum Heim in Pantin.

»Du bist gerade nicht auf der Höhe«, erklärte Maïa und meinte Victors Spiel.

»Ich weiß.«

Er gestand ihr, dass Monsieur Leriche ihn streng getadelt und ihm zu verstehen gegeben hatte, dass er nicht genug arbeite. »Ich arbeite überhaupt nicht, Monsieur. Tut mir leid«, hatte er entgegnet.

Der Lehrer hatte Maïa Bescheid gegeben, da hatte sie ihm von der Situation im Heim erzählt, die für die Arbeit mit seinem Instrument nicht förderlich war. Danach hatte sie sich erneut bei ihren Vorgesetzten dafür eingesetzt, Victors Anwesenheitszeiten im Konservatorium zu verlängern.

Und endlich war ihr auch insgesamt ein Durchbruch gelungen: Die Freiheiten, die Victor bei Annie genossen hatte, wurden ihm wieder gewährt.

»Und ab wann?«, fragte Victor.

»Ab sofort, wenn du willst!«

Endlich eine gute Nachricht. Er schickte ein paar Nachrichten an seine Freunde, sie verabredeten sich bei Momo.

Maïa war froh, Victor immerhin ein wenig von seiner guten Laune und Lebensfreude wiedergegeben zu haben, auch auf die Gefahr hin, dass die Freizeit nicht nur zum Üben, sondern auch zum Kickern genutzt werden würde.

Victor bat sie, ihn am Konservatorium abzusetzen. »Ich will noch etwas üben.« Selbstverständlich würde er sich, sobald sie fort wäre, auf den Weg zu Momo machen. Maïa ließ sich nicht für dumm verkaufen und fuhr Victor direkt zum *La Désobéissance*. Es war schließlich Donnerstag, der traditionelle Spieltag. Victor dankte ihr mit einem Lächeln und sagte sich, dass die Gedankenübertragung bei Maïa noch immer funktionierte. Auf sie konnte er sich weiterhin verlassen.

Allerdings hatte sie trotz all ihrer Bemühungen noch keine neue Pflegefamilie für ihn finden können, es gab einfach nicht genug im Viertel. Auf Sandrine und Fred Couturier wollte Maïa ihn nicht mehr ansprechen. Sie wusste, dass die vielen Enttäuschungen seine Bereitschaft, darüber nachzudenken, nicht gerade erhöht hatten.

Sie setzte ihn vorm *La Désobéissance* ab.

»Und sei ja pünktlich wieder im Heim!«

Er verabschiedete sich von ihr mit einem Fist Bump und lief zum Café.

Dort warteten schon Momo, Caroline, José und David. Nach einer halben Stunde waren sie wieder Tabellenerste der Tischfußballliga. Sie feierten ausgelassen, trugen ihren Mittelstürmer im Triumph durch das Lokal – als plötzlich Lily vor ihnen stand. Sie hielt eine große Schachtel Kekse in der Hand.

Die Gruppe stoppte abrupt ihren Triumphzug. Momo eilte herbei und bot Lily mit leicht verdutzter Miene einen Tisch an, wie bei ihrem ersten Besuch. Er hielt Victor an, sich dazuzusetzen.

»Du kannst das Package gleich mitbringen, wenn du willst«, begrüßte Lily ihn mit einem Augenzwinkern.

Er lehnte ab, und sie gingen in den hinteren Bereich des Cafés.

Lily spürte, dass Victor etwas beschäftigte. Sein Herz schlug ebenso schnell wie an dem Tag, an dem er im Heim angekommen war. Doch nun war sie da, etwas anderes stand auf dem Spiel. In seinem Alter konnte Victor noch nicht begreifen, was er fühlte, er wusste nur, wie sehr sie ihm gefehlt hatte. Sie wiederum hatte sich darüber gewundert, dass er sich gar nicht bei ihr gemeldet hatte, seit sie ihn vor fast drei Wochen nach Hause begleitet hatte. Da er auch auf ihre Nachrichten nicht geantwortet hatte, hatte sie sich schließlich Sorgen gemacht und beschlossen, ihm einen Besuch abzustatten. Hatte er nicht erwähnt, dass sie sich jeden Donnerstag in der Kneipe trafen, in der sie ihm zum ersten Mal begegnet war?

»Ich hab dir Kekse mitgebracht«, sagte Lily und zeigte auf die große weiße Pappschachtel mit dem Wappen des Royal Eiffel.

»Danke.«

Er hütete sich vor jeder Art Gefühlsbekundung.

»Also, erzähl mal, wie läuft es bei dir so?«

Sie hatte sehr wohl bemerkt, dass er verschlossen wirkte.

»Annie hatte einen Herzinfarkt. Sie ist operiert worden. Ich kann nicht mehr bei ihr bleiben.«

»Aber wo wohnst du denn dann jetzt?«

»In einem Heim.«

Lily war erschüttert von dieser Neuigkeit. Es war verrückt, wie diese Aussage sofort bei jedem Mitgefühl weckte. Sie stellte sich das Schlimmste vor, wie alle es tun. Doch er zeichnete ihr ein anderes Bild, nicht gerade das eines Idylls, aber zumindest das einer gewissen Geselligkeit. Das Heim war voll mit sensiblen Kindern, wie er selbst eins war. Das war schließlich das, was für ihn am meisten zählte. Bei dem Gedanken entspannte sich Victor schließlich ein bisschen. Dennoch brachte er es nicht übers Herz, ihr zu sagen, dass sie sich besser nicht mehr bei ihm melden sollte, obwohl er das inzwischen dachte. Er wollte Lily lieber als schöne Erinnerung behalten als weiter die Illusion nähren, dass sie eines Tages doch noch seine Mutter werden würde. Er musste ihr verständlich machen, dass sie sich nie mehr wiedersehen sollten. Es tat weh, sie nur als gute Freundin zu betrachten.

Ich weiß nicht mal, warum sie überhaupt hergekommen ist. Vielleicht um mir zu sagen, dass sie mich doch adoptieren möchte!

Aber die ganzen Vielleichts hatten ihn ausgelaugt. Er hatte sich sein Leben lange genug zusammengeträumt.

»Ich werde adoptiert, Lily.«

»Aber das ist doch großartig!«, entgegnete sie und konnte nur schwer verbergen, welchen Stich ins Herz diese Nachricht für sie bedeutete. »Schon bald?«

»Äh … ja, ich glaube schon … Beim Jugendamt dauert alles immer ein bisschen länger.«

Lily ahnte, dass er dann ganz aus ihrem Leben verschwinden würde, sagte sich aber, dass sie ohnehin keinerlei Ansprüche darauf hatte, Zeit mit dem Jungen zu verbringen.

Aus Vorsicht fragte sie nicht genauer nach. Stattdessen bestand sie darauf, dass Victor seine Freunde zu ihnen an den Tisch einlud. Die ließen sich nicht zweimal bitten und stopften sich mit den köstlichen Keksen voll. Auch Momo bekam etwas ab. Lily schwärmte vom Talent des kleinen Wunderknaben und vom Erfolg, den er bei seiner Vorstellung auf Lazarevs Hochzeit gehabt hatte. Zum Beweis zeigte sie ihnen das Video. Alle fanden es cool.

Als Lily sich am Ende verabschiedete, bedauerten es alle mehr als zuvor, dass sie nicht die Mutter ihres Freundes werden würde. Die Zeit verflog, Victor musste zurück ins Heim. Da sie beide in dieselbe Richtung mussten, schlug Lily vor, gemeinsam die Metro bis zur Station Blanche zu nehmen.

In der Bahn betrachtete sie Victor. Als der Zug einmal abrupt bremste, hielt sie ihn spontan fest, damit er nicht hinfiel.

»Es macht mir Angst, wenn der Zug so stehen bleibt«, sagte er.

»Mach die Augen zu und stell dir vor, dass du auf einem Schiff bist, frei.«

»Ich werde seekrank.«

Sie lachte auf, noch eine Gemeinsamkeit. Dann drückte sie ihn an sich. »Erinnerst du dich an das, was du im Flugzeug gemacht hast? Du hast die Augen geschlossen und …«

»Und ich hab mir vorgestellt, ich wäre in einem Zug.«

»Jetzt stell dir einfach das Gegenteil vor.«

Lächelnd schloss er die Augen, presste die Lippen aufeinander und stellte sich die Kabine eines Airbus vor. Es wirkte beruhigend. Der Zug fuhr weiter, doch seine Lider hielt er weiter geschlossen.

»Du kannst die Augen jetzt wieder aufmachen, wir sind gelandet.«

»Ich genieße den Moment.«

Er schmiegte sich an sie.

»Weißt du«, erklärte Lily nun, »Monsieur Lazarev möchte das alles an seinem Geburtstag wiederholen. Wenn du also Lust hast, dir noch mal einen Schein zu verdienen, bevor du bei deinen neuen Eltern einziehst, sorge ich dafür, dass er diesmal sehr viel mehr wert ist.«

»Ist das wahr?« Victor schlug die Augen wieder auf.

»Du bist inzwischen ein richtiger Star!«

Er lächelte, als der Zug in die Station Jaurès einfuhr, wo er in die Linie 5 Richtung Pantin umsteigen musste. Einer plötzlichen Eingebung folgend drückte er Lily einen Kuss auf die Wange und sprang aus dem Waggon. Die Tür schloss sich wieder.

Eine halbe Stunde später, bevor er das Foyer des Heims betrat, schickte Victor Maïa eine SMS.

»Mit den Couturiers bin ich einverstanden.«

Kapitel 35

Seit diesem Tag nannte Victor sie nur noch bei ihren Vornamen, selbst wenn er mit Maïa über sie sprach. Drei Wochen später hatten Sandrine und Fred sich mit Victor und Maïa in der Pâtisserie Viennoise verabredet, einem winzigen Café in der Rue de l'École-de-Médecine im sechsten Arrondissement, mit einem Angebot, das sich an alten österreichischen Kaffeehäusern orientierte. Sandrine war hier ein und aus gegangen, als sie noch Medizin studiert hatte. Es roch nach Zimt, Bratäpfeln und warmem Gebäck. Die »Wiener Schokolade« wurde dort mit einem Berg hausgemachter Schlagsahne serviert. Die Couturiers waren gerade braun gebrannt von einem zweiwöchigen Urlaub auf den Seychellen zurückgekehrt – ein weiterer Ort, von dem Victor noch nie etwas gehört hatte. Natürlich waren sie überglücklich gewesen, als sie von seiner Entscheidung erfahren hatten. Nun folgte also die Zeit, in der sie Zutrauen zueinander fassen mussten.

Victor hatte von Lily keine SMS mehr erhalten, und sie hatte ihn auch nicht mehr angerufen. Für ihn bedeutete das, dass sie sein neues Leben und seine Wahl respektierte – und dass er trauern konnte, weil ihre Beziehung zumindest in der bisherigen Form beendet war. Wie ein Mann, der sesshaft wurde, hatte er sich für die Familie entschieden, die ihn auch haben wollte. Die Entscheidung getroffen zu haben erwies sich als erholsam, er hatte sich arrangiert und sich entschlossen, seine Zukunft selbst in die Hand zu nehmen. Sobald er ein Dach über dem Kopf und sich die Loyalität seiner Gastgeber verdient hatte, konnte er sich seine Träume erfüllen und eines Tages ein Erwachsener wie alle anderen werden, wenn er schon keine Kindheit wie alle anderen hatte verbringen dürfen.

Er zeigte sich von seiner besten Seite und gewann auch die Couturiers für sich. Sie erklärten sich bereit, »ihn auszuprobieren«! »Mich auszuprobieren heißt, mich zu adoptieren« – galt nicht auch das Umgekehrte? »Mich zu adoptieren heißt, mich auszuprobieren!« Genau so lief es doch ab, denn die Adoptiveltern hatten ebenso wie das Kind das Recht, sich innerhalb von sechs Monaten, nachdem die Aufnahme in den Haushalt erfolgt war, doch noch gegen die Adoption zu entscheiden.

Sie einigten sich darauf, sich regelmäßig zu treffen, bis die Formalitäten offiziell erledigt wären. Ansonsten bemühten sich Sandrine und Fred, ihr Haus so einzurichten, dass Victor sich dort wohlfühlte. Er erklärte, er könne es kaum erwarten, »den Anker zu lichten«.

Als er ins Heim zurückkam, malte Karim in ihrem Zimmer ein Bild.

»Also, adoptieren sie dich?«, fragte er.

»Ja, es ist so weit. Sie sind schwanger!«

Der Junge prustete los, seine schmalen Augen schlossen sich fast vollständig, wenn er lachte. Dieser dürre kleine Kerl, dieses Energiebündel, das von allen nur »Tapete« genannt wurde, weil er so mager war, war so dunkelhaarig, wie Victor blond war, seine Augen waren ebenso schwarz, wie Victors blau waren. Er hatte einen Bürstenschnitt, eine Stupsnase und volle Lippen und Zähne, die so weiß waren, dass sie als Nachtlicht hätten dienen können.

»Wo sind deine eigentlich?«, fragte ihn Victor nun.

Er hatte ihm diese Frage bisher noch nie gestellt. Die Atmosphäre im Heim trug nicht gerade dazu bei, dass man Vertraulichkeiten austauschte. Gut gehütete Geheimnisse wurden nicht so einfach preisgegeben. Doch bei einem respektvollen Umgang kamen dann manchmal doch die erstaunlichsten Geschichten dieser auf sich allein gestellten Kinder zum Vorschein.

»Mein Vater ist abgehauen«, erklärte Karim. »Meine Mutter findet, dass sie schon genug Kinder großziehen muss. Für mich ist da zu Hause kein Platz mehr.«

Unter der Woche lebte er auf Abruf im Heim und wartete darauf, das Wochenende zu Hause bei seiner Familie zu verbringen. Er gestand Victor, dass auch er früher Geige gespielt habe, dass sein großer Bruder das Instrument allerdings aus Neid zertrümmert habe.

Nach und nach tauschten die Kinder ihre Lebensgeschichten untereinander aus. Es war ein sporadisches Geben und Nehmen. Meistens gingen die Vertraulichkeiten nicht so weit, dass tatsächlich zur Sprache kam, was sie durchmachten. Sie schämten sich nämlich für die Dramen, denen sie sich ausgeliefert fühlten, und zogen es deshalb vor, sie weichzuzeichnen. So erfuhr Victor erst viel später, dass Karim zu einem gewalttätigen Kind geworden war, um sich gegen die ununterbrochenen Angriffe seiner älteren Geschwister zu wehren. Er war das Nesthäkchen unter ihnen und ihr Prügelknabe. Seine Mutter fühlte sich der Gewalt nicht gewachsen, die ihre gesamte Familie zu verschlingen drohte, und hatte sich deshalb an die Behörden gewandt, damit sie ihn in ihre Obhut nahmen. Doch während seines Aufenthalts im Heim legte Karim seine zornige Art ab, und niemand schöpfte Verdacht, wie sehr er tatsächlich litt. Manchmal verbrachten seine Geschwister ihre Wochenenden bei Freunden, und Karim konnte seine Mutter für sich allein haben. Doch leider war das nur selten der Fall.

»Was ist das?«, fragte ihn Victor nun und musterte seine Zeichnung.

»Ein Bild für den Muttertag! Es ist zwar noch lang hin, aber ich hatte Lust, schon mal anzufangen.«

Ein riesiger Blumenstrauß. Ganz einfach. Sehr bunt.

»Ich habe kein Geld für einen echten, also male ich ihn.«

Victor holte die Geige aus ihrem Koffer und reichte sie Karim: »Hier, zeig mir mal, was du kannst.«

Der kleine Karim hatte sechs Monate nicht mehr gespielt. Die Geige war zu groß für ihn, doch dank der Kinnstütze ließ sie sich einigermaßen anpassen. Da es verboten war, im Inneren des Gebäudes zu üben, gingen die beiden in den Park. Dort ließ Karim den Bogen über die Saiten gleiten. Langsam schien er wieder ein Gefühl für das Instrument zu bekommen, und er stimmte »Halleluja« an. Das Lied von Leonard Cohen war das Lieblingslied seines Vaters gewesen. Karim musste sich ein wenig herantasten, doch Victor war ganz ergriffen von seinem Eifer und der Freude, die ihm ins Gesicht geschrieben standen. Niemand hatte Karim seine kaputte Geige ersetzt, und seither hatte er keinen Musikunterricht mehr gehabt. Diesen Traum hatte er begraben. Wenn er am Wochenende heimfuhr, wagte er nicht, die Sache anzusprechen, aus Angst, sich den Zorn seiner Mutter oder seiner älteren Geschwister zuzuziehen.

An jedem der folgenden Abende spielte Victor hinten im Park den Lehrer, und da die Tage allmählich immer länger wurden, konnten sie den Unterricht auch immer länger ausdehnen. Die anderen machten sich über sie lustig, drehten die Lautstärke an ihrem Radio hoch, ihr Rap übertönte die Geige. Bis sich Victor eines Tages etwas einfallen ließ: Er ging zu der Gruppe, die auf einer Bank saß, und begleitete den Rapper gekonnt mit sparsam gesetzten Bogenstrichen. Karim sah beeindruckt zu, wie den Jugendlichen langsam klar wurde, dass man auch mit Geigenbegleitung rappen konnte.

Beim Auftritt mit dem DJ in Antibes hatte Victor einiges für diese Art der Improvisation gelernt. Von diesem Tag an war Victor wieder in seinem Element. Er wurde schnell zum kleinen Geigenkönig des Heims, außerdem zum kleinen Kicker-King. Bis dahin hatte ihn niemand an die Griffe gelassen, an denen immer nur die üblichen Verdächtigen standen. Mit seinem Talent und seiner großzügigen Art hatte er sich ihren Respekt verdient. Das gab ihm die Kraft, sein Motivationstief zu überwinden und das Schuljahr ordentlich abzuschließen. So wurde er, auch weil er vor seinem Umzug ins Heim gute Noten gehabt hatte, trotz des bewegten Jahres ohne Probleme in die siebte Klasse versetzt. Der Ausschuss im Konservatorium beglückwünschte ihn außerdem zum Abschluss seines zweiten Jahres im zweiten Zyklus.

Den Juli über wartete Victor darauf, dass die Couturiers sein Zimmer fertig einrichteten – und auf die Beglaubigung der letzten offiziellen Dokumente. David war mit seinem Vater in Urlaub gefahren, den August würde er bei seiner Mutter verbringen. Caroline war in einem Camp in der Nähe von Boston in den USA an einer Universität mit einem Stipendienprogramm für Musik und Englisch für kleine Wunderkinder. Den August würde sie in der Normandie im Ferienhaus ihrer Eltern verbringen. Der Einzige, der noch in Paris geblieben war, war José, doch der würde im kommenden

Monat nach Portugal fliegen. Auch er kam nach den Ferien zusammen mit den anderen in die siebte Klasse. Sie alle würden sich zu Schulbeginn am Collège Boinod wiedersehen. Was Victors Adoptionspläne betraf, waren alle einigermaßen positiv gestimmt. Lily war zwar aus dem Spiel, aber Victors neue Familie war doch immer noch besser als das Heim.

Zu Beginn der großen Ferien hatten Victor und José einen neuen Zeitvertreib gefunden. Sie liefen auf dem Montmartre herum und lockten Touristengruppen ins *La Désobéissance*. Victor sprach die Leute an, José führte die Verhandlungen. Dann bekamen sie von Momo auf jede so erzielte Bestellung eine Kommission. So verdienten sie sich ein wenig Taschengeld dazu. Die meiste Zeit überließ José seinen Anteil Victor, dessen Taschengeld deutlich magerer ausfiel, seit es von den Behörden und nicht mehr von Annie kam.

Jeden Tag wartete Victor ungeduldig auf die Videos, die Caroline ins Netz stellte. Sie filmte den Campus der Universität, den Musikunterricht und die Mitschüler, mit denen sie sich angefreundet hatte.

»Bist du eifersüchtig?«, fragte ihn José.

»Ich? Wieso denn? Bist du vielleicht eifersüchtig?«

»Du bist in sie verliebt, nicht ich.«

»Pffft!«

Als er Ende Juli aus dem Heim auszog, bildete sich für Victor ein regelrechtes Ehrenspalier. Er würde seinen Leidensgenossen fehlen, vor allem die irische Musik, die er ihnen hartnäckig nähergebracht hatte und jeden Abend vorspielte. Doch er ließ sie nicht ohne Geigenklänge zurück. Mit den hundert Euro, die er in Antibes verdient hatte, hatte er im Internet eine gebrauchte Geige erstanden und sie Karim zum

Abschied geschenkt. Er wollte ihm Mut machen. Karim war sprachlos gewesen. Victor versprach, dass er zurückkommen und ihn unterrichten werde. Mit Gilles, dem Heimleiter, vereinbarte er, Karim zu Schulbeginn im Konservatorium anzumelden.

»Nimm sie aber auf keinen Fall mit zu dir nach Hause!«, riet Victor ihm.

Karim versprach mit Tränen in den Augen, ein Virtuose zu werden, um seinem Lehrer alle Ehre zu machen.

»Du musst daran glauben. Wir haben alle unseren eigenen Himmel, mein Freund! Wir müssen nur hinsehen.« Victor deutete nach oben.

Kapitel 36

Sie warteten vor dem Haus, ungeduldig und nervös. Adoptieren. Seinen Namen, seine Abstammung, seine Vorfahren, seine Geschichte mit einem Unbekannten teilen, den eine Unbekannte zur Welt gebracht hatte. Es war ein echtes Wagnis.

»Hast du Angst?«, fragte Sandrine.

»Ja, und du?«, antwortete Fred.

»Na klar.«

Sie hatten kein Kind bekommen können, hätten auch ohne eins leben können, aber nicht ohne die Vorstellung, etwas weiterzugeben. Heute würden sie zum ersten Mal ihre Elternrolle spielen. Sie betraten die Bühne und hatten Lampenfieber. Na klar. Angst, alles falsch zu machen.

Sandrine und Fred wohnten in einem entzückenden Haus im 20. Arrondissement. Es lag in einem kleinen Sträßchen mit lauter Arbeiterhäuschen aus Stein. Hier war es fast wie auf dem Land.

Maïa war immer aufgewühlt, wenn sie einen ihrer Schützlinge einer neuen Familie anvertraute. Doch natürlich war es in erster Linie ein Sieg für das Kind.

Fred eilte zum Polo, der gerade vor dem Haus geparkt hatte. Als Victor ausstieg, schüttelte er ihm die Hand. Sandrine gab ihm einen Begrüßungskuss auf die Wange.

»Sind das alle deine Sachen?«, fragte Fred, als Victor seinen Rucksack und seinen Koffer aus dem Auto holte.

Er nickte. Maïa hatte den Computer und ein paar weitere Sachen von Victor aus Annies Wohnung geholt, vor allem sein geliebtes Parfum, das er nicht mehr getragen hatte, seit er im Heim wohnte.

Maïa begleitete sie nach drinnen. Kaja, das polnische Kindermädchen, bereitete gerade das Frühstück zu. Sie war begeistert, den Neuankömmling kennenzulernen. Das Haus war ordentlich, mit kühlen, aber eleganten Designermöbeln eingerichtet. Victors Zimmer lag im obersten Stockwerk. Sie hatten es genau wie sein Zimmer bei Annie ausgestattet. Er sollte sich wie zu Hause fühlen. Nur die Qualität der Möbel und der Lampen war luxuriöser. Der Teppich auf dem Parkettboden war beinahe übertrieben dick. Sie hatten auch zwei gerahmte Bilder seiner Idole aufgehängt – David Garrett und die schöne Hilary Hahn –, außerdem zierten mehrere Geschenkpäckchen eine aufgebockte Arbeitsplatte.

Weihnachten Ende Juli! Maïa konnte es nicht fassen. Keinem der Kinder, für das sie Adoptiveltern gefunden hatte, war bisher so ein Empfang bereitet worden.

»Die sind für dich, du kannst sie auswickeln«, sagte Sandrine.

»Sie packen sich nicht von allein aus!«, fügte Fred hinzu, als Victor zögerte.

Victor begann, das Geschenkpapier aufzureißen. Das größte Geschenk war ein Computer. Sein alter PC machte daneben eine ziemlich jämmerliche Figur. Außerdem gab es eine Stereoanlage – er hatte bisher noch nie eine besessen –, eine Spielkonsole – das neueste Modell, das seine alte sofort überflüssig machte –, ein aktuelles iPad, das sein Tablet wie aus der Steinzeit erscheinen ließ, und schließlich einen riesigen Stapel an Partituren.

Er wusste, dass man sich bedankte, Annie hatte ihm beigebracht, dass man auch mit einem Päckchen Bonbons zufrieden sein konnte. Aber in diesem Fall wusste er nicht mehr, was er sagen sollte. War ein einfaches »Danke« denn noch genug, wenn einem jemand die Sterne vom Himmel holte?

»Das ist … super«, sagte er unbeholfen und ein bisschen verstört. »Danke!«

Er traute sich nicht, seine neuen Eltern zu umarmen, zumal sie das auch gar nicht zu erwarten schienen.

Dann öffnete Sandrine den Kleiderschrank.

»Du hast noch gar nicht alles gesehen … Ich hoffe, wir haben uns bei deiner Größe nicht getäuscht.«

Eine nagelneue Garderobe, drei Paar Turnschuhe – alles geschmackvoll ausgesucht. Markenklamotten. Victor stellte sie sich zwei Minuten in einem Laden vor: »Ist es für einen Säugling? Wie alt?« – »Zwölf.« Darüber musste er innerlich lachen. Nein, noch nie war er so verwöhnt worden. Sogar ein Dachfenster hatten sie direkt über Victors Bett einsetzen lassen. Wie bei Annie.

Seine Kinderaugen glänzten – natürlich, sie behandelten ihn ja auch wie einen König.

»Übrigens hoffe ich, dass ihr Windeln wechseln könnt«, rief er dann sehr ernst.

Sandrine und Fred nahmen die Bemerkung wörtlich.

»Trägst du welche?«, rief Sandrine treuherzig.

Maïa und Victor lachten laut auf. Es war ein Witz, den die Kinder oft machten, wenn sie zum ersten Mal zu ihren Adoptiveltern kamen.

Victor öffnete seinen Koffer und pinnte eifrig die Postkarten seines Vaters an die Wand. Dann sprang er aufs Bett und blickte durch das Dachfenster. Die Sonne schien und sorgte für eine Gluthitze. Fred zeigte ihm die Fernbedienung, mit der er die Jalousie herunterlassen konnte.

Ohne Fehl und Tadel. Beruhigt schlug Maïa vor, ihn in ein paar Tagen wieder zu besuchen, doch Sandrine erklärte, dass sie am folgenden Tag in die Normandie aufbrechen würden, um dort in ihrem Ferienhaus den August zu verbringen. Maïa freute sich für Victor.

Bei der Verabschiedung gab es diesmal keinen Fist Bump, heute wollte er Maïa einen Kuss geben. Er drückte sie fest an sich. Es bedurfte keiner Worte.

Dann ließ sie die junge Familie allein und wünschte ihnen einen schönen Urlaub. Victor sah ihr durch das Fenster nach, sie drehte sich noch einmal um, winkte und stieg dann rasch in ihr Auto. Sie wollte nicht, dass er sie weinen sah.

Von da an nahm Sandrine die Zügel in die Hand. Victor duschte vor dem Essen. Er hatte versucht, dagegen zu protestieren und ihr zu versichern, dass er sich am Morgen schon gewaschen habe, doch in den Augen der Hausherrin gab es nichts »Dreckigeres« als ein Kinderheim. Die wenigen Kleidungsstücke, die er mitgebracht hatte, sowie diejenigen, die er am Leib trug, landeten im Mülleimer. Er zog die an, die Sandrine für ihn ausgesucht hatte. Kaja servierte ein Essen in Bioqualität – für Victors Geschmack zu ausgewogen, und zwar so sehr, dass er noch Hunger hatte, als er vom Tisch aufstand. Den Rest des Tages verbrachten sie damit, die Koffer für die bevorstehende Reise zu packen.

»Hast du Hefte für die Ferien?«, fragte ihn Sandrine.

Die hatte er nicht.

»Annie sagt, dass die Ferien zur Erholung da sind.«

»Annie gehört noch zur alten Schule, mein Großer!«, erwiderte sie lachend und legte drei Hefte zu seinen Sachen.

Der Jugendliche schickte Fotos von den Geschenken an seine Freunde. Natürlich erntete er Begeisterungsstürme: »Glückspilz!«, »Wowwww!«, »Toooopp!« »Ist ja megaobercool!« Das tröstete ihn ein wenig. Allerdings wusste er nicht, ob er glücklich war. Vielleicht musste er sich ein bisschen zwingen, überlegte er, der während seines Aufenthalts im Heim das genaue Gegenteil von Glück verspürt hatte.

Bei Einbruch der Nacht lag er im Bett und betrachtete den Himmel durch das Dachfenster. Erstaunlicherweise sah er noch immer den Mond, auch wenn er jetzt ganz woanders wohnte. Fred und Sandrine steckten den Kopf noch einmal durch die Tür, um ihm gute Nacht zu wünschen, als er sich gerade noch einmal die auf seinem Tablet gespeicherten Fotos anschaute.

»Es ist schon spät, was schaust du dir da an, Victor?«, fragte Sandrine und warf einen Blick auf die Bilder.

»Alte Fotos.«

Sie nahm ihm das Tablet aus der Hand und legte es auf den Schreibtisch.

»Lass deine Vergangenheit hinter dir. Jetzt kannst du dir mit uns zusammen eine neue Vergangenheit aufbauen, mein Großer!«

Die Zimmertür schloss sich, und Victor war wieder einmal allein mit den Sternen und den Erinnerungen in seinem Kopf. Weder Sandrine noch Fred hatten es gewagt, ihm einen Gutenachtkuss zu geben – aus Rücksicht vielleicht, weil der Junge ja schon fast ein Teenager war, vielleicht hatten sie es aber auch einfach vergessen.

Sie setzten sich beide auf die Couch.

»Ich fände es so schön, wenn er Zuneigung zu uns entwickeln würde«, gestand Sandrine ihrem Mann.

Kapitel 37

Vom Haus der Couturiers in Cabourg hatte man einen Blick auf das Meer. Ich mag lieber das andere Meer, sagte sich Victor, das blaue …

Kaja war Teil ihrer Reisegruppe und also der Ferien.

»Wisst ihr, ich brauche kein Kindermädchen«, hatte er wiederholt, aber niemand hörte ihm zu oder gar auf ihn. Kaja gehörte zu ihrem Package wie Freud, der Hund. Ein Spitz mit rötlichem Fell, ein richtiges Kuscheltier. Black Label und White Label, die beiden Pferde, die im Stall hinter dem Haus untergebracht waren, trugen weniger originelle Namen. Sie bezogen sich einfach auf die Farbe ihres Fells.

Die Ferien der Couturiers waren genauso durchgeplant wie ihr Alltag den Rest des Jahres über. Nur mussten sie von nun an Victor mit in die Planung einbeziehen. Offensichtlich hatten sie aber nicht vor, sich nach ihm zu richten, sondern wollten den Neuankömmling vielmehr dazu bringen, sich an *sie* anzupassen. Jeden Morgen stand ein Ausritt auf dem Strand oder ein Segeltörn auf dem Programm, dann ging es auf den Markt auf dem Dorfplatz. Es folgten Mittagessen, Mittagsschlaf, ein Strandspaziergang, Gesellschaftsspiele. Wenn es mal ein bisschen abkühlte, wurde Feuer im Kamin gemacht.

Sandrine und Fred hatten wirklich Freude daran, Victor dieses Leben näherzubringen. Allerdings fürchtete er sich vor Pferden, wie er bereits angemerkt hatte; außerdem war er seekrank, das wusste er, seit er gemeinsam mit Annie die

Fähre genommen hatte, um Christopher in Brighton Beach zu besuchen; er war nicht mehr im Alter für einen Mittagsschlaf; und er mochte lieber Video- als Brettspiele. Doch die Couturiers hatten stets eine Antwort parat, um ihm zu beweisen, wie gut alles, was sie mochten, auch für ihn war. So hatte Sandrine etwa einen Vorrat an Büchern für Victor in ihrem Koffer mitgebracht, außerdem erhielt er eine funkelnagelneue Reitausrüstung und einen Segelkurs im Jachtklub von Cabourg.

Victor empfand dieses neue Leben als seltsam beengt, doch da er bemerkte, dass seine Adoptiveltern sich alle Mühe gaben, es ihm schmackhaft zu machen, wollte er sich nicht undankbar zeigen. Er zwang sich also, sie morgens auf den Markt zu begleiten, wo Sandrine und Fred ihn stolz all ihren Freunden vorstellten, denen sie über den Weg liefen.

»Ach, er ist das!«, rief eine Frau, die ihnen nahezustehen schien.

Er ärgerte sich darüber nicht, er war daran gewöhnt, dass die Leute den Status eines Kindes in staatlicher Obhut mit dem eines Jahrmarktstieres verwechselten. Zu keinerlei Zugeständnissen bereit war er allerdings in Bezug auf sein Geigenspiel; er musste die Etüden üben, die ihm Monsieur Leriche für die Sommermonate aufgegeben hatte. Da ihm bei seinem übervollen Terminkalender nicht viel Zeit blieb, verschwand er, sobald der Mittagsschlaf anstand, jedes Mal im Stall, um dort zu spielen. Die Pferde schienen echte Musikliebhaber zu sein, und auf einmal fürchtete er sich sehr viel weniger vor ihnen.

Der August verging im unveränderlichen Rhythmus, eine von Sandrine und Fred geplante Unternehmung folgte auf die nächste, es gab keine Überraschungen oder Unbesonnenheiten. Victor störte sich nicht daran, blieb aber abwartend. Und dem Himmel sei Dank brachte dann noch zumindest eine Überraschung frischen Wind in seinen Urlaubsalltag: Caroline war aus den USA heimgekehrt, und das Haus ihrer Eltern lag nicht weit von Cabourg entfernt. Als Victor darum bat, sie für einen Tag einzuladen, holte Sandrine alle notwendigen Erkundigungen darüber ein, ob dieses junge Mädchen auch ein guter Umgang war. Schnell kam sie zu der Erkenntnis, dass es sogar von Vorteil für sie und ihren Mann sein konnte, wenn Victor mit der Tochter einer Richterin befreundet war.

Caroline war total von den Socken, als sie von Victors vielen Freizeitaktivitäten erfuhr. Sie liebte Pferde und konnte nur davon träumen, dass ihre Eltern sich auch eins kauften. Sie liebte es zu segeln, doch ihre Eltern schliefen lieber aus, als sie frühmorgens zum Jachthafen zu bringen. Außerdem war sie fasziniert von den Büchern, die Victor las. Kleinlaut erklärte sie, dass ihre Mutter nie Zeit hatte, in der Buchhandlung vorbeizufahren.

»Deine Eltern sind echt cool! Meine feiern nie Weihnachten im Juli!«

Sie fand sie »liebenswürdig« und war dankbar, dass sie sich fast zerrissen, um ihm eine Freude zu machen.

»Sie glauben, dass sie etwas Gutes tun, das ist etwas anderes«, widersprach Victor.

Carolines Handy klingelte. »Ja, Mama, alles gut. Er hat super Eltern! Hier gibt es auch Pferde, weißt du … Ich auch, ich liebe dich, Mama, Bussi.«

Dann legte sie wieder auf.

»Deine Mutter sagt dir, dass sie dich liebt?«

»Na klar, warum?«, staunte sie. »Ist doch normal, schließlich ist sie meine Mutter.«

»Annie hat mir das gesagt, Maïa auch …«

»Eines Tages sagt dir das auch Sandrine«, fügte Caroline hinzu, die das Unbehagen ihres Freundes bemerkt hatte.

Victor schüttelte den Kopf. Konnte er wirklich so viel erwarten?

Caroline durfte ihn noch mehrmals besuchen, doch als ihre Eltern ihrerseits Victor einladen wollten, weigerte Sandrine sich aus blanker Angst, die Kontrolle zu verlieren.

Am Ende der Ferien konnte Victor einigermaßen reiten, wurde kaum noch seekrank, hatte *Der Graf von Monte Christo* gelesen und war der Hälfte der Pariser, die in die Sommerfrische nach Cabourg fuhren, vorgestellt worden. Allerdings hatte er kein einziges Mal Tischfußball geübt und mochte noch immer dieses graue Meer nicht. Sandrine traute sich noch immer nicht mehr als einen Kuss auf die Wange. Und noch eine Sache fiel Victor auf: Sie hatte nicht ein einziges Mal die Strähne beiseitegestrichen, die ihm ohne Unterlass ins Gesicht hing.

Zu Beginn des Schuljahres war Victor zwei Zentimeter gewachsen. Grund genug für Sandrine, ein weiteres Mal die Geschäfte zu plündern. Doch in der Schule Parfum tragen durfte er nicht. »Du bist doch noch ein Kind. *Pour un homme* kannst du tragen, wenn du mal ein Mann bist!«

Da hatte sie nicht unrecht, das räumte er ein, aber er begann sie allmählich … übergriffig zu finden.

Sein Stundenplan sah ungefähr so aus wie im vergangenen Jahr, zuzüglich der Stunden für das Erlernen einer zweiten Fremdsprache und einer zusätzlichen Stunde Musikunterricht. Sandrine und Fred machten ein riesiges Aufhebens um all die Dinge, um die sie sich während des Schuljahres würden kümmern müssen.

»Aber nein, ich komm doch sehr gut klar, macht euch keine Umstände!«, hatte Victor ihnen mehrfach versichert.

Sie machten sich trotzdem Sorgen und bestanden darauf, dass Kaja Victor zur Schule brachte und wieder abholte. Natürlich erteilte Victor ihnen hier eine ordentliche Abfuhr, der sie sich auch fügen mussten, da er zum ersten Mal andeutete, dass er die Adoption auch platzen lassen konnte.

Dennoch wurden ihm einige Privilegien gestrichen, die er bei Annie genossen hatte: Seine Erlaubnis, donnerstags ins *La Désobéissance* zu gehen, wurde unter dem Vorwand widerrufen, dass ein Junge seines Alters sich nicht in Cafés herumtreiben sollte; das Lernen für Prüfungen mit seinen Freunden wurde ihm untersagt, und einige Übungsstunden wurden aus seinem Programm gestrichen. Er durfte Karim nicht mehr im Heim besuchen, und was das Taschengeld betraf, wurde es zwar kräftig erhöht, aber er musste genau Buch über seine Ausgaben führen.

Victor fühlte sich rasch wie ein Gefangener – sicher, in einem goldenen Käfig, aber nichtsdestoweniger unfrei. Als ihm Sandrine eines Tages zum x-ten Mal verbot, sich mit seinen Freunden zu treffen, explodierte er.

»Ihr könnt nicht mal lieben! Ihr seid wirklich Nieten! Ihr seid unfähig, ein Kind großzuziehen!«

Diese Ohrfeige brachte sie wieder zur Vernunft. Sie gestatteten Victor also wieder seine Donnerstagsrunden und waren damit einverstanden, dass er seine Freunde einlud, um für Klassenarbeiten zu lernen. Im Keller richteten sie sogar einen schallgeschützten Proberaum ein.

So gelang es Victor allmählich, die Kontrolle über seinen Alltag wiederzuerlangen. Doch dann äußerte Sandrine eines Abends beim Essen den Wunsch, er möge im nächsten Jahr die Schule wechseln. Angesichts seiner allgemeinen und musischen Begabungen wollte sie ihn bei einer zweisprachigen Privatschule anmelden, dem Cours Hattemer, eine berühmte Bildungseinrichtung.

»Ich will nicht die Schule wechseln! Dort sind meine Freunde und …«

Sandrine schnitt ihm das Wort ab. »Erwachsene wissen besser, was gut für ein Kind ist.«

Fred schloss sich, wie üblich, der Meinung seiner Ehefrau an. Sie hofften, dass er sich neue Freunde suchen würde, hießen es nicht gut, mit dem Sohn eines Hausmeisters herumzuhängen und in dieser Kneipe, in der er immer Tischfußball spielte.

Empört und enttäuscht wechselte Victor kein Wort mehr mit den Couturiers. Es gab keine wöchentliche Probe mehr im Keller ihres Hauses mit seinen Freunden. José wollte nach dem herablassenden Kommentar der Couturiers über seinen Vater ohnehin nicht mehr vorbeikommen, und Victor fühlte sich nicht mehr zu Hause bei seinen Adoptiveltern.

»Ich habe meine Seele an den Teufel verkauft!«, erklärte er im ersten Moment der Wut.

Seine Freunde konnten ihm da nur zustimmen.

Eines Tages, als die Proberäume am Konservatorium alle belegt waren, beschlossen sie, wieder zu Momo zu gehen. Als sie die Rue Boinod Richtung Montmartre hochstiegen, musste Victor die ganze Zeit an Annie denken, die er seit seinem Besuch im Krankenhaus nicht mehr wiedergesehen hatte. Er wusste, dass sie wieder auf den Beinen, aber noch immer sehr schwach war und dass sie inzwischen bei Fleur in der Normandie lebte. Sie hatten ihm ein Selfie geschickt, damit er sich keine Sorgen machte. Als sie dann am unteren Ende der Rue Chappe vorbeikamen, blickte er wehmütig auf die Treppe, die er tausendmal hochgestapft war. Diese Treppe und dieses Viertel waren sein ganzes Leben, die Jahre der Kindheit, die ihn für immer geprägt hatten. Von nun an endete sein Weg auf der Höhe von Abbesses.

Wer wohl jetzt in Annies Wohnung wohnt? Vielleicht ein Kind wie ich?

Er blieb stehen, als die Basilika Sacré-Cœur zwischen zwei Wohnblöcken auftauchte, und schwor sich, dass er eines Tages wieder oben auf dem Montmartre wohnen würde. Als sie das *La Désobéissance* betraten, hatte er bereits drei SMS von Sandrine erhalten. Die Nachrichten waren ohne Ausnahme in der Befehlsform geschrieben. Sie sollten besorgt klingen, waren letztlich aber nur Ausdruck von Verärgerung. In keiner der Nachrichten kam etwas wie »Ist alles in Ordnung?« vor.

Victor hatte weder Lust zu antworten noch heimzugehen. Auch an Maïa wenden wollte er sich nicht. Er kannte sie nur zu gut und wusste, dass es sie bekümmern würde zu erfahren, dass ihr Stummel unglücklich war. Sie meinte, er sei in Sicherheit und gut aufgehoben, und Victor wollte nicht, dass sie sich Sorgen machte, sosehr er sich auch nach ihr sehnte.

»Und wenn wir noch mal von vorn anfangen?«, schlug Caroline vor.

»Womit denn von vorn anfangen?«, fragte David.

»Wenn wir noch mal eine Anzeige aufgeben! Du hast doch gesagt, dass du sie in den ersten sechs Monaten noch umtauschen kannst.«

Victor musste über die Formulierung lächeln. Dabei handelte es sich eben nicht um eine normale Reklamation, bei der er Eltern mit Mängeln gegen welche austauschte, die besser funktionierten.

Sandrine und Fred Couturier hatten die Befürchtung gehabt, alles falsch zu machen, das hatten sie Victor gleich zu Beginn gestanden. Im Moment sagte er sich, dass sie sich besser Sorgen darüber hätten machen sollen, ob sie richtig lieben konnten. Denn das war es, was er ihnen vorwarf – dass sie ihn falsch liebten. Es war nun fast November, und die Übergangszeit endete im Januar. Dann gäbe es kein Zurück mehr. Die Couturiers würden für den Rest seines Lebens seine Eltern bleiben, er würde ihnen zuhören und gehorchen müssen, er würde ihren Namen tragen und Freud und Leid ihrer Vergangenheit hinnehmen müssen. Er würde Teil ihrer Geschichte werden, an einem Ast ihres Stammbaums baumeln. Wollte er das wirklich?

Kapitel 38

Im Oktober erwachten die Pariser Parks zu neuem Leben. Die Stadt wirkte dunkler, dafür umso lebendiger. Ein verhangener Himmel, in den Parks Teppiche in den Farben des Herbstes, aus rotem und goldbraunem Laub. Nur die Bänke waren nicht dem Wechsel der Jahreszeiten unterworfen. Die Bäume ohne ihre Blätter kamen Victor traurig vor, wie eine geschlagene Armee. Mit nur zwölf Jahren hatte er das Gefühl, im Herbst seines Lebens zu stehen. Die Jahre waren verbraucht, und einen gewissen Punkterückstand würde er nie mehr aufholen können.

Der Pförtner des Royal Eiffel war nicht mehr derselbe wie bei Victors erstem Besuch. Dieser hier schien keine »Lily Vernet« zu kennen. Da Victor nicht lockerließ, rief er in der Küche an. Kurz darauf tauchte Chefkoch Jérôme höchstpersönlich auf. Er empfing Victor mit offenen Armen, konnte seinen Kummer aber nicht verbergen. Es tat ihm furchtbar leid, ihm mitteilen zu müssen, dass Lily nicht mehr Teil der Belegschaft war.

»Sag mal, du bist aber ziemlich gewachsen!«

»Mindestens zwei Zentimeter, vielleicht jetzt schon drei!«

Doch Victor war nicht hier, um über seinen Wachstumsschub seit dem Frühjahr zu reden. Er wollte wissen, wo Lily war. Jérôme erzählte ihm, dass sie vor ein paar Monaten nach Hause in die Bourgogne zurückgekehrt sei. Das hatte Victor nicht erwartet. Er wusste von ihrem Ehrgeiz, die beste Patissière Frankreichs zu werden. Sie hatte ihm die Skizzen für die Kunstwerke gezeigt, die sie dafür erschaffen wollte.

Außerdem hatte sie ihm doch erzählt, dass sie seit dem Tod ihrer Großmutter nicht mehr an ihren Geburtsort zurückgekehrt war. An all das erinnerte er sich sehr gut. Warum also dieser plötzliche Sinneswandel? Jérôme bat ihn um einen Moment Geduld, verschwand und kam nach ein paar Minuten mit einer Fachzeitschrift wieder, die er in der Mitte aufschlug. Darin war das Foto einer Reportage über die Bourgogne zu sehen: Lily, wie sie den Napfkuchen »Oma Rose« in der Küche des *Château de Courban* präsentierte.

»Da ist deine Lily, mein Kleiner!« Jérôme gab Victor das Heft. »Behalt es und nutze es weise.«

Victor glaubte seine Botschaft zu verstehen.

Das *Château de Courban*. Im Zug von Paris nach Montbard in der Bourgogne hatte Victor genügend Zeit, immer wieder den Artikel über den Werdegang von »Lily Vernet, Chefpatissière« zu lesen. Darin erzählte sie, dass sie am Vorabend des MOF-Wettbewerbs in einer Fachzeitschrift ein Rezept hatte nachschlagen wollen und dabei auf eine Kleinanzeige gestoßen war. Der Gasthof von Courban, der früher über mehrere Generationen im Besitz ihrer Familie gewesen war, sollte für einen symbolischen Euro zwangsversteigert werden. Der Verkauf war für den folgenden Tag angesetzt. Kurzerhand hatte sie den Wettbewerb sausen lassen und sich entschlossen, den Gasthof zurückzukaufen.

Victor konnte nicht fassen, dass Lily ihre Suche nach dem Heiligen Gral aufgegeben hatte. Während der Fahrt erhielt er Dutzende von SMS von Sandrine und Fred, ignorierte sie aber. Diesmal hatte er die GPS-Funktion ausgeschaltet, mit der Sandrine in regelmäßigen Abständen überprüfte, wo er sich aufhielt. Sie würde in Panik geraten, wenn sie feststellte, dass sie nicht mehr darauf zugreifen konnte, und seine Freunde, deren Eltern, Momo und sogar Maïa anrufen, doch diesmal war ihm das egal. Victor hatte sich allein auf die Suche nach Lily gemacht und niemandem Bescheid gesagt.

Am Bahnhof von Montbard nahm Victor den Bus, der ihn vierzig Minuten später in Courban absetzte. Es fiel ihm nicht schwer, sich zum Château de Courban durchzufragen, diesem sagenumwobenen Ort, der nun erneut der ganze Stolz der Gegend war. Als er ungefähr einen Kilometer durch einen Wald gelaufen war, kam er auf ein Feld mit Obstbäumen, auf dem sich ein Hügel erhob. Die Strahlen der untergehenden Sonne drangen durch die Bäume wie orangefarbene Laser.

Victor hielt nach einem Schloss Ausschau, das dem in der Zeitschrift abgebildeten ähnelte. Plötzlich stand sie da, im Gegenlicht, aber er erkannte sie sofort. Lily.

Allerdings war ihr Bauch ganz dick und rund. Victor war zu aufgeregt, um darüber nachzudenken, wie schnell sie schwanger geworden war. Er erstarrte, eine Träne lief über seine Wange und verschwand in dem Spalt, der sich gerade in seinem Herzen geöffnet hatte.

Er wollte schon umkehren, als Lily ihn erblickte. Mit vorsichtigen Schritten kam sie den Hügel herunter und hielt sich dabei den Bauch, leicht nach hinten gebeugt, um das Gewicht auszugleichen. Es schien ihm eine Ewigkeit zu dauern. Mit jedem Meter, den sie näher kam, wurde auch das Lächeln um einen Millimeter breiter.

»Victor!«, rief sie strahlend.

Lily zog ihn an sich, nahm ihn in die Arme, legte ihm eine Hand auf die Wange. Sie presste ihn seitlich gegen sich, denn vorne beanspruchte das Baby den gesamten Platz. Sie legte ihren Kopf auf seinen und konnte sich die Bemerkung nicht verkneifen, dass er gewachsen sei, seit sie ihn das letzte Mal gesehen habe. Dann nahm sie die kleine Hand des Jungen und führte sie an ihren Bauch.

»Es ist ein Junge.« Und da Victor immer weiter nur auf den Nabel der Patissière starrte, fügte sie hinzu: »Er wird zweifellos ein Musikliebhaber. Ich spiele ihm jeden Tag Geigenmusik vor.«

Victor war tief bewegt, aber natürlich auch eifersüchtig.

»Also, erzähl mir alles, wer hat diesmal für dein Ticket bezahlt?«

»Ich hatte ein bisschen Taschengeld übrig. Na ja, nur für die Hinfahrt.«

»Ich nehme an, deine Adoptiveltern wissen nichts von deinem kleinen Ausflug. Jetzt bleibst du erst mal bei uns, richtig?« Lily lachte.

Das hätte er nur zu gern getan. Er hatte sich auf Vorwürfe gefasst gemacht, weil er einfach von der Bildfläche verschwunden war, doch das war nicht der Fall. Sie hatte sich selbst freiwillig zurückgezogen, um so jede Zweideutigkeit zu vermeiden. Er sollte ungestört eine Beziehung zu seiner neuen Familie aufbauen können.

»Wie lange haben wir Zeit, bevor die Polizei hier aufkreuzt? Ich gehe mal davon aus, dass deine Adoptiveltern sie verständigt haben.«

»Keine Ahnung.«

Lily drückte Victor einen Kuss auf die Stirn, der etwas länger als üblich andauerte. Sie hatte ihm gefehlt.

»Du hast mir gefehlt, Victor.«

Er lächelte sie an.

»Wo sind deine schönen Haare denn abgeblieben?«, fragte sie dann, erstaunt über seinen militärischen Kurzhaarschnitt.

»Sie hat sie mir alle abschneiden lassen.«

Genervt von seinen ewigen Kopfbewegungen, mit denen er sich die Strähne aus dem Gesicht zu schütteln pflegte, hatte Sandrine ihn zum Friseur geschleift.

Lily nahm ihn bei der Hand. »Du fragst dich bestimmt, warum du mich so hier antriffst, stimmt's?«

Victor nickte.

»Komm mit.«

Sie gingen zum Landsitz aus rosa Sandstein, der ein paar Hundert Meter entfernt lag und mehr wie ein Herrenhaus als wie ein richtiges Schloss aussah.

»Hier bin ich aufgewachsen, weißt du. Ich habe es in ›Schloss‹ umgetauft, nachdem ich entschieden hatte, den Taubenschlag zu restaurieren. Mein Vater hat das alles hier einfach verfallen lassen.«

Sie gingen weiter. Dabei konnte Lily den Blick nicht von ihm abwenden. Sie lächelte ihn die ganze Zeit an, ließ seine Hand nicht mehr los. Ihr Herz klopfte für drei.

Victor war in ihr Leben getreten, als bei ihr alles im Umbruch gewesen war. *»Ich gehe meinen Vater gern auf dem Friedhof besuchen ... Du hast Glück, auch wenn er tot ist, hast du ihn immerhin gekannt ... Wenn ich Erinnerungen hätte, würde ich sie nicht vergessen wollen.«* Für sie war ein Kind, das solche Sätze formulieren konnte – nun, es war keines! Er hatte sie tief berührt, ihr Leben auf den Kopf gestellt. Hatte sie dazu gezwungen, sich selbst infrage zu stellen. Sie hatte sich mit ihren Verletzungen auseinandergesetzt. Sie hatten einander zugehört und sich einander geöffnet, ohne sich dessen ganz bewusst zu werden. Noch nie hatte sie sich jemandem auf diese Weise anvertraut. Victor war ihr Spiegel gewesen. Sie begriff, dass sie erst gesund werden musste, um weiter voranschreiten zu können. Kein Titel, auch nicht der der besten Patissière Frankreichs, wäre so viel wert gewesen wie das, was sie jetzt geschafft hatte. Victor war der Erste gewesen, der Lily verstanden hatte, ohne sie zu verurteilen. Er hatte ihr dabei geholfen, ihren eigenen Himmel zu finden.

Nach der Reise mit Victor war sie ans Grab ihres Vaters zurückgekehrt und an das von Nicolas, ihres Verlobten. Erst danach hatte sie endlich eine wirkliche Liebesgeschichte zulassen können. Hatte Emmanuel kennengelernt, einen Koch aus der Gegend, den ihre Mutter ihr schon seit Jahren hatte vorstellen wollen. Es war Liebe auf den ersten Blick gewesen. Lily hatte sofort gewusst, dass er der Vater ihres Kindes sein würde. Denn das war Victors Verdienst: Er hatte ihr Lust darauf gemacht, Mutter zu werden.

Sie saßen schon gemeinsam am Kamin, als Emmanuel vom Markt heimkam. Er war für die Küche zuständig, Lily backte weiter Kuchen. Und er hatte schon so viel von Victor gehört!

Seit sie schwanger war, war kein Tag vergangen, an dem Lily nicht an Victor hatte denken müssen. Sie gestand, dass es ihr nicht sofort bewusst geworden war, wie schnell sie eine Zuneigung zu diesem Kind entwickelt hatte, wie sehr sie sich an seine überfallartige Präsenz gewöhnt hatte. Inzwischen war jede Anekdote – so pikant und ärgerlich sie auch gewesen sein mochte – in ihrer Erinnerung ein wundervoller Moment in ihrem Leben. Wenn sie von Victor sprach, war es, als riefen die Worte die Süße und den Duft einer Madeleine von Proust hervor, wiedergeboren in einem Flakon *Pour un homme* von Caron.

Bei den Couturiers war die Hölle losgebrochen. Es war schon nach elf Uhr, als eine schwangere Frau mit Victor an der

Hand bei ihnen auftauchte. Maïa war auch da. Sie hatte Sandrine und Fred noch gebeten, sich ein wenig zu gedulden, noch nicht die Polizei zu verständigen und somit das Räderwerk der Behörden in Gang zu setzen. Sie wollte diese Familie retten, vor allem ihren Stummel.

Victor war darauf gefasst, streng gemaßregelt zu werden, doch Maïa passte auf. Er hätte sich am liebsten in sein Zimmer zurückgezogen und die Erwachsenen reden lassen, aber Lily bat ihn, sich neben sie aufs Sofa zu setzen. Demonstrativ hielt sie die ganze Zeit seine Hand. Auf der Autofahrt nach Paris hatte er sich bei ihr und Emmanuel über das Leben bei seinen Adoptiveltern beklagt, doch Lily hatte sich kein vorschnelles Urteil über diese Leute bilden wollen. Schließlich war auch sie in einer anderen Phase ihres Lebens unfähig gewesen zu lieben.

Jetzt erklärte sie Sandrine und Fred ausführlich, was sie und den Jungen miteinander verband. All das war letztendlich nur die Geschichte eines Kindes auf der Suche nach der Liebe einer richtigen Mutter. Ihre Aufrichtigkeit sprach für sie. Niemand musste sie anhören, das war ihr klar, geschweige denn *auf* sie hören. Doch so wie Maïa war auch sie von dem Wunsch getrieben, für ein Kind zu kämpfen, das so voller Liebe war.

»Victor hat mir das Leben gerettet, weil er lieben kann«, erklärte sie. »Unvorstellbar, dass ich beinahe daran vorbeigegangen wäre. Ein unschuldiger zwölfjähriger Junge, der in Ihrem Leben auftaucht und bereit ist, alles zu tun, um lieben zu dürfen. Ich hatte solche Angst, mich zu verbrennen, doch er ist so aufrichtig, dass man ihm unwillkürlich vertraut, ihm sein Herz öffnet. Seine Liebe ist bedingungslos. Sie sind zweifellos großartige Menschen, und ich habe wirklich nicht das Recht, über Sie zu urteilen, aber wenn er Sie nicht liebt, dann weil Sie ihn nicht zu lieben verstehen.«

Das waren wahre Worte, harte Worte. Sandrine und Fred schlugen die Augen nieder. Intuitiv begriffen sie, dass Lily recht hatte.

Ein Leben voller Liebe des Jungen zu retten, der ihres gerettet hatte. Das war Lilys Schuld, Absicht und Versprechen.

Auch Victor hatte Lilys Hand die ganze Zeit über nicht losgelassen. Er hatte endlich seine Mutter gefunden.

Kurz vor Weihnachten erlangte Victor die Freiheit wieder. Die Couturiers boten ihm an, die Geschenke zu behalten, die sie ihm gemacht hatten, und er akzeptierte. Erneut kam er in das Heim, in dem er schon vor ein paar Monaten gewohnt hatte, und wurde dort mit offenen Armen empfangen. Ohne Probleme gelang es Lily, als Victors offizielle Patin eingesetzt zu werden. Die Wochenenden verbrachte er im Château de Courban, unter der Woche war er in der Schule oder am Konservatorium.

Weihnachten verbrachte er in Courban. Als es am 24. Dezember zu schneien begann, hob Victor den Kopf himmelwärts und dachte an seinen Papa, der ein Jahr zuvor gestorben war.

»Wir haben alle unseren eigenen Himmel, Kleiner, wir müssen nur hinsehen.«

Annie hatte ihm ein Geschenk geschickt, überglücklich zu erfahren, dass sich alles zum Besten gewendet hatte. In ihrer Karte gestand sie ihm, dass sie die Couturiers von Anfang an nicht hatte leiden können.

Nach der Geburt des kleinen Miguel Anfang des neuen Jahres stellte Lily einen Antrag auf Adoption. Dank Maïas vorbehaltloser Unterstützung wurde ihm zu Beginn des

Sommers stattgegeben, und Victor zog nach Courban. Endgültig.

Es bedeutete den Abschied von seinen Freunden und von ein paar seiner Gewohnheiten. Er würde das neue Schuljahr auf einem Collège in Dijon beginnen, in einer achten Klasse mit erweitertem Stundenplan. Die Schule arbeitete eng mit dem renommierten Konservatorium in der Hauptstadt der Bourgogne zusammen.

»Du kannst das Package gern für die großen Ferien einladen, wenn du willst«, bot Lily an.

»Das ganze?«

»Ja, auch Caroline! Sie bekommt ein Zimmer ganz für sich allein.«

David, José, Caroline und Victor verbrachten den August alle gemeinsam in Courban, schlugen sich die Bäuche mit Lily des Lilas' Kuchen und Emmanuels Gerichten voll. Lily hatte darauf bestanden, auch Annie für ein paar Tage einzuladen. Es war für alle eine große Überraschung, sie wiederzusehen. Und es war der schönste Sommer ihres ganzen Lebens.

Am Tag des Abschieds trennten sie sich nur schweren Herzens, doch Lily versprach, dass sie alle in den Herbstferien wiederkommen könnten. Was Caroline betraf, so versprach sie Victor, alles daranzusetzen, dass ihre Eltern sich nach Dijon versetzen ließen. Und er wusste, dass sie raffiniert genug war, um dieses Ziel auch zu erreichen.

Nach Ablauf der Probezeit bestätigte das Gericht die Adoption, Victor erhielt offiziell seinen neuen Nachnamen: Vernet. Victor Vernet.

Als er zum ersten Mal seinen Personalausweis in Händen hielt, rief er: »Ich bin der König der Welt!«

Victors Adoptivfamilie

Victor hat das Licht der Welt an einem Wintermorgen im Jahr 2014 erblickt. Als sein literarischer Papa musste ich für diese »Waise« Paten finden, die ihm dabei helfen konnten, seine Persönlichkeit zu entfalten und seinen Platz im Universum zu finden.

Der Erste von ihnen war Jean-Christophe Jeanson, Konditor bei Lenôtre und MOF (Preisträger des »Meilleur Ouvrier de France«). Vielen Dank, Jean-Christophe, dass du all meine zuckrigen Gedanken in geordnete Bahnen gelenkt hast. Dank auch an das Maison Lenôtre beziehungsweise die École Lenôtre und ihre genialen Lehrkräfte.

Dann habe ich Corine Nguyen Thanh (die Verantwortliche für die Adoptionsstelle und die Kinder in Obhut des Staates im Département Eure) gebeten, Victors Patentante zu werden. Sie hat dies mit Freuden gemacht und ihre Pflichten nie vernachlässigt. Danke, Corine, für Ihre Offenheit und Ihre juristische Genauigkeit. Ebenfalls danken möchte ich Marie Toulemonde, der Psychologin der Behörde. Sie, Marie, haben mich viel über wahre Humanität gelehrt.

Irgendwann hat sich auch mein Verleger Thierry Billard bereit erklärt, Victor zu adoptieren. Dank der Éditions Plon hat dieser kleine Mann heute ein Dach über dem Kopf und eine schöne große Familie. Darüber freut er sich jeden Tag.

Außerdem hat Victor überall noch Onkel und Tanten, denn viele haben sich um ihn gekümmert: Danke, François

Perret (Chefkonditor im Ritz in Paris), Ihre kreativen Ideen sind der Beweis dafür, dass eine Kinderseele in Ihnen steckt. Danke, Claire Damon (Bäckerin, zuständig für Kuchen und Brot), Sie sind das Produkt Ihrer Leidenschaft. Danke, Valérie Lemaître (Maison Lenôtre), du lächelst die ganze Zeit, wie ein Kind vor dem Schaufenster einer Patisserie. Danke, Madame Joffy, ich habe viel über die Anekdoten gelacht, die Sie mir erzählt haben, und ich habe auch begriffen, dass es eine wirkliche Berufung braucht, um eine Erzieherin wie Sie zu werden. Danke, Johann Zeitoun, Direktor des Kinderheims der OPEJ (»Œuvre de protection des enfants juifs«) in Rueil-Malmaison, Sie sprechen mit so viel Einfühlungsvermögen über all diese vermittelten und »vertriebenen« Kinder. Danke, Alain Babouchian, Geigenlehrer am Konservatorium in Nizza, dir ist es zu verdanken, dass Victor und ich unsere Geigen aufeinander abstimmen konnten. Und danke, Virginie Plantard für all die aufmerksame Lektüre, die Victor über sich hat hinauswachsen lassen, sodass er seine Ziele erreichen konnte.

Ich möchte es nicht versäumen, meine Agentin Ouarda Benlaala von Cinétalent zu grüßen, die ihre schützende Hand über Victor hält, außerdem Hervé Ovadia und seine Assistentinnen, die den Jungen mehrfach in ihrer schönen Stadt Nizza willkommen geheißen haben, und Carolyne, die in ihrem Herzen eine unzerstörbare Liebe für diesen kleinen »Stummel« trägt.

Seid mir nicht böse, falls ich irgendwelche Familienmitglieder vergessen habe zu erwähnen, und seid gewiss, dass Victor euch auf ewig dankbar dafür sein wird, dass ihr ihn adoptiert habt.